冬天的柳叶 著

下 册

青岛出版集团 | 青岛出版社

第十一章　风波起

固昌伯回到府中还没来得及打儿子，宫中就来人了，他当即便觉得不妙。
"回来再收拾你！"
撂下这句话，固昌伯匆匆进宫。
"臣见过陛下，见过长公主殿下。"
发现昭阳长公主也在，固昌伯忍不住腹诽：长公主也太小心眼儿了，女儿又没事，泽儿也不是故意的，怎么还不依不饶地告到皇上面前。
"固昌伯，令郎可该好好管教管教了。"
固昌伯弯了腰："是，犬子今日无意招惹了山猪，令长公主殿下的爱女受惊，实在该罚。"
"无意招惹？"兴元帝挑了挑眉。
固昌伯抬头看着表情不善的皇帝，心中打鼓。
那不然呢？
"你儿子小解时溺山猪幼崽，山猪才追他的！"兴元帝黑着脸道。
要不是他出身乡野，这话他简直说不出口！
固昌伯目瞪口呆。
他儿子溺猪崽？
好一会儿后，固昌伯扑通跪下了，涨红着一张脸认错。
如果是纯粹的意外，在长公主之女没受伤的情况下，他赔个罪也就过去了，可儿子主动招惹的祸事，性质就不同了。
面对固昌伯的赔罪，昭阳长公主面无表情，只看向兄长。
兴元帝心里也来气，最后罚了固昌伯三年俸禄，并命锦麟卫去把戴泽打上二十大板。

等固昌伯灰头土脸地走了，兴元帝看向昭阳长公主："皇妹不要与一个纨绔子计较，气坏了不值当的。"

昭阳长公主冷笑："我并不想与他计较，只是一想到芙儿要是没被救下的后果就喘不过气来。皇兄也知道，芙儿是遗腹子，要是真出什么事，我可怎么活？"

说到这儿，昭阳长公主落下泪来。

兴元帝见妹妹如此，暗暗叹口气。

他这个妹妹也不容易，驸马过世时，妹妹年纪也不算大，再嫁也是寻常。奈何妹妹与驸马夫妻情深，完全没有这个想法。

想到妹妹与妹夫夫妻情深，兴元帝脑海中不觉闪过一道倩影。

当年妹妹能嫁给妹夫，还是因为她……

那时候太后还不是太后，儿子一年也见不到人，有土财主来求娶女儿，要不是被儿媳使手段拦下，她就把女儿嫁过去了。

"皇兄？"察觉到兄长走神儿，昭阳长公主拧眉。

"哦，救下芙儿的是哪家姑娘？"兴元帝为掩饰失神，随口问道。

"是太仆寺段少卿的外甥女，寇姑娘。"

"那还真要好好感谢一下这位姑娘。"

"已经吩咐管事去送了谢礼，等回头再备一份厚礼答谢。"昭阳长公主起了身，"不打扰皇兄忙了，臣妹回去看看芙儿。"

等昭阳长公主离开，兴元帝吩咐内侍："挑几样布匹珠宝，送到少卿府上，赐给那位寇姑娘。"

内侍领谕而去。

执行暴揍固昌伯世子的任务落到了贺清宵身上。

很快固昌伯府大门外就响起戴泽杀猪般的惨叫声。

"哎哟，疼死我了！姓贺的，我以后和你势不两立！哎哟——"

几乎是眨眼间乌泱泱的人就聚了过来，还有更多人或是拉开门，或是推开窗，打听是怎么回事。

固昌伯世子溺山猪幼崽招致山猪追赶的事还没等天黑就传遍了大街小巷。

戴泽娇生惯养，被打得鬼哭狼嚎不必多说。从白露山回少卿府的路上，老夫人拉着辛柚的手就没松开过。

"青青啊，你是怎么救下长公主爱女的？快和外祖母仔细说说。"

面对老夫人的激动，辛柚面色平静："我恰好在那里与灵表妹采花，一抬头看到一只山猪冲过来，当时什么都没想，再反应过来已经抱着长公主爱女躲开了。"

"真是万幸。"老夫人感叹着。

这可是救命之恩，还被那么多人知道了，就冲这一点别人也不敢怠慢外孙女。等将来外孙女和次孙要是成婚了，对少卿府也大有益处。

想着长公主府很可能有所表示，甚至从此有了来往，老夫人主动说起昭阳长公主的事。

"今上只有长公主一个手足，对唯一的妹妹很看重。长公主有一子一女，儿子还未及冠，女儿就是你今日救下的女童……"

以老夫人的身份，虽够不到昭阳长公主面前，对这些事还是很了解的，这是京城夫人们的基本功课。

"长公主夫家姓孔，多年前驸马就过世了，女儿是遗腹子。长公主与驸马感情好，若是有机会到长公主面前，记得不要提这方面的事。再有就是长公主与后宫嫔妃关系一般，也不要流露出对宫妃的亲近之意。"

担心外孙女想岔了，老夫人忙叮嘱："并不是让你真的对宫妃不敬，只是在长公主面前谨慎些。"

他们这种门第的人家，得罪不起长公主，同样得罪不起宫妃。

"我知道了。"辛柚确实需要了解这些信息，难得看这位重利益轻亲情的老夫人顺眼了些。

老夫人露出慈爱的笑容："外祖母就知道，青青是个懂事的孩子。"

辛柚回以微笑："外祖母，长公主与宫妃为何关系一般啊？"

这些事能让京城随便一个官宦家眷都知道，那真是相当一般了。

老夫人脸色微变，她含糊道："宫廷的事不要多问，你记着就是了。外祖母也乏了，休息一会儿。"

车厢内安静下来。

一行人回到少卿府不久，长公主府的管事就携着厚礼登门了。

"我们殿下进宫去了，命小人备些薄礼，先来谢过寇姑娘。"

老夫人用余光扫着花厅都摆不下的礼物，心道长公主府真是谦虚，管这叫薄礼。

当然，这些礼物不算什么，令老夫人暗暗欢喜的还是长公主的态度。

"长公主殿下实在客气了，青青只是举手之劳。"

一旁的辛柚微微点头。

管事冲着辛柚深深一揖，这才离去。

"青青，这些礼物你怎么安置？是收到晚晴居的库房里，还是送到书局那边去？"

外孙女能攀上长公主，老夫人怎么也不可能惦记这点儿东西。

辛柚扫过那些礼物，笑道："这些布匹，外祖母和二舅母挑四匹喜欢的，灵表妹和雁表妹挑两匹，还有这些首饰，两个妹妹也一人选一套，其余的就送到书局去。"

长公主府送来的布匹自然不普通，首饰也是专挑的年轻女孩儿喜欢的样式。

"多谢青表姐。"段云灵高高兴兴地道谢。

段云雁年纪小，看到那些精致小巧的首饰更是开心得不行。

唯独段云华气得手抖，咬着牙问："青表妹，你是故意羞辱我吗？"

辛柚震惊地道："华表姐莫非忘了，我是因为被你羞辱才搬出去住的，难道还要巴巴地送你礼物不成？你要是想着我为了落个大度的名声就做表面功夫，那可就错了，我不是为了面子让自己憋屈的人。"

段云华一张脸涨得通红："祖母——"

老夫人沉着脸呵斥："不要动不动就大呼小叫，成何体统？"

人人都有独独不给她，祖母不说对方做事太绝反倒训她，段云华又委屈又气愤，捂着脸扭身跑了。

老夫人的眼神沉了沉，她对这个孙女更失望了。

段云华跑回闺房伏枕痛哭，哭着哭着睡了过去，不知过了多久被婢女喊醒。

本就一肚子委屈又被叫醒，段云华心情更加恶劣，一把推开婢女的手冷冷地问："什么事？"

婢女悄悄站远了些："老夫人叫您快去前边，宫里来人了。"

段云华一脸错愕的神情："宫里？宫里怎么会来人？"

"说是今上知道了表姑娘救长公主爱女的事，派人来给表姑娘送赏赐，咱们府上的主人都要去谢恩。"

段云华一阵眩晕。

今上给寇青青赏赐，她还要去跪谢，天下有这么窝火的事吗？

"姑娘，您要快一点儿，宫里来的人可怠慢不得。"

段云华黑着脸往前边赶去。

同样接到消息的辛柚面无表情地问报信的婢女："今上御赐了我礼物？"

"是，送赏赐的公公就在前面等着呢。"不知是不是错觉，表姑娘好像心情不太好，婢女识趣地没有催促。

沉默了一会儿，辛柚往前边去了。

前边的院中，黑压压地站了不少人。

一个内侍打扮的人正与老夫人说话，就听人说表姑娘到了。他好奇地望了过去，看清辛柚的眉眼，暗暗纳罕。

还真如传言中那样，少卿府这位表姑娘长得与昭阳长公主有几分像。

容貌有些像，还救了昭阳长公主的女儿，啧啧，这位表姑娘将来说不定有造化啊。

能在宫里混出头的内侍都是人精，当即对辛柚态度客气几分："寇姑娘，今上听闻你勇于救人，十分欣赏，特命奴婢来给你送赏赐来。"

辛柚沉默了一瞬，微微颔首："多谢。"

内侍挑了挑眉，吃惊于眼前少女的淡定。

这可是御赐恩典，他踏进少卿府的门就看到了府中上下的激动，连少卿府老夫人都不例外，这位表姑娘居然云淡风轻。

内侍不再多想，朗声道："接圣谕吧。"

老夫人带头，当即跪了一片。

辛柚抿了抿唇，在内侍投来疑惑的目光时，默默地跪了下去。

所谓圣谕，就是口头传话，内侍清清嗓子说完，冲辛柚笑了笑："恭喜寇姑娘了。"

多少人家做梦都想有御赐之物供着，却求不来，这个小姑娘倒是一下子得了不少。那些绸缎金银也就罢了，其中一对金镶玉臂钏足可以当传家宝了。

辛柚再次道了谢，没有多余的言语。

内侍只认为这位寇姑娘少言寡语，再与老夫人客套几句，带人离去。

一直到晚上，因为宫里的赏赐，少卿府都笼罩在一片喜气洋洋的氛围之中。

小莲服侍辛柚沐浴更衣，目光几乎粘在穿着雪白中衣的少女面上。

"怎么了？"辛柚问。

"姑娘，您真有本事呀。"小丫鬟发出由衷的感慨。

辛柚笑笑，没说什么。

小莲掩不住兴奋之意："您是没瞧见，宫里来送赏赐时含雪的表情。"

含雪本是晚晴居的丫鬟，辛柚搬出少卿府后留下含雪守院子，没多久含雪就想方设法地调去了老夫人院里。

因为这事，小莲算是把含雪记在心里的小本子上了。

"还有您让王妈妈和李嬷嬷一人挑几朵绒花，可把她们高兴坏了。"

小莲这话不假，此时的厢房里，王妈妈正与李嬷嬷闲聊。

"到底是长公主府送来的绒花，瞧着比真的还好看。"李嬷嬷对着灯光举着一朵绒花，脸上全是笑。

王妈妈亦是激动："等明儿个把绒花给我那两个丫头送去，她们定会乐疯了。"

李嬷嬷就笑："你自己不留一朵戴？"

"我都一把年纪了，戴这么好的绒花不是糟蹋了。"

李嬷嬷忽地叹口气："跟着表姑娘，倒是比别处强多了。"

一开始表姑娘搬出去，别人都嚼舌她们没出路了，时间久了，她们才发现月钱照样领，事情却没多少，早早过上了嗑瓜子聊闲天儿的生活。如今表姑娘出息了，她们还能跟着沾光。

转日二人忙完手头的活，特意向辛柚告了假，各自去找家里人。

王妈妈的两个女儿和李嬷嬷的一个孙女都在少卿府当差，三人把绒花往头上一戴，这事很快就在少卿府下人中传开了。

"看到杏儿发间戴的绒花了没，那是长公主府送来的，听说是宫里造的呢。"

"哎呀，含雪，你要是还在晚晴居，说不定能多挑两朵呢。听说小莲还得了一支花钗，绛霜也有——"

含雪没有听完，扭头走了。

说话的妇人撇了撇嘴。当初她本想让侄女进老夫人院里当差，没想到让含雪这小蹄子抢在了前头，如今可算出口气了。

辛柚并不知道一匣子绒花在少卿府下人中掀起的风波，一大早带着小莲前去如意堂给老夫人请安，遇到了放假回来的段云辰与段云朗两兄弟。

"表妹,我听说你救了长公主的女儿,快仔细说说。"

辛柚对开朗热忱的段云朗很有好感,简单地说了来龙去脉。

"可惜昨天要上学!"段云朗一副深恨昨日没在现场的表情。

老夫人睨了段云朗一眼:"你不上学,也想像固昌伯世子那样惹祸?"

段云朗不由得乐了:"祖母,你们听说固昌伯世子为何招惹了山猪吗?"

昨日从白露山回来后又是招呼长公主府来人,又是恭迎宫中来人,少卿府的人反而不似京中其他府上的人及时听说了这个八卦消息。

于是老夫人问:"如何?"

"固昌伯世子小解时溺山猪幼崽,这才招致山猪追赶。为此长公主进宫告状,固昌伯世子被锦麟卫带到大门外,当众打了二十大板……"

这事太离奇,老夫人不由得看向长孙。

段云辰微微点头:"孙儿也听说了。"

据说章首辅的孙子章旭特意请了半天假去探望受伤的朋友。

老夫人张张嘴:"真是荒唐。"

段云朗转了话题:"表妹,你救长公主爱女的事一传开,书局生意更好了,今早我和大哥从那儿路过,发现还没开门就排了好长的队。"

听段云朗提到书局,辛柚动了回去的心思:"外祖母,书局人多容易出差错,我想回去看看。"

"那也等用过午膳再走。"

辛柚点了头,没想到还没过多久,长公主府又来人了。

这次来的是一位打扮体面的女子,三十岁左右的样子,是昭阳长公主身边的管事姑姑。

与老夫人寒暄完,管事姑姑道明来意:"不知寇姑娘方不方便去长公主府一趟?"

对长公主府会再来人,辛柚并不意外。她虽没有挟恩图报的打算,但也知道这种救命之恩不管对方是出于真心,还是为了脸面,不是派管事送谢礼就能过去的,总要见一面表示谢意。

"方便的。"辛柚淡淡地道。

暗暗给她使眼色的老夫人松了口气。

还好这丫头没有语出惊人。

从辛柚强硬地要乔氏受罚起,老夫人就知道外孙女不是个真正循规蹈矩的人。人往往如此,有了这种印象,反倒不敢把对方管狠了,免得对方突然较真儿。

"青青,到了长公主府多听刘姑姑的。"

刘姑姑就是长公主府来的管事姑姑。

辛柚点点头,没有说什么。

刘姑姑不由得多看了辛柚一眼,心道这位寇姑娘年纪不大,看起来真沉得住气。

长公主府的马车就等在外边,老夫人亲自把辛柚送出去,目送她上了马车才往回走。

"玉珠,叫三姑娘来如意堂陪我说说话。"

说话本身不是目的，以此表示对这个孙女的疼爱才是目的。

段云灵心知祖母突然的另眼相待是因为她和表姐关系好，心中越发明白所谓亲情是什么样的，而对独立自强的表姐更加钦佩感激。

"寇姑娘，到了。"

辛柚下了马车，随刘姑姑一路往里走。

长公主府占地极大，辛柚走了没多久，就见一个身穿青衫的俊秀少年走过来。

"请问是寇姑娘吗？"少年来到辛柚面前，客气地询问。

一旁的刘姑姑介绍道："这是我们大公子。"

"孔公子。"

少年一笑："母亲让我来迎寇姑娘。母亲正陪着舍妹，一时脱不开身，还望寇姑娘不要介意。"

面对与母亲眉眼相似的少女，孔瑞难免多看几眼。

他与妹妹容貌皆随了父亲，看着这位寇姑娘，总感觉是另一个妹妹似的。

孔瑞在外人前是个冷淡性子，但在辛柚面前却怎么也冷不起来，反而在不知不觉中颇为放松。

"听说寇姑娘独自开书局，是国子监附近的青松书局吗？"

"是。"辛柚言简意赅。

"前些年我也在国子监读书，常去青松书局买书，还记得当时的少东家比我大不了几岁……"

昭阳长公主把人等来时，看到的就是谈兴颇浓的儿子。

她不由得看了刘姑姑一眼，刘姑姑回以复杂的眼神。

"见过长公主殿下。"

昭阳长公主起身，亲自把辛柚扶起来："寇姑娘坐。"

"多谢殿下。"

"寇姑娘救了小女，本该亲自去道谢，不料小女受惊过度，一直没能脱开身。"

"殿下太客气了，民女只是举手之劳，相信当时换成别人，也会这样做的。"

昭阳长公主知道，这话才是真的客气。

她后来仔细问过，当时在附近的不只寇姑娘一人，可直面危险敢于冲过去救人，还能及时把芙儿救下的，却只有寇姑娘。

如果说之前因为听闻寇姑娘的身世而有几分怜惜之意，那么现在昭阳长公主对眼前的少女就是大有好感了。

"寇姑娘，本宫有个不情之请。"

"殿下折煞民女了，不知殿下有何吩咐？"

昭阳长公主轻叹口气："小女芙儿一直处于惊吓之中，哪怕有本宫安抚还是不得放松。寇姑娘是救下芙儿的人，或许能让芙儿平静下来，本宫想请寇姑娘陪她说说话。"

对于这个请求，辛柚自然不会拒绝。

· 259 ·

昨夜孔芙就睡在昭阳长公主这里，昭阳长公主带着辛柚去了安置她的房间。

屋中燃着淡雅的安神香，女童虽闭着双目，却睫毛颤动一副不安稳的样子。

不知是听到了动静还是梦到了什么，昭阳长公主与辛柚才进来，女童便猛地坐起，哭着喊了一声"母亲"。

这声"母亲"令昭阳长公主十分心疼，她快步来到孔芙身边把她揽入怀中，柔声哄着："芙儿不怕，已经没事了。"

过了一日，孔芙的状态看起来反而更差了些，她缩在昭阳长公主怀里瑟瑟发抖。

"芙儿，你看谁来了。"

孔芙慢慢看了过去，眼睛微微睁大："那个姐姐——"

她说着，竟不自觉往外挣了挣，靠近辛柚所在的方向。

辛柚看了昭阳长公主一眼，得到长公主示意，往前几步坐在了床榻旁的绣墩上。

"孔姑娘，你好些了吗？"孔芙看着比四姑娘段云雁还要小一些，辛柚不大知道如何与这个年纪的孩子相处。

话音刚落，孔芙一下子抓住了辛柚的衣袖。

"怪物，怪物——"

"孔姑娘别怕，那是山猪，已经被砍杀了。"

孔芙流着泪，不断摇头："我一闭眼，就看到了……"

昭阳长公主一惊："芙儿，你闭上眼睛就能看到山猪？"

孔芙哭着点头。

昭阳长公主心疼地搂着女儿："你怎么没和母亲说呢。"

原来芙儿受到的惊吓比她以为的还要大，难怪一夜都睡不安稳，不得不燃了安神香。

辛柚微微动了动，孔芙用力地拽着她的衣袖："姐姐，你别走！"

"我不走。"辛柚试探着伸手，拍了拍孔芙的胳膊。

许是安神香起了作用，也可能是把她从怪物面前救下的人在，没多久孔芙竟然睡着了。

昭阳长公主小心翼翼地替女儿盖上被子，冲辛柚歉然一笑："麻烦寇姑娘了。"

二人放轻脚步走到外面，瑟瑟的秋风吹散了沾染在身上的安神香。

昭阳长公主望着远方，开了口："本宫怀芙儿的时候状态不好，导致芙儿早产，因而养得很精细。芙儿从没吃过什么苦头，可能也是因为这样，她才没办法从恐惧中走出来。"

"当时的情景确实骇人，令爱年纪又小，有此反应也是正常。殿下放宽心，再过几日这种恐惧应该就淡了。"

昭阳长公主看着柔声安慰人的少女，心中升起好奇。

什么样的父母，会养出如此沉稳大方的女孩儿呢？

想到眼前少女双亲已经亡故，昭阳长公主没有提及这方面的事，轻叹了口气道："本宫就是担心，这种恐惧即便淡了也会成为芙儿的心结。"

昭阳长公主眼里的忧虑如羽毛拂过，触动了辛柚心头的柔软。似乎从失去娘亲后，她总是会因为这种母爱而心软。

"民女有一个想法，不大确定能不能帮令爱消除恐惧。"

昭阳长公主露出郑重的神色："寇姑娘说说看。"

"我听说那几头山猪幼崽被带了回来，不知如何安排的？"

昭阳长公主看一眼跟在身边的刘姑姑。

刘姑姑忙道："还没做安排，暂时养在西园了。"

听闻没把山猪幼崽处理掉，辛柚说出想法："殿下若是担心令爱无法彻底消除恐惧，要不要试试以毒攻毒？"

"以毒攻毒？"

辛柚微微点头："在令爱眼中，山猪如同怪物。但大多幼崽是可爱的，殿下可以挑一只温顺的幼崽养着，常带令爱去看看，这样亲眼瞧着山猪从幼崽一点点长大，令爱的恐惧或许就自然而然地消除了。"

昭阳长公主眼里有了赞赏之色："寇姑娘的想法不错，回头本宫就试试。"

昭阳长公主留辛柚用了午膳，长子孔瑞作陪。

饭后，辛柚提出告辞："孔姑娘离不开殿下，民女就不打扰了。"

昭阳长公主把辛柚送到屋外，交代儿子："瑞儿，替我送送寇姑娘。"

孔瑞陪着辛柚往外走去，后边跟着刘姑姑。

"多亏了寇姑娘，舍妹才没有事。以后若有需要帮忙的，寇姑娘尽管开口，万不要客气。"

"那我先谢过孔公子了。"

孔瑞目送辛柚上了长公主府的马车，一直到马车拐弯不见了踪影。

刘姑姑清清嗓子："公子？"

孔瑞收回视线，转身往内走，一边走一边问："刘姑姑，妹妹见到寇姑娘，是什么反应？"

刘姑姑想到孔芙，心疼地叹口气："姑娘对寇姑娘格外不同，一见面就拉着寇姑娘不放，话也多了些。"

"看来是见到寇姑娘觉得心安。"孔瑞也十分担心幼妹，奈何面对受惊过度的妹妹，他也没什么好办法。

"寇姑娘也确实不一般，见姑娘如此，还想了个办法……"

听刘姑姑说完，孔瑞来了兴致，直奔西园看山猪崽去了。

刘姑姑："……"

向来高冷的大公子这是怎么了？！

回到正院，刘姑姑向昭阳长公主禀报了孔瑞的去向，长公主也惊了。

瑞儿怎么如此反常，该不会……？

想到某个可能，昭阳长公主竟有些期待。

那个处处令她欣赏的小姑娘要是能成为一家人，似乎还不错。

辛柚回到少卿府，毫不意外地迎来了老夫人的询问，什么有无失礼之处，长公主爱女如何，种种。

辛柚一一回答了，微笑道："外祖母，我回书局了，麻烦安排些人把宫里和长公主府送来的东西搬到书局去吧。"

老夫人想想那些御赐之物不能留在少卿府就觉得可惜，奈何这是赐给外孙女的东西，她不好开口强留。

"行，让你两个表哥送你回去。"

"两位表兄都是要好好温书的人，就不耽误他们了。"

"青松书局又不远，能耽误什么？这么多贵重物件只有下人跟着，外祖母也不放心。"

辛柚不再推辞。

别的都是虚的，她把价值不菲的物件搬到自己的地盘才是真的。

段云辰接到要送表妹回书局的消息，心情颇复杂，去的路上不免把目光落在辛柚所乘的马车上。

段云朗一拍段云辰的肩膀："大哥，你快看，青松书局还在排长队呢。表妹能把书局经营成这样，真是厉害啊。"

"嗯。"段云辰莫名其妙地觉得不快，冷淡地应了一声。

辛柚挑起车窗帘望了一眼书局，吩咐车夫直接驶向东院大门。

方嬷嬷迎上来，与小莲一起指挥仆从把带来的东西好生安置。

辛柚客气地留段云辰二人喝茶。

"好——"

段云朗还没说完，就被段云辰拽了一下。

"我看书局事情很多，就不打扰表妹了。"

"那二位表哥慢走。"

辛柚送二人出了东院，突然被段云朗拉了一下。

"表妹，你看对面书局那个掌柜探头探脑的，当心他见你书局生意红火使坏。"

听了段云朗提醒，辛柚一眼扫去，果然瞧见雅心书局的古掌柜探着头，脸上冷得能结出冰来。

"我知道了，多谢二表哥提醒。"

等二人走远，辛柚向青松书局走去，刚刚走了几步，背后突然传来喊声。

"寇姑娘。"

辛柚脚下一停，转过身来福了一礼："见过庆王殿下。"

一身锦衣的庆王打量辛柚的眼神充满兴味："那日见寇姑娘，小王以为寇姑娘只是个大家闺秀，没想到还是位能救人的女侠。"

他真是糊涂了，见了寇姑娘再见父皇，觉得二人相像，怎么忘了同样与父皇相像的那位姑姑。

对昭阳长公主，庆王十分厌恶。满朝上下谁不对他恭敬有礼，唯独这个姑姑对他不假辞色。

"庆王殿下谬赞。"辛柚不动声色地回应。

既然昭阳长公主不待见淑妃,淑妃母子显然不会对昭阳长公主有好感。那么庆王对救下长公主爱女的她是什么态度,也就可想而知了。

庆王盯了辛柚片刻,微微一笑:"寇姑娘别紧张,小王只是来买两本书。"

他说着,扫了长长的队伍一眼:"嗯,需要排队吗?"

"庆王殿下说笑了,请随民女来。"

庆王有种拳头打在棉花上的感觉,顿觉无趣:"罢了,也不急着看,小王还是等清净些再来吧。"

连父皇都听说了这丫头的事,还给了赏赐,他暂时还是不找她麻烦了。

庆王施施然离去。

辛柚看看热闹的书局打消了过去的念头,从角门回了东院,等到傍晚估摸着没什么客人了,这才去了前头。

胡掌柜正在打算盘,动作快得把算珠拨出了残影,听到伙计向辛柚问好也顾不得停下来。

小莲悄悄问刘舟:"掌柜的在算账吗?"

"是啊,正在算卖出去了多少书。"刘舟声音虽小,却中气十足。

小丫鬟托着下巴,发出由衷的感慨:"这得赚多少钱啊!"

辛柚没打扰胡掌柜,走在书架间扫过一册册书,听到脚步声第一时间望向门口。

出乎她的意料,走进来的不是那道熟悉的朱色身影,也不是举止轻浮的庆王,而是一位气质深沉的年轻男子,看起来尚未及冠的模样。

出于才救了昭阳长公主爱女的敏锐,辛柚不动声色地打量来人,从那不经意间露出来的鞋面蟒纹迅速判断出对方的身份。

这应该就是另一位被封王的皇子,大皇子秀王。

辛柚微一犹豫,抬脚走了过去。

她已经认识了庆王和昭阳长公主,也不差再认识一位皇子了。

"民女见过秀王殿下。"

在大夏,蟒袍会被赐予一些臣子,但能在鞋面上绣蟒纹的只有皇家。

秀王目露惊奇之色:"你见过小王?"

"民女第一次见秀王殿下。"

秀王顺着辛柚目光看到衣摆下露出的鞋尖,不由得笑了:"你就是青松书局的东家寇姑娘?"

"民女正是。"

秀王看着这张与长公主有几分相似的脸,眼神沉沉如深潭,他接着说道:"听闻贵书局的《画皮》十分好看,小王来买一套。"

辛柚立刻吩咐刘舟:"去拿一套《画皮》来。"

随着《画皮》成为京城上下茶余饭后的谈资，许多本来不看话本的人也凑热闹买回去看，《画皮》下部再次热销。胡掌柜干脆让人把一部分上册与下册用腰封缠在一起，方便同时买全册的客人。

刘舟拿来《画皮》，双手递给秀王。

辛柚留意到，比起庆王出行时的严密守护，秀王就随意多了，不知道的以为只是寻常富户家的公子。

秀王接过书册，一旁跟着的随从往外掏银钱。

"秀王殿下能来小店，小店蓬荜生辉，怎么能收殿下的钱？"辛柚客气着。

秀王神色一正："买东西给钱，天经地义。寇姑娘若不收钱，小王以后可不好意思来了。"

辛柚听秀王这么说，没再拉扯。

秀王在书厅中逛了逛，走到一处书架前停了下来，随手拿起一本游记。

辛柚眸光微闪。

那是贺大人看了一半的游记。

秀王静静地翻看，一时没有离开的意思，辛柚不好这么一直盯着，默默地走到柜台处坐下来。

有秀王这尊大佛在，胡掌柜也不方便噼里啪啦地打算盘了，与辛柚大眼瞪小眼。

门口又传来脚步声，一道朱色身影走了进来。

看清来人的瞬间，刘舟的第一个反应是猛地一蹿，挡住了那排书架的方向。

"贺大人，您来了。"小伙计声音不觉放低。

贺清宵微微颔首，视线越过刘舟，看到了秀王。

秀王也望了过来。

二人视线相撞，气氛诡异了一瞬。

秀王把书册放下，往外走来。

"秀王殿下。"贺清宵先打了招呼。

与庆王的倨傲不同，秀王对贺清宵客气许多："没想到贺大人也来买书。"

一旁的刘舟嘴角抽了抽，心道您这可就误会了。

辛柚看出来，这二人都没料到会遇到对方，场面有种艰难维持的尴尬感。

就在她准备说什么时，门口又有了动静。

数道目光齐齐地向门口看去。

这次进来的是三名男子，年纪都不大，为首的那人瘦瘦的，个头儿也不高，白白净净的一张脸，眼里带着矜持之色。

这份矜持在看到秀王时转为了惊讶。

秀王同样吃了一惊。

进来的三人中走在前头的，竟然是淑妃宫中的内侍。

本来宫人那么多，即便曾在宫中生活过，也不会认识太多。但淑妃宫里的就不一样了，但凡能到淑妃面前伺候的宫人，别人想不记住也难，这小明子就是其中一个。

小明子纠结着要不要打招呼，看到秀王移开目光，暗暗松了口气。

娘娘可没让他大张旗鼓地来外头买书。

"掌柜的呢？"小明子环视，看到穿锦麟卫服饰的贺清宵又愣了一下。

这家书局怎么回事？

好在这时胡掌柜迎了上来："贵客要买书吗？"

"废话，不买书来书局干什么？"小明子随口呛了一句，意识到秀王等人还在，微微收敛，"咯咯，有《画皮》吗？"

"有，客人是买下部，还是买全册？"

"全册。"

胡掌柜使了个眼色，石头很快拿了一套《画皮》。

小明子示意跟来的人接过，笑道："一套不够，再拿两套吧。"

娘娘和庆王殿下都想看的书，他怎么也得瞧瞧，看完还能转手卖给其他宫人，赚几个零花钱。

石头又抱来两册书。

小明子的视线落在辛柚面上，本来是想说几句的，但想想在场的人，还是算了。

"走了。"小明子抬抬下巴，带着抱着书的跟班转身离去。

秀王也没有了待下去的意思。

"贺大人慢慢挑。"

与贺清宵打过招呼，秀王看向辛柚："寇姑娘，小王告辞了。"

"秀王殿下慢走。"

辛柚把秀王送出门，转回来时就见胡掌柜又打起了算盘，刘舟神色放松地整理着书架，石头给贺清宵上了一杯茶，也忙自己的事去了。

至于贺清宵，正端着茶杯慢慢喝着。

辛柚心想这些人还真不把贺大人当外人。

见辛柚进来，贺清宵走过来。

"寇姑娘救人的事迹传开，来的客人越发多了。"

因为昭阳长公主的身份，客人专指秀王这类人。

辛柚听出贺清宵的提醒，直接询问："刚刚来的三个人，是不是宫里的？"

除了从对方外在判断，辛柚在看到小明子的那一刻，眼前就出现了一个画面。

那明显是殿宇中，锦帐重重，穹顶绚丽，来买《画皮》的白净年轻人把书册恭恭敬敬地举到一位穿着宫装的丽人面前。

不知年轻人说了什么，嘴角挂着笑意的宫装丽人勃然大怒，举起书册狠狠地砸在他的脸上。

年轻人扑通跪了下去，捂着脸的手指缝中有血渗出。

画面到这里结束。宫装丽人面上的戾气给辛柚留下了深刻的印象。

贺清宵深深地看了辛柚一眼。

寇姑娘还真是敏锐。

"对,他们是菡苕宫的,菡苕宫是庆王的生母淑妃的寝宫。"

辛柚弯唇,笑意没什么温度:"没想到宫中娘娘也会看民间的话本故事。"

那名内侍才带着《画皮》回宫,究竟说了什么,会惹得淑妃那般震怒呢?

看出辛柚陷入了沉思,贺清宵没再打扰,默默地走向熟悉的书架处,手伸向熟悉的位置,却发现还没看完的那本游记换了地方。

贺清宵静默了一会儿,拿起那本游记走到柜台处,把书放到了台面上。

刘舟最近招呼客人无数,结账、收钱、找零别提多利落,一时竟没反应过来贺大人这是要干什么。

贺清宵开了口:"结账。"

刘舟如梦初醒,脸上立刻堆满了笑:"您稍等。"

小伙子接过碎银掂了重量,也没上秤称,利落地找给贺清宵一把铜板。

贺清宵把铜板收好,看向已经回神的辛柚:"寇姑娘,我先走了。"

辛柚将视线落在贺清宵怀中游记上,笑道:"贺大人很喜欢这本游记吗?"

贺清宵想到被动过位置的游记,点点头:"对,很喜欢。"

辛柚体贴提醒:"这是一套游记,还有八九册在库里。"

贺清宵:"……"

等贺清宵离开,刘舟感慨:"贺大人变了啊。"

随着辛柚投来疑惑的目光,胡掌柜给了刘舟一巴掌:"收拾书架去。"

书厅中一时安静,再次响起清脆的算珠相撞声。

辛柚随意地靠着柜台,又思索起来。

内侍本就是奉命出宫买书,若淑妃因其他事生气,出宫采买的内侍回来如此大动肝火有些没道理。

她看画面中淑妃的反应,更像是因内侍的言语恼怒。

内侍说的话,必然与这趟出宫有关了——辛柚抬眼望着堆满《画皮》的书架,眼神闪了闪,有了猜测。

《画皮》是如何突破真正喜欢看话本的这个圈子,而风靡京城的呢?

是青松书局为了还击对家针对女客的手段而传开的说法,再到有女子因为这个说法受益的趣闻。

男人见色起意没有好下场,养外室更没好下场。

倘若内侍把这个说法讲给淑妃听,刺到淑妃的痛处就不奇怪了。

当年那个爹背着娘亲把淑妃等人偷偷摸摸地安置在怡园,放到民间不就是养外室吗?不过是有皇室这层遮羞布罢了。

这样的话,淑妃恐怕不只是对内侍大发雷霆,还可能迁怒于她。

"东家!"算完账的胡掌柜满面红光,兴奋地喊了一声。

辛柚看过去。

胡掌柜一手拍着账册,眼睛发光:"单单今日,《画皮》全册就卖出两百余套,下部卖出一百零九册!"

原本销量都开始回落了,谁知东家把长公主的女儿给救了!

胡掌柜看着表情淡然的少女,仿佛在看财神爷。

他们财神爷,啊不,他们东家可真有本事啊。

"掌柜的,如今《画皮》还有多少存量?"

胡掌柜翻开账册看了看,又拨了几下算珠:"全册还有一百二十套,下部另剩一百本。印书坊那边正昼夜赶工,还在印刷装订的在三百册左右……"

"让印书坊先停下来吧。"

胡掌柜以为听错了:"停下?"

辛柚点头:"对,让他们先停下。"

胡掌柜一听急了:"东家,这可不能停啊,几百册听起来多,实际上也就卖几天。很多人平时不看话本子,这次是凑热闹买的,过几天热闹过去就不想买了……您也别担心那些工匠不满,小人早就和他们说过了,这个月除了月钱还发赏金,赏金数目完全跟着书局收益来,那些工匠干劲儿足着呢。"

就累这么一个月,多拿许多钱,这多少人求之不得的好事呢。

"掌柜的意思我知道,不过我自有打算,先让印书坊那边停一停,卖完存量再说。"

见辛柚不像开玩笑,胡掌柜虽满心疑惑却没再说什么,回头和管着印书坊的赵管事一交代,赵管事急了。

"这怎么能停?!掌柜的,咱们书局这个月赚的银钱都赶上以前好几年了。这要是停下来,不是把钱往外扔吗?"

他偷偷估摸了一下这个月能拿的赏钱,都能给家里黄脸婆打一对银镯子了。

在其他人面前,胡掌柜半点儿不落东家面子,严肃地道:"咱们东家自接手书局做的决定有错的吗?"

赵管事摇头。

"那不就得了,听东家安排就是。"

于是青松书局难得有了一个比较轻松的夜晚。

另一边,小明子带着买来的话本匆匆回了宫,去见淑妃。

寇姑娘救长公主爱女的事淑妃也听说了,因而先问起人来:"见到那位寇姑娘了吗?是个什么样的?"

"回禀娘娘,见到了。寇姑娘与传闻中一样,果然与长公主有几分相像。"

"呵。"淑妃意味莫名地笑了笑,"书呢?"

小明子双手把书奉上。

淑妃把《画皮》接过,视线落在封面上,轻描淡写地问:"当真有许多人买这书看?"

"是真的。奴婢去得晚，没什么人了，听说白日的时候队伍要排到大街上呢。"

"一本书能好看成这样？"

"奴婢听说与一个传言有关。"小明子暗喜自己做了充足准备。

淑妃挑眉："什么传言？"

"说看了《画皮》能让不老实的男人改邪归正。见色起意没有好下场，养外室更没好下场，谁都不如糟糠妻——"

淑妃脸色骤变，她扬手把书册砸了过去。

小明子完全没反应过来，当即被书册拍了一脸。

他下意识地捂住脸，鲜血从鼻子里涌出，从指缝中渗出来。

尽管不知道怎么惹淑妃生气了，小明子第一时间跪下来请罪："奴婢该死，奴婢该死。"

淑妃怒气难消，看到小明子鼻血滴落到地砖上，更生气了。

正在这时，宫人禀报说皇上来了。

没等殿中人反应，兴元帝便走了进来。

看到殿中情景，兴元帝一愣："这是怎么了？"

淑妃迎上来："见过陛下。"

地砖上滴落的血迹令兴元帝皱眉："是这个宫人惹淑妃生气了？"

被点到的小明子深深埋头，一声不敢吭。

兴元帝的突然到来出乎淑妃的意料，让她来不及想出完美的借口："是妾失仪了。小明子今日出宫，听来不少关于泽儿的流言，妾听了一时恼火摔了东西。谁知这奴婢也不躲，恰好砸中他。"

小明子忙道："都是奴婢笨手笨脚，陛下恕罪，娘娘恕罪。"

淑妃口中的"泽儿"，便是她的侄儿戴泽。

兴元帝心中清楚戴泽被锦麟卫打板子的事定会广为流传，对淑妃的说辞倒是没有起疑。

他的视线落在躺在地上的书册上。

小明子虽然被书砸出了鼻血，书册上却没有沾染。兴元帝一个眼神，随他前来的太监就弯腰把书拾起，掸掸上面的灰尘呈到兴元帝面前。

兴元帝盯了书册一瞬："这是宫外的话本？"

淑妃心头一紧，硬着头皮道："是……妾听闻这本书在京城特别盛行，实在好奇，就让小明子买来看一看。"

这些年来淑妃打理后宫，在许多人眼里有皇后之实，可只有淑妃最清楚，面对这位帝王，她从来做不到妻子面对丈夫时那般放松。

无论是她，还是这后宫其他女子，皇上对她们的态度都带着居高临下的意味。

只不过，有些人看明白了，比如她。还有些人太蠢，妄想得到皇上的喜爱。

因为清醒，淑妃在兴元帝面前不得不谨慎。

"原来如此。"兴元帝今日过来是想与淑妃讨论一下她那个混账侄儿，可瑟瑟发抖的宫人，地砖上的血迹，这一切都让他没了留下的兴致。

"淑妃还是不要为了侄儿大动肝火，自己身体是最紧要的。"

"多谢陛下关心，妾知道了。"

兴元帝点点头，转身离去。

拿着书册的太监犹豫了一下，因没有兴元帝的交代不敢擅自做主，默默地把《画皮》带走了。

淑妃望着门口，一张脸沉了下来。

皇上命锦麟卫当众打侄儿板子，何尝不是扫她的脸面，今日过来不痛不痒地说了几句话就走了。

若是——淑妃脑海中浮现一张清丽的面庞，脸上戾气更重。

那可真是她们这些人一辈子的阴影啊，还好那个人永远都不会回来了。

淑妃表情微松，她扫向跪地的小明子："滚下去！"

小明子头也不敢抬，赶紧退了出去。

兴元帝回到寝宫，眼风一扫才发现内侍把话本子带回来了。

"拿来给朕看看。"

内侍名叫孙岩，是宦官中数一数二的人物，当然在兴元帝面前足够卑恭。

"是。"孙岩扯下书册上的腰封，快速翻过书页做了检查，这才把书呈给兴元帝。

兴元帝接过话本，翻阅起来。

孙岩候在一旁不敢打扰，使了个眼色给小内侍。

能进这里当差的都是机灵的，小内侍忙把烛台往这边移了移。

光线越发明亮，兴元帝看得更认真了。

时间一点点地推移，孙岩忍不住提醒："陛下，该休息了，小心伤了眼睛。"

兴元帝的视线从书上移开，他喝了一口水。

孙岩刚要伸手把书拿走，被兴元帝按住："朕再看一刻钟。"

一刻钟？

孙岩想想还好，默默地给半空的水杯添了热水。

一刻钟后。

"陛下，时间到了。"

兴元帝头也不抬："再看一刻，不，两刻钟。"

孙岩嘴角抽了抽，心知皇帝的脾气，没有再劝。

两刻钟后。

"陛下，真的该歇了，明日还要早朝——"

兴元帝啪地拍了一下书册，沉下脸来："这个时辰，朕经常在批改奏折，怎么看话本就不行了吗？"

孙岩把头低了低，不敢再说什么。

"不要再啰唆，等朕看完。"

孙岩："……"

夜渐渐深了，烛台已堆满了烛泪，兴元帝终于把书放了下来，起身揉了揉眼。

孙公公表情已经麻木。

"松龄先生是什么来历？"

兴元帝看了好看的书，想关注写书人，也是人之常情。

孙岩被问住了："奴婢对宫外这些不大了解。"

或许，他该找时间去青松书局看看了。

兴元帝对孙岩的不知情没有生气，吩咐道："明日散朝让长乐侯来见朕。"

"是。"

转日上朝，群臣发现了兴元帝的大黑眼圈，当即就纳闷儿了。

最近政务顺利，各地也没什么天灾人祸的消息传来，皇上竟然还熬夜处理政事吗？

这可真让当臣子的惭愧啊！

于是兴元帝感受到了大臣们的努力，早朝比平时拖了足足半个时辰才散。

兴元帝头昏眼花，差点儿没坚持住，好不容易熬到散朝，眼一闭睡着了。

孙岩不敢打扰，默默地在一旁守着。

不知过了多久，兴元帝询问："长乐侯来了吗？"

孙岩忙道："长乐侯已在外候着了。"

"传他进来。"

不多时，贺清宵走进来。

"微臣见过陛下。"

兴元帝面上露出几分笑意："清宵，说过多少次了，朕也是你的叔叔，放松些。"

说了几句闲话，兴元帝交代贺清宵要办的事："朕有些好奇写出《画皮》的松龄先生是个什么样的人，你去打听打听。"

贺清宵不露声色地应了，走出宫门才皱了皱眉。

皇上交代他办的事都与百官勋贵有关，这还是第一次专门调查寻常百姓。

可不管任务合不合理，皇上交代下来的他都要去做。

原本这种事情都是直接吩咐手下去调查，贺清宵想了想，换上便服直奔青松书局。

这个时间，书局人正多。

胡掌柜盯着书架上越来越少的书册，心头滴血。

这撑不了几日就要卖完了啊，到时候每一个空手而走的客人，都是飞走的小钱钱。

"掌柜的。"

"啊？"胡掌柜回神，看到一身便服的贺大人，犹豫着怎么打招呼。

贺清宵低声问："你们东家在吗？我找她有事。"

"您稍等。"

270

胡掌柜赶紧打发石头去禀报辛柚。

不多时，石头跑回来，凑到贺清宵身边小声道："东家说书厅里人多，您要有正事谈的话，让小人带您去东院。"

"劳烦带路。"

辛柚等在院中石桌旁，见到贺清宵随石头过来，起身迎过去。

"贺大人找我有什么事？"坐下后，辛柚提起茶壶为贺清宵倒茶。

贺清宵看着神色平和的少女，开了口："寇姑娘能说一下松龄先生的情况吗？"

辛柚提着茶壶的手一顿，眼里有了疑惑之色："贺大人怎么突然问起松龄先生？"

"今上看过《画皮》，问起了松龄先生。"

本来皇上交代的事不该外传，贺清宵却轻易说了出来，轻易到等说出口后自己都惊讶了一下，随即便坦然了。

说起来，锦麟卫镇抚使这个差事他并没那么想当，而他心里对那位的态度也仅是对皇权的服从罢了。

对那座住满了御赐仆从的侯府感到厌恶时，贺清宵就意识到他不是什么循规蹈矩的性子。

而寇姑娘，也是这样的人。

听贺清宵说皇帝关注到松龄先生，辛柚第一反应是厌恶。

她孤身进京，步步为营才有了今日局面，却很可能因某个人心血来潮的兴趣而毁于一旦。

再然后，辛柚心头一动。

既然松龄先生进入了皇帝的视线，或许她也能利用此点做些什么。

辛柚看向把这个信息透露给她的人，默默地领了这份人情。

她当然清楚，对贺清宵来说，直接命手下调查是最省心的。

"松龄先生——"辛柚斟酌着说辞，"应该是个年轻人。"

"应该？"

"我只见了松龄先生两次，他都遮住了面容，但从身形与声音判断应该很年轻。"

"只见了两次？"这个回答让贺清宵感到惊讶。

《画皮》全册他已看过，虽然对这类书不太感兴趣，却不得不说这是个很吸引人的鬼故事。

青松书局的起死回生离不开《画皮》，他以为松龄先生与青松书局的关系应该非常紧密。

心知这个回答难以让人信服，辛柚却一脸坦荡之色："对，两次都是我外出时松龄先生主动出现，第一次给了我《画皮》上部手稿，第二次带来了下部手稿。松龄先生说不想让人知道他的身份来历，没留下住址与联络方式。"

迎着贺清宵深沉的眼神，辛柚笑笑。

别说两次，她压根儿就没见过松龄先生。她只是从娘亲口中听来那些惊才绝艳的人物，心向往之。

少女神色自若，眸光清澈，贺清宵不由得信了。

"多谢寇姑娘告知。"

见贺清宵有要告辞的意思，辛柚及时为他添了茶："贺大人要调查松龄先生吗？"

贺清宵如实道："今上问起，要查一下。"

辛柚弯了弯唇："今上日理万机，还能关注到一位写书先生，真是精力无限。"

贺清宵不知是不是错觉，明明每个字都正常的这番话，却莫名其妙地听出了讽刺的意思。

寇姑娘讽刺皇上？

贺清宵暗暗摇头。

定是他想多了。

"今上——"贺清宵顿了一下，"精力充沛，勤于政务。"

这话不是虚言。许是能当开国之君的精力都异于常人，那种一天恨不得睡六个时辰，走几步就想歇着的人大多走不了这条路。

"只是没想到今上也会看话本子。"辛柚担心被贺清宵看出什么，没再多说，"那就祝贺大人调查顺利……我有个不情之请。"

贺清宵做出认真聆听的模样："寇姑娘请说。"

"希望贺大人尽量不要惊动松龄先生。我这书局全仰仗松龄先生的故事，万一把松龄先生吓跑了，书局恐怕又要陷入经营困境。"

贺清宵点头答应下来。

辛柚送贺清宵直接从东院角门出去，恰好被溜出来买小吃的孟斐瞧见了。

少年一双凤眼都瞪圆了，回到国子监就把段云朗拉到角落里报信："云朗，我刚才瞧见那个贺大人从你表妹的住处出来了！"

段云朗心里大惊，面上一副淡定的神色："这有什么，我表妹开书局呢，有的时候与人谈事在书厅人多口杂不方便，就在后边院子里招待了。"

"也是。"孟斐点点头。

好友这么容易被说服，段云朗反而不适应了。

听段云朗表达了疑惑，孟斐呵呵一笑："别看那位贺大人身居要职，其实日子不好过呢。令妹小小年纪就能把半死不活的书局经营得日进斗金，也算奇女子了，看不上贺大人有什么奇怪的。"

段云朗更惊了，趁着中午能出去，赶紧去找辛柚。

"表妹，你猜贺大人为何常来你们书局看书？"

辛柚摇头。

段云朗压低声音："因为没钱买。"

辛柚呆了呆，脑海中闪过万缕晚霞洒进书厅，朱衣男子静静看书的绝美画面。

原来……他是因为穷吗？

不过对段云朗的话，辛柚还是打了个折扣："表哥是从哪儿听来的闲话？"

"真的。别看贺大人是位侯爷，其实日子艰难着呢，表妹你可别和别人说，自己心里清楚就行了。"段云朗还没耿直到挑明了劝，毕竟表妹是姑娘家，脸皮薄。

辛柚："……"她为什么要清楚这个？

贺清宵还不知"寇姑娘"对他有了进一步了解，很快安排几名手下去调查松龄先生，调查却陷入了僵局。

无论是询问那些写书先生，还是各书局，大家都没人见过松龄先生。

这个情况不算太意外，京城原驻民多，进京做买卖、读书、找事做的外来人也多。哪怕百官眼里无孔不入的锦麟卫，在不知对方样貌来历的情况下，找这么一个几乎不与旁人接触的人无异于大海捞针。

最简单的办法，他还是要盯住寇姑娘，等待松龄先生主动现身。

贺清宵再次去了青松书局。

这次是傍晚，避开了买书人多的时候，贺清宵等辛柚从东院过来的间隙，干脆走到熟悉的书架旁拿起一本新游记慢慢翻看。

辛柚过来时，见到的就是这般情景。

这是很熟悉的情景，而在听了段云朗那番话后，辛柚的视线又控制不住地往贺清宵腰间的钱袋子上落。

贺清宵察觉到辛柚来了，放下书册走过去。

"寇姑娘，借一步说话。"

考虑到此时没什么人，辛柚直接带贺清宵进了待客室。

"贺大人找我，是为了松龄先生吗？"

辛柚对贺清宵多次相助心存感激，又因为误会对方而心有愧疚，如果不是关系到复仇一事，她是不会任由对方白费工夫的，如今却只能忽悠到底了。

"是。这两日多方探查，却没有松龄先生一点儿线索，恐怕还要麻烦寇姑娘。"

辛柚莞尔："贺大人打算如何麻烦我？"

贺清宵怔了一下。

他自来敏锐，当然能察觉到寇姑娘在他面前的放松是发生了什么，让寇姑娘对他的态度有了些微变化？

而这无疑是还不错的变化。

贺清宵飞快地思索。

他最近不但没帮什么忙，还来麻烦寇姑娘，唯一做过的事——买了一本游记？

"贺大人？"

贺清宵收回放飞的思绪，轻咳一声："寇姑娘介不介意在下安排一名手下守在书局附近？"

贺清宵说完这句话，做好了对面少女不满的准备。

而辛柚面上却毫无变化："我倒有个提议。"

"寇姑娘请讲。"

"松龄先生短期内不一定会来找我，如果这么等上一两个月再去向今上禀报，是不是有些迟了？"辛柚留意着贺清宵的神色变化，"我看今上只是心血来潮地问一句，说不定转头就不放在心上了。贺大人把从我这里得来的关于松龄先生的信息禀报给今上，也许就够了呢？"

贺清宵微微挑眉。

寇姑娘这是让他忽悠皇上？

嗯，这个方法也不是不行。

"多谢寇姑娘提醒。"

辛柚心头微动。

这位贺大人，对皇帝似乎也不是那么言听计从嘛。

她这书局开在国子监附近，贺大人又经常来逛，想要谋划什么很难绕过眼前人，刚刚那番话本就是一个试探。

一个没那么愚忠的臣子，对她来说是好事。

辛柚当即看贺清宵的眼神更温和了些，于是刘舟吃惊地发现贺大人又买书了。

当然这次小伙计的震惊只在心里，手上动作却不慢。反而是辛柚盯着刘舟收钱的动作，想想段云朗的话有些不忍心。

贺清宵把新游记带回侯府，引得桂姨一阵猜测。

"侯爷最近很喜欢买书啊。"

"嗯，这些游记值得反复看。"

贺清宵的解释没能说服桂姨。

这孩子一直是个爱看书的，但很少频繁买书回来，怎么突然就舍得花钱了呢？

桂姨暗暗记下游记上的印刷出处——青松书局。

看来她要找机会去这家书局瞧瞧了。

贺清宵很快就进宫去见了兴元帝。

"回禀陛下，松龄先生是个年轻人，数月前才来到京城，为人孤僻，几乎不与人打交道，目前只为青松书局写书。"

"居然是个年轻人。"听了贺清宵的禀报，兴元帝没再多问。

身为帝王，对一个写书先生的兴趣能到此已经不少了。

不过等贺清宵离开，兴元帝还是交代了大太监孙岩一声："以后这个松龄先生再有新书，买来给朕瞧瞧。"

孙岩想想那日皇上的大黑眼圈，很想阳奉阴违，奈何不敢，回头吩咐下去："青松书局再出新书，及时来报。"

青松书局对皇宫里的这些动静一无所知，如今整个书局的人都开始担心这批《画皮》卖完了可怎么办。

胡掌柜面对辛柚无数次欲言又止，焦虑得胡子都掉了不少。

辛柚怕愁坏老掌柜，便提议："除了《画皮》，还有哪些书卖得好就加印一些。等《画皮》卖完，来买的客人想着来都来了，说不定就顺便买一本别的带走了。"

胡掌柜哭笑不得。东家这么聪明，怎么就不想卖《画皮》了呢？

辛柚其实也在想，或许是她太过谨慎了。

淑妃大发脾气，会不会殃及书局只是猜测。因而她也设了个时间，超过半个月没事的话暂时应该就没影响了。

这日一早，段云朗狂奔而来，气喘吁吁地道："表妹，你听说了没？我们国子监出事了！"

"表哥慢慢说，出了什么事？"

"有个监生死在了大门口，被人开膛破肚，心不见了！"

辛柚一听，首先想到的就是《画皮》。

"什么时候的事？"

"就大早上发现的，险些把守门人吓个半死。如今好多学生跑出去看热闹，拦也拦不住，我就乘机溜出来找你了。"

"这么说，尸体还在那里？"

"在呢。不过监丞他们命人守着不得靠近，已经打发人去报官了。表妹我不和你说了，我得回去了。"

他只看了一半呢，出事的还不知道是哪个堂的学生。

"表哥，我和你一起去看看。"

段云朗愣了一下，很快答应。

二人同去的路上，辛柚试探问起段云朗第一时间想到来告诉她的原因。

段云朗挠挠头："大家都在议论死者被掏了心，好像《画皮》里的恶鬼索命啊！孟斐说最好和你说一声——"

"孟斐？"

"和我一个学舍的，他祖父是我们祭酒。"

辛柚对那个凤目少年略有印象。

"孟斐就是爱多想，都是读圣贤书的，谁会相信恶鬼索命这么荒谬的事啊。"

"那表哥怎么还来告诉我？"

"既然孟斐都这么说了，正好和表妹分享一下这个吓人的事。"

他们说话间就到了国子监。一名长衫中年人正憋红了脸大喊："所有监生立刻回学堂等待点名，违背者一律按退学处理！"

段云朗脸色一变："表妹，我先进去了！"

没等辛柚反应，少年一溜烟儿不见了踪影。

辛柚环视四周，出来看热闹的学生虽眼看着减少，听到风声赶来看热闹的人却越来越多，她这么一打量还发现了对面书局的掌柜。

至于死者，她显然是连一根头发丝都瞧不见的。

这时一队官差赶来。

"让开，让开！"

人群很快分开一条路，官差挤了进去。

不知过了多久，辛柚听到抢占了有利位置的人传来议论。

"怎么抬进去了？"

"说是要召集全院师生，凡是点名少了的学堂要认尸呢。"

…………

尽管国子监的大门已经关闭，围在门前的人却没有减少的意思。辛柚知道调查死者身份不是很快能完成，默默地转身离开，回了青松书局。

胡掌柜正站在门口往国子监的方向瞧，一见辛柚回来立刻问："东家，真有监生出事了？"

辛柚点头。

"好端端怎么出这种事呢！"胡掌柜一想到那些监生大多是十几二十岁的年轻人，重重地叹了口气。

坏事传千里，何况是发生在国子监这种地方，这一日不知多少有子孙在国子监读书的人跑去打听，好确认出事的不是自家人。

等到第二日，死者身份还没查明，一个说法风一般传开了。

那监生之所以被害，是因为他买了《画皮》，恶鬼从话本子里钻出来了，掏走了监生的心。

这个说法一传开，吓得不少胆小的人赶紧把书给烧了。

"无稽之谈，纯粹是无稽之谈！"胡掌柜气得胡子翘起来，"这些人怎么会信这么荒唐的说法！"

一旁的刘舟神色复杂。

实不相瞒，之前他看完了《牡丹记》还专门去花市看了一圈牡丹，想着精心养着说不定能化作牡丹仙子，给他当媳妇儿了。

奈何牡丹价高，他这才忍痛放弃。

流言传得越来越离谱儿，街上都散发着纸张燃烧的味道，甚至还传来某处因为有人烧书而起火的消息。

胡掌柜一脸愁云惨雾："东家，任由这些流言传下去，咱们书局可怎么办啊？"

比起胡掌柜的忧心忡忡，辛柚就淡定多了："掌柜的别着急，最多就是《画皮》滞销，咱们少赚些钱就是了。"

"明明那么受欢迎的话本子，这得少赚多少钱啊！"胡掌柜下意识地拨打着算盘珠，一脸庆幸的神色，"还好到今日《画皮》已经卖空了，也没有正在印的，少了许多损失——"

辛柚看到胡掌柜神色骤变，喊了一声："掌柜的？"

胡掌柜猛然回神，一时连男女有别都忘了，一把抓住辛柚的手腕："东家，您……您——"

"怎么？"

胡掌柜深吸一口气，说话才利落了："您是怎么知道有今日的？"

这要是书局如一开始那样昼夜不停地印书，他们的损失可就大了。

辛柚拍拍老掌柜的胳膊，笑道："并不是我知道有今日。前几日我观书局众人面相有破财之兆，思来想去能让大家一致有银钱损失的，恐怕离不开正热销的《画皮》，稳妥起见才让印书坊停下来。"

胡掌柜懊恼地拍拍脑门儿："小人怎么把东家的本事给忘了！"

胡掌柜懊恼过后，就是激动。

"东家，您看这次风波咱们能顺利度过吧？"

"万物时刻都在变化，这个不好说，咱们做了能做的，兵来将挡，水来土掩吧。"辛柚说得轻松，心里却不认为这场风波能轻易结束。

国子监发生了凶案，即便与淑妃无关，对方也可能利用此事做文章。当然也可能不插手，这样的话书局无非是损失一些银钱。而这些日子靠《画皮》狠赚了不少，哪怕之后一段时间生意冷清，这点儿损失她承受得起。

辛柚一直清楚自己真正的目标，从来不是开日进斗金的书局，而是借书局之便让害娘亲的人得到应有的惩罚。

"掌柜的。"

"在。"

"盘一下这个月的账目，把书局上下的赏钱发下去，好让大家安心，在东院做事的也别忘了。"

胡掌柜忙应了。

因为流言的事书局一下子变得冷清，刘舟跑到外头打探动静，突然看到好些人往这边走，忙跑回来禀报："东家，有不少人看着是冲咱们书局来的，不知道是不是闹事的！"

辛柚走到门口望了一眼，交代石头："你等在书厅后门处，若来的人是闹事的，立刻去印书坊召些人来。"

书厅平日虽只有一个掌柜两个伙计，印书坊可有大几十号壮汉呢，寻常来闹事的人还真讨不了便宜。

辛柚的冷静令书厅内的人都镇定下来，眼看着那些人走近了，刘舟面带笑容地迎上去。

"贵客们请进，不知各位贵客要买什么书？"

其中一人开口道："买《画皮》。"

小伙子客套的笑容出现了裂缝。

他都做好应对这些人闹事的准备了，这些人怎么是来买书的？

等等，他不能放心太早，对方定是以买书为借口，再找机会发作。

"实在对不住，小店的《画皮》已经售罄了。"刘舟客气地说着。

"卖没了？"

"是。"

几个人面面相觑，皆面露失望之色。

有人嘀咕着："怎么就卖没了呢？不是说这书里的恶鬼能跑出来，吓得好多人烧书嘛。"

辛柚自这些人进来便默默地观察，到这时能看出这些人不像是闹事的，于是笑着接话："才售空的，贵客们要不看看别的。"

最先开口的人不甘心地问："那还加印吗？"

辛柚面露无奈之色："如今外头传成那样，加印了哪里有人买呢？"

"怎么没人买？我们不就想买嘛。"

看出辛柚的疑惑，那人不好意思地笑笑："我们就是听了那些传闻才想买来看看的。"

辛柚看着这几张年轻面庞，明白了。

确实有喜欢这种新奇刺激的人，以十几岁的少年郎为主。

"算了算了，来都来了，随便看看吧。"

于是这群少年郎随便逛了逛，又随便买了几本书，浩浩荡荡地走了。

刘舟松了口气："还真是来买书的。"

胡掌柜想想先前东家安慰他说等《画皮》卖完了，登门的客人说不定顺便带本别的书走了，心情复杂极了。

"刘舟，你去外头多打听着，看有没有案子的进展，或是其他风声。"

那人的死状让人一下子就能想到《画皮》，注定了青松书局会被卷入纷纷扬扬的流言里。身为书局东家，辛柚不得不关注这个凶案的后续。

刘舟出去一阵子，带着打听到的消息回来了。

"东家，那个死者不是国子监的学生！"这个消息显然让小伙计很意外，神情掩不住激动之色，"说是这两日国子监从上到下挨个儿查过，缺席的师生已经一一核对，那死者不是其中任何一人……"

辛柚面色平静地点点头："辛苦了，喝口水歇歇吧。"

刘舟不解："东家，您不觉得意外啊？"

辛柚莞尔："很多事情不能看表面的。"

这个道理，在她以寇青青的身份生活在少卿府的那段时日已经明白了。

接下来的日子书局很清静，毕竟那种喜欢冒险甚至作死的年轻人还是少数。胡掌柜算完了账，把赏钱发下去，大家得了真金白银后眉开眼笑，这种气氛把因为流言笼罩在书局上方的阴霾一扫而空。

这份喜悦持续到转日一早，被一队官兵的到来打破了。

第十二章　水落石出

"你就是能做主的？"领头的官差打量着走出来的少女。

辛柚也打量对方，淡淡地道："我是青松书局的东家，不知官老爷是哪个衙门的？"

领头的官差冷冷地道："我等是东城兵马司的。你既然能做主，那就让你们的人把《画皮》都清理出来吧，也省得我们费力气了。"

辛柚从领头官差的语气中听出了浓浓的恶意，面上依然冷静："敢问官老爷，我们书局犯了什么事？为何要把《画皮》清理出来？"

跟在领头官差身后的一人喝道："不得乱喊，这是我们韩副指挥！"

"韩大人。"辛柚客气地改了称呼。

韩副指挥并没有因辛柚的客气而态度变得温和，绷着脸道："你们书局传播妖书，致京城人心惶惶，处处都有点火烧书者，短短两日引起火灾十数起，昨晚一场火更是闹出了伤亡。为还京城安定，我们必须把这些妖书收缴，还望寇姑娘配合。"

辛柚听到最后，扬了扬眉梢。

她自报家门只说了是书局东家，对方却唤她寇姑娘，看来是知道寇姑娘事迹的。先不说寇姑娘太仆寺少卿外甥女的身份，救长公主爱女的事才过去没多久，对方来势汹汹，对这些丝毫没有顾忌，恐怕不是单纯的维护治安这么简单。

受流言蛊惑的人烧书招致火灾，书局会不会有麻烦完全看兵马司的人怎么想。说无关，书局本来就是遭受无妄之灾，硬说有关，也能找上麻烦。兵马司的人无视寇姑娘背后的人脉，看似秉公执法，其实恰恰说明有问题。

兵马司闹出的这番动静早惹来无数人看热闹，辛柚听到热烈的议论声传来。

"听见没，《画皮》是妖书呢！"

"真是吓死人了，昨日我就让我家小子把书烧了，臭小子偏偏不听。"

…………

"寇姑娘还等什么，赶紧把妖书清理出来吧，若是等我们动手，碰坏了什么就不好了。"韩副指挥冷冷地催促。

辛柚与韩副指挥阴冷的眼眸对视，声音微扬："《画皮》只是一本很普通的鬼故事罢了，若非要说有什么不普通之处，大概是它很好看，才有了爱看话本子的人几乎人手一本的盛况。《画皮》售出成千上万册，若真如传闻那样会有恶鬼从书中钻出来害人，这恶鬼的动作会不会太慢了？"

看热闹的人一听，下意识地点头。

她说得有点儿道理啊，《画皮》中的女鬼那么厉害，连道士的拂尘都挡不住，真要从书中跑出来害人，不会只掏了一个人的心吧？

韩副指挥冷笑："寇姑娘还真是能说会道！"

"民女只平心而论。"

"不管怎么样，《画皮》引起了这些麻烦是事实，书非缴不可。"韩副指挥紧紧盯着一副从容模样的少女，"寇姑娘要反抗官府吗？"

"民女不敢。民女理解韩大人的担心，不过书就不用清理了。"

韩副指挥一挑眉，等着看眼前少女如何推托。

辛柚笑笑："因为《画皮》太受欢迎，早已售罄。"

"售罄？"韩副指挥愣了愣，万没想到是这个结果。

一旁的刘舟壮着胆子插话："我们书局一本《画皮》都没有了。"

他发愁书要卖完了怎么办的时候，万万没想到有一日说出没书了心情这么舒爽！

人群里，不知谁的声音响起："是呢，昨日我和朋友们去买《画皮》就没买着，害我随便买了一本诗集，回去都看睡着了。"

韩副指挥回神，看着唇角含笑的少女，有种说不出的憋屈感。

这么巧就卖完了？

"你们去检查一下。"韩副指挥吩咐手下。

几名手下快步走进书局一番检查，空手走出来，其中一人回道："大人，没有在书架上发现《画皮》。"

韩副指挥眼神灼灼地盯着辛柚："贵书局后边就是印书坊吧？"

辛柚听出对方的意思，不慌不忙地道："先前不停歇地印刷书册，工匠十分辛苦，前几日都停工休息了，印书坊也没有印刷好的《画皮》。"

"成品卖完了，印刷也停了，这是不是太巧了？"

辛柚微笑："确实是这样。对民女来说，赚钱虽重要，也不能把人累坏了。"

"去看看！"韩副指挥根本不信，冲手下抬了抬下巴。

胡掌柜担心这些官差横冲直撞故意破坏，焦急地看了辛柚一眼，见她微微点头，忙道："小民给官老爷们带路。"

几名官差直奔印书坊，从这个厅蹿到那个厅，胡乱抓起铺在桌上的纸张检查。

工匠们手足无措，一声不敢吭。

· 280 ·

胡掌柜看着被翻乱的纸张心疼又庆幸。

还好这些书考虑到销量一般没有多印，纵是被这些人糟蹋了，损失也不大。要是如前些日子那样堆满了《画皮》书稿——胡掌柜打了个哆嗦，完全不敢想下去。

这么一通带着破坏性的检查后，几名官差出去复命。

"大人，印书坊在印的书并非《画皮》。"

得到这个答案，韩副指挥脸色阴沉地看向辛柚。

而辛柚眸光微闪，眼前突兀地出现一个画面。

工匠们抱着大箱子走出来，其中一名工匠突然一个趔趄，连箱子带里面装的刻板都砸在了韩副指挥身上。

"没有印刷好的书册，《画皮》刻板总有吧？"韩副指挥问。

辛柚回神，没有否认："自然是有的。"

对方还真是想赶尽杀绝，没搜出书册，打上刻板的主意了。

"这些刻板留着就是隐患，让你们那些工匠把刻板搬出来，今日必须当众销毁！"

"太过分了！"刘舟忍不住喊出来。

胡掌柜也气得脸色铁青。

那些刻板可都是书局的心血，是匠人们一笔一画刻出来的，这些狗官吏实在欺人太甚。

韩副指挥扫刘舟一眼，冷冷地问辛柚："怎么，寇姑娘不想配合？"

面上一直挂着客气笑容的少女终于冷了脸："但凡开书局的都知道，刻板是一家书局的根基。韩大人仅仅因为一些流言就要毁我书局根基，还要我笑着配合吗？"

"那寇姑娘是要与我兵马司作对了？"

辛柚冷笑："民女不敢。韩大人执意如此，那就自行把刻板搬出来销毁吧，让我用自己的人毁自己根基，民女办不到！"

《画皮》刻板的损失还承受得起，如果没有看到那幅画面，她不介意好好配合，换这些狼犬赶紧滚蛋。可韩副指挥被那么重的箱子一砸还不知道后果，她可不能让工匠惹上麻烦。

她还是让韩副指挥的手下去搬吧。

韩副指挥见辛柚态度冷硬，不客气地一挥手："你们去把《画皮》刻板搬出来，一块都不许落下！"

"是。"众官差领命而去。

印书坊那边，赵管事忍痛打开专门存放《画皮》的库门，瞧着一箱箱刻板被搬出去，泪流满面。

这些刻板是他亲眼瞧着一笔一画刻出来的，最终印刷出大受追捧的话本子。

事情怎么就变成这样了呢！

"轻点儿，轻点儿啊！"赵管事忍不住喊出来。

"一边去！"嫌他挡路的一名官差用胳膊肘一戳，抱着箱子走过去。

赵管事身子一晃险些摔倒，幸亏被一旁的两名工匠扶住。

"赵管事没事吧？"一名工匠问。

另一名工匠看着抱着箱子离去的官差也哭了："赵管事，咱们书局不会关门吧？"

"别瞎说，有东家呢！"赵管事不死心，拔腿追了上去。

一些工匠见状默默地跟上。

昨日拿到赏钱像过大年一样的喜悦一扫而空，这一刻书局的人心情无比沉重。

书局门前，看热闹的人越来越多，有人喊道："出来了，真的搬出来了！"

那些官差可不知道爱惜，有的官差直接把箱子往地上一扔，发出好大的声响，箱中的刻板弹了出来。

石头哇的一声就哭了。

刘舟怕给书局惹麻烦，在心里破口大骂。

胡掌柜嘴唇哆嗦着，老泪直流。

辛柚看着地上的刻板，眼神冷下来。

她开书局虽另有目的，经营时也是用心的，特别是《画皮》从无到有，每一步她都参与了。

她尽管早做好了心理准备，可真的看到工匠们兢兢业业一笔笔刻出来的刻板被这么糟蹋，还是感到痛心与愤怒。

辛柚抬眸，看向韩副指挥："传道解惑，开启心智都离不开书籍。韩大人这样做，不怕遭报应吗？"

"报应？"韩副指挥一听，仰头大笑，"不过是供人消遣的话本子，寇姑娘还当是圣贤书了。遭报应？简直是笑话！"

他张狂地笑着，看到了旁人惊恐的表情，等意识到不对时，剧痛已经传来。

无数双眼睛瞧着一名官差抱着箱子走来，快要走到韩副指挥那里时脚下一滑，箱子脱手飞出去砸在韩副指挥身上，然后重重地落在他的脚背上。

辛柚看到这一幕，有种意外又不意外的感觉。不意外是因为刚刚见到了几乎一样的画面，只不过闹出事故的由工匠变成了官差；意外是因为换了官差搬箱子，居然有一个官差也如工匠那样脚下滑了。

那只能说韩副指挥注定有此一劫了。

韩副指挥的惨叫声直冲云霄，令看热闹的人群一阵骚动。

"怎么了，怎么了？"个头儿矮又被挤到后边的人着急问。

"有个官差脚滑把箱子摔出去了，正好砸中了官老爷的脚。"

"啧啧，那砸得不轻吧？"

"是呢，那些箱子看着挺重的。"

"哎，你们还记得刚刚寇姑娘的话没？糟蹋书是不是真的有报应啊？"

对看热闹的人来说，官老爷伤势如何完全不关心，伤得重点儿更好，可糟蹋书要是有报应，就不得不重视了。

这么说，《画皮》不能烧啊！

"大人，您没事吧？"几个官差围上来。

自知惹祸的官差吓傻了眼，扑通跪下了："大人，小的不是故意的……"

韩副指挥努力控制着继续惨叫的冲动，整个人靠在一名手下身上，低头盯着被砸中的那只脚。

他穿的是白底黑面的布靴，鞋面尚不明显，但渗出的鲜血已把白底染红了。

韩副指挥额角青筋凸起，排山倒海的疼痛令他表情扭曲，嘶吼道："把这些刻板都给我砸了！"

这话一说出口，众官差面面相觑，一时竟没人回应。

他们当然不是不听命，而是看热闹的人说的那些有关报应的议论灌了一耳朵，他们难免生出几分迟疑之意。

该不会真的有报应吧？

见手下不动，韩副指挥厉喝："你们都聋了吗？"

官差们这才动起来。

辛柚面无表情地看着，实则心情并不差。

刻板没有了还能再刻，无非是费些银钱，这个意外引发的议论倒是意外之喜了。

当然还有韩副指挥吃了苦头，也算是为制作刻板的工匠出了口气。

"等一等。"一道冷淡的声音传来。

人群骚动起来。

"是锦麟卫！"

一队配着腰刀的锦麟卫冷着脸走来，为首的正是锦麟卫镇抚使贺清宵。

这种场合，他的神色十分冷淡，显得面容越发白皙，眼眸更加深沉，容貌之盛令看热闹的人不由得屏住呼吸。

辛柚望着走来的朱衣男子，眼里闪过惊讶之色。

贺清宵冲辛柚微一点头，走到韩副指挥面前。

"贺大人。"韩副指挥冲贺清宵拱拱手。

辛柚微微皱眉。

论官职，兵马司副指挥与锦麟卫镇抚使有不小的差距，论权力，那更远远不及。可她冷眼旁观，韩副指挥面对贺大人恭敬是有，但不多。

韩副指挥出身背景另有来头？

贺清宵低眉，扫过散乱在地的刻板，眼里有着痛惜之色。

人与人之间的复杂事，却殃及无辜的书籍。

"韩副指挥这是做什么？"贺清宵淡淡地问。

韩副指挥脚上疼得厉害，他面对贺清宵却不得不收敛几分嚣张之意，惨白着脸道："这家书局出售妖书，致使京城百姓人心惶惶，火灾四起。我们兵马司有维持治安之责，所以前来缴书。"

"妖书？"贺清宵微微挑眉，看向瞧热闹的人们："买过《画皮》的诸位，觉得《画皮》是妖书吗？"

被那双清凌凌的眼扫过的人，赶紧喊道："不是啊，《画皮》怎么可能是妖书呢！"

"不是不是，《画皮》绝对不是妖书！"

开玩笑，他们万一说《画皮》是妖书，也像这个姓韩的官老爷一样遭报应怎么办？

韩副指挥听了这些话，嘴都气歪了。

这些刁民之前可不是这么说的！

辛柚垂眸，眼里有了笑意。

贺大人定是听了那些议论。

贺清宵又看向韩副指挥："看来是韩副指挥误会了。"

韩副指挥咬了咬牙，压低声音问："贺大人当真要插手此事？"

面对韩副指挥的疑问，贺清宵神色冷淡："韩副指挥当真要为难青松书局？"

韩副指挥面色微变，语气透出警告之意："贺大人的手伸得太长了吧？"

"手伸得长吗？"贺清宵低声说着，伸出手。

那只手修长白皙，骨节分明，虎口处却有因长期握刀而生出的茧。

贺清宵看着韩副指挥笑了笑，声音更低了："韩副指挥是不了解，还是忘了？锦麟卫的手自来伸得很长。"

"你——"韩副指挥突然抽了口冷气，疼得龇牙咧嘴，额头冒出一层汗。

韩副指挥的狼狈，衬得贺清宵越发从容："刚刚大家的话韩副指挥也听到了，《画皮》不是妖书，你们兵马司带人来缴书并无理由。韩副指挥若不想落下个欺压百姓的恶名，还是不要在此浪费时间，早些回去医治脚伤吧。"

说到这儿，贺清宵扫了一眼韩副指挥受伤的脚："韩副指挥伤势不轻，若是耽误久了，落下残疾可就不好了。"

韩副指挥用力地攥了攥拳，咬牙道："走！"

一直扶着他的手下忙把手往上挪了挪，被他吼了一句："蠢货，不知道背着我啊！"

挨了骂的手下不敢吭声，俯身把韩副指挥背起，才往兵马司的方向走了两步又挨骂了。

"蠢货，先去医馆！"

一队官差在韩副指挥的骂骂咧咧中往医馆奔去，只有那名惹了祸的官差跪在地上，一脸无措的神情，直到众人的视线都落到他的身上，他才赶紧爬起来跑了。

看热闹的百姓瞧着这一幕，莫名其妙地感到舒爽。

嘿嘿，这些官老爷在他们面前从来都是耀武扬威的，何曾有过这副倒霉样。

贺清宵吩咐手下："你们把刻板搬回印书坊，小心点儿别磕碰了。"

一旁的胡掌柜忙道："使不得，使不得，我们自己来。"

赵管事忙喊了一嗓子："都傻愣着干什么，把咱们的刻板搬回去！"

于是工匠们与锦麟卫一起小心翼翼地收拾起落在地上的刻板。

"贺大人进来喝杯茶吧。"辛柚开口邀请。

贺清宵随辛柚走进书局，进了待客室。

茶香袅袅，坐在对面的人又成了辛柚平日熟悉的样子。

"今日多谢贺大人。"

贺大人能够保下《画皮》刻板，算是意外之喜了。

说起来，贺大人帮过她不少次，而她还没有回报过。

"贺大人今日可忙？"

贺清宵目露询问之色。

"贺大人若有时间，我请你去丰味楼吃饭。"

丰味楼是京城数一数二的酒楼，味道无可挑剔，唯一的缺点就是贵。

贺清宵……当然没去过。

"寇姑娘不必客气。"

"贺大人总要让我表示一下谢意吧，不然我心中难安。"

贺清宵迟疑了一下，有些担心一起去酒肆吃饭会对寇姑娘不好，可那双真挚坦荡的眸子还是令他点了头："那就却之不恭了。"

见贺清宵答应，辛柚弯唇一笑，问起韩副指挥："贺大人可知道韩副指挥的来历？"

得益于锦麟卫镇抚使这个身份，一个兵马司副指挥放在百官勋贵中看似不起眼，贺清宵却是清楚的："韩副指挥名叫韩东明，出身寻常，但他的妻子是固昌伯的族侄女。"

固昌伯——辛柚在心里喃喃地念着这三个字，脑海中浮现的是宫装丽人勃然大怒的画面。

固昌伯的族侄女，自然也是淑妃的族侄女。青松书局今日这场麻烦，十之八九来自淑妃了。

"韩副指挥今日气势汹汹地来这儿，不是真的为了什么秩序安定吧？"

对于淑妃发怒的事，贺清宵无从知晓，但他的猜测与辛柚的推断十分接近："韩东明不会平白无故地寻青松书局的麻烦，考虑到韩东明与固昌伯府的关系，或许是前些日子关于《画皮》的传闻惹宫中那位娘娘不高兴了。"

"贺大人是说淑妃？"辛柚眼里不觉有了赞赏之色。

与她能看到一些画面不同，锦麟卫可管不到后宫，可见贺大人的敏锐。

她的眼神令侃侃而谈的青年面上微热："我也只是猜测，寇姑娘心中有个数就好。"

"那死在国子监门口的人呢？会不会也与那位娘娘有关？"辛柚秉着话都说到这里了，不问白不问的精神，赶紧问出全京城都关注的凶案。

贺清宵微微愣了一下，笑道："应该关系不大。这个案子有了一些进展，相信会水落石出的。"

"这凶案把青松书局卷进了旋涡，之后贺大人若了解到什么，方便的话还请告知。"

"好。"贺清宵一口答应下来。

等到前往丰味楼，贺清宵默默地看一眼跟在辛柚身边的老掌柜，为自己先前的犹豫感到好笑。

胡掌柜面上恭恭敬敬，心里却有些担忧。

该不会真如刘舟那小子说的，东家要与贺大人在一起吧？

这女子要是成了亲，就要生娃，生了娃就要养娃，过上几年又要生娃，生了娃又要养娃……

那书局怎么办？他们书局可离不开东家啊！

不成，今日他要好好盯着，回头也要找机会劝劝东家。她还年轻呢，不着急啊！

于是整个饭局贺大人也没能与辛柚说上几句话，每次才起个话头就被老掌柜敬酒阻止了。

想到下午还有正事，贺清宵只好少说话，多吃菜。

辛柚看贺清宵埋头苦吃，眼里有了同情之色。

看来贺大人是真的穷……

"小二，上两笼蟹黄包。"

贺清宵拿着筷子的手一停。

这顿饭，时间要比预计的长了些。

胡掌柜捏着酒杯的手也一顿。

东家怎么还加菜呢？

与雅间中古怪的气氛不同，雅心书局里，古掌柜坐在椅子上微眯着眼，哼着不成调的小曲儿。

尽管没看成《画皮》刻板被砸的热闹有些遗憾，但心情还是不错的。

刻板保住了又如何？青松书局还不是没生意了。

雅心书局虽然也没生意，但只要对手不行了，以后总有机会好转的。

古掌柜美滋滋地想着，突然听到伙计颤抖的声音响起："掌柜的——"

"怎么？"古掌柜撩起眼皮，看到出现在面前的两名年轻男子不由得睁大了眼，然后看到了其中一人举起的腰牌。

"锦麟卫"三个字令他瞳孔一震，猛地站了起来。

古掌柜可不傻，这种穿着便服的锦麟卫突然亮牌子，显然没好事啊！

"二位大人是要买书吗？"古掌柜把腰弯得低低的，一脸恭敬地问。

把腰牌收起的锦麟卫冷冷道："古掌柜是吧，跟我们走一趟吧。"

古掌柜脸色瞬间煞白："小民犯了什么事？大人是不是弄错了？"

锦麟卫冷笑："古掌柜要是想让这街上的人都知道你被锦麟卫带走了，尽管不配合。"

古掌柜仿佛霜打的茄子，一下子蔫了。

"走吧。"穿着便服的两名锦麟卫一前一后，把古掌柜夹在中间。

古掌柜蔫头耷脑地往外走，双腿似灌了铅，快要走出去时回头给吓傻的伙计使了个眼色，然后就被走在后头的锦麟卫推了一把，身影消失在门口。

伙计呆愣在原地，不知过了多久才反应过来，跑到店门口往外看。

街上人来人往，他已经寻不到古掌柜的影子。

"东家……要告诉东家！"伙计慌慌张张地报信去了。

"古掌柜被锦麟卫带走了？"雅心书局的东家听了伙计的禀报，一张俊脸陡然沉下来。

"刚刚被带走的，那两个锦麟卫穿着便服，进来就亮了身份带走古掌柜。东家，咱们该怎么办啊？"

"他们有没有说原因？"

"什么都没说——"伙计脸色突然一变，压低声音，"东家，该不会是咱们做的事被查出来了吧？"

青年自然也想到了这个可能。

伙计不解："可就算查出来，也不关锦麟卫的事啊？"

他们这顶多是生意场上的竞争，应该是顺天府和刑部审理呀。

"先等等看。"青年皱眉道。

伙计想问一句古掌柜怎么办，瞧着东家阴沉的脸色没敢多嘴。

青年选择静观其变，其实并非沉得住气，而是觉得因一个掌柜惹上锦麟卫不值当的，只要锦麟卫不来找他就行。

能在东城这个位置开这么大一家书局，短短数年风生水起，青年也是有背景的。

早年青年的父亲经营不善败了家业，青年家道中落，凭着一副好相貌成了户部一位郎中的上门女婿。别看户部郎中官职不高，但另有姻亲人脉。总之能在京城站稳脚跟的，都不简单。

"去打听着，有动静及时来报。"

古掌柜本来还强作镇定，一被带进锦麟卫专门审讯人的小黑屋，腿登时就软了。

"大……大人，小民可是遵纪守法的良民啊——"

一名三十来岁的男子走进审讯室，扫一眼古掌柜："人带来了？"

两名锦麟卫拱手："带来了。"

男子是贺清宵手下的一名副千户，名叫闫超，算是一员干将。

"说说吧，你安排人散布恶鬼能从《画皮》中钻出来害人的谣言，致使全城人心惶惶，是何居心？"

古掌柜一听，急忙喊冤："小民没有做这种事啊！"

闫超冷笑："你当我们锦麟卫是吃干饭的，无缘无故把你带到这里？你不敢承认，是不是怕谋害性命的事暴露？"

这一下可把古掌柜吓到了，声音都大了起来："苍天可鉴，小民可不敢杀人啊！"

"不敢？我看你是不见棺材不落泪！"闫超高鼻薄唇，本就生了一副狠厉相，再有锦麟卫身份的加持，给人的震慑力可想而知，"国子监门前的死者难道不是你为了嫁祸青松书局指使人杀的？"

"真的没有啊！我们两家书局虽然不对付，可都是生意场上的事，我最多是说几句不好听的话，怎么会杀人呢！"

闫超眼一眯："这么说，你是承认散布谣言了？"

古掌柜颤抖着嘴唇，仿佛被人扼住了喉咙。

"不承认也无妨，你这样的小民能进来这里也是难得，不长长见识岂不遗憾。来人——"

眼看一人提着鞭子走过来，古掌柜没有一点儿犹豫地跪下了："大人饶命，大人饶命，小人招！"

闫超的嘴角抽了抽。

他一鞭子都还没打……

古掌柜跪在地上，痛哭流涕地交代："听说国子监死了个学生，还是被开膛掏心，小民就想到了《画皮》……自打青松书局发售《画皮》，我们书局生意就一落千丈，小民一时糊涂，散布了那样的谣言……"

"那死者呢？"

古掌柜愣了愣，吓得脸色发白："大人明鉴，那死人和小民毫无关系！小民只是个掌柜的，犯不着做这种事啊！"

"犯不着？这么说，你们东家——"

古掌柜疯狂摆手："不不不，我们东家也绝对不会杀人……"

"先打两鞭子再说。"闫超冲手下抬抬下巴。

手下一鞭子抽下去，古掌柜发出惊天动地的惨叫声，第二鞭子下去，他们就闻到了一股臊味。

闫超："……"

随着他抬手，行刑的锦麟卫停下来。

古掌柜涕泪交加，狼狈求饶："大人，国子监的死者真的与我们书局无关啊，您就饶了小民吧，小民再也不敢乱说了……"

闫超屏着呼吸走了出去，向刚回来的贺清宵禀报。

"大人，雅心书局的古掌柜已经承认是他们书局散布的谣言，但对杀人一事坚决否认。以卑职多年审讯经验来看不似撒谎，国子监门口的死者，凶手应该另有其人。"

"把他送到顺天府去。"

"是。"

因涉及国子监，又闹出这么大的动静，负责此案的不光是顺天府，还有刑部，便连大理寺也开始过问。如今只确认并非国子监的人，具体身份还未确定。而他们不知道死者身份，想找出凶手就更难了。

顺天府尹本就焦头烂额，一听居然还有古掌柜这种乘机散布谣言的人，当即就把人关进了大牢。

贺清宵趁势提出去看一下尸体。

顺天府尹刚承了锦麟卫的情，对于这么一个小小要求自然不好拒绝。

贺清宵带着北镇抚司的仵作去了存放尸体之处，仔仔细细地检查了尸体。

北镇抚司的仵作经验老到，检查后除了原先仵作记录在案的描述，还留意到一点儿异常。

"大人，死者膝盖处发黑发硬，应是长期摩擦所致……"

贺清宵听了，陷入了沉思。

贺清宵习惯用刀，因而虎口有茧。什么样的人膝盖会发黑发硬呢？

仵作继续说着推断："死者肌肤粗糙，指间似是有长期洗不掉的污渍，看起来不大像读书人……"

贺清宵心念一动，想到了一种可能。

"辛苦了，先出去吧。"

停放尸体之处本就在半地下，再加上这个案子闹得大，为防止尸体腐败放置了冰块，整个房间冷如冰窟，体质弱的待久了可受不住。

外面凉风习习，阳光清透，一扫停尸房的阴冷。

贺清宵大步走出去，回到衙门安排下去："去查一下各处的乞儿，看有没有与死者年纪、身高相仿，然后突然失踪的。"

死者年龄不算大，如果只是寻常做体力活儿的，膝盖处不大会出现这种情况。便是为奴者，面对主人也只需要作揖就够了，下跪那是犯了错求饶时才有的。膝盖长期摩擦的有一类人，便是跪地乞讨的乞儿。

在京城，那些能安稳乞讨的乞儿都是有组织的，也就是所谓的丐帮。京城大大小小的丐帮有十来个，早早划分好势力范围，若有越界的乞儿，那可讨不了好。

京城乞儿虽不少，但有势力划分就好办了。锦麟卫找上各个丐帮的头领，这些头领再把任务安排下去，不过两日就摸清了自己地盘上突然失踪的乞儿名单。

贺清宵仔细看过名单，重点画了五个人，这五个乞儿有两个就在东城。

当然，除了这五个人，名单上还有不少，如乞儿这类生活在最底层的人悄无声息地失踪或死去太常见了。贺清宵考虑到时间紧张、人力有限，他决定先从这五个最有可能的乞儿身上查起。

运气不错，锦麟卫带着认识失踪乞儿的乞丐去认尸，其中一个乞丐认了出来。

"是二狗！"

经过了解，二狗是东城失踪的两个乞儿中的一个。

那乞儿主要在燕子胡同外的墙根处乞讨。常与他一起的还有一个老乞丐和一个小乞儿。

在一名乞儿的带领下，贺清宵见到了老乞丐。

老乞丐病了有些日子了，此时躺在桥洞下的一层稻草上，一副奄奄一息的样子。

照顾老乞丐的是一个七八岁的小乞儿，二人是祖孙。

见贺清宵过来，小乞儿一脸戒备之色，如突然被闯了领地的一头小兽。

贺清宵半蹲下来，语气温和地问老乞丐："老人家，方便说话吗？"

老乞丐浑浊的眼睛微微睁大，他疑惑地看向领路的乞儿。

乞儿忙道："这位是锦麟卫的大人，找你来了解事情的，你可要好好回答大人的话。"

听到乞儿的话，老乞丐不由得有些紧张，小乞儿更是像受惊的小动物。

贺清宵何等敏锐，立刻察觉小乞儿的反应有些不寻常。

"您说——"老乞丐艰难开口。

贺清宵吩咐跟来的手下："喂老人家几口水润润喉咙。"

手下解下挂在腰间的水壶，拔开塞子喂了老乞丐几口水。

水还是温的，老乞丐许久没喝过热乎水了，几口温水下肚居然恢复了几分精神。

贺清宵见状便问起来："有个叫二狗的人，是不是和你们在一条街上乞讨？"

老乞丐点点头。

"你最后一次见他是什么时候？"

老乞丐摇摇头，声音沙哑苍老："小人病了半个月，一直躺在这里，生病前还看到他的。"

贺清宵看向小乞儿。

小乞儿浑身紧绷，不自觉地咬着唇："我……我没留意——"

领路的乞儿瞪了小乞儿一眼："谷子，你爷爷病了，你不是天天去讨食吗？怎么会没留意？"

见叫谷子的小乞儿更紧张了，贺清宵从荷包中摸出一把铜板，递给领路的乞儿："去买一些好消化的软糕，你和谷子爷爷都填填肚子。"

领路的乞儿抓着铜板欢欢喜喜地跑了。

谷子听到软糕，不由得吞了吞口水。

贺清宵示意手下看好老乞丐，手指向不远处："谷子，我们去那里说。"

谷子犹豫了一下，到底不敢抗拒，随着贺清宵到了不远处的柳树下。

已经是秋末了，柳叶如枯蝶般被风卷着吹走，不再繁茂的柳树显出几分萧瑟之意。

"谷子，你知道二狗失踪了吧？"

贺清宵的开门见山令谷子脸色大变："我什么都不知道！"

他想跑，又不敢。

眼前的人可是官老爷，一句话就能要了他和爷爷的性命。

贺清宵看出小乞儿的恐惧，语气越发温和："你别怕。只要你好好回答我的问题，我便会送你爷爷去医馆诊治。"

"真的？"谷子眼里透出热切之色。

"我是朝廷命官，怎么会骗你一个小孩子？"

"可是——"谷子犹豫着，既心动爷爷能得到医治，又顾及着什么。

贺清宵猜测谷子很可能做了不太光彩的事，所以他不敢说出来。

他伸手，鼓励般拍了拍小乞儿的肩膀："你还小，纵是被迫做了什么事，只要不是杀人放火，都是可以宽大处理甚至不追究的。若是隐瞒真相，耽误了查案进展，那就有麻烦了。"

谷子听了贺清宵的话，小心翼翼地问："真的不追究吗？"

"那你可有杀人放火？"贺清宵严肃地问。

谷子真要犯下这等罪，他当然不可能不追究，而他也不想哄骗一个孩子。

谷子急忙摇头："没有没有！"

贺清宵一笑："那就不要怕。"

他生得极好，这一笑如冬雪初融，化作了春日的清泉。

谷子呆了呆，心里模模糊糊地生出信任：这么好看的大人，应当不会骗人吧。

"那也会给我爷爷治病？"

"会。"

"可我爷爷病得很重，治病要花很多钱的。"

贺大人唇边笑意一滞，而后镇定地道："无妨，我有钱。"

谷子终于放心了："那您问吧。"

"你最后一次见到二狗，是在什么时候？"

"是……六天前的晚上。"

六天前的晚上？

贺清宵回忆了一下，国子监门口的尸体被发现，正是五日前的清晨。

也就是说，谷子很可能是最后一个见到死者的人。

贺清宵心中十分重视，面上丝毫不露，免得给谷子压力："当时是什么情况？"

"我——"谷子用力地咬着唇，突然哽咽了，"我看到了凶手！"

谷子这个回答令贺清宵眼神变了变，语气依然温和："慢慢说。"

贺清宵的平和安抚了小乞儿剧烈起伏的情绪。

"二狗哥这里不是很灵光，晚上也睡在墙根。"谷子指了指脑袋，"那晚爷爷突然浑身发抖，我吓坏了，跑去找二狗哥帮忙。没想到远远地看到一个人走到墙根，停在了二狗哥那里……"

回忆令小乞儿面露恐惧之色："我很好奇，悄悄地躲了起来，看到那个人不知用什么捂住了二狗哥的口鼻，过了一会儿就把二狗哥拖走了……我……我实在是太害怕了……太害怕了……"

被内疚与恐惧煎熬的小乞儿哭起来。

那一晚后，他想过许多次，如果当时他大着胆子喊一声，二狗哥说不定就能及时醒来，不会被拖走了。

可是当时他不敢，他怕没把二狗哥喊醒，自己和爷爷反而有危险。

小乞儿不敢抬头，怕看到对方鄙夷的神情。

他不只当时没敢喊，过后也不敢对别人说，更不敢报官。

一只大手落在肩头上，轻轻地拍了拍："谷子，你看到凶手的样子了吗？能大概说说吗？"

谷子一下子转移了注意力,不用回忆就说出来:"那人个子很高,穿着一身长衫,看起来不年轻了,不过因为光线不太好,脸瞧得不是特别清楚……"

这几日他控制不住地反复回忆,那人的样子不但没淡忘,反而越来越清晰。

"如果你再见到那个人,能认出来吗?"

"能!"谷子脱口而出。

尽管那张脸因为光线有些模糊,可他能肯定,只要再见到那张脸一定能认出来。

贺清宵问了最后一个问题:"二狗当时穿着什么衣裳?"

"二狗哥?"被问到每日都会见到的人,谷子反而努力地想了想才回答,"就和平时一样,因为太脏太破都看不出是什么颜色、样式了。"

贺清宵带谷子回到了桥洞处。

跑去买糕点的乞儿回来了,正狼吞虎咽地吃着,见二人过来嘴巴鼓鼓的险些噎着。

谷子忍不住咽了咽口水。

贺清宵吩咐手下好好安置谷子祖孙,独自去了青松书局。

在待客室里,贺清宵发现除了茶具,还多了两盒坚果蜜饯。

"贺大人,案子是不是有进展了?"辛柚把装坚果的食盒往贺清宵的方向推了推。

贺清宵在要给寇姑娘面子吃几颗松子和说正事之间犹豫了一下,还是决定先说正事。

"找到了一个目击证人。"

辛柚眼睛一亮:"证人怎么说?"

这两日,对面书局掌柜被抓走蹲大牢的风声渐渐传开了。辛柚对雅心书局散布流言的行径并不惊讶,商场如战场,有的人堂堂正正地正当竞争,也有的人不择手段。

但对真正的凶手,她没有如旁人一般认定是对面书局的人。

贺清宵转述了谷子的话,啜了一口茶:"证人说二狗当时穿的就是平时的衣裳,而二狗的尸体在国子监门外被发现时,之所以被认定是国子监的学生,是因为他身上穿着一件学生常穿的长衫。也就是说,那晚的凶手带走昏睡的二狗,特意替他洗了澡,换了衣裳。"

"凶手这么做的目的——"辛柚捏起一颗松子把玩,大脑飞快地转动,"就是要让人以为是书生被恶鬼掏了心,把青松书局卷入其中吗?"

"这种可能性比较大。所以寇姑娘仔细想一想,青松书局得罪过什么人?"

"近来青松书局生意红火,眼红的定然不少,要说受影响最大的,无疑就是对面的雅心书局了。"

"目击者看到的凶手个子比较高,与雅心书局的掌柜不符。寇姑娘若想不出特别的人,我这边就先把雅心书局的人召集在一起,让目击者挨个儿辨认。"

贺清宵正说着,门外传来刘舟的声音:"东家,雅心书局的东家要见您。"

辛柚意外地扬了扬眉,对贺清宵道:"贺大人稍坐,我出去看看。"

书厅里，一名长相俊秀的青年正望着待客室门口的方向，一旁的胡掌柜默默地翻着白眼。

见辛柚走出来，青年一笑："寇姑娘，鄙人姓吴，是雅心书局的东家，今日是来给寇姑娘赔礼的。"

辛柚定定地看着青年，实则心神全被出现在眼前的恐怖画面吸引了。

一处院子里的水井旁，青年躺在地上，一名男子把刀重重地刺入他的心口，疯狂地搅动着。

鲜血喷溅出来，溅到男子脸上，男子念念有词，双眼猩红。

从小到大，辛柚看到过无数画面，绝大多数出现在画面中的人只是遇到小小的倒霉事，或是摔了一跤，或是碰了一下，能和眼前血腥恐怖的画面相比的不多。

胡掌柜见辛柚出神，赶紧提醒一声："东家——"

这小子比贺大人丑多了，东家给他这么多眼神干什么？！

辛柚定了定神，出现在眼前的不再是如咸鱼一般躺在地上任人宰割的人，而是面上挂着客气的微笑，眼里藏着几分得意之色的青年。

"吴东家。"

青年拱手："鄙人刚刚得知，我们书局的掌柜竟然做出这种事来，实在是太惭愧了，还望寇姑娘能原谅。"

他说着，从袖中摸出一个小盒子递过去："这是鄙人的赔礼，请寇姑娘收下。"

辛柚伸手接过来，塞进胡掌柜手里，对青年笑笑："收下了，原谅了。"

青年本来还做好了对方严词拒绝甚至怒斥他的准备，一下子被辛柚的举动弄得不知如何反应，下意识地去看胡掌柜。

老掌柜更蒙。

东家这就原谅雅心书局了？

"我在招待朋友，不好让朋友久等。吴东家要是还有什么事，就与我们掌柜的说吧。"

"没事了，寇姑娘不计较就好。"青年恍恍惚惚地走了。

"东家，您——"胡掌柜举起小盒子。

"掌柜的先收着，我还有事与贺大人谈。"辛柚顾不得与胡掌柜多说，立刻走进了待客室。

贺清宵摸松子的动作一顿。

辛柚快步走过去，在对面坐下来。

"贺大人，刚刚见到雅心书局的东家，我突然想到一个人！"

辛柚满脑子都是雅心书局东家被谋杀的骇人画面，面上却不露异样："要说对青松书局不满的还有一人，便是那位平安先生。"

"平安先生？"贺清宵不怎么看话本故事，对这位大名鼎鼎的平安先生没怎么留意过。

"估计是平安先生的新书销量很差，让雅心书局亏了不少钱，前不久平安先生被辞退了。那日他来到我们书局，点名要见松龄先生，被胡掌柜拒绝后含怒离去。"

辛柚发现了，当知道了结果，再为这个结果找一个理由就太容易了："平安先生本来受无数人追捧，落得这个结局，想必对青松书局心存怨气……"

何止是心存怨气，辛柚看画面中他疯狂杀人的样子，他已经扭曲了。

"多谢寇姑娘提醒，我先安排人去调查一下平安先生。"

贺清宵离开青松书局，立刻吩咐手下去查平安先生的踪迹。

胡掌柜走到辛柚身边："东家，雅心书局的东家送了六百两银票。"

辛柚知道，有了目标后贺清宵查明真相只是时间问题，因而心情不错，笑盈盈地道："数目还不小，掌柜收好归在账上吧。"

胡掌柜却有点儿慌。

数目是不小，可东家您不能因为这样就对那王八羔子另眼相待啊！

老掌柜当即决定揭开那人的真面目。

"六百两银子是不少，可比起咱们书局的损失就不值一提了。"

"掌柜的看开点儿，过了这个坎儿，咱们书局以后定会赚得更多。"

"有东家在，小人不担心。"

所以东家万万不能早早嫁人生孩子！

"东家，您可知吴东家是什么情况？"

辛柚在柜台边坐下来："掌柜的说说。"

"他的父亲以前是开米铺的，做生意不太厚道，人们就都跑来咱们书局老东家开的店买米面。他们家那些店就垮了，他父亲也病死了。那时吴东家还小，过了几年苦日子，后来不知怎么就成了一位官老爷的上门女婿，在咱们书局对面开了雅心书局……"

胡掌柜简单说了沈、吴两家的结怨和吴东家的崛起，终于说到重点："那小子靠当上门女婿过上好日子，却不老实，偷偷养外室呢。"

辛柚一直含笑听着，听到这里冷了脸。

"东家您坐，小人先把银票收好。"胡掌柜彻底放下心来，笑眯眯地做事去了。

锦麟卫找人是拿手戏，很快就打探到了平安先生的下落。

曾经风光无限被各大书局争抢的写书先生，居然沦落到在大街上给人写家书。

那条街在东城，离二狗乞讨的地方不算远。

贺清宵把谷子带过去，让谷子悄悄辨认。

"就是他！"谷子一眼就认了出来，十分激动。

"确定吗？"

"就是他，我不会认错的。"谷子语气笃定。

贺清宵冲手下点点头。

几名锦麟卫立刻向正给人写家书的平安先生走去。

平安先生听到动静抬头，眼中闪过惊慌之色："你们是——"

"锦麟卫办案，随我们走一趟吧。"

"小民犯了什么事？"眼见被几个锦麟卫围住，没了逃跑的可能，平安先生强撑着问道。

至于那请他写信的人，一见这番光景什么都没问，拔腿就跑了。

"回衙门再说吧，带走！"

两名锦麟卫一左一右按住了平安先生的肩膀。

顺天府中，顺天府尹摸着胡子正发愁。

京城里哪一年失踪的、横死的都不少，可是这么轰动的，无数双眼睛盯着的就少之又少了。

那人死哪里不好，偏偏死在国子监门口，真是害人啊！

"大人，贺大人来了。"

顺天府尹有些意外："有没有说什么事？"

他们顺天府与锦麟卫向来井水不犯河水，之前锦麟卫主动送来散布谣言的人就够奇怪了，怎么又来了？

作为一个正常正经的京官，顺天府尹并不想与锦麟卫常打交道，尤其是北镇抚司。

"说是他们抓到了杀害国子监门前死者的嫌犯——"来禀报的下属话还没说完，就见顺天府尹冲出去了。

"贺大人。"顺天府尹冲贺清宵拱手，"听说您抓到了嫌犯，不知人在何处？"

"刚刚抓到，人已经带来了。"

顺天府尹一听，犯起了嘀咕。

他还没审问就确认对方是凶手了吗？

贺清宵补充："还有目击他那晚行凶的证人，也带来了。"

顺天府尹："……"

目击证人都有了？

等等，这岂不是说死者的身份查出来了？

"那死者——"

"死者是一个叫二狗的乞儿，常在燕子胡同一带乞讨……"

听贺清宵说着死者的相关信息，顺天府尹眼都直了。

也就是说，锦麟卫查明了死者身份，找到了目击证人，还逮住了凶手，对了，甚至还送来了造谣的人……

顺天府尹的心情复杂极了。

当然，心情再复杂，他也不可能拒绝这天上掉下来的馅儿饼，而贺清宵理所当然地留下来旁听审案。

平安先生本来死不承认，直到小乞儿谷子出现，分毫不差地说出那晚他迷昏二狗并把人带走的过程。

"你还有何话说？"顺天府尹一拍桌案。

295

平安先生似乎一下子被抽光了力气，瘫软在地上，圆睁的眼里满是不甘之色："是青松书局逼我的！如果不是他们害得我没了活路，我为什么要去杀人？都怪那个松龄先生写了《画皮》！他写了妖书，你们怎么不去抓他，怎么不去啊？"

平安先生癫狂的质问声在大堂回荡，这一桩杀人案也终于水落石出。

这个时候，淑妃终于等到兴元帝来菡苔宫。

听说了宫外的动静，她本想利用流言把那恶心人的书毁了，免得想起来就如鲠在喉。

她没想到侄女婿被锦麟卫镇抚使贺清宵打压了。

淑妃憋了一肚子火，就等着见了皇上，好好地为那多管闲事的小子"美言"几句，总算是等到了机会。

淑妃快步迎出去，温温柔柔地行礼："陛下。"

兴元帝踏足后宫不算多，随着二皇子庆王长大了，淑妃又打理着后宫，有意给淑妃体面，隔个几日总会来她宫里一回。

"不必多礼。"兴元帝往里走，余光多看了格外温柔的淑妃一眼。

凭经验，他知道这个女人要告状了。

兴元帝是个勤于政务的帝王，不，应该说太勤勉了，让大臣们总有种皇上不知道哪天会取消所有休假的焦虑感。可能就是到这个年纪还努力用脑，脑子还算灵光，他虽然踏足后宫的时间不多，对这些嫔妃的小习惯都默默地记在了心里。

比如淑妃，准备告状时就比平时温柔许多。

兴元帝也不揭穿，舒舒服服地坐在椅子上，端起宫婢奉上的茶盏。

宫里的茶自然是极品，兴元帝慢慢喝着，应和着淑妃的话。

淑妃暗暗皱眉。

她并不傻，一个男人有没有把一个女人的话听进去是看得出来的。皇上面对她时的热情还没有面对大臣高，好在让人欣慰的是皇上面对其他后妃也这样。

这让淑妃难免又想到了辛皇后。

当年，她们这些人好像阴沟里的老鼠，躲在怡园连光都见不了，只能悄悄地看着那个女人风光无限，甚至要皇上温柔地哄着。可是凭什么，她的兄长也是从龙之臣，为打下这片江山立下汗马功劳。而那个女人，听说与皇上成亲前只是个不知来历的逃难女。

淑妃早已修炼得任何情绪都外露，无论是对辛皇后的厌恶还是没了辛皇后的喜悦，都被淑妃稳妥地藏在心里。

她提起茶壶为兴元帝添了茶水，终于说到正题："那日孙公公带走了话本子，妾又打发人去买，没想到听说了很吓人的事。"

兴元帝露出感兴趣的样子。

延续前朝惯例，凡被判死刑者需逐级上报，最终由皇帝批准。但这并不是说所有判死刑的案卷皇帝都会看，事实上皇帝要做的就是拿着大臣递上的死刑犯名单用朱笔勾画，被勾画到的就是要按时执行死刑的倒霉蛋，没被勾画到的就留到下一年继续上名单，很有点儿碰运气的意思。

而兴元帝是个精力充沛的开国皇帝，他不光要看人犯名单，还会抽看案卷，尤其是发生在京城的案子。平安先生杀乞儿一案影响恶劣，毫无疑问会被判处死刑，将来等名单呈上就有很大可能被兴元帝看到。

但现在兴元帝是不知道的。宫里宫外终归是两个天地，作为皇帝眼睛的锦麟卫监督的是百官勋贵，不会随便把民间的事到皇上面前说。

"有一个年轻男子被开膛掏心，横死街头。"淑妃面露恐惧之色。

兴元帝面不改色地听淑妃说下去。

"京城百姓都说青松书局发售的《画皮》是妖书，男子是被从《画皮》一书中跑出来的恶鬼害死的。"

"无稽之谈。"兴元帝摇摇头。

他打天下的时候，还传他出生时天有异象呢，实际上是他自己安排人散布的，为的就是让人归心。这种流言，不过就是世人愚昧罢了。

当然，这不影响他继续听，反正闲着也是闲着。

淑妃被兴元帝一句"无稽之谈"噎个半死，缓了缓道："反正是这么传的。许多人害怕妖书害人，就放火焚书，结果引起火灾十多起，甚至闹出了伤亡。"

这一下兴元帝重视起来："竟有此事？"

无论哪一朝，防火都是重中之重。不说别处，皇宫建筑皆是木质，无论是历史上还是兴元帝在位期间，都起过火。

兴元帝的反应令淑妃微微弯了弯唇角，她叹道："妾听了也很震惊。秋冬干燥，要是起了大火可如何是好？听说东城兵马司的人为了安抚人心、稳定秩序前去青松书局收缴妖书，没想到——"

"怎么？"兴元帝神情严肃。

淑妃留意着兴元帝的神色，在心里确认没有说错的地方，叹息道："没想到竟被长乐侯阻止了。"

兴元帝一怔："贺清宵？"

淑妃点点头，又为兴元帝添了茶水，语气柔得滴出水来："听说长乐侯对青松书局的东家十分维护。"

传闻说青松书局的东家寇姑娘肖似昭阳长公主，淑妃就对这位素未谋面的寇姑娘没了好印象，加上那硌硬人的话本子，更反感了。

"哦？青松书局的东家是什么人？"

淑妃想到寇姑娘是救了昭阳长公主爱女的人，皇上还给了赏赐，含糊道："听说是位姑娘。"

身为锦麟卫镇抚使，为了女人阻碍兵马司执法，没有哪个皇帝听了会高兴。

淑妃如愿见到兴元帝的眼神一冷，知道适可而止的道理，含笑转了话题。

兴元帝没在菡苕宫待太久便回了乾清宫，转日散朝立刻召了贺清宵来见。

"松龄先生写书的那家书局，东家是什么人？"聊了几句闲话后，兴元帝似是随意地问道。

贺清宵眼眸黑沉，遮住因皇帝的问话而起的波澜："回禀陛下，青松书局的东家是寇姑娘。"

皇上不管表现得多随意，都不会无缘无故地问起这个。看来关于《画皮》的流言皇上应该知道了，甚至知道了他阻止韩东明的事。这样的话，如实说出寇姑娘的身份是最好的选择。

果然兴元帝一听是寇姑娘，立刻追问："莫非是救了芙儿的那位寇姑娘？"

"正是。"

"没想到一个小姑娘还能开书局。"兴元帝咽下了本来想说的话，干巴巴地来了这一句。

贺清宵知道这位帝王心思多，干脆主动承认："前几日青松书局因谣言卷入了一桩杀人案……在微臣看来，只有找出真凶和妖言惑众者才能真正平息百姓的恐惧，而不是牵连无辜。且松龄先生是陛下欣赏的人，微臣自当对与松龄先生合作的青松书局加以关照。"

兴元帝对此没有表露态度，问起杀人案："那凶手与妖言惑众者可有查出？"

"凶手是曾为雅心书局写书的平安先生，因遭雅心书局辞退而心怀怨愤杀人报复青松书局。雅心书局的掌柜听闻凶案，借机散布谣言，同样是为了打压青松书局的生意……"

兴元帝听完，不由得冷笑："这雅心书局真是乌烟瘴气，以后就不必再开下去了。"

既然案件已经水落石出，扰乱民心的谣言自然就随风消散了，那也没必要对贺清宵阻止兵马司办事说什么了。

"是。"

于是在平安先生是真凶的消息还没彻底传开时，一队锦麟卫赶到雅心书局，利落地贴上了封条。

刘舟飞奔进去："掌柜的，快出去看！"

他还不忘拉一把石头："快去喊东家出来看！"

胡掌柜见刘舟这么激动，快步走出去，正看到贴好封条的锦麟卫肃然离开，留下雅心书局的人惊恐无措。

胡掌柜倒吸一口气："竟然被查封了？"

刘舟伸长脖子感叹："锦麟卫真厉害啊！"

老掌柜与小伙计对视一眼，同时想到一个人，而后疯狂地在心里反省：他们对贺大人的态度是不是太随意了？

辛柚走了出来："发生什么事了？"

刘舟侧身让开："东家您看，对面书局被锦麟卫查封了。"

辛柚看去，眼里有了惊讶之色。

真凶是已经被雅心书局辞退的平安先生，这桩杀人案等于与雅心书局无关，雅心书局的错处是散布谣言。

只是这样,到不了被查封的地步吧?雅心书局背后支撑它的也是扎根京城多年的官宦人家。

辛柚心念飞转,有了猜测:难不成贺大人把与此案有关的事上报给了皇帝?

若是这样就解释得通了。

"进去吧。"辛柚平静地说了一句,转身走进书局。

"雅心书局看来是真的完了。"刘舟感叹着,拿起抹布美滋滋地擦起书架。

兔死狐悲?不存在的。

自从对面开了书局,他们书局没少受影响,最惨的时候险些关门,幸亏东家来了。

胡掌柜也是这么想的,看着辛柚的眼神有长辈的慈爱,更多的是敬佩。

"东家,您之前是不是就算到了?"

怪不得雅心书局的东家来赔礼时,东家随随便便就原谅了。

这下好了,以后他们没了雅心书局这个对家,还白得了六百两银子。

"掌柜的想多了,没有的事。"

胡掌柜呵呵笑着,没再说什么。

平安先生在京城算是名人,特别是松龄先生突然崛起之前,受到许多人的推崇。因而案子一查明,彻底引爆了人们议论的热情。

一时间处处都在聊平安先生杀乞儿一案,少不了提到青松书局和寇姑娘。

昭阳长公主本来全部心思都放在受了惊吓的小女儿身上,听到一些风声后让管事去打听。

管事很快把打听来的消息详详细细地禀报给昭阳长公主。

与人们热议平安先生杀人,雅心书局搅浑水被封不同,昭阳长公主的注意力放在了东城兵马司寻青松书局的麻烦上。

她不知道淑妃发火儿的事,想到的是固昌伯府。

这是不满她进宫说道,害他们儿子被当众打了板子,不敢寻她麻烦,就去寻她女儿的救命恩人寇姑娘麻烦去了?

"岂有此理!"昭阳长公主越想越恼火,"把大公子叫来。"

大公子孔瑞平时并不住在长公主府,而是住在离长公主府不远的静安侯府。

大夏建国后,长公主的驸马封静安侯,去世后爵位就传到了孔瑞这里。

孔瑞尚未及冠,便已经是一位侯爷,不过长公主府的人还是习惯称他大公子。

不多时,孔瑞赶过来。

"母亲找我。"

看一眼清俊内敛的儿子,昭阳长公主问:"瑞儿听说外头的事了吗?"

孔瑞茫然摇头。

"又摆弄你那些东西了?"

孔瑞冲母亲露出一个无辜的笑。

昭阳长公主叹口气。

她与夫君都很正常啊，为什么儿子从小到大一直沉迷于鼓捣一些稀奇古怪的东西？

果然，侯府还是需要一位能干的女主人。

"母亲不反对你鼓捣那些，但要保证自己的安全。"昭阳长公主再次重申。

"儿子知道。"

昭阳长公主说出叫儿子来的目的："你带人去一趟青松书局，买一百套《画皮》回来。"

她这样既支持了寇姑娘，还给儿子创造了机会，算是两全其美。

在昭阳长公主心里，寇姑娘勇于救人，还靠自己撑起一家大书局，无论从人品还是能力，都是完美的儿媳人选了。

至于为何不去少卿府提亲，自然是希望两个年轻人能彼此有意，而不是强扭的瓜。

"一百套？"孔瑞以为听错了。

昭阳长公主含笑点头："去吧，多带几个人搬书。"

孔瑞面上没什么变化地应了，心里产生了怀疑：母亲真不是因为他天天待在府中研究东西，故意捉弄他吧？

等儿子离去后，昭阳长公主收了笑，吩咐管事："等孔璋下衙，请他过来一趟。"

孔璋是孔瑞大伯之子，科举入仕，现在是一位言官。

昭阳长公主从来不是受得了委屈的性子，既然固昌伯指使侄女婿寻寇姑娘麻烦，那就不要怪她还击了。

这边孔瑞带着两个小厮赶往青松书局，路上从小厮口中听说了这几日发生的事。

"这么说，人们现在都不敢买《画皮》了？"

"应该是不敢了。就算真相大白，想想也硌硬啊。"小厮猜测着。

说话间，他们一行人到了青松书局门外，就见长长的队伍从里边排到了大街上。

孔瑞发现队伍中居然有不少老学究模样的人。

"贵客们要是买《画皮》，就请回吧，小店没有存货，暂时也没加印。"刘舟扯着嗓子喊着。

孔瑞深深地看了小厮一眼。

小厮一脸尴尬的神色，忙去打听。

"老先生，怎么这么多人来买《画皮》啊？"

"咳，只是随便来逛逛。"

小厮嘴角一抽。

队伍排成这样，叫随便来逛逛？

见问年长的人问不出来，小厮又找队尾的一个少年打听。

少年倒是有什么说什么："听说孟祭酒来买《画皮》，我就好奇买来看看。"

此时的孟祭酒，正在教训孙子。

"混账东西，我是去买《画皮》吗？叫你造谣！"

面对落下的戒尺，孟斐机灵地躲开。

"孙儿没造谣啊，您去青松书局难道不是买《画皮》的？"

"我都看过了，还买什么《画皮》？钱多没地方花吗？"孟祭酒气得胡子吹起来。

孟斐想起来了，国子监门口出现尸体的那天，祖父就把他的《画皮》没收了。

原来老头儿偷着看完了。

"那您去青松书局干什么？"

孟祭酒了解孙儿的性子，要是不说清楚，还不知道这小子又给他惹什么麻烦："去拜访松龄先生。"

孟斐凤眼睁大，满是不解之色："您去拜访一个写书先生？"

京城爱看话本子的风气重，好的写书先生受人追捧不假，可这种追捧对百官勋贵这个圈子的大多数人来说，与追捧那些琴艺大家、戏曲大家并无多少区别，而不是推崇大儒、名士这样。

孟斐在世人眼里是那种离经叛道的少年，虽没这种观念，天性聪颖的他却明白其中的区别。

"松龄先生是有大才之人。"孟祭酒没有多解释，神情却认真。

孟斐起了好奇心："那您见到松龄先生了吗？"

见祖父又举起了戒尺，少年明白了：没见着。

"哎哎，祖父您歇歇手，别累着了。我有个好友是青松书局东家的兄长，他说不定见过呢，我先去问问啊——"

趁着孟祭酒走神儿的间隙，孟斐一溜烟儿跑了。

段云朗正准备出去，听了孟斐的话摇摇头："我没见过啊。"

"你就不好奇？"

段云朗认真想了想，再次摇头："不好奇。"

对他来说，话本子好看就够了，他最大的苦恼就是没有那么多零花钱买书。

至于写书先生，又不能当书看，他没什么好奇的。

"不过你要是好奇，我可以问问表妹。"段云朗热心地道。

"谢了。"

"这有什么，我本来就打算去看看表妹。"

自从国子监门口出现了死状恐怖的尸体，他们就不被允许出国子监了，刚开始是为了确认死者身份，后来则是出于安全考虑，到今天才放开了门禁。

段云朗这几日一直担心表妹受影响。

孟斐神色有几分异样："你可以晚点儿去，现在你表妹可能没时间。"

"没时间？"

"对，今天去买书的人还挺多的。"

他不过随口说几句，谁知道一些从来不看话本子的人就去凑热闹了呢。

这叫什么来着？上行下效。

第十三章　酥黄独

此时青松书局门前，一张写着《画皮》无存货的告示被贴了出来，长长的队伍终于散了。

孔瑞这才走了进去。

"贵客要买什么书？"刘舟迎上来。

那么大的告示都贴出去了，这位顾客应该不会是来买《画皮》的了。

"买一百套《画皮》。"

"多少？"小伙计嗓门儿都大了。

门外的贺清宵脚步一顿，素来沉静的面上有了错愕之色。

书厅里的少年他认识，是昭阳长公主之子，静安侯孔瑞。

原来这些人是这样买书的吗？

里面传来熟悉的声音："孔公子。"

贺清宵默默地转身走了。

辛柚从待客室里走出来，和孔瑞打了招呼。

孔瑞拱手回礼："寇姑娘，我才听说这些风波，没有帮上忙实在惭愧。"

"孔公子客气了，只是小麻烦，对我们书局没什么影响。"

孔瑞想到刚刚那长长的队伍，知道寇姑娘所言不虚。

"寇姑娘，《画皮》还会加印吗？"

此话一问出口，胡掌柜两眼放光地看过来。

东家说不加印，看着那么多飞走的小钱钱，他心痛啊！

这位俊朗不凡的公子能让东家改变主意吗？

"我们已经在准备新书，《画皮》暂时不加印了。"

辛柚不是放着钱不赚，而是先前《画皮》的销量已经远超这个圈子的购买力，很多不看话本故事的人也跟风买了。

如今风波刚止，凡事过犹不及。

孔瑞闻言也不失望，笑道："那等新书发售，还请寇姑娘给我留一百套新书。"

"好。"辛柚没有客套推辞。

孔瑞暗暗地松口气。

他完全不擅长客气来客气去，寇姑娘这样正好。

等孔瑞离去，刘舟凑过来："东家，这位孔公子是什么人？真是财大气粗啊。"

一百套，这得多少钱啊！

"他是昭阳长公主之子。"

刘舟倒吸一口气："难怪呢，这种勋贵子弟都特别有钱。"

说到这儿，小伙计突然想到了贺大人。

贺大人好像也是位勋贵来着？

胡掌柜的重点与小伙计完全不同："松龄先生写新书了？"

看着老掌柜激动的样子，辛柚笑了："松龄先生以写故事为生，当然会写新书啊。"

"出新书好，出新书好。"胡掌柜激动得直搓手，"东家，松龄先生写的新书是关于什么的？"

"回头看到手稿就知道了。"

胡掌柜识趣地没再追问。

辛柚回到东院，叮嘱小莲守好门，提起笔来。

原本下一个故事还是选松龄先生的，但那日从贺大人口中得来的信息，让她改变了主意。

既然写出的故事能被那个参看到，那她就写《西游记》好了。

她考虑到《西游记》并非松龄先生所写，新书却要借助松龄先生名号，辛柚决定去掉一个字，把新书的书名定为《西游》。

人专心起来，时间就过得飞快，不知不觉晚霞映红了半边天。

小莲立在门口轻声道："姑娘，石头过来传话，说二公子来了。"

辛柚放下笔，交代小莲把书稿收好，净手换衣去了前边书局。

这个时候书局没什么客人，段云朗靠着柜台喝着茶，丝毫不见外。

辛柚走进来："表哥。"

段云朗看一眼胡掌柜，指指待客室的门："表妹，去里边说吧。"

二人一前一后进去，段云朗直接问出来："表妹，松龄先生是什么样的啊？"

"表哥怎么问这个？"

"就是突然有点儿好奇。松龄先生能写出《画皮》这么好看的故事，肯定好多人对他好奇啊。"

"确实，不过松龄先生不喜欢惹人关注，不愿让人知道他的身份。"

"这样啊——"

见段云朗有些失望，辛柚笑着安慰："鸡蛋好吃，何必去看下蛋的鸡是什么花色呢。表哥，你说是不是？"

段云朗心头一震。

这话好有道理！

段云朗回到国子监，就把辛柚的这番话说了。

孟斐如段云朗一样，为这番话叫绝，转头说给了孟祭酒听。

孟祭酒眼中闪过异色："这话是青松书局的东家寇姑娘说的？"

"是啊。所以就没问出来松龄先生到底什么样。"

孟祭酒摆摆手示意孙儿走人，转日一早溜溜达达地去了青松书局。

对孟祭酒，胡掌柜与刘舟都是认识的，毕竟国子监就在附近，时常能瞧见这位老大人路过。

但孟祭酒很少逛书局，要知道国子监也会印书，书籍质量比民间印的还要高，主要供朝廷所用，称为监本。

胡掌柜挤开刘舟，恭恭敬敬地迎上去。

刘舟倒是能理解老掌柜见到国子监祭酒的激动心情。他昨日见孟祭酒走进书局，紧张得说话都不利落了。

"贵东家在吗？"

胡掌柜心中纳罕：昨日一早孟祭酒来找松龄先生，今日又来找东家，这是有什么要紧事吗？

"我们东家在，您稍等。"胡掌柜立刻打发石头去报信。

辛柚今日闭门不出，继续写稿子，接到石头的报信抬脚去了前边。

"见过祭酒大人。"

被胡掌柜请去待客室的孟祭酒须发皆白，面上皱纹却不多，生了一双与孟斐相似的凤眼，显得精神抖擞。

辛柚打量孟祭酒的同时，孟祭酒也在打量她。

昨日来拜访松龄先生，听书局掌柜说联系不到，他就离开了，这还是第一次见到传闻中的寇姑娘。

国子监那么多好奇心旺盛的少年人，孟祭酒随便走走就能听到不少八卦消息，其中少不了关于青松书局的，自然对寇姑娘有所耳闻。

眼前的少女目光清澈，气质沉静，面对他这个国子监祭酒也不见胆怯，倒是很难得。

"寇姑娘不必多礼，这不是朝廷衙门，当老夫是个普通客人就行。"

辛柚笑笑表示明白了，问起孟祭酒的来意。

孟祭酒捋了捋胡子，没有拐弯抹角："昨日偶然间从一位学生口中听到一番话，一问是寇姑娘说的。老夫实在好奇寇姑娘小小年纪能把如此深刻的道理说得如此浅显，令人振聋发聩，忍不住来见见。"

辛柚尴尬地抿了一口茶。

她才与段云朗说的话,这就传到国子监祭酒耳朵里去了,段云朗是什么样的大嘴巴啊。

她尴尬的不是别的,而是这话不是她说的。

辛柚露出个不好意思的笑容:"要让祭酒大人失望了,这话并非我所言。"

"哦,不知是谁所言?"孟祭酒眼里闪过失望之色。

他失望,并不是对眼前少女,而是另有原因。

鸡蛋好吃,没必要去看下蛋的母鸡。这话确实令人耳目一新,可让他忍不住来一探究竟的并不是这话本身,而是这话似曾相识。

曾经有位奇女子说过类似的话,便是失踪多年的辛皇后。

那时他已为今上效力,为攻打一城,几位谋士争论不已,因为最合适的执行者名声不佳。

辛皇后就说:"管他黑猫还是白猫,能捉到老鼠就是好猫,诸位何必争论不休呢。"

直白到目不识丁的人都能理解的话,却有醍醐灌顶之效。

孟祭酒在听到孙儿转述后突然就想到了辛皇后。尽管知道不可能,他还是遵从自己的心,前来一探。

"是……松龄先生说的。"辛柚没那么厚的脸皮将这话归到自己头上,也怕娘亲曾对旁人说过这样的话,推到松龄先生身上是最合适的。

一听是松龄先生,孟祭酒眼神微动:"昨日老夫前来拜访松龄先生,奈何无缘得见,不知寇姑娘可方便引见?"

辛柚眨眨眼,笑盈盈地道:"祭酒大人想想松龄先生的话。"

松龄先生的话——

孟祭酒愣了愣,而后爽朗地笑了:"是老夫强人所难了。"

辛柚当即对这位老大人好感大增。

许多当权者做出平易近人的样子,不过是为了显示自身的风度罢了,实则若是被下位者拒绝,心里别提多恼火。

而她却能感受到这位祭酒大人心胸坦荡。

孟祭酒离开前,还是提醒了她一句:"松龄先生大才,恐怕是掩不住其光芒的。"

辛柚目送孟祭酒离开,回到东院继续默写故事。

她明白孟祭酒的意思,但她要的正是借助松龄先生的身份,把她想要那个人知道的,传递给他。

这有些冒险,但如果她的敌人确实是固昌伯府,乃至庆王母子,面对如此庞大的势力,她只能借力打力。

有些险她非冒不可,最差的结果不过就是她这条命罢了。她能做的是竭尽全力,成败无悔。

一滴墨滴落在宣纸上,很快洇开。

辛柚盯着那团墨迹，有些出神。

真要到了那一步，她虽无悔，却也有未了之事。一是对小莲拿回寇姑娘家财的许诺，二是受贺大人帮助良多，却未回报。

看来她要抓紧时间替寇青青讨回家财了。至于贺大人——他是威风凛凛的锦麟卫镇抚使，世袭罔替的长乐侯。而她只是开书局的，还被少卿府觊觎身家的"寇姑娘"。

她可能要一直亏下去了。

她长到十六岁，因为一双异瞳一直都是帮助人的那一方。这世上欠她人情之人有许多，而她所欠的只有这一人。

一时间，辛柚也说不清心中是什么滋味，轻轻抿了抿唇，提笔继续写下去。

辛柚是从贺清宵口中得知韩副指挥被免职的消息的。

"孔御史弹劾韩副指挥扰民，害苦主丢了性命。"

如韩副指挥这种人，作威作福惯了，孔御史真要寻他的错处一寻一个准儿，根本不必把青松书局扯进来。

"孔御史？"辛柚立刻想到了孔瑞兄妹，"莫非与长公主府有关？"

比起平安先生杀人掀起的风浪，韩副指挥寻青松书局麻烦不过是朵小浪花，早就没什么痕迹了。除了受过她人情的长公主府，辛柚想不出还有谁会在这个时候揪韩副指挥的小辫子。

贺清宵眼里有了笑意："对，孔御史是昭阳长公主的侄儿，静安侯的堂兄。"

现在应该有许多人知道昭阳长公主对女儿的救命恩人寇姑娘很在意了。

辛柚心中也是暖的。

她助人固然没求回报，但对方有报答之心会让她觉得没有帮错人。

"那雅心书局被查封——"辛柚本以为对面书局查封那日就能见到贺清宵，一解心中疑惑，没想到今日才得见。

她却不知昨日贺大人来过，被孔公子开口就买一百套《画皮》给吓退了。

"今上听说了雅心书局散布谣言的事，十分恼火。"

辛柚微微点头。

果然如此，不然雅心书局不会连个挣扎都没有。

"还要多谢贺大人为青松书局说话。贺大人今日若有空，我请你吃饭。"

贺清宵立刻想到了上次在酒楼花了二十多两银子的那顿饭。

"咳，今日还有事，寇姑娘不必如此客气。"

贺清宵匆匆离去，颇有几分落荒而逃的意思。

接下来几日风平浪静，辛柚大半时间窝在屋中写书，累了就去前头书局看一看。

这日书局来了一个秀美的中年妇人。

胡掌柜正闭目养神，就听一道温润的声音传来："请问，这里是书局吗？"

老掌柜睁开眼，看到打扮得体的妇人，暗道可惜。

看着体体面面的女子，脑子好像不太灵光啊。

刘舟也猛抽了一下嘴角迎上去："咱们这里是书局，贵客要买什么书？"

别说门外的招牌，就这一排排的书架，不是书局难不成是脂粉铺吗？

"有游记类的吗？"妇人想到贺清宵带回侯府的书，开口问道。

妇人正是把贺清宵从小照顾到大的桂姨。

她早就动了心思来青松书局看一看，听说青松书局的东家是位年轻姑娘，在京城颇有名气，人们都称之为寇姑娘。

寇姑娘会是让那孩子行为有异的原因吗？

"您这边请，咱们书局的游记都放在这边的书架上。"刘舟引着妇人来到贺清宵常停留的那排书架前。

桂姨扫过那些书，确定了自己毫无兴趣，可因为没见到寇姑娘，还是随便抽出一本翻看。

刘舟在旁边站了站，因有贺大人时不时来看书在先，对这种只看不买的行为倒不觉得反感，唯一不解的就是怎么这些人爱看的都是游记呢？

桂姨硬着头皮熬了一会儿时间，默默地拿起游记去结账。

她实在不擅长这么拖延时间，看来今日要无功而返了。

桂姨正走向柜台，突然听小伙计喊了一声："东家。"

她立刻转头看去，就见一位青衣素裙的少女从后边走了进来。

少女琼鼻樱唇，很是貌美，一双清而黑的眸子又为这份容色添了几分清贵。

桂姨一下子就想到了昭阳长公主。

这位寇姑娘，与昭阳长公主真像。

这个发现让桂姨心中颇矛盾。

她喜欢昭阳长公主，但不喜欢那位——当然，她一个奴婢喜不喜欢不值得一提，关键是侯爷。

令侯爷开窍的，是这位寇姑娘吗？

辛柚看到桂姨，微微愣了愣。

眼前的妇人，她瞧着好面熟。

因为这似曾相识的感觉，辛柚对桂姨莞尔而笑："贵客要结账吗？"

"哦——"桂姨瞥了一眼手中的游记，忙把书放到柜台上，"结账。"

"承惠一两银。"刘舟在一旁报出价格。

桂姨瞳孔一震。

这书真贵啊！

再想到贺清宵近来一本接一本地往家买游记，她可以肯定了：那孩子绝对心悦寇姑娘。

就是不知道这份喜欢有没有让人家姑娘知道。

桂姨又是好奇又是操心，望着辛柚的眼神不觉地露出几分慈爱之色。

辛柚本就觉得桂姨眼熟，一时又想不起来在哪里见过。

她因为一双异瞳，有时候走在大街上随便看一眼就可能看到要倒霉的陌生人。

那种不痛不痒的麻烦她都当没瞧见，要是生死大事，就难免多看那人几眼，给上几句提醒。

因为这样，一些陌生人在她的脑海中留下印象也不奇怪。

可当桂姨用长辈看晚辈的眼神看着她时，辛柚突然就想到了。

眼前的妇人，像夏姨！

她是吃着夏姨做的饭长大的，对她来说，再没有人做饭比夏姨好吃了。

可是自从那日起，她再也没机会吃到夏姨做的饭菜了。

泪意涌上，又被她压下，可面对与夏姨相像的妇人，她还是无法做到云淡风轻。

"贵客喜欢看游记啊？我有位朋友也喜欢看游记。"眼看刘舟已经收了钱，辛柚脱口道。

她忍不住地说点儿什么，好让眼前的妇人多留一会儿。

桂姨也是这么想的。

她还不想走呢，可伙计都收好钱了。

辛柚的话一下子给了她机会。

"是，我特别喜欢看游记。"桂姨把新买的游记拿起，笑眯眯地问，"听说贵书局的东家是寇姑娘，就是您吧？"

胡掌柜暗暗摇头。

这女子果然有些糊涂，刚刚刘舟都喊东家了。

"是我。贵客怎么称呼？"

"寇姑娘别这么客气，若不嫌弃，叫我桂姨就是。"

桂姨？

辛柚一愣，那些回忆在她心中掀起惊涛骇浪。明明记忆已经模糊了，此刻却突然清晰起来。

那时候辛柚还小，很喜欢吃夏姨做的一种叫酥黄独的点心，吃得心满意足，对夏姨说她做的点心最好吃了。

夏姨笑着说她还有个姐姐，做的点心比她做的还要好吃。

辛柚缠着夏姨追问，夏姨说她的姐姐名字中有个"桂"字，若是见了，要叫桂姨。

眼前的妇人，会是夏姨的姐姐吗？

辛柚激动又冷静。激动的是她很可能遇到了夏姨的姐姐，但再多的激动都必须冷静地藏在心里。

她不知道夏姨的姐姐是什么样的人，有着什么样的经历，是不是还记挂着夏姨这个妹妹。

而且，她不能暴露身份。

翻江倒海的情绪如岩浆般灼烧着辛柚的心，她的声音却似浸过秋日的泉水，全然听不出一丝焦躁之意："桂姨。"

桂姨听着少女甜软的声音，莫名其妙地有些想哭，忙应了一声。

"不知怎么的，一见桂姨就觉得投缘。"辛柚笑盈盈地道。

哪怕不能暴露身份，她也要确认妇人到底是不是夏姨的姐姐。

"我也是。一见寇姑娘，就觉得投缘。"桂姨看着辛柚，目光灼灼。

这很可能是侯爷将来的媳妇儿呢。

说出口怕人笑她不知分寸，她不曾嫁过人，在她心里是把侯爷当成自己孩子看的。

"桂姨若不赶时间，要不要喝杯茶歇歇？"辛柚试探着问道。

桂姨巴不得多了解一下这位寇姑娘，自是应了。

辛柚若有所思。

她这般主动，是想打探眼前妇人的身份，可对方如此主动又是为了什么？

就算是真正投缘，桂姨又不是小孩子了，不至于见第一面就这样亲近。

辛柚请桂姨进了待客室，斟上一杯热茶。

如今已进了十月，秋日的凉转为了初冬的冷，一口热茶入腹登时把寒意驱散。

"桂姨是第一次来我们书局吗？"辛柚十分自然地问起。

"是。"桂姨打量这间不大的待客室，窗边一盆吉祥兰灿如金蝶，为本来寻常的房间添了几分雅致。

"怪不得以前没见过桂姨。"

辛柚把食盒推到桂姨面前："桂姨喜欢吃干果，还是蜜饯？"

"我更喜欢吃蜜饯，吃起来心里甜。"

辛柚一笑："这些蜜饯是我乳娘亲手做的，桂姨可要尝尝。"

桂姨没有客套，拈起一颗蜜枣吃了，赞道："这枣子渍得好，甜而不腻。"

"那桂姨多吃些。"

"寇姑娘喜欢吃什么？"桂姨顺口问道。

辛柚扫一眼食盒，笑道："干果、蜜饯我都一般，我更喜欢吃糕点。"

桂姨一听，不由得眼睛亮了："寇姑娘喜欢吃什么糕点？"

当年，她就是因为善烹饪被皇后娘娘派到侯爷身边的，而她最擅长的就是做点心。

辛柚看着桂姨道："酥黄独。我最喜欢的糕点是酥黄独。"

有诗云：雪翻夜钵裁成玉，春化寒酥剪作金。

蒸熟的芋头切成薄片，裹上掺了香榧、杏仁碎并以盐酱调味的面粉放入油锅炸至金黄。焦脆的外壳包裹着软糯的香芋，一口咬下实乃人间美味。

桂姨的眼睛更亮了，语气难掩兴奋之色："不瞒寇姑娘，我最擅长做酥黄独。"

寇姑娘最喜欢吃，她最擅长做，这真是有缘啊！

辛柚的心一下子定了。

与夏姨长得像，又擅长做酥黄独，名字中也带一个"桂"字，倘若桂姨不是夏姨的姐姐，也实在巧得离奇了。

毕竟二人是初次见面，辛柚知道要适可而止，没有再拐弯抹角地打听什么。

她已经看出来，桂姨不知出于什么目的也想接近她。这样的话，她们以后还会有见面的机会。

果然她听桂姨道："明日寇姑娘可有空？我做些酥黄独带来给你尝尝。"

"会不会太麻烦了？"辛柚乐不得尝尝，看是不是记忆中的味道，客气话却不能不说。

桂姨笑了："怎么会？我一天到晚也没什么事，就靠做些吃食打发时间了。寇姑娘愿意尝尝我做的糕点，我高兴还来不及。"

"那就先谢谢桂姨了。"

二人约好明日再见，辛柚把桂姨送出门，转身进来后叮嘱石头："明日桂姨来了，记得及时知会我。"

刘舟好奇地问："东家，桂姨是什么人啊？"

"不知道。不过桂姨说了，明日做些点心来给我尝尝，你们可不要怠慢。"交代完，辛柚回东院写书去了。

刘舟等辛柚走了，忍不住和胡掌柜感叹："东家真会与人打交道啊。"

第一次见面的人，就要给东家做点心吃了。

胡掌柜人老成精，觉得没有这么简单。

这女子看东家的眼神有问题！

该不会是哪家太太替子侄相看媳妇儿吧？

胡掌柜长长地叹了口气。

胡掌柜以前一直支持男大当婚女大当嫁，特别是面对原来少东家的时候，每天都在做梦快来个少奶奶管管他吧，再没人管，他们书局就黄了。

那时的他，哪儿想过有今日呢。

桂姨回到长乐侯府，心情好极了。

她顺利地见到了人，那姑娘开朗热情又周到，桂姨这下总算放心了。

而且，她喜欢的点心还是自己最擅长做的酥黄独。

这种奇妙的巧合，无疑令人心情愉悦。

酥黄独这种油炸点心要现做的才好吃，桂姨做晚饭时炸了一盘，正好贺清宵回来，就端上了桌。

"酥黄独？"贺清宵夹起一块吃下，唇齿留香，"桂姨许久没做这道点心了。"

他很喜欢吃酥黄独，不过桂姨说油炸之物要少吃，这道点心偶尔才能在饭桌上见到。

"侯爷觉得好吃吗？"

"桂姨做的当然好吃。"

桂姨放了心："那就好。"

桂姨许久没做这道点心了，今天先练练手，看来手艺没退步。

转日桂姨现做了酥黄独,另带了一壶荔枝桂花酒酿,去了青松书局。

辛柚尝了一口,垂下眼帘。这就是记忆中的味道。

"可合寇姑娘的口味?"桂姨抱着期待问。

辛柚点头:"是我吃过最好吃的酥黄独了。"

谦虚大概是人的本性,桂姨闻言笑道:"寇姑娘过奖了,比我做得好的人有的是。"

"怎么会?我想不出还能有人做的酥黄独比桂姨做的好吃。"

桂姨眼里有了怀念之色:"我妹妹做的酥黄独就比我做的好吃。"

"好想有机会尝一尝。"辛柚露出向往的神色。

桂姨的笑容里有了苦涩:"可惜她远嫁他方,不会来京城了。"

至此,辛柚几乎能肯定眼前的妇人就是夏姨的姐姐。

夏姨确实不会来京城了,她与娘亲一样,永远留在了那个山清水秀的地方。

察觉到气氛有些低沉,桂姨笑着自我安慰:"也没什么,只要过得好,在哪里都一样。"

皇后娘娘那般有本事,妹妹过得定然不会差。

辛柚动动唇想附和,却实在说不出口,倒了一杯荔枝桂花酒酿,喝了一大口。

这酒有桂花的香、荔枝的甜,还有淡淡的酒气,交织的滋味令人着迷。

辛柚又喝了一口,赞道:"真好喝。"

桂姨开心极了:"荔枝酒是四月时酿的,我亲自挑的荔枝,个个饱满剔透……"

辛柚认真地听着。

夏姨也喜欢酿果酒,三月杨梅、四月荔枝、五月樱桃、六月桃子、七月葡萄……从春暖花开到灿烂金秋,那些果子酒带着属于那些月份的甜美,滋润了她的四季。

辛柚能很自信地说,她是特别幸福的小孩儿。

一个人对话题感不感兴趣,是瞒不过人的,桂姨见辛柚听得认真,笑道:"寇姑娘若是有兴趣,改日我教你酿酒。"

"好呀。"辛柚也笑着应下。

其实她和夏姨学过做点心,也学过酿酒,后来夏姨就不让她进厨房了。

辛柚有些好奇桂姨如今的情况。

夏姨是娘亲的侍女,桂姨与夏姨是亲姐妹,按说应该也是宫人身份。

可宫娥出宫应该没这般方便吧。

辛柚暂且按下疑惑,与桂姨一起吃了酥黄独,喝了荔枝桂花酒酿,再把她送出书局大门。

转身回来后,辛柚对上了老掌柜耐人寻味的眼神。

"掌柜的有事吗?"

"东家,这女子是什么人?"

辛柚一笑:"我也没细问,只是觉得投缘罢了。"

胡掌柜咳了一声："小人觉得她不是寻常客人。"

"怎么？"辛柚不动声色地问。

胡掌柜都看出桂姨另有目的了吗？

"会不会是哪家少年郎倾慕东家，他家长辈来打探情况了？"胡掌柜压低声音道。

辛柚面色有些古怪。

她没想到胡掌柜也是这么爱聊八卦消息的人！

胡掌柜顿觉委屈，赶忙解释："小人是怕东家轻信他人，会吃亏。"

他们东家的赚钱能力想必许多人发现了，保不齐有人动了歪心思呢。

"掌柜的放心，我不会吃亏的。"

一旁的刘舟插嘴："就是啊，掌柜的你就爱胡思乱想，咱们东家才不会吃亏呢。"

胡掌柜瞪了刘舟一眼，心道：你个整日恨不得把东家与贺大人凑成一对的小子懂什么？

老掌柜刚想到贺大人，贺清宵就进来了。

刘舟颠颠地迎了上去："贺大人，您来啦。"

以前他都是说"贺大人来看书啊"，近来贺大人总买书，弄得他都不知道怎么打招呼了。

贺清宵不是来看书的。

他接到南边来的信，关于寇姑娘父亲意外身亡一事并无进展，反而一念起暗自调查固昌伯府，有了些发现，再想到寇姑娘对固昌伯府的留意，便忍不住来见一见她。

辛柚看出贺清宵有事，于是问："贺大人要不要去待客室喝杯茶？"

贺清宵看向辛柚的眼里有了疑惑之色。

寇姑娘刚刚喝过荔枝桂花酒酿。

这酒好像是桂姨做的——这不可能。

贺清宵暗暗摇头，随辛柚一起进了待客室。

"刘舟，收拾一下桌子。"

"来喽。"刘舟听到辛柚的吩咐快步走进来，把桌面上只剩下两块的那碟酥黄独端起来准备收走。

贺清宵开口："这是酥黄独？"

刘舟端着盘子的手一顿。

"啊，是。"机敏如辛柚，一时都不知道怎么接话了。

吃剩的点心，她总不能客气地问贺大人要尝尝吗？

贺清宵平静地问："我能尝尝吗？"

辛柚："……"

刘舟震惊地看向贺清宵，仿佛才认识这位大人。

贺大人是怎么做到面不改色地说出这种话的？！

辛柚示意刘舟把要收走的盘子放下，小伙计放下盘子赶紧跑了。

"贺大人也喜欢吃酥黄独啊？这酥黄独味道极好，就是有些凉了。"辛柚体贴地把酥黄独往贺清宵那里推了推，还倒了一杯热茶递过去。

说是吃剩的，吃的人也不会就着盘子吃，辛柚主要还是震惊于对方为了一口吃的如此不见外。

堂堂侯爷，生活竟如此艰难吗？

这般想着，她不由得生出几分同情之心。

果然跟着那个爹混的人没好日子过。

"我是比较喜欢这道糕点。"贺清宵强撑出云淡风轻的表情，拈起一块酥黄独吃下。

他真的不是这么馋的人，只是要确定一件事。

点心一入口，天生对气味比较敏感的贺清宵几乎就确定了：这道点心是桂姨做的。

一道点心，辅料的多少，主料的薄厚形状，都会造成味道的不同，而每个做点心的人都有自己的习惯。

那么问题来了，桂姨做的酥黄独为何会出现在青松书局的待客室里？

"这道点心是寇姑娘家里做的还是买的？"

辛柚看看盘中仅剩的一块点心，没有正面回答："怎么了，是不好吃吗？"

贺清宵犹豫了一下，还是说出来："点心很好吃。我有一位长辈很会做酥黄独，刚刚一尝像是她做的味道。"

他不说出来，不但解不了心头疑惑，还会让寇姑娘误会他为了一口吃的不要脸皮。

贺清宵想想得不偿失，哪怕先透露信息的人会陷于被动，还是选择了坦白。

长辈？

辛柚心头一动，问道："贺大人认识桂姨吗？"

做点心的人果然是桂姨。

"我那位长辈就是桂姨，不知寇姑娘怎么认识的？"

"哦，桂姨来买书，碰巧遇到我，我们就聊起来，越聊越投缘，便认识了。这酥黄独就是桂姨送我的。"

贺清宵："……"所以昨晚桂姨突然做酥黄独，是先练练手吗？

可桂姨怎么会来买书？他没发现桂姨有看书的爱好。

"桂姨买的什么书？"

辛柚扬唇："游记。桂姨说她特别喜欢看游记。"

他确定了，桂姨是为了寇姑娘来的。

辛柚本来随意自如，在贺清宵沉默时，鬼使神差地想起了胡掌柜的话：会不会是哪家少年郎倾慕东家，他家长辈来打探情况了？

那贺大人——辛柚看向对面的人，下意识地拿起仅剩的那块酥黄独塞入口中。

辛柚的举动把贺清宵弄愣了。

寇姑娘这么爱吃这道点心吗？

视线下移落在仅剩残渣的盘子上，贺清宵陷入了沉思：这么说，刚刚寇姑娘命伙

313

计把盘子收走,是要等他走了后继续吃?

因放置了一段时间,焦脆的外壳变得有些绵软,辛柚面不改色地把口中的食物吃下,实则心态险些崩了。

她长这么大还没做过这么丢脸的事。

再一扫对面的青年,她在心里叹口气:都怪胡掌柜胡言乱语,影响了她。

辛柚端起茶杯,啜了一口茶压下尴尬:"贺大人今日不上衙吗?"

"来找寇姑娘了解一些事。"贺清宵装作没察觉到对面少女送客的意图。

"贺大人请说。"

"寇姑娘还记得我先前提过,有个在查的案子涉及固昌伯府吧?"

辛柚微微点头,心提了起来。

接下来她要关注的就是固昌伯府,关乎固昌伯府的信息,由不得不重视。

贺清宵看着辛柚的眼睛:"我想了解一下寇姑娘关注固昌伯府的原因。"

辛柚握着茶杯的手一紧,心中的波澜被平静的目光遮掩:"我对固昌伯府是否关注,与贺大人在查的案子有关系吗?"

多次接触下来,她能判断贺清宵不是愚忠之人,可关乎她真正身份的秘密,她不能冒险。

他不愚忠,不代表在这么大的事上他会瞒着那个人,要知道锦麟卫镇抚司本就是帝王耳目。纵是对眼前男人有诸多感激,她也不会天真地以为他会为了一个没什么关系的人失职,说严重了那可是欺君之罪。

辛柚的反应没有出乎贺清宵意料。

哪怕近来寇姑娘对他的态度称得上和风细雨,他一直清楚这个女孩儿是有大秘密的人,那是旁人一旦触及就会令她冰封内心的界限。

他今日这一问,不过是抱着试试看的想法,没问出答案亦不觉得失望。

"就是不知道有没有关系,我才来找寇姑娘了解。寇姑娘若不便回答,那就算了。"

辛柚竖起的刺在对方平静温和的态度中默默收起,她微微一笑:"贺大人放心吧,我对固昌伯府如何,与你在查的案子定然没有关系。"

锦麟卫监督的就是百官勋贵,也不知固昌伯府犯了什么事被贺大人盯上,又赶巧让贺大人留意到那日在固昌伯府外徘徊的她。

想到这里,辛柚看着贺清宵的眼神有了异样。

她果然不是错觉,平时二人相安无事还好,一旦她与这人对上,运气总是不站在她这一边。可明明他还承认过,他从小到大运气都不怎么样。

贺清宵沉默了一会儿。

他好像被寇姑娘嫌弃了。

其实寇姑娘对固昌伯府有何目的都不影响他的调查,他只是担心她冲动地与固昌伯府对上,以卵击石。

担心——意识到自己是这样的情绪,贺清宵突然坐不住了:"既然如此,那我就告辞了。"

辛柚看着他放下茶杯，站起身来，离开书局时脚步匆匆，很快就不见了身影。

出于礼貌把人送出去的少女默默地在门口站了许久，惹得掌柜与伙计投来或担心、或好奇的目光。

贺清宵没有回衙门，而是直接回了长乐侯府。

对于他偶尔会在上衙的时间回来，侯府中人并不觉奇怪，锦麟卫镇抚司职责特殊，不是那种按部就班点卯的衙门。

贺清宵去桂姨那里时，桂姨正在摆弄酒坛。

"桂姨要酿酒吗？"贺清宵想到了在青松书局嗅到的荔枝桂花酒酿的味道。

桂姨还不知已经暴露了，笑呵呵道："奴婢打算新做一些葡萄酒酿。这种米酿不会醉人，又有葡萄的清甜，特别适合姑娘家喝。"

她说葡萄酒适合姑娘家喝……

贺清宵的眸光闪了闪，他似是随口地问："适合哪位姑娘喝？"

"当然是寇——"桂姨反应过来，面露尴尬之色。

贺清宵一脸无奈的神情："桂姨，你去青松书局找寇姑娘了？"

桂姨把酒坛放好，掸了掸衣衫上不存在的灰尘，心里飞快想着借口："喔，就是凑巧——"

"桂姨。"贺清宵喊了一句。

桂姨败下阵来："嗯，奴婢是去看了寇姑娘。"

她不编了，这孩子除了运气差了些，其他方面样样出色，瞒不过他。

"桂姨为何去找寇姑娘？"

桂姨抬手理理鬓发："本来是去买书的——"

"桂姨。"

桂姨彻底放弃了挣扎："其实是去看看能让侯爷上心的姑娘是什么样的。"

对桂姨去见寇姑娘的目的，贺清宵隐约有预感，可当真的从对方口中说出来，他还是感到了尴尬无措。

看着悄悄红了耳尖的青年，桂姨露出慈爱的笑容："见过后，奴婢就放心了。寇姑娘是个很好的姑娘，生得好，性子更好，还喜欢吃我做的酥黄独……"

贺清宵越听越耳热，不得不打断桂姨的话："桂姨，寇姑娘确实很好，但我们的关系不是你想的那样。"

桂姨错愕："难道侯爷不喜欢寇姑娘？"

少女沉静秀美的面庞在眼前晃，他似乎还能嗅到从她身上传来的淡淡的荔枝桂花酒酿的香味。贺清宵微微摇头，驱散那些纷杂的念头，正色道："桂姨误会了，没有这回事。"

桂姨根本不信："侯爷若不喜欢，为何频繁去青松书局？"

"桂姨忘了，我以前也常去青松书局。"

"可以前侯爷没有带回这么多游记。"

贺清宵用平淡的语气掩饰心头忽而滋生的苦涩："只是比较喜欢近来的游记罢了。桂姨，你若喜欢寇姑娘，我不反对你们来往，但不要让寇姑娘误会我别有居心。"

"这怎么能叫别有居心呢——"桂姨想说人长大了，对异性心生爱慕是再自然不过的事，可迎上青年藏了几分祈求的眼神，一下子没了话说。

罢了，这孩子心思重，总有自己的想法，她不能操之过急。

"是奴婢误会了。侯爷放心吧，以后在寇姑娘面前奴婢不会乱说的。"

"多谢桂姨体谅。"贺清宵笑了笑，心中却不觉得轻松，提起一坛酒走了。

桂姨望着青年离去的背影欲言又止。

侯爷知不知道，他抱走的是最烈的烧酒啊。

一连几日，贺清宵都没再来过青松书局，以至刘舟都有些不适应了。

"掌柜的，你说贺大人怎么不来了？"

"谁知道呢。"胡掌柜捋捋胡须，气定神闲。

"掌柜的，你怎么不好奇呢？"

胡掌柜摇头："不好奇。"

刘舟拿起抹布擦起了柜台。

算了，他和掌柜的没有共同语言。

"寇姑娘在吗？"书局门口传来少年的声音。

胡掌柜与刘舟齐齐望去，不由得对了个眼神。

来麻烦了，这是那日与庆王一起过来强买尚未发售的《画皮》下部的戴公子。

对固昌伯世子戴泽，胡掌柜与刘舟都印象深刻，石头更是悄悄挪到书厅通往后院的门口处，随时准备去给辛柚报信。

戴泽走在前面，身后跟着两个小厮，环视书厅一圈后视线落在胡掌柜面上："你们东家呢？"

胡掌柜忙站起来，微微弓着腰回道："我们东家不在这里，请问公子要买什么书？"

胡掌柜说这话时取了个巧，辛柚今日在东院那边并未出门，只看这位戴公子的目的再随机应变。

"不在？那她什么时候回来？"戴泽毫不客气地往柜台边的椅子上一坐，皱着眉问道。

他好不容易养好了屁股上的伤，能来找寇姑娘了，她竟然不在？

胡掌柜笑得更客气了："公子找我们东家有事吗？"

东家什么时候回来，取决于你想干什么。

"当然有事。"戴泽扫胡掌柜一眼，神色倨傲，"怎么，本世子有什么事还要和你汇报啊？快打发人去找你们东家来。"

胡掌柜心知这是个惹不起的主儿，只好道："世子请移步待客室。"

316

"不必了,我就在这里等。"戴泽看着胡掌柜神情不悦,"叫我公子就行,不然让进来买书的人听见多惹眼。"

胡掌柜抖了抖胡子。

刚刚是谁自称本世子的?

一旁的刘舟悄悄地撇了撇嘴,心道:您真不必这么低调,毕竟全京城的人都知道您被锦麟卫按在家门口打板子的事了,甚至还有不少人看到了您的屁股。

"那您稍等。"胡掌柜给石头使了个眼色:"去找东家来,别让戴公子等久了。"

石头点点头,没从后门走,而是跑出了书局大门。

胡掌柜为石头的机灵感到欣慰。

辛柚写书正写到精彩处,就因为石头的报信中断了,本来这种打断最让人恼,但一听来找的是固昌伯世子戴泽,心情大好。

她等固昌伯世子戴泽很久了。

这种惹了大祸的纨绔子重出江湖,怎么可能忍得住不来找她这个当时意外的参与者。

这些日子辛柚不再出门,一方面是要写书,再就是等鱼儿主动上钩。如果说有什么超出预料的,就是这位世子的屁股好得太慢了些。

辛柚净了手,重新换过衣裳,从东院去了街上再走进书局。

"东家——"见辛柚进来,胡掌柜与刘舟齐声招呼。

戴泽看向书局门口,等人的焦躁感被兴奋取代。

"戴公子。"辛柚走到近前,福了福身子。

戴泽站起身来,脸上挂着热络的笑:"寇姑娘,我给你带了礼物。"

"礼物?"辛柚愣了愣。

胡掌柜与刘舟默默地交换了一下眼神。

他不愧是小解溺猪崽的戴公子,给人送礼都送出了要砸书局的架势来。

戴泽勾唇一笑:"对啊,本来早就想来了,奈何一直不方便。"

"戴公子客气了。"

"不是客气,那日要不是有寇姑娘在,我就有大麻烦了。我是真心感谢寇姑娘的,寇姑娘可不要推辞。"戴泽看了跟来的小厮一眼。

两个小厮立刻把手中提的盒子放在了柜台上。

两个盒子都不大,随着小厮打开盒盖,露出其中之物:一个盒子里面整整齐齐地摆着金元宝,另一个盒子里堆满了珍珠。

胡掌柜见过大风大浪还沉得住气,刘舟忍不住倒抽一口冷气。

那是金元宝,金的!

这固昌伯世子真是大手笔。

小伙计再看戴泽,觉得比刚才眉清目秀了许多。

戴泽用期待的目光等着辛柚的反应,却见对方神色并无多少变化。

"寇姑娘不喜欢？"

辛柚笑笑："戴公子说笑了，金银珠宝谁会不喜欢。但这份谢礼太贵重了，我不能收。"

胡掌柜暗暗点头。

东家做得对，固昌伯世子这种人的财物可不能收，不然谁知道会惹上什么麻烦。

刘舟虽觉可惜，也是和胡掌柜一样的想法。

戴泽眉头一皱："既然喜欢就收下。寇姑娘不收，莫不是瞧不起我？"

"我怎么敢瞧不起戴公子。只是戴公子送这么贵重的礼物，家中长辈可知晓？"

戴泽腾地涨红了脸："这些都是我的零花钱，随我支配。寇姑娘当我还是小孩子不成，一点儿小事都要向长辈禀报？"

辛柚眨眨眼："戴公子误会了。只是我见识少，从没收过这么贵重的礼物，要是不问清楚，万一将来戴公子的家人找上门来，我岂不颜面扫地？"

戴泽更气了："不可能有这种事，寇姑娘把我当什么人了！"

他给女孩子送个礼物，家里人要是还来讨要，他还有脸见人？

"那就好。"辛柚冲胡掌柜颔首："掌柜的，收下吧。"

"收……收下？"胡掌柜不确定地问。

这么多珍珠和金元宝，真的可以吗？

"嗯，收下。"

得到辛柚肯定的话，胡掌柜赶紧把盒子盖好。

戴泽笑了："这就对了。"

寇姑娘果然不是扭扭捏捏的人，没有辜负他的看中。

"喀，寇姑娘借一步说话。"

辛柚领戴泽进了待客室，留下两个小厮戳在待客室门口，以及柜台边守着盒子神情恍惚又警惕的老掌柜与伙计。

倒了一杯茶递给戴泽，辛柚客气地问："戴公子要与我说什么？"

戴泽身体前倾，问出这些日子憋在心里的疑惑："寇姑娘，当时你是怎么救下那小丫头的？"

辛柚不动声色："当时就是本能的反应吧。"

"不不不。"戴泽连连摇头，"我觉得不是巧合。"

这话令辛柚不由得扬眉："戴公子为何这么说？"

戴泽一脸自得的神情："别人都没想到，我可想到了。寇姑娘你一个娇娇弱弱的姑娘家，当时出现在那里还能说是凑巧，怎么可能在千钧一发之际把那小丫头救下？我不信你在毫无准备的情况下反应能这么快。"

辛柚："……"戴泽这个说话方式，若没有固昌伯世子的身份，早就被打死了吧？

而他这个歪缠的思路，反而让辛柚省了心力。本来她还要主动往那方面引，现在用不着了。

"戴公子不信，我也没有办法。"辛柚这么说着，眼神却飘来飘去，就是不与戴泽的视线对上。

"寇姑娘，你心虚了。"

见对面少女紧握着茶杯不语，戴泽露出个自以为体贴的笑容："我这个人吧，要是不把事情弄明白就难受。不过寇姑娘你放心，你和我说了实话，我肯定给你保密。"

"保密？"辛柚神色纠结。

戴泽一看有戏，忙道："当然。寇姑娘救下那小丫头，也算帮了我大忙呢。"

他只是让那小丫头片子受惊，皇上就让人打了他二十大板。要是那小丫头被山猪撞死了，皇上岂不是得要他半条命？

戴泽平时张狂肆意，说白了就是别人不爽也只能受着，但他真要对上庆王、昭阳长公主这些人，照样老老实实的。

辛柚放下茶杯，摇摇头："我说了，戴公子也不信。"

"你说啊。你不说，怎么知道我不信。"戴泽催促着，越发好奇了。

这要是换了别人，他早就骂对方别废话了。

辛柚抿了抿唇，低声道："我会看相。"

"看……看什么？"戴泽震惊地拔高了音量。

辛柚皱眉："戴公子还说要保密。你这么大声，岂不让人都听了去？"

戴泽还在震惊中："你刚刚说会看什么？"

"看相。"

"就是大街上摆摊儿算卦那种看相？"戴泽一脸古怪的神色。

不是他孤陋寡闻，实在是无法把眼前的美貌小娘子与大街上摆摊儿的算命先生联系起来。

他爹说过，那些都是骗人的。

辛柚微微抽了抽嘴角，淡淡地道："差不多吧。"

"你的意思是你算出了那小丫头会遇到失控的山猪？"

从戴泽的表情，辛柚就知道他不信，但不影响她忽悠下去："是看出，不是算出。"

"这不一样嘛。"

"不一样。'算出'重水平，'看出'更重天赋。"

戴泽只觉得可笑："寇姑娘，你不想说，也不要拿这荒唐的话来搪塞我。"

辛柚面露无奈之色："我刚才就说，戴公子不会信我所言。"

"那你看看，我今日运势如何？"

辛柚深深地看了戴泽一眼，唇边挂着浅笑："戴公子最好小心天上飞鸟。"

戴泽一听就不靠谱儿："飞鸟还能啄了我的眼睛不成？"

辛柚端起茶杯，淡淡地道："戴公子不信，我也没有办法，只是希望戴公子能遵守承诺，不要对旁人说起。"

"行行行，给你保密。"戴泽见辛柚摆出送客的架势，虽不满意没有问出真正的答

319

案，但还是站了起来。

他虽是无法无天的纨绔子弟，但眼下正是对寇姑娘有好感的时候，倒不愿把关系弄得太僵。

辛柚把戴泽送到了书局外，面无表情地望着他走远，才转身进了书局。

"掌柜的怎么还没把东西收起来？"

书局这时没有客人，胡掌柜终于能问出来了："东家，收下戴公子送的金元宝，真的没问题吗？"

"掌柜的尽管收好。戴公子从小在金窝里长大，这对他来说不算什么。他这样的人好脸面，今日当众说了家里人不会为这个找麻烦，那就没问题了。"

胡掌柜这才真正放了心。

"我回东院了。"辛柚走到门口处停下，转头交代，"倘若戴公子今日再来，就让石头去东院喊我。"

撂下这话，辛柚走了出去。

"戴公子今日不会再来吧。"刘舟想想戴泽在他们面前趾高气扬，在东家面前换了副面孔的样子，有些担忧。

他还盼着东家与贺大人在一起呢，不会被那纨绔子弟给搅了吧？

胡掌柜顾不得闲聊，把元宝、珍珠锁进小金库，才放松下来。

没办法，抱着匣子的时候，他看谁都像小贼。

回到书厅把账本翻了一遍，胡掌柜有了决定：必须要多雇一些护卫了，东家实在太会开源了！

初冬还不算冷，戴泽揣着手往固昌伯府的方向走，越想越觉得辛柚的话好笑。

她让他小心天上的飞鸟？

那丫头该不会是为了引起他的注意，才故弄玄虚吧？

其实也不必这样，寇姑娘比平时遇到的那些就会哭哭啼啼的女子有意思多了，他不反对有个这样的媳妇儿。

戴泽在前面走，两个小厮跟在后边。一路溜溜达达，走走逛逛，等回到固昌伯府时，戴泽已经把辛柚那番话忘到九霄云外了。

"世子。"

一路上遇到的下人纷纷问好，戴泽眼皮也不抬，穿过花园时看到几个小丫鬟聚在一起，说说笑笑。

"她们干什么呢？"戴泽随口问了一句。

两个小厮看了看，其中一人回道："世子，她们好像在捉家雀儿。"

"家雀儿？"戴泽突然想起了辛柚的话，下意识地抬头望天。

正好几只家雀儿飞过，没有早一步也没有晚一步，一泡鸟屎落在了戴泽的脸上。

两个小厮吓傻了眼："世……世子——"

听到动静的小丫鬟们看到这边的情景也傻了，有胆小的捂着嘴吓哭了。

她们引来的家雀儿把屎拉到了世子脸上，惹大祸了！

戴泽抬手摸了摸脸，又低头看看手上的东西。

他的动作很慢，表情不知是太难以接受还是怎样，总之看上去很麻木。

这一刻，风似乎都静了，所有人大气儿都不敢出，等着这位性情骄纵的世子爷发作。

戴泽是该暴怒的，别说是他这个脾气，就是换个脾气温和的贵公子，也受不了这个。

可出乎所有人意料的是，戴泽愣过神儿后，转身就跑。

"世子，您去哪儿？——"两个小厮赶紧追上去。

世子该不会是受不了这个恶心的鸟屎，气疯了吧？

"给我备马！"戴泽对追上来的小厮吼道。

戴泽劈手夺过小厮手中的缰绳，翻身上马，一路狂奔而去。

两个小厮顾不得交流，着急忙慌地去追。

京城的街头从来不缺人来人往，大家就见一个少年郎纵马飞奔而来，吓得行人赶紧往两旁躲避。

"纵马的是何人？"一个巡视的官差对着从身边跑过去的一人一马喝问，却吃了一嘴烟尘。

一旁的同伴拉住他："算了算了，看那样子不定是哪家的公子哥儿，别自找麻烦。"

戴泽其实没想这么多，只是满脑子回荡着辛柚的那句话，迫不及待地赶去青松书局。

"小心！"惊叫声响起。

一个小童站在路中间，看着冲过来的大马忘了反应。

戴泽下意识地拽了一下缰绳，马儿的速度却没有降低多少，好在一道人影冲出，千钧一发间抱走了小童。

在一片尖叫声中，狂奔的马儿没有停留，往前跑去了。

小童这才回过神儿来，哇哇大哭。

很快小童的母亲赶过来，搂着小童向贺清宵连声道谢。

"大嫂看好孩子。"贺清宵温和地说道。

妇人千恩万谢，抱着孩子走了。

贺清宵皱眉望向戴泽离去的方向。

"大人，您没事吧？"手下问。

"刚刚过去的，是固昌伯世子？"贺清宵声音低沉，不知是说给自己听，还是与手下确认。

两名锦麟卫对视一眼，一人迟疑说好像是，另一人压根儿就没看清。

那个方向——虽说青松书局在那边，但不代表固昌伯世子的目的地就是那里，贺清宵微微犹豫，还是决定去看看。

固昌伯府到青松书局不算远，戴泽没多久就到了，翻身下马跑了进去。

突然冲进来一个人，刘舟和石头动作比脑子快一步地挡在了他面前，胡掌柜也下意识地举起了算盘。

戴泽愣了："你们这是干什么？"

他就是速度快了点儿，他们怎么一副要暴打他的架势？这是对客人该有的态度吗？

胡掌柜默默放下算盘，石头悄悄退到一旁，刘舟脸上堆着笑："一见是戴公子，小人半点儿不敢怠慢，没想到石头抢着和小人迎接公子。"

书局三人不约而同地想：就您冲进来的架势，他们还以为来了打劫的，能不紧张吗？

没办法，他们这是才收了一盒金元宝的后遗症。

"你们东家呢？"戴泽没心思扯其他的，目光四处寻觅。

"我们东家回后院了。"刘舟恭恭敬敬地道。

"让你们东家——不，请你们东家过来，就说我有事找她。"戴泽想到辛柚的预言，在胡掌柜等人面前说话不觉客气了两分。

刘舟与胡掌柜暗暗交换震惊的眼神。

东家是未卜先知的神人吗？她竟然知道戴公子今日会再来。

胡掌柜先回神，吩咐石头："去和东家说一声，戴公子来了。"

石头应了，小跑着去了后边。

戴泽又坐在了柜台边的椅子上，频频看向通往后边的门口，恨不得立刻见到辛柚。

两个小厮终于气喘吁吁地追来了。

戴泽习惯了平时出门两个小厮不离左右，没有说什么。

其中一个小厮忍了忍，还是鼓起勇气提醒："世子，您要不要擦擦脸？"

戴泽愣了愣，脸色大变。

糟糕，鸟屎还在脸上！

"还愣着干什么，赶紧给我擦干净！"

戴泽这么跑了一路，鸟屎只剩风干的痕迹，胡掌柜与刘舟听了小厮的话看向戴泽的脸，并没看出那是什么。

小厮拿手帕擦了擦，又擦了擦。

刘舟看不下去了，咳了一声："要不小人打盆水来？"

等刘舟端来一盆水，戴泽擦了脸净了手，正好辛柚也到了。

"戴公子。"

戴泽推开挡住视线的小厮，猛地站了起来。

"寇姑娘！"

他这激动的反应，因刚刚突然骑马跑了在先，两个小厮有心理准备，胡掌柜与刘舟却吓得心肝一颤。

他们刚开始以为有人来打劫，见是戴公子放了心，现在看来似乎放心太早了，戴公子莫不是来劫色的？

这个猜测让老掌柜又悄悄地摸上了算盘。

辛柚一见戴泽的反应，就明白是怎么回事了，气定神闲地道："戴公子，请随我进待客室说话吧。"

从小到大，她除非不出门，但凡遇到的人多了，稍一留意总会"看到"几个要倒霉的人，但她绝大多数情况当没看到。比如戴泽今日这事，若不是为了让他相信她会看相，她一个字都不会提。

不是她冷漠，而是这种能力如果滥用，她怕会在她不知道的地方付出代价。

或许，她已经付出代价了。

辛柚想到娘亲的死，心头悲凉。

这多么讽刺，明明她能提前看到一个人将要发生的倒霉事，偏偏那一次因为出门太久，什么都没看到。

辛柚不敢放任自己沉浸在这种懊悔的情绪中，那会让她失去坚持下去的勇气。

面对几乎能确定就是害死娘亲的仇家之子，她云淡风轻地斟了茶，送到他面前。

"戴公子先喝杯茶润润喉咙。"

戴泽抓起茶杯，咕咚咕咚地一饮而尽。

他之所以这么豪迈，一方面是因为确实渴了，另一方面是因为还处在辛柚那番话的冲击中，下意识地听话。

"戴公子又过来，是有事吗？"

"寇姑娘——"戴泽伸手去抓辛柚的手腕。

辛柚默默地收回手，一脸平静地看着他。

戴泽抓了个空，僵硬地把手抬高改为抓头发，目光却牢牢地粘在辛柚的面上："寇姑娘，你说的事真的发生了！"

"戴公子是指飞鸟——"

"对对对，我才回到家，一抬头家雀儿就——"戴泽猛然反应过来这事太丢脸，太恶心，赶紧住口。

辛柚挑了挑眉。

这好像与她"看到"的有一点点不一样。

她看到的画面中，鸟儿把屎拉在了戴泽头上，气得他一脚踹向一个小丫鬟。

可她从戴泽的话中判断，他抬头了。嗯，他抬头了……

辛柚险些没控制住上扬的唇角，忙抿了一口茶来掩饰。

"总之，寇姑娘说准了……"戴泽眼神灼灼，"寇姑娘，你竟然真的会看相！"

"是啊。"辛柚淡淡地道。

"你比清风道长还厉害！"

"清风道长？"

"清风道长是清风观的观主，千金难求他一卦……"戴泽滔滔不绝。

辛柚的神色越来越古怪："戴公子说这许多，是想让我去摆摊儿赚钱？"

戴泽反应过来跑题了，轻咳一声："不是，我是想请寇姑娘再给我看看，为何近来这么倒霉。之前我莫名其妙地被山猪追，又挨了二十大板，我娘特意花重金求清风道长给我卜了卦。清风道长说我今年犯太岁，云里雾里地说了一堆……"

辛柚默默地听着，抽了抽唇角。

这事要她说，都不用算，这纨绔倒霉分明就是自己作的。

他到现在居然还觉得是莫名其妙地被山猪追，那惨死的山猪若是地下有知，定会发奋投胎做人来报仇。

"寇姑娘？"

"嗯。"

戴泽巴巴地看过来："所以你能给我看看，为什么这段时间我这么倒霉吗？"

因为你作死啊。

辛柚在心里默默地回答，面上却露出凝重之色，目不转睛地看着对面的人。

戴泽心一抖："寇姑娘，你说吧，我撑得住。"

辛柚面色凝重地看着戴泽，心里暗暗可惜。

近几日这位固昌伯世子倒是没再遇到什么倒霉事。

不过她看到对方狂热的眼神，已经够了。

"我只会'看'，观星占卜那些都不会。"

"你看，你看，随便看。"戴泽说着，把一张脸凑了过来。

辛柚默默地往后退，拉开二人之间的距离。

"从戴公子面上看，你近来的不顺，是接触了南来之气。"

"南来之气？"戴泽听得茫然。

辛柚深深地看他一眼，终于说出忽悠他这么久真正想说的话："直白来说，戴公子家中春夏之际是不是有南行之人？"

"南行之人？"戴泽想了想，摇头，"没留意啊。"

"那就没办法了，要想化解戴公子的不顺，就要从根源处着手，找出南行之人。"

"找出去过南边的人就行了？"

辛柚颔首。

戴泽松口气："这好办，回去我就问问。"

"这可不行。"

"怎么不行？"

"一个人身上沾染的气息受情绪影响，随时都会变化。戴公子若是大张旗鼓地去找，让那人知道你近来不顺是被他影响，那人心生忧惧影响了气息，再想对症下药就难了。"

"那怎么办？"戴泽着急了。

"戴公子是福泽深厚之人，虽然近来运势受了南行之气的影响，但暂时不会有大碍。你悄悄查就是，花些时间不要紧，关键是别惊动人。"

辛柚也不想装神棍，奈何想要进一步确认固昌伯府与娘亲出事的关联，只能剑走偏锋。

戴泽第一次来书局，她就看出这人不怎么机灵，从他身上着手或许会有意外收获。

戴泽一口应下，颇有几分跃跃欲试的样子："我一定要把这个害我倒霉的浑蛋找出来。"

那二十大板可疼死他了！

"还是寇姑娘有本事，清风道长只会忽悠。"

辛柚默了默，为素未谋面的清风道长解释一句："清风道长名声远扬，定然有过人之处。"

"呵。"戴泽一副不以为然的样子，"也就是哄我娘那些人吧，比寇姑娘差远了。"

辛柚听着有些危险，忙道："戴公子可不要到处宣扬我会看相。"

"怎么了？"戴泽不解。

清风道长那样的，算一卦要许多钱呢，寇姑娘有这样的本事为何还不让人知道？

对了，他还没给钱。

"寇姑娘，你为我看相多少钱？"

辛柚抖抖唇："不必了。"

"这怎么行？哪儿有不收钱的？"戴泽一副非给不可的样子。

辛柚按按眉心："因为我不是算命先生。今日为戴公子看相，也是机缘巧合。"

戴泽拊掌："我明白了，寇姑娘给人看相讲究缘分。"

有大能之人都是这样的。

辛柚窒了窒，点头："算是吧。"

戴泽倒不是黏黏糊糊的性子，把茶杯一放站起身来："那我回去了。"

"我送戴公子。"

"不用，不用。"原本戴泽对辛柚有那么一些兴趣，实则还是高高在上的心态，现在这种好感一下子没了，只剩对高人的好奇敬重。

戴泽大步走出待客室，一眼望见了从书局门口走进来的贺清宵。

"是你？"

贺清宵的视线越过戴泽，落在待客室门口，见辛柚神色平静地走出来，才收回了目光。

戴泽自从那日挨了板子就把贺清宵记恨上了，一见到人登时火冒三丈。

"姓贺的，你来干什么？"

贺清宵眼神微凉，看着一脸戾气的戴泽："戴世子在与本侯说话吗？"

戴泽没想到对方如此不客气，越发恼了："你以为你是侯爷就了不起了？呵，有什么好嚣张的？谁不知道你那侯爵之位怎么来的，以为能与追随今上打天下的有功之臣相提并论？"

戴泽的看法其实就是京中许多人的看法。

长乐侯的侯爵之位不过是今上顾及昔日的兄弟情分才给的，甚至还不一定真有什么情分，而是做给人们看的。

就这样的人，也配和他叫嚣？

戴泽估量了一下双方实力，他这边有两个会功夫的小厮，但对方也有两名手下，真打起来他不占优势，只能改日再算账。

"让开！"

戴泽伸出的手被一只手捏住。

那手修长有力，戴泽立刻吃痛："快放开我！贺清宵，你好大的胆子！"

两个小厮肩负着保护戴泽安全的责任，立刻围过来拔出佩刀："放开我们世子！"

锦麟卫也抽出腰刀，挡在贺清宵面前。

一时间书厅中剑拔弩张，吓得一脚踏进书局的客人转身就跑。

辛柚走过来。

"贺大人。"

贺清宵看向她，歉然一笑："惊扰寇姑娘了。带走！"

两名锦麟卫立刻一左一右按住戴泽。

戴泽都蒙了："什么带走？带走谁？"

发现两个锦麟卫把他往外拖，戴泽后知后觉地反应过来："贺清宵，你竟敢抓我？你知不知道我是谁？"

贺清宵冷淡的脸上出现一丝裂缝："我应该知道。毕竟那日在固昌伯府门前戴世子被脱下裤子打板子，还是我下的命令。"

两个想解救世子的小厮听了这话，都臊得动作一缓。

"那你凭什么抓我？"

贺清宵微微扬眉："戴世子可能忘了，我除了是长乐侯，还是锦麟卫镇抚使。"

"那又怎么样？我又没犯事！"

"哦，刚刚戴世子在街头纵马疾奔，撞到了我。"

"你这是公报私仇！"戴泽气得眼睛通红，恨不得扑过去把那张冷淡的脸剁烂。

从来都是他仗着身份肆意行事，今日居然反过来了！

贺清宵平静反问："我与戴世子有何私仇？"

对戴泽来说，那日打板子结下的仇可大了，但这话不能说。

"你自己刚刚说的！你明明一点儿事没有，不是公报私仇是什么？"

"哦，我虽没事，但关乎一个案子的重要物证被损坏了，戴公子需要随我回衙门说清楚。"

"你信口雌黄！胡说八道！栽赃陷害！"抵不过被锦麟卫拖走的力道，戴泽愤怒中看到了辛柚，脱口喊道："寇姑娘，这和你说的不一样啊！"

寇姑娘不是说他暂时不会倒霉吗？

辛柚被戴泽这一嗓子吼得脑壳疼，而后就对上了贺清宵的目光。

他的眼里带着淡淡的疑惑之色，他随即扫了戴泽一眼，眼里浮现出几分了然。

辛柚尴尬极了。

贺大人莫不是专来克她的吧？

辛柚面上装出若无其事的样子走过去："贺大人，这其中是不是有什么误会？"

误会——

贺清宵在心中念着这两个字，明白了：寇姑娘不希望他把固昌伯世子带走。

这是为什么？

联想到辛柚对固昌伯府不同寻常的关注，贺清宵深深地看了戴泽一眼。

戴泽恶狠狠地威胁："我警告你，赶紧放了我，不然让你吃不了兜着走！"

辛柚："……"她确定了，这人是真傻。

"会不会吃不了兜着走，我不知道。不过戴世子影响锦麟卫办案，或许本侯该去今上面前说道说道。"

"你——"戴泽一听要闹到皇上面前，气势顿时泄了一半。

他的屁股才养好呢，近来可不想出现在皇上面前。

这个狐假虎威的小人！

在心里骂了贺清宵一通，戴泽不吭声了。

见他老实下来，贺清宵淡淡地问："戴公子因何街头纵马？"

戴泽下意识地看了辛柚一眼，黑着脸道："我的钱袋子落在青松书局了，急着回来拿，不行吗？"

"那也不该为了几两碎银在人来人往的街上狂奔，若是伤了人命怎么办？"

戴泽撇撇嘴。

他伤了人又如何，不过是赔点儿钱的事，用得着这人来多管闲事。

锦麟卫果然是狗。

认清了贺清宵不是日常捧着惯着他的那些人，戴泽也不想吃眼前亏，不得不软化了态度："我也不是有意撞到你的。"

"这样吧，若案子后续不受影响，本侯也不愿与戴世子为难。倘若后面有麻烦，就只好请戴世子走一趟了。"

贺清宵冲手下点头示意，两名锦麟卫松开了手。

戴泽揉了揉被按疼的胳膊，努力忍住破口大骂的冲动。

他这算是有惊无险吧？

碍眼的狗东西赶紧走，他还要和寇姑娘讨论一下呢。

贺清宵也是这么想的。

他赶来青松书局，是以为固昌伯世子来闹事，如今看来与他以为的大相径庭。

327

寇姑娘到底想做什么？

二人都等着对方走，谁都没有动，一时间书厅陷入了诡异的安静。

辛柚捏了捏拳："戴公子，既然钱袋子找到了，是不是该回家了？"

"啊，对，我该回去了。"戴泽拍拍额头，剜了贺清宵一眼，大步走了出去。

他这一走，书局气氛陡然轻松，唯有辛柚开始头疼如何应付贺大人的疑问。

他定会问她为何接近固昌伯世子，对固昌伯府究竟有什么目的。

辛柚一想就知道都是她无法回答的问题。

贺清宵上前一步："寇姑娘。"

"哦，贺大人要不要去待客室喝杯茶？"

"不了，还有事要忙。"

这个回答令辛柚愣了愣。

他竟然没有问题问她吗？

贺清宵看出辛柚的疑惑，眼里藏着诸多情绪："固昌伯世子这种纨绔，看似单纯，却不懂分寸，一旦作恶破坏力极大，寇姑娘与之打交道定要小心。"

辛柚微微点头。

"那我告辞了。"贺清宵笑了笑，转身离去。

眨眼间书局里空荡下来，刘舟扒着门框望了望，很是不解："贺大人最近这么忙吗？都不来看书了。"

辛柚走出去，默默地望着那道越行越远的身影。

自那日他们聊起桂姨，贺大人似乎变得有些奇怪。

第十四章　讨家财

戴泽回府后，被固昌伯夫人叫了去。

"母亲，您找我有什么事啊？"

固昌伯夫人打量了一下儿子，见没磕碰着哪里，先松了一口气："怎么突然骑马跑出去了？"

戴泽拿出应付贺清宵的话："儿子发现钱袋子丢了。"

固昌伯夫人皱眉："那能有几个钱，以后可不许这么鲁莽，万一磕碰着怎么办？"

"知道了。"戴泽听得不耐烦，眼珠一转试探着问，"母亲，四五月的时候，咱们家有没有人出远门啊？"

"你问这个干什么？"

戴泽瞎话张口就来："我看了一本写各地风景的游记，可有意思了，就想问问去过的人。"

固昌伯夫人震惊："泽儿，你竟然看书了？"

这还是她那个一靠近学堂就想吐的儿子吗？

"游记，是游记。"戴泽理直气壮地强调，"游记又不是书。"

固昌伯夫人勉强被这个理由说服，笑道："咱们家在各地有不少产业，常有人去盘账检查，你这么问，母亲一时还想不起来，回头我问问管这一块事务的管事。"

戴泽一听，摆摆手："随口问问，母亲不知道就算了，不值当特意找人问。"

对儿子的心血来潮，固昌伯夫人见怪不怪："那你快去洗洗换身衣裳，跑了一头的汗，可别着凉了。"

等戴泽走了，固昌伯夫人越想越觉得有问题。

如果她没记错，前些日子儿子还往家里带回了话本子，如今竟然看起游记了，再过几日该不会要读四书五经了吧。

他莫不是挨了板子，邪气入体了？

固昌伯夫人叫来随戴泽出门的一个小厮，细问今日出门之事。

小厮本就是固昌伯夫人精挑细选安排在儿子身边的，自然不敢瞒着当家主母。

"两次都是去了青松书局找寇姑娘？"固昌伯夫人一听，心里有数了。

儿子不是中邪，是拈花惹草的老毛病犯了。

这可不行。

以前儿子招惹那些寻常女子，她费点儿银钱就解决了。这寇姑娘不光是太仆寺少卿的外甥女，还入了昭阳长公主的眼，儿子真要招惹了，恐怕只能娶回家。

当晚，固昌伯夫人就与固昌伯提起这事。

固昌伯一听，眉头拧出川字："夫人担心得对。娘娘很不喜欢寇姑娘，咱们没必要让娘娘不痛快。"

固昌伯本来觉得寇姑娘还行，但娘娘不喜欢就算了。

固昌伯夫人听了这话气不打一处来。

是她挑儿媳，又不是宫里那位娘娘挑。在伯爷心里，谁都没有那个当娘娘的妹妹重要。

"泽儿这小子无法无天，既然没有让寇姑娘进门的打算，夫人尽快寻摸一下合适的人家，免得生出事来。"

有了固昌伯这话，固昌伯夫人陆续约了中意的几家夫人喝茶，结果无一例外，一提到戴泽对方就转移了话题。

固昌伯夫人接连碰壁，心情跌入谷底。

"泽儿不就是调皮了些，京中和咱们差不多的那些人家，哪家没一两个调皮的孩子，怎么就看不上泽儿了？！"

固昌伯比固昌伯夫人理智许多："泽儿那是调皮一些吗？夫人，你还是放低期望，家世、品性、相貌、能力……处处都好的姑娘真的轮不到咱们儿子。"

"我已经降低要求了，连以前没考虑过的都约了喝茶，谁知一提起泽儿对方就装糊涂。"

固昌伯夫人一想被身份远不如她的人拒绝，就憋屈得厉害。

"强扭的瓜不甜，人家不愿意也不能强求。"固昌伯叹口气，突然想起来，"重阳那日遇到太仆寺少卿段家的老夫人，对方不是有那个意思吗？你没去探探口风？"

固昌伯夫人下意识地皱眉："不是说不与寇姑娘扯上吗？"

固昌伯不以为然："段家只是寇姑娘的舅家，又不是让你求娶寇姑娘。我记得那日除了寇姑娘还有两个与泽儿年岁相当的女孩儿，样貌都不错。"

"可是——"

"你要不中意，那就再寻摸寻摸，再被拒绝可别来和我抱怨。"

固昌伯夫人不甘心，又约了两家夫人喝茶，然后就死心了。

看来要么她再等上两年，待京中的人忘了泽儿重阳那日闯的祸，要么她就只能将就一下，考虑少卿府了。

固昌伯一句话让固昌伯夫人不再犹豫。

"两年？就泽儿那混账，你能保证这两年不再惹祸了？回头他闹着要娶寇姑娘，嚷得全京城都知道，咱们是答应还是不答应？"

"伯爷说得是。"

老夫人接到固昌伯夫人的帖子，意外极了。

重阳节那日的试探对方不是避开了吗？他们怎么又送帖子来？

少卿府与固昌伯府没什么交集，老夫人可不认为这张帖子的背后是纯喝茶。

是了，固昌伯世子才惹了祸，成为京城上下茶余饭后的谈资。固昌伯夫人恐怕是为儿子谋求亲事不顺，于是想到了少卿府。

想通其中缘由，老夫人心里不大痛快。

谁愿意被别人挑三拣四呢。

可理智地想想，她又舍不得拒绝。

戴泽是固昌伯唯一的子嗣，孙女一嫁过去可就是世子夫人。更重要的是，固昌伯府是庆王的舅舅家，将来有那一日，说不定伯夫人还能成为侯夫人，甚至国公夫人。

就是在固昌伯世子丢了大脸的这个节骨眼儿，少卿府与固昌伯府结亲于名声上不好听，会让人嚼舌为了富贵荣华不顾其他。

在与固昌伯夫人见面前，老夫人把这份担忧对段少卿说了。

"母亲糊涂了，等过了这个节骨眼儿，人家固昌伯府可还愿意低就？"

"怕人嚼舌？这种闲言碎语也就一阵子，等到将来那日谁还敢说一句不好？"

"再者说，乔氏被休对华儿和灵儿影响极大，那些门当户对的恐怕都会介意。若是低嫁，于咱们家又有什么助力？"

段少卿的一番话让老夫人安了心，很快她就与固昌伯夫人在茶楼见了面。

茶楼中间搭了一个戏台，坐在二楼的雅室能把戏台看得清清楚楚，咿咿呀呀的唱戏声很好地遮掩了雅室中人的谈话声。

老夫人从固昌伯夫人的话中确定了她没有猜错，固昌伯夫人则从老夫人的笑容里明白了对方的态度。

老夫人和固昌伯夫人再见面，是在清风观。

京城道观很多，清风观本是其中不起眼的一座，自从观主清风道长声名大噪，一下子就兴旺起来。

这一次，老夫人还带了段云华和段云灵两个孙女。

当双方"偶遇"时，与重阳那日的冷淡不同，固昌伯夫人仔仔细细地把两个女孩子打量了一番，语气温和地与她们说了几句话。

有辛柚提醒在先，段云灵哪里不知道固昌伯夫人的意思。固昌伯夫人问一句答一句，绝不多说一个字，从头到尾更是连眼皮都没抬过，唯恐给对方留下什么深刻印象。

段云华虽有些娇纵，却也不傻，意识到今日这场"巧遇"意味着什么后，心怦怦地跳得极快。

固昌伯夫人要在她与三妹之中挑儿媳！

固昌伯世子她见过几次，相貌是讨人喜欢的。至于他顽劣好色？自从母亲被休，这半年来尝遍冷暖，她早就不在乎这个了。

父亲与母亲多年来在所有人眼里还和睦恩爱呢，结果呢？不过是一点儿风波，父亲就毫不犹豫地舍弃了母亲。

没有了母亲庇护，她这个嫡女与三妹在祖母和父亲眼里根本就没什么区别，甚至因为三妹与寇青青交好，她还不如三妹！

无数个夜里，段云华都因为从云端跌落泥潭而辗转难眠。她恨生活在同一屋檐下的这些人，亦恨自己的无能无力。

现在机会来了。

她若能成为固昌伯府的世子夫人，大多数官宦女眷见了要敬着。将来庆王当了皇帝，固昌伯府就是皇帝的外家。夫君风流好色不成器又怎么样，她只要当好固昌伯府的媳妇儿，以后什么都不会少。

她再也不想过被寇青青打了脸只能忍下，连段云灵一个小妾生的女儿都敢对她冷嘲热讽的日子了。

这个机会她一定要抓住！

段云华有所求，表现自是与段云灵不同，对固昌伯夫人的话有问必答，恨不得把所有的乖巧机灵都展露给对方。

回去的路上，段云华与段云灵坐了同一辆车。

段云灵坐在一角，垂眸不语。

段云华几次把视线投过去，最终亦没有开口。

放在以前，别人把她与段云灵放在一起比较已经足够让她气恼，但现在她知道不一样了，事情落定前不能逞口舌之快。

段云华在心里多次复盘后一颗心定了定。

她今日的表现比木头一样的三妹好得多，她会如愿以偿的。

而固昌伯夫人回去后，就对固昌伯说了："我冷眼瞧着，段三姑娘虽是庶女，却文静沉稳，更适合泽儿这样的。"

固昌伯其实已经想不起来段云华与段云灵长什么样了，只记得都长得不错，选哪个当儿媳对他来说都一样。

"那就听夫人的。"

老夫人再接到固昌伯夫人的帖子，对方请的就是她与段云灵。

老夫人对固昌伯夫人在两个孙女中选了段云灵，乐见其成。

段云华是大房唯一的嫡女不错，可乔氏被休了，还是她先松的口，不用想二孙女心里是记恨她这个祖母的。

虽说出嫁的姑娘离不开娘家当底气,二孙女就算心里有怨也不可能把少卿府踢开,不然先笑话她的就是婆家,但毕竟不如三孙女性子柔顺好拿捏。

这次约见定在三日后。

老夫人很快吩咐婢女玉珠去请段云灵。

段云灵听丫鬟禀报如意堂的玉珠姐姐来了,心头一沉。

清风观"偶遇"后,既然两边长辈有意结亲,固昌伯府定会在她与二姐之间很快选出一人。祖母院中的大丫鬟玉珠突然过来,对不愿嫁给戴泽那种纨绔的她来说,无疑是个不好的兆头。

事情怎么会这样呢?明明那日她一副木讷迟钝的样子。

段云灵想不通,随着玉珠去如意堂的路上问道:"玉珠姐姐,祖母只让我过去吗?"

能当上大丫鬟的婢女,说话都滴水不漏。玉珠笑道:"老夫人让婢子来请三姑娘,至于有没有打发别人去请二姑娘,婢子就不知道了。"

段云灵点点头,怀着一丝侥幸走进了如意堂。

许是固昌伯夫人没拿定主意,要再见见她和二姐呢,那还有改变的机会。

当段云灵看到老夫人和煦的笑容时,一颗心凉了大半。

"灵儿,坐。"招手让段云灵坐在身边,老夫人示意屋中其他人都退下。

段云灵垂眸抿唇,一颗心提到了嗓子眼儿。

"昨日在清风观偶遇固昌伯夫人,固昌伯夫人见到你很是喜欢,有意为其子求娶你。祖母想着你也到了谈婚论嫁的年纪,这不失为一门好亲事,你觉得呢?"

固昌伯夫人真的选了她!

段云灵只觉得心口被重锤一击,脸色瞬间惨白。

"灵儿?"老夫人看出段云灵脸色有变化,声音冷了几分。

这丫头竟然不愿意?

这个情况是老夫人万万没想到的,甚至觉得不可思议。

那可是固昌伯府,她要嫁的还是唯一的继承人。

也就是固昌伯世子不成器,加上重阳那日她特意到固昌伯夫妇面前露了脸,不然就算固昌伯府要低头娶妇,也想不到他们少卿府。

段云灵回了神儿,用力攥拳让自己冷静下来。

"祖母,孙女还小,前面还有两个姐姐——"

"这些不用你操心。"老夫人淡淡地打断段云灵的话。

明确了段云灵的想法,老夫人态度强硬起来:"灵儿,你要知道结亲是两个家族的事,能与固昌伯府结亲于咱们家还有你都有数不尽的好处。"

如果是以前的段云灵,老夫人说到这里,她再不情愿也只会默默地接受。可她想到辛柚做过的事、说过的话,她不甘心就这么认命。

"祖母，那固昌伯世子并非良人，孙女只愿嫁个品貌相当的男子，哪怕出身寻常也无妨……"

老夫人冷笑："天真！"

段云灵鼓起的勇气被这冷冰冰的两个字砸得粉碎。

"固昌伯世子不成器不假，可他是固昌伯府唯一的子嗣，你只要嫁过去，将来整个伯府都是你儿子的。你是固昌伯夫人看上的，只要把固昌伯夫人哄好，年轻时有婆母护着，老了有儿女孝顺，一辈子富贵荣华享用不尽，男人不成器算什么？"

这不对！

段云灵脑子嗡嗡作响，她有无数句话反驳，却吐不出一个字来。

她清楚地意识到，祖母的决定，她一个没有父母庇护的小姑娘根本无法抗拒。

父亲会为她反对这门亲事吗？

不，恐怕父亲比祖母还要乐意。

睨了一眼神色木然的孙女，老夫人放柔语气："你以为出身寻常的男人就好了？傻丫头，等你嫁了人就会发现男人区别都不大，人品那些看不见摸不着，说变就变，是最虚的。"

段云灵的嘴唇动了动，她什么都没有说。

"好了，你回房吧。这两日不要胡思乱想，三日后随祖母出门。"

段云灵浑浑噩噩地回了住处，没过多久玉珠又来了。

"三姑娘，老夫人命婢子给您送首饰来。"

段云灵睫毛颤了颤，她没有看玉珠手中捧的匣子一眼，木然道："放下吧。"

玉珠放下匣子，看一眼失魂落魄的三姑娘，压下好奇告退。

屋中只剩段云灵与贴身丫鬟雪莹。

"姑娘，要打开看看吗？"

"收起来！"段云灵激动地喊了一声，迎上丫鬟诧异的眼神，泪水盈满眼眶。

雪莹把首饰匣子收起，默默地守在段云灵身边。

段云灵呆坐着，眼泪流下来。

她一直知道的，婚事上她不可能做主，以前掌握她命运的是嫡母，现在是祖母。

在她想来，祖母给她寻一户门当户对的人家，或者门第低一些的人家也无妨，是正儿八经过日子的人就行，而不是让她嫁给一个会当街调戏女子的纨绔。

青表姐说，勇气是最宝贵的品质之一。她之前觉得勇敢没有用，亲眼看到青表姐做的那些事，她觉得是有用的。

可是现在，她又觉得没用了。

她一个靠家族庇护得以生存的小小庶女，有勇气又能改变什么呢？

可她还是不甘心。

泪珠如断了线的珠子吧嗒吧嗒地打在手背上、衣衫上。她哭的是这些日子建立起的信心没有了，以及对未来的绝望。

她想到了重阳那日她对表姐说的话。

真要嫁给固昌伯世子那种人，她情愿去死！

难道……只有死才是她能主动选择的吗？

段云灵低头，看着自己的双手。

少女的手白皙柔软，与力量完全扯不上关系。

她用这双手了结自己，就是掌握了主动吗？

不，她这是被逼死的，她根本不想死！

"雪莹。"段云灵用力地咬了一下唇，呼唤婢女。

"婢子在呢。姑娘您说。"

"明日是初几？"

"回姑娘的话，明日是初十。"

"初十——"段云灵空洞的眼睛里有了光亮，"初十青表姐会回来吧？"

"是，表姑娘会回来。"

"那就好，那就好……"段云灵喃喃，声音低得身边人都很难听清。

她向信任之人求救，也算勇敢吗？

段云灵在为亲事落到头上悲伤绝望时，段云华正在发怒。

"今日祖母真的叫了段云灵过去？"

出去打探消息的丫鬟小心翼翼地道："是……"

"祖母叫段云灵过去干什么？"段云华心中其实已经有了答案，却不愿相信，腾地站起来问道。

丫鬟下意识地后退一步，硬着头皮回答："婢子没有打听到。"

作为段云华的贴身丫鬟，她知道清风观的事。这个时间老夫人单独叫三姑娘过去，还能是为了什么呢。

丫鬟的回答让段云华濒临爆发的怒火有了宣泄口。

"凭什么，凭什么是段云灵？！

"她只是个庶女，见了外人都不敢说话，像块木头一样，固昌伯夫人为什么会选她？"

段云华情绪激动，双手箍住丫鬟的胳膊："你说到底为什么？"

"婢子……婢子不知道……"丫鬟声音发颤。

她一个小丫鬟，哪里知道为什么呀。

"我不信，我要去问祖母！"段云华拔腿往外走。

丫鬟骇得脸色发白，忙把她拦住："姑娘，您不要冲动啊！这也不是老夫人能决定的，您去问老夫人没有用的。"

"没有用……"段云华跌坐在美人榻上，神色茫然，"没有用……"

难道就因为母亲被休了，她就什么都不是了吗？

段云华伏在美人榻上，绝望地哭起来。

而段少卿下衙回来从老夫人口中得知固昌伯府看中了段云灵时，对这个结果颇满意。

"灵儿谨慎柔顺，到了固昌伯府出不了什么差错。"

反而嫡女是个受不了气的性子，冲动之下顶撞了婆母或与夫君闹别扭，到时还要少卿府跟着头疼。

"我也是这么想的。"老夫人笑呵呵地说道。

这个夜晚少卿府有人欢喜有人愁，转日一早段云辰先回来了。

关心了一下长孙的学业，老夫人笑问："你二弟又没和你一起回来？"

"是，二弟说和青表妹一起回来。"段云辰一脸平静地回了祖母的话，心里却不是这般云淡风轻。

他已看出来，祖母是乐见二弟与青表妹在一起的。尽管他对青表妹无意，可一想到曾经对他有过情意的人将来与堂弟成为夫妻，还是感到不适。

少卿府就没有别人家的姑娘可以考虑了吗？祖母为何非要把青表妹留在家里？

段云辰想到前不久他悄悄去外祖家看望母亲，远远地见到竹表妹，竹表妹转身急急地走了，心头就一片苦涩。

倘若当初不是祖母非要撮合他与青表妹，母亲也不会走了极端，他与竹表妹也不会变成这样……

"辰儿？"

段云辰回神："您喊我？"

老夫人笑："你这孩子，在想什么呢？"

"没什么。祖母这几日如何？"

"都挺好，前日还去了清风观，活动活动。"

祖孙二人闲聊几句，段云辰问："父亲没有出门吧？"

每月初十，正好也是官员休沐之日。段少卿或是出门会友，或是在家休息。

"没有。"

"那孙儿去给父亲请安。"

"去吧。"对这个孙儿，老夫人是打心眼儿里喜欢的。

段云辰告别老夫人去了段少卿那里，父子二人交谈了一会儿。他就起身去看段云华。

往日每逢国子监放假，段云华就早早去了如意堂等着兄长回来。今日不见妹妹，段云辰觉得有些不安。

"姑娘，大公子来了。"

"请进来。"段云华神色恹恹，叮嘱婢女，"不许对大公子提清风观的事。"

段云辰很快进来，一看段云华有些红肿的双眼，眼神一沉。

"二妹怎么了？"

"昨天没睡好。"段云华把满腹委屈压下，"大哥坐吧。"

"只是没睡好吗？"段云辰坐下，眼里含着担忧之色，"二妹是不是哭过？发生什么事了吗？"

段云华眼一红："我想母亲了。"

她是快言快语不假，可也是要脸的，连三妹都没比过，这种事哪儿有脸让大哥知道？

段云辰没有怀疑。

他还常因想到母亲而难受，何况妹妹一个女孩子。

"二妹用冷水敷一敷眼睛吧，免得一家人吃饭时被看出来。"

"知道了。"段云华低着头，闷声道。

如果可以，她真的不想去面对段云灵。可今日她若不出现，更会让对方笑话了。

等到一家人围坐在如意堂的饭厅用午饭时，辛柚敏锐地察觉到段云华与段云灵的异样。

二人看起来都不大开心的样子，发生什么事了？

对于段云华的心情，辛柚是丝毫不在意的，但段云灵不一样。

先前能顺利离开少卿府，段云灵也帮了忙，对辛柚来说这份人情要还。

"青青，松龄先生的新书什么时候推出？"

辛柚看向问话的段少卿。

段少卿压下淡淡的尴尬解释："我看了松龄先生的《画皮》，确实写得好。"

有些同僚乃至上峰因为外甥女开的书局与他搭话，打听松龄先生的新书，这是他没想到的。

"快了。"辛柚对段少卿微微一笑。

"松龄先生发售新书，记得和舅舅说。"

辛柚扬唇："到时候多送舅舅几本。"

就是不知道那时他还有没有心情看了。

"还有我，表妹别忘了送我。"段云朗急忙说道。

这次辛柚的笑容真切许多："好。"

见一对小儿女说笑，老夫人也笑得越发慈爱了。

不出意外，孙儿与外孙女就是水到渠成的一对了，马上又能与固昌伯府结亲，少卿府总算是能扫一扫这段时间以来的晦气了。

一顿午饭，长辈们心情都不错，小一辈则各有心思。

辛柚回到晚晴居，正准备让小莲去请段云灵过来玩，段云灵就到了。

"灵表妹是不是有心事？"辛柚直接问。

段云灵眼圈一红，看一眼小莲。

辛柚示意小莲退下。

屋中没了旁人，段云灵忍不住落了泪："青表姐，我该怎么办呀？祖母要把我许给固昌伯世子！"

辛柚愣了愣。

这几日她一直暗暗盼着戴泽能带给她有用的消息，没想到听到固昌伯府的事会是这种。

"灵表妹你慢慢说。"

段云灵擦擦眼泪，从清风观的"偶遇"说起。

"后日祖母就要带我去见固昌伯夫人了，之后恐怕就要定下了……我想过装病，可就算躲过这次，惹恼了祖母以后也不会好过的……"

段云灵诉说着无助与绝望，望着辛柚的眼里闪着一丝希冀的光。

青表姐……会有办法吗？

"后日吗？"听段云灵讲完，辛柚沉吟。

段云灵眼里迸出一丝光亮："青表姐，你有办法吗？"

要是以前，她连求救的勇气都没有。她知道自己的卑微和渺小，不觉得自己有能力帮别人，同样也不奢求别人会帮助她。

是青表姐让她有了改变。

辛柚垂眸，视线落在指尖上。

她这些日子因为赶稿，手指磨出了薄薄的茧，好在辛苦都有收获。

辛柚的沉默令段云灵眼神一黯，她咬唇道："青表姐，我只是问问，想不出办法就算了——"

辛柚抬眼，看着脸色苍白的少女："灵表妹，倘若推掉这门亲事，要以你的舒适生活来换取，你会愿意吗？"

"我不在乎！"段云灵脱口而出。

辛柚笑笑："这不是随便说说，而是切实关乎你以后的生活，你认真想想再回答。"

段云灵想了想，问："青表姐说的失去现在的舒适生活，是衣食住行成问题吗？"

"那倒不至于。就是一年四季的衣裳首饰不再贵重多样，出阁时嫁妆也没那么丰厚……"辛柚看着段云灵的眼睛，"这样子，灵表妹也没怨言吗？"

段云灵听完辛柚的话，松了口气："我还以为会连吃穿都成问题呢。青表姐你说的不就是寻常官宦家姑娘的生活嘛。"

她平时来往的朋友出身都差不太多，父兄官职不高不低，原本家底丰厚的还好，若是寻常人家苦读出来的，日子可没有老百姓以为的那么光鲜。这些人家的姑娘一年四季会裁衣打首饰不假，大多以小巧好看为主，真正能撑门面的衣裳首饰并不多。

想到这里，段云灵怔了怔，第一次认真思考一个问题：既然她与朋友出身差不多，为何她的生活却优渥许多？

这些钱……是从哪里来的呢？

迎上那双清透如水的眸子，段云灵突然打了个寒战，冷意迅速席卷全身。

难道——那些传闻是真的？

段云灵张张嘴，喉咙仿佛被无形的手扼住，吐不出一个字来。

"灵表妹能这么想，那我帮你。"辛柚倒是没想到她的话在段云灵心头激起了千尺浪，伸手拍了拍对方以示安慰。

她这些日子可不只为松龄先生将要推出的新书做准备，还要为拿回寇青青的家财做准备。在与少卿府博弈的时候，她顺便替段云灵解决一下麻烦应该也不难。

段云灵眼睛亮起来："青表姐，我该怎么做？"

"灵表妹只要不改变主意就好，其他的事交给我。"

"我什么都不用做吗？"段云灵有些忐忑，更多的是惭愧。

"暂时不用，若有需要我会说。"辛柚不好把话说得太满，"总之我会尽力而为，灵表妹先安心等待。万一不成——"

段云灵打断辛柚的话："那我就认了，青表姐你不要因为我而做有风险的事。"

她试着反抗过了，再不成，那不是她的错，更不该连累帮她的人。

段云灵从晚晴居离开，脚步轻快了许多。

初冬的晚晴居花木落叶，显出了几分萧瑟之意。好在和煦的阳光透过窗棂倾泻进室中，驱散了屋中的昏暗与冷意。

"姑娘，不午休吗？"已经了解辛柚作息的小莲轻声问。

三姑娘过来说了什么她不知晓，但明显不是来找姑娘闲聊。想到这些日子辛柚埋头写书的辛苦，小莲难免心疼。

"小莲，你回一趟书局，把书房靠西墙的书柜中第二个格子里的书稿给我拿来。"辛柚仔细交代。

小莲应了，快步走出晚晴居。

"小莲姐姐出去啊？"守着角门的门人见到小莲，态度很热络。

小莲笑着应了，十分便利地离开了少卿府。

书局东院一切都有条不紊，方嬷嬷见小莲回来，吓了一跳："你不是陪着姑娘回少卿府了吗？怎么突然回来了？"

"姑娘有东西没带着，打发我回来取。"

方嬷嬷放了心："那就好，我还以为发生什么事了。"

小莲心想，恐怕真的有事要发生了，不过这种猜测没必要说出来让方嬷嬷担心。她很快找到装着书稿的盒子，连盒子带书稿一起收好赶回了少卿府。

"姑娘，书稿取回来了。"

辛柚接过盒子，当着小莲的面打开。

盒子里静静地躺着一本书，与书局售卖的话本故事不同，这本书的封面一片空白，装订也比较随意，一看就是私人整理的手稿。

小莲拿到书稿没有翻开看过，此时盯着书稿好奇地问："姑娘，这是咱们书局将要发售的新书吗？"

作为与辛柚朝夕相处的人，小莲一早就知道这些好看的故事虽是松龄先生讲的，但代笔写出来的人是辛柚。

"这不是。"辛柚一手轻轻地放在书上，唇角微微扬起，"这是为拿回寇姑娘家财写的。"

小莲的眼睛猛然睁大，她死死地盯着书稿："用这个能拿回我们姑娘的家财？"

小丫鬟第一反应是不可置信，可看着眼前气定神闲的少女，那些惊疑化作了期待。

从她跟着姑娘起，她亲眼瞧着姑娘一步步化解危机，有了今日，姑娘就是那种能把不可能变为可能的人啊。

"姑娘，我可以摸摸吗？"小莲的目光牢牢地粘在手稿上。

辛柚莞尔，把手移开。

小莲深吸一口气，一点点试探着伸出手。

辛柚哭笑不得："放心摸，书稿不咬人。"

小丫鬟的手终于碰到了书，她露出大大的笑容："姑娘说什么呢，婢子才不是担心书稿咬人呢。"

她先沾沾仙气再说。

"好了，随我去见段少卿。"辛柚把书稿收好，站起身来。

小莲愣了一下："姑娘，不是去找老夫人？"

那些财物不都捏在老夫人手中吗？

辛柚语气笃定地说："不，去找段少卿。"

老夫人掌控着一府钱财不假，但真正撑着少卿府的顶梁柱毫无疑问是段少卿。

拿回寇青青大半家财这种会令少卿府伤筋动骨的事，她自然该找段家真正的一家之主。

这个时候段少卿午休刚起，正喝着热茶醒神，就听下人说表姑娘来了。

段少卿颇为意外，吩咐下人把人请进来。

"青青有什么事吗？"段少卿对走进来的少女露出个笑脸，心里却远没有表面这么淡定。

这几个月来，他因外甥女损失了不少钱财，委实不想与这个丫头打交道。

她今日突然过来找他，该不会是又想坑他钱了吧？

段少卿想想这段时日青松书局的红火，暗暗不满。

一个小姑娘，本该天真无邪，清高无尘，这丫头也太贪婪了。

辛柚福了福身："我今日来找舅舅，是有事相商。"

不等段少卿开口，辛柚就在他对面坐了下来。

这个举动令段少卿眼神一冷，明白了外甥女又要给他出难题了。

这次她想从他这里搜刮多少？一千两，还是两千两？

她还真是要钱要习惯了。

段少卿盘算着这回要用多少钱把外甥女打发走，辛柚开了口。

"舅舅，我想和您商量一下寇家财产的安排。"

"寇家财产？"因为太过意外，段少卿连震怒都忘了，只有茫然。

"对，就是我父母留给我的钱财，当年我进京时带到舅舅家的。"

段少卿心头巨震，怒色不可控制地浮现在脸上。

一千两、两千两已经无法满足这丫头了，她竟然打起那些财产的主意了？

那可是一百万两银！除此之外，还有不少铺面、田地……

段少卿一脸严肃地盯着辛柚："青青，你当年进京是带了些财物，那些不是一直由你外祖母替你保管吗？"

辛柚点头。

"舅舅记得你外祖母说过，等你出阁就会把那些财物交到你手中。"

辛柚再点头。

段少卿脸色更严肃了，语气中的冷根本掩不住："那你要与舅舅商量什么？"

辛柚神色平静地看着段少卿，弯了弯唇："我已经及笄了，想亲自打理自己的财物。"

段少卿脸一沉："胡闹！"

辛柚静静地看着他。

少女镇定的眉眼与平静的目光使段少卿严肃表情掩盖下的气急败坏无处遁形。

段少卿一瞬间感到了狼狈，强忍着放软语气："青青，你虽然及笄了，可毕竟还小，那么多财物如何打理、如何守住，可不是你想的那么简单。还是听你外祖母的，等你出阁再说。"

这丫头心野了。

还是母亲有远见，就该亲上加亲让辰儿娶了她，可恨乔氏目光短浅又贪婪，闹成现在这个样子。

见辛柚皱眉，段少卿激将："难不成你连你外祖母都信不过？"

"舅舅误会了，我是在想您说的话。"

"什么话？"

"您说我还小，不会打理财物。舅舅是不是忘了，青松书局生意那么红火，近来说是日进斗金也不为过，青青不是打理得好好的？"

"你——"段少卿想说那是有掌柜等人帮忙，可与少女冷淡的目光相碰，把这话咽了下去。

他看出来了，这丫头是铁了心要讨回财物。

段少卿下意识地坐直了身体，语气转淡："青青啊，你既然想现在就打理父母留下的钱财，那就去问问你外祖母的意思。舅舅可没沾手那些财物，你来找我只能失望了。"

段少卿语气的变化令辛柚感到好笑。

他终于扯掉第一层遮羞布了。

她伸手提起茶壶，亲自替段少卿斟了一杯茶。

只剩半杯的茶水被续满，舒展的茶叶在水中沉浮。

段少卿没有动作，等着辛柚开口。

"外祖母年纪大了，青青怕直接去讨要，外祖母也如舅舅这样误会我信不过她，一生气有个好歹。"

段少卿冷笑："你既然如此心疼你外祖母，就不该这个时候想一些有的没的。你母亲是我唯一的妹妹，你外祖母唯一的女儿，而你是你母亲留下的唯一骨血，难道我们会贪图你父母留下的家财不成？"

辛柚抬了抬眼皮。

她的眼睛很大，却不是那种圆圆的大，拉长的眼尾微微翘起，眼皮也薄。这样一双眼美是美的，可当冷冷淡淡地看人时，就有种令人不敢怠慢的清贵感。

段少卿心头一凛，暗骂见了鬼。

都怪那些嘴碎的人说这丫头长得像昭阳长公主，他刚刚猛地一看，甚至觉得这丫头更像皇上！

兴元帝是开国之君，大夏是他与那些战功赫赫的武将一起打下来的。不出意外，假如大夏能绵延数百年，兴元帝也是大夏所有皇帝的武力值巅峰了。

从普通人一步一个脚印地登上天子之位，兴元帝或许有诸多不足，但有一点毫无疑问：他在文武百官中的威望相当高。

段少卿脑子里闪过外甥女与皇帝长得像这种大逆不道的念头。

他连喝几口茶，把这吓人的念头驱散。

"舅舅不要多心，我没说你们贪图我的家财。但我暂时没有嫁人的打算，又有打理钱财的能力，为何不能现在拿回属于自己的东西呢？"辛柚唇边的讥笑一闪而逝，她打量段少卿的脸色，"我直接去找外祖母，外祖母可能会误解，舅舅帮我去说定然就没有这个问题了。"

段少卿只觉可笑："你的事，舅舅可不好插手。"

他就不信，这丫头能硬生生地从母亲那里要出钱来。

那可不是几万两银子的事。

辛柚笑了笑："舅舅不怕人们议论少卿府贪图我的家财吗？"

段少卿脸色陡然一沉："青青，这是你说的话？"

如果之前说这些话还能说是长大了、心野了，知道钱财的好处了，现在这话分明是撕破脸。

段少卿压下怒火，暗暗琢磨辛柚选择撕破脸有什么原因："前段时间是有些流言蜚语，后来人们看清是误会，不是都散了。青青你开书局家里这么支持，一定要与家里闹吗？"

说起来，幸亏这丫头非要开书局，让世人看到了少卿府对她的纵容，再有少卿府暗中引导言论，才平息了那些传闻。

　　"对了，书局。"辛柚仿佛被这话提醒，把带来的盒子放在二人间的桌几上，"这是新书稿，舅舅有没有兴趣看一看？"

　　段少卿眉头紧锁，盯着浅笑盈盈的少女，伸手打开了盒子。

　　盒子中静静地躺着一本没有封面也没有书名的书。

　　段少卿盯了片刻，把书稿拿出来，一页一页往下看。

　　书稿并不厚，段少卿一页页翻着，越看脸色越沉，等看到最后重重地一拍桌几，任由茶杯跳起来再落下，茶水洒了一桌子。

　　有茶水溅到书稿上，把墨字氤氲成一团黑。

　　段少卿额角青筋暴起，一双眼死死地盯着辛柚，他说道："青青，你这是什么意思？"

　　这书稿，竟然写的是一个孤女带着大笔家财投靠外祖家，最后被外祖家生吞活剥，含恨而亡，家财被吞没的故事。

　　虽然故事里外祖家只是富商，可只要这书从青松书局印制发售，到时候任谁看了都会想到少卿府。

　　这丫头是想彻底毁了少卿府的名声，甚至他的仕途！

　　辛柚对上段少卿择人而噬的目光，依然一脸平静的模样："我只想拿回寇家家财。"

　　段少卿拿起书稿在桌几上摔打："所以你就用这个威胁我，威胁少卿府？"

　　他气急败坏的样子令辛柚弯唇："是呀，我确实是用这未发售的书稿换本就属于青青的家财。舅舅觉得能换吗？"

　　"你以为那些流言蜚语就能动摇少卿府？"

　　辛柚看出段少卿的硬撑，莞尔而笑："舅舅知不知道，有多少人翘首以待松龄先生的新书？我是青松书局的东家，什么事都是我说了算，只要借用松龄先生的名号，再让印书坊大量印制，不出三日这个故事就会传遍京城的大街小巷。"

　　段少卿听着这些丝毫没留情面的话，气得发抖："寇青青，你真是翅膀硬了，怎么会有你这种狼心狗肺的东西？"

　　"狼心狗肺？"辛柚只觉得荒谬，更为早已香消玉殒，至今尚未入土为安的寇青青感到悲哀。

　　而此刻，她终于可以替寇青青把这些话说出来："舅舅忘了青青是如何摔下悬崖的？动手的是你的女儿，指使的是你的妻子，为被休的乔氏打抱不平的是你的另一个女儿。如果不是我命大，与这故事中的女孩儿有何区别？"

　　段少卿下意识地反驳："乔氏已经被休——"

　　辛柚冷笑："舅舅，希望你看清楚，青青跌落山崖后的生死是看运气，而不是少卿府的这些人高抬贵手！"

　　寇青青没有这样的好运气。

以寇青青的身份生活久了，辛柚虽与这个可怜的姑娘不曾相识，却生出了感情。

她怜惜这个与她容貌相似的女孩儿的遭遇，愤恨这些本该爱护这个女孩儿的亲人的丑陋嘴脸。

寇青青再不能开口了，但辛柚可以替她说，替她扯下少卿府的遮羞布，替她讨回家财，不让这些恶心东西再扒着寇家财产吸血享受。

辛柚看着段少卿，一字一字地道："所以不是寇青青狼心狗肺，而是你们早已杀死了那个单纯乖巧，对亲人只知孺慕亲近的寇青青。"

她的话掷地有声，如一颗颗冰珠子重重地砸在段少卿的心头，令他生出莫名其妙的寒意。

段少卿从没有一刻如此清晰地认识到：那个柔顺沉默的外甥女真的回不来了。

眼前的这个丫头，心硬如铁，善于伪装，根本就是恨着少卿府的！

杀机从心头一闪而逝。

辛柚笑了："还忘了告诉舅舅，那日孔公子去了青松书局。"

段少卿没吭声，等她说下去。

"孔公子就是昭阳长公主之子，听说还是位侯爷。孔公子特意说了，等新书发售，他要买一百册。"

段少卿脸色一下子变了。

寻常人的议论是动摇不了少卿府的根基的，可同朝为官的人就不一样了，往日与他不对付的人若以此来生事，他很可能要有麻烦。

而要是昭阳长公主介入，那就更麻烦了。

韩副指挥被免职的事才过去不久，让许多人知道了昭阳长公主对寇姑娘的维护，段少卿自然也清楚。

他居然还为此感到得意。

段少卿恨不得抽自己一嘴巴子。

他当时真的是无知啊！

"还有——"

辛柚一开口，段少卿的手就不自觉地一抖。

她竟然还有话要说？

他死死地盯着云淡风轻的少女，看她还会说什么。

"贺大人也说，今上对松龄先生很感兴趣。松龄先生出了新书，说不定今上也会看呢。"

段少卿的脸一下子没了血色，他色厉内荏地道："你这是欺君！"

"欺君？舅舅在说什么？"辛柚一脸茫然的神色。

段少卿抓起书稿："这书是你写的，你以松龄先生的名义发售，难道不是欺君？"

辛柚摇摇头："舅舅你是不是压力太大，思绪有些混乱？青松书局发售新书是面对所有人，又不是说松龄先生专门写出来给今上一人看，何谈欺君？"

段少卿被问得一滞。

"再说，这书为什么不能是松龄先生写的？谁能证明是我写的？少卿府吗？"

辛柚一连三问，把段少卿问得额头冒汗，哑口无言。

这丫头是做了万全的准备，决心与少卿府撕破脸了。

可让段少卿心塞的是，这书稿带来的威胁让他不得不妥协。

至少现在他只能妥协，先把这丫头安抚住。

"好，好。青青啊，舅舅真没想到你是这样的人，你和你母亲完全不一样。"

辛柚弯唇："人都是会变的。可能舅舅与外祖母对我娘来说，也和她想的不一样呢。"

这话中的讽刺意味如此明显，令段少卿的脸色异彩纷呈。

"舅舅想好了吗？"一阵气氛凝固的安静后，辛柚轻描淡写地问。

段少卿深吸一口气，站起身来："我和你去见你外祖母。"

"多谢舅舅帮忙。"辛柚嫣然一笑，把那被摔打得有些破损的书稿收进盒子里。

盯着她的动作，段少卿突然道："青青，舅舅也有一个问题要问你。"

辛柚拿起盒子："舅舅请说。"

段少卿沉默了一会儿，紧紧地盯着她的眼："你当时闹着开书局，是不是就想过有今日了？"

辛柚那双冷冷淡淡的眼睛弯出好看的弧度，她说："算是吧。"

她做不到一步看百步，但能因势利导，困难总有解决的办法。

她的回答令段少卿心头一震，脸色更差了："走吧，去如意堂。"

此时已经过了午歇的时间，老夫人坐在炕上，正享受着婢女捏肩捶腿。

"老夫人，大老爷和表姑娘来了。"

老夫人听了婢女禀报，一时以为听错了："大老爷与表姑娘？"

"是。"

老夫人不由得拧了拧眉。

青青和老大怎么会一起过来？

她莫不是又生事了？

在老夫人心里，外孙女早已不是温顺听话的小绵羊，而是变成了刺猬精，一个不如意就要扎人。

"请进来。"

很快细布棉帘被挑起，段少卿与辛柚走了进来。

段少卿在前，脸色阴沉；辛柚在后，面上看不出什么情绪。

"母亲，我和青青来，和您商量一件事。"

段少卿嘴上说得寻常，脸色可不好看。老夫人心知事情不简单，示意屋中伺候的人退出去。

"什么事啊?"老夫人拉过一旁的薄毯盖在腿上。

段少卿看了辛柚一眼,冷冷地道:"青青说她大了,想拿回她父母留给她的钱财,以后自己打理。"

听段少卿说完,老夫人脸色一变,直直地盯着辛柚问:"青青,你是这么和你舅舅说的?"

辛柚点头:"是。"

老夫人深吸一口气,把直冲脑门儿的怒火压下:"青青,你怎么突然想到这个?是你舅舅说了什么让你不高兴的话吗?"

在老夫人想来,外孙女就算生出讨回家财的念头,也该直接找自己。现在她先找上儿子,很大可能是儿子惹这丫头不痛快了,借拿回家财出气。

"舅舅好着呢。"辛柚似笑非笑地道。

"青青,不如你去外面稍坐,我先和你外祖母说几句。"段少卿看老夫人还抱着幻想,决定先和母亲通个气。

他们与其纠结这丫头怎么想的,不如商量一下拿出多少钱财把她稳住。

"好。"辛柚痛快地应了。

见她往外走,段少卿出声:"把那本书稿留下。"

辛柚脚下一顿,很配合地从盒子中拿出书稿交到段少卿手上,挑帘走了出去。

厚重的门帘微微晃了晃,很快恢复静止状态。

面对儿子,老夫人就直接多了:"这是怎么回事?你惹青青不痛快了?"

段少卿苦笑着把书稿递过去:"母亲先看看这个吧。"

老夫人接过书稿,带着疑惑看下去,越看脸色越难看。

"这是哪儿来的?"看完后,老夫人把书稿摔在了桌子上。

段少卿看了门口一眼:"还能是哪儿来的,青青写的。"

"她写这个是什么意思?"

段少卿叹气:"母亲,您难道想不到吗?她是用这个威胁咱们,好拿回那些财产。"

老夫人不大乐意听"咱们"这两个字:"那本来就是你妹妹、妹夫留给她的,只是青青年纪小,我给她保管着。"

那怎么能叫"威胁咱们",她可没想过这些钱都是儿子的了。当然要是青青亲上加亲嫁给朗儿,这些钱左右出不了少卿府。

想着这些,老夫人气不打一处来:"要不是乔氏犯浑,何至于闹成现在这个样子!"

段少卿脸色讪讪的:"那母亲的意思是把那些财物都交给青青?"

"这怎么行?!"老夫人脱口反对,"她一个小姑娘哪能管好这么多钱,怎么也要等她出阁再说。"

老夫人是一心要把外孙女留在家里的,这样的话这些财物就不会便宜外人了。最坏的情况也是,外孙女嫁出去,只需拿出一部分,足以让外孙女风风光光地出阁。

所以在老夫人的打算里，外孙女不到嫁人的时候，她不会把这笔财产交到任何人手中，包括儿子、儿媳，也包括财产真正的主人寇青青。

"恐怕由不得母亲说了算了……"段少卿当即把辛柚那些威胁的话说了。

老夫人愣住了，目光缓缓地投向门口："青青真的这么说？"

"这种事儿子还会添油加醋吗？您只看她乖巧的时候，实则这几个月来她的乖巧不都是因为让她称心如意了？她不满意的时候怎么闹腾，您忘了？"

老夫人脑海中迅速闪过辛柚的那些战绩，她不说话了。

"这书稿真要传开了，儿子的仕途恐怕就到头儿了。"段少卿阴沉着脸，心里着实恨得慌，"刚刚把她支出去，就是想和母亲商量一下，该拿多少钱出来。"

老夫人神色不断变化，再不情愿也是知道轻重的，咬牙道："给她拿十万两银。"

"十万？"段少卿心疼得声音都抖了，"十万是不是多了些，前些日子刚拿了两万两给她买书局。"

老夫人要比儿子更懂小姑娘的心思："正是因为买书局都给了两万两，如今她要拿回家财，只给她三五万两，她能同意？"

与动了杀心的段少卿不同，老夫人还抱着外孙女与孙儿亲上加亲的期待，不想把关系弄僵了。

"就依母亲的意思。"

母子二人商量好，段少卿把辛柚叫进来。

"十万两？"听老夫人说了数目，辛柚眉头一皱。

段少卿气结。

十万两竟然还嫌少，死丫头真是贪心啊！

老夫人对辛柚的反应也感到不快，面上却没流露出来："是没有全给你，外祖母还留了一些。青青，你毕竟还小，全把你爹娘留的钱财拿了去，万一出个什么问题，那不是连退路都没了？外祖母替你管着留下的这些，也是给你的保障。"

辛柚默默地听着，很想为老夫人这番话拍手。

老人家真是舌灿莲花。

幸亏她早就从方嬷嬷那里看到了账册，不然就只能由着少卿府的人随便说了。

"恐怕不是留了一些吧。"辛柚在"一些"二字上加重了语气，把带来的盒子往老夫人面前一放。

盒子是用来装书稿的，刚刚书稿已经被拿出来，成了空盒子。

老夫人与段少卿不由得盯着盒子。就见辛柚打开盒盖，掀起铺在盒底的细绒布，拿出压在最下面的册子来。

"请外祖母过目。"辛柚把册子递给老夫人。

少女捏着薄薄的册子，唇角噙着若有若无的笑。

老夫人一时没有动作，段少卿忍不住把册子接了过去，迅速打开。

辛柚对于谁先看过这薄薄几页账册无所谓，倒是很好奇这母子二人看过账册的反应。

段少卿看到册子上详细的记录，目瞪口呆。

老夫人见状把册子从他手中拿过去，翻看起来。

册子很薄，老夫人很快就翻完了。

她的手在抖，脸皮在抖，眼眶也在抖，整个人处在一种似乎随时会崩溃的状态。

段少卿对老母亲还是关心的，一脸担忧地看着老夫人的反应。

辛柚则淡定地等着接下来的过招儿。

事情已经到了这一步，乖巧那些就不必了。

老夫人缓缓地看向辛柚，像四年前外孙女进京时那般仔仔细细地打量她。

四年的时间，当初的女童长成了妙龄少女，五官长开了，舒展了。她先前总是安安静静的，老夫人没细看还不觉得，如今才发现眉眼其实有了不小的变化。

老夫人甚至觉得眼前的少女有些陌生。

这还是她那个敏感乖巧的外孙女吗？

"青青，这册子哪儿来的？"许久后，老夫人有些飘忽的声音响起。

"自然是母亲留下来的。"辛柚眼波转动，扫过老夫人与段少卿，"这册子是誊抄的，还有好几本在书局里。哦，书稿也是，除了我这里，书局掌柜他们也都有。"

看着段少卿变了脸色，辛柚笑笑："不过舅舅放心，他们不会私自打开看的。书局这些人没什么大本事，胜在对我这个东家足够尊重。"

段少卿黑着脸，用力握拳。

她这是在威胁他不要轻举妄动？

段少卿不是没想过，趁着外甥女回来的机会干脆把人留在府中，对外就说病了。

死丫头在京城没有别的亲人，留在外祖家养病理所当然，谁还能硬闯进来查看不成？

不过智回笼，他还是打消了这个念头。

有昭阳长公主和长乐侯这些人盯着，这样还是有些冒险了，再者老夫人这里也没通气。

现在看来，这丫头早就提防着呢。

也是，这丫头能如此步步为营，又怎么会不为自己的安危打算。果然他们还是要先把她安抚住，过些日子待其放松再动手。

辛柚留了一些时间给二人消化情绪，看向老夫人："外祖母，这账册上记着百万两银，还有一些田地、店铺。青青不是不知恩的人，在少卿府四年让您劳心了。这样吧，我只要八十万两，其他的就当替母亲孝敬您的。"

"八十万两？"老夫人气得哆嗦，"青青，你知道八十万两有多少吗？这不是八百两、八千两！"

辛柚莞尔："无论是八百两还是八十万两，多少其实不是最重要的，重要的是这笔财产的归属。就算是八百万两，那不也是青青的吗？"

难不成老夫人把这笔巨款握在手里这么多年，就以为是少卿府的了？

"外祖母觉得我现在年纪小，说等出阁再给我。可我马上十七岁了，本就到了出阁的年纪，这段时间也通过开书局证明不是守不住财的，非要出阁再给我有什么必要呢？真到出阁那一日，会不会又说婆家信不过，还是留在少卿府给我当退路？"

他们打心里不想把吃进去的财产吐出来，会有无数个理由，归根到底就是贪婪罢了。

"青青，你说这么多，其实就是不信任外祖母，对吗？"老夫人一副痛心疾首的样子。

少女乌黑的眸子望着她："那等青青出阁，外祖母要把一百万两银和册子上记的那些铺面、田地都交给我吗？"

老夫人一滞。

那当然不可能！

辛柚笑了："青青现在就想打理自己的财产，只要八十万两就好。"

"你拿着这么多钱干什么？书局不比家里，遭了贼怎么办？"

"外祖母为何为还没发生的事情忧虑？听说皇宫都失过火，没有任何地方是绝对安全的。倘若真遭了贼，那也是青青该承受的。"

少女清凌凌的目光转向段少卿，面露不耐之色："外祖母和舅舅都这么想的话，我一个小辈就不费口舌了，我先回书局了。"

见她起身，段少卿一急："站住！"

辛柚歪头看向他。

段少卿控制着表情的扭曲，给老夫人递了个眼色："母亲，既然青青想自己打理财产，就依着她吧，也好让她明白咱们少卿府从没打过这些财产的主意。"

老夫人深吸一口气，缓解令她窒息的心疼："青青，八十万两不是说拿就能拿出来的。有一部分钱借了出去，还有一部分钱买了比较看好的铺面，本想着你定亲后就着手处理……"

"外祖母的意思是拿不出来？"

"你现在就要的话，能拿出的大概在四十万两，其他的恐怕需要一段时间。"

辛柚摇摇头。

老夫人眼神一冷："怎么，剩下的晚一点儿给你也不行？青青，你还把外祖母当亲人吗？"

辛柚抬手按了按眉心，声音透着疲惫之意："外祖母，话都说到这里了，就不要拿亲情说事了。我要八十万两，最迟明天就要拿到。"

"明天不可能。"老夫人无视段少卿的挤眉弄眼，"最多凑出五十万两。"

剩下三十万两，自然是拖下去。

这丫头五十万两巨款拿到手，不会傻得再与少卿府鱼死网破。

老夫人很清楚光脚的与穿鞋的心态上的不同。

辛柚沉默片刻,忽而问:"少卿府是不是有意与固昌伯府结亲?"

老夫人眼神一紧:"你问这个做什么?"

"固昌伯府看中的是谁?"

老夫人心中犯起了嘀咕:这丫头该不会看中了固昌伯世子?

见老夫人迟疑不语,辛柚直接问:"是灵表妹吗?"

老夫人皱眉:"青青,你为何这么关心这个?是有什么想法吗?"

"我不希望灵表妹嫁给固昌伯世子。"

老夫人面露怒色:"青青,你一个小姑娘,管的是不是太多了?"

三丫头这是找青青哭诉了?

"六十万两。"

"什么?"老夫人没听明白。

"外祖母答应我拒绝灵表妹与固昌伯世子的亲事,那我只要六十万两银,其他都是孝敬您的。"

她要八十万两,老夫人说先给五十万两,剩下三十万两恐怕会无限期拖下去。

她先要八十万两,再降到六十万两,全拿到手问题不大,还能替段云灵解决麻烦。

而她一开始的目标就是拿回寇青青家财的六成,这是一个会令老夫人肉疼又不至于发疯的数目。

"我答应!"不等老夫人开口,段少卿就痛快地应了下来。

对段少卿来说,哪个女儿嫁到固昌伯府都一样,如果不嫁小女儿能省下二十万两银,傻瓜才不答应。

他是打算把给出去的钱财再拿回来,但这要找准时机。而这么多银钱一日在外面他就一日无法安心,能少拿出二十万两当然好。

老夫人没想到儿子答应得这么快,瞪了他一眼。

段少卿使了个眼色。

老夫人虽有不满,还是松了口:"那就依你。"

这丫头能为三丫头少要二十万两银,可见还是脱不了孩子的天真义气。

而她瞧着外孙女与次孙的关系更好,将来结为夫妻,这些钱财总流不到外边去。

老夫人自我安慰着,其实还是心疼得难受。

"六十万两,我明日能拿到吗?"辛柚对着段少卿问。

尽管段少卿没有露出痕迹,辛柚对他的心思还是能猜到的。

他们无非是想先用钱财把她稳住,再伺机谋财害命罢了。

对方有这个打算,这笔巨款在他看来就是暂时由她保管。有丢官罢职的威胁,他定会先答应下来再说。

段少卿咬了咬牙:"尽量给你凑。"

辛柚微微屈膝:"多谢外祖母,多谢舅舅。"

老夫人有一肚子话要与段少卿说,淡淡地道:"你先回去歇着吧。"

"青青告退。"

等辛柚离开，老夫人沉了脸："你答应得那么急干什么，固昌伯夫人看中的是灵儿。"

"只见了一两面，无非是对灵儿印象稍好些罢了，又不是非她不可。"

"后日带华儿去，固昌伯夫人若是不满呢？"

"固昌伯世子才出了大丑，想要说一门合适的亲事并不容易，不然也不会想到平日没什么交集的少卿府。只要华儿表现不差，固昌伯夫人就算不满母亲换了人，也不会轻易放弃与少卿府结亲的。"

老夫人微微点头。

那可是二十万两银，就算与固昌伯府的亲事没成，其实也是值得的。

"母亲，您还是把六十万两银准备好，省得青青再闹。"

老夫人语带不满："我说了先给她五十万两，你倒是应得痛快。"

段少卿苦笑："若不让她满意，她就要搅得儿子丢官罢职，少卿府被千夫所指，那样咱们家不就被毁了。"

反正无论是五十万两还是六十万两，等那丫头一死，他都要拿回来的。

但现在，段少卿不想让老夫人知道他对外甥女动了杀心。

老夫人听了这话，火气往上冒："我竟没看出来，这丫头是个冷情冷性的。"

"还是您太疼她了。"

老夫人不快："怎么，我疼她还错了？你妹妹早死，她可是你妹妹唯一的骨血。"

"母亲疼她没错，只是孩子懂事知恩还好，要是那种天生冷情重利的，野心就被纵起来了。"段少卿乘机往老夫人心里埋了一根刺。

老夫人皱了皱眉，若有所思。

走出如意堂，小莲察觉方向不对："姑娘，不回晚晴居吗？"

她陪着姑娘先去了大老爷那里，再去了老夫人那里，但都是留在外面，并不知道里边的交锋。

姑娘真的能靠一本书拿回她家姑娘的家财吗？小莲怎么想都觉得不可思议。

"不回晚晴居，我们回书局。"

"回书局？"小莲吃了一惊，担心起辛柚与段少卿母子谈判的结果。

每次回少卿府，姑娘都会留宿一日再回书局，莫非闹翻了？

"谈好了，明日会给我六十万两银。"对小莲，辛柚没有什么好隐瞒的，这些钱本就是寇青青的。

小莲一个急停，险些摔倒。

一只手伸来，把她稳稳扶住："别激动。"

"姑娘！"小莲捂着嘴，眼泪簌簌而落。

六十万两银子，姑娘竟然真的替她家姑娘要回了六成家财！

辛柚拍拍小莲的手臂："当心让少卿府的人瞧见了。真的想哭，等把钱拿到手再哭。"

小莲慌忙抹了一把泪:"姑娘,那咱们回书局——"

辛柚声音放低,语气却平静:"防人之心不可无,还是回书局安全一些。"

虽然她理智地判断,段少卿不会现在动手,可万一他就是不按常理出牌的失心疯呢?

在有选择的时候,她没必要把自己置于危险中。

小莲脸色一白:"姑娘,他们难道——"

"回书局再说。"

小莲点点头,加快了脚步。

二人走到门口,门人笑呵呵地问:"表姑娘要出去啊?"

辛柚停下来,也笑着回:"突然想起来书局还有事,就先回去了,劳烦替我和外祖母说一声。"

小莲立刻从荷包里摸出一块碎银,塞到门人手里。

"怎么好要表姑娘的钱,这本来就是老奴的本分……"门人嘴上推辞着,却利落地把钱收好。

走出少卿府的门,小莲狠狠地松了口气:"可算是出来了。"

辛柚忍不住笑了:"别这么紧张,少卿府里子、面子都想要,不至于这般明目张胆,回书局只是以防万一罢了。"

"姑娘,那明日来少卿府,真的能把六十万两拿到手?"小莲还是不敢相信,那么大一笔钱少卿府舍得给。

辛柚回眸望了一眼那座府邸,讽刺地一笑:"他们有更在意的东西。"

何况,这六十万两在段少卿眼里恐怕只是暂时给她保管。

第十五章　动　心

到了书局，辛柚没有直接回东院，而是从书局大门走了进去。

"贵客——"刘舟看清是辛柚，愣了一下，"东家您今日不是回少卿府了？"

"有点儿事。"辛柚环视书厅，问刘舟，"今日贺大人来过吗？"

"没有。贺大人最近好像来得少了。"

辛柚其实也发现了。

似乎他们从那日聊起桂姨，贺大人就好几日没出现，再来书局是因为固昌伯世子追过来的，过后就没来了。

辛柚对此莫名其妙地松了口气，又隐隐有些不适应。

"刘舟，你知道长乐侯府在哪儿吗？"

今日官员休沐，辛柚推测贺清宵在家中的可能性更大。

贺大人不怎么宽裕的样子，应该不会去茶楼酒肆潇洒。

"东家您要找贺大人？"

"嗯，找他有事。"

小伙计激动了："小人虽然没去过，但能问路啊！东家您放心，小人一定把贺大人请过来！"

"去吧。"辛柚笑着道。

胡掌柜看着刘舟飞奔而去，板着脸擦了擦新算盘。

刘舟机灵嘴甜，很快问出长乐侯府所在，找了过去，正巧遇见桂姨提着个不小的竹篮出门。

见到刘舟，桂姨的第一反应是赶紧避开，不能让这书局伙计发现她是长乐侯府的。

奈何刘舟眼睛更尖："咦，你不是那日去书局的大婶吗？"

桂姨僵硬地转身，硬着头皮否认："你认错了吧——"

"不可能！"刘舟语气笃定，"那日你不是还买了一本游记吗？后来又给我们东家送了点心，那点心名字还挺好听的，叫酥——对，酥黄独！"

说到这里，小伙计乐了："本来书局每天客人不少，我还不一定记住。但大婶做的酥黄独肯定好吃极了，那日我们东家剩了两块，恰好一位贵客去了，我收盘子时那位客人还要尝尝呢。"

桂姨只觉一个晴天霹雳打在头上，抱着残余的一丝丝幻想问："那位贵客是……？"

刘舟扫一眼长乐侯府的门匾，心想这位大婶和贺大人是一家人，那就不用替贺大人瞒着了："就是贺大人嘛。"

桂姨："……"

"大婶，大婶你怎么了？"

桂姨捂着心口，露出个艰难的笑容："大婶没事……"

要死了，她给侯爷做过无数美食，从没发现这孩子是这么嘴馋的人啊！

桂姨只要一想到贺清宵找人家寇姑娘要点心吃的情景，就觉得无法呼吸。

"大婶，我看你不像是没事的样子啊，真的不要紧吗？你是长乐侯府的吧，我送你回去，正好有事找贺大人——"

桂姨一听小伙计是来找贺清宵的，当即呼吸平稳了："你找侯爷？"

"是我们东家找贺大人有事，请他去一趟书局，不知道贺大人在家不？"刘舟觉得自己运气不错，遇到这位大婶省了与侯府门人打交道。

这种高门大户的守门人，没准儿会瞧不起人呢。

"他在家。"桂姨立刻回道。

出门他不得花钱吗？

刘舟当即满脸堆笑："那麻烦大婶给通传一下，我们东家就在书局等着，还挺急的。来，我帮大婶提篮子。"

"不用，不用。"

"我来吧，我力气大——"刘舟殷勤地去提桂姨手中的竹篮，入手一沉篮子险些掉下去。

桂姨稳稳地拎好："我就说不用了。"

她这种常年在灶上的，力气可不是眼前这眉清目秀的小伙计能比的。

刘舟尴尬极了。

这大婶衣着体面，面皮白净，怎么这么大力气呢？

再想到她出自长乐侯府，他又觉得不稀奇了，毕竟贺大人也不太像个侯爷的样子。

桂姨把刘舟领进府中，安排他在门厅坐等，放下竹篮去了贺清宵那里。

贺清宵正在书房看信。

这是一封密报，来自南边。

门口传来轻轻的敲门声："侯爷——"

贺清宵收好密报，走过去打开门："桂姨找我有事？"

这书房是他在家处理公务之所，平时都有人守在外头，只有桂姨能直接进来。

"青松书局的伙计来了，说寇姑娘找您有事。"

贺清宵边走边问："人在何处？"

"在门厅等着呢。"

眼看贺清宵大步往外走，桂姨快步跟上："侯爷——"

"怎么了，桂姨？"

看着稳重温和的青年，桂姨把千言万语憋在了心里："没什么，侯爷快去吧。"

她怎么也想象不出侯爷在寇姑娘面前是那样的啊！

刘舟坐在门厅老老实实地等着，摆在面前的茶水一口没喝，一见贺清宵进来立刻站了起来："贺大人。"

"走吧。"贺清宵言简意赅，没有一句废话。

二人一前一后离开门厅，桂姨无视门人好奇的眼神，提起篮子往后边去了。

篮子上盖着一层布，里面是一小坛酿好的葡萄米酒。

她今日出门是想把新酿好的酒带去青松书局给寇姑娘尝尝，如今只好作罢，并在心里祈祷侯爷别再做出什么离谱儿的事来。

"东家，贺大人来了。"

辛柚从待客室走出来，看向走进来的青年。

因为是休沐日，平时一身朱衣的贺清宵今日穿了一件青袍，颜色的素淡反而更衬出了眉眼的昳丽。

明珠生辉。

辛柚自认不是看重外貌的人，可一见贺清宵，时常会生出这般感慨来。于是她明白了，她可能不是不关注外貌，而是以前遇见的人都没有贺大人好看。

"寇姑娘。"贺清宵表情淡然地打了招呼，实则心中没有这般云淡风轻。

辛柚笑着回应，把人请进待客室。

贺清宵打眼一扫，陈设布置那些没什么变化，桌上摆着的吃食更丰富了。

这一瞬间，他生出一个错觉：待客室这些吃食该不会是寇姑娘特意为他准备的吧？

压下这个离谱儿的猜测，贺清宵温和地问道："寇姑娘找我有什么事？"

辛柚动作自然地把食盒推过去："我想请贺大人帮个忙，不知道贺大人明日有没有空？"

"最近衙门里都是些寻常事务，可以腾出时间。寇姑娘需要帮什么忙？"

"谈成了一笔大买卖，但我有些担心招人惦记，想请贺大人帮我镇镇场子。等事成，会给贺大人一成当作报酬。"

六十万两的一成是六万两，确实不少，但辛柚觉得应该给。

从她与贺大人认识，就多次得到他的帮助。虽然这些钱是寇青青的，得到帮助的是她，但她行事顺利其实也是帮了寇青青的忙，想来寇姑娘泉下有知会愿意的。

而且——辛柚深深地看了坐在对面的青年一眼。

贺大人得到了一笔丰厚的酬劳，她还了人情，可谓两全其美。

贺清宵听了辛柚的话微微摇头："帮寇姑娘镇场子没问题，报酬就不必了。"

"贺大人若是这样，那我以后怎么好意思再找你帮忙？"

贺清宵从少女的神色间看出了坚决，只好道："既然这样，那我就却之不恭了，不过十一太多了，百一就好。"

寇姑娘说是大买卖，那恐怕要上万两银，十一就是千两，他绝对不能收这么多钱。百一的话在百两左右，既然收下能令寇姑娘安心，那便收下吧。

"百一——"辛柚犹豫。

"再多，寇姑娘就是不把我当朋友了。"

辛柚勉强点头："好吧。"

少卿府这边，当老夫人接到门人报信说表姑娘有急事回青松书局了，当时没有多想，开了箱笼清点银票。

当初寇青青带来的家财数额巨大，不可能一直留在手上。其中一部分存在了银庄，一部分买了地段好的铺面，还有一部分放了出去收利钱。

放出去收利钱的数目不小，这一笔是一时收不回来的，那些铺面也不可能立刻换成钱。老夫人能动用的就是存在钱庄的，还有家里留用的银票。

存在钱庄的一共有三十万两，分了数家钱庄存入，这三十万两不但不能获利，反倒要给钱庄保管费。老夫人贪钱，但也谨慎，这几年来宁可损失些保管费也要留一笔在钱庄，如今这笔钱自然要先取出来。

而家中留用的银票满打满算十万两，对比寇青青的百万家财虽不算什么，但放在寻常官宦人家已是不可想象了。

这些加起来是四十万两，离辛柚提出的数目还差二十万两。老夫人把家中现成的银票数了又数，心头直滴血。

段少卿是傍晚时回来的，一进家门直奔如意堂。

"取回来了？"老夫人屏退伺候的人，问儿子。

段少卿端起茶杯喝了几口，才道："跑了几家，取回了二十万两，锦生钱庄的十万两说是明日才能取。"

锦生钱庄是京城最大的一家钱庄，当初他们存入的数目最多。这种大额支取本就要提前打招呼，段少卿没有把三十万两银都带回来再正常不过。

"这倒没什么，大不了明日带青青去锦生钱庄，由钱庄的人验过真伪后把取钱的小章交给她。倒是家里现银能有多少？"

"我下午清点了，银票能有十万两。"

段少卿眉头一皱:"那还差二十万……家中金银元宝呢?"

"金银元宝折算下来有个十来万两。"老夫人打心里不想动真正的金银。

对经历过动荡时期的她来说,银票、铺面看似靠谱儿,终究比不上真金白银。

段少卿想了想,咬牙道:"那就拿出五万两。"

老夫人心疼极了:"这些金银都在库里存着,取出来麻烦着呢。"

"母亲,到现在您还嫌什么麻烦。儿子真要被那丫头闹得丢了官,少卿府成了平头百姓家,这些钱咱们也守不住啊!"

老夫人心头一凛,点了点头。

"还差的十五万两——"段少卿忍着心痛做了决定,"用铺面抵吧,那些铺子能钱生钱,那丫头总不能再挑剔。"

这些财物他一定会拿回来,包括青松书局!

母子二人研究着要把哪些铺子拿出来,还不敢让府中其他人发现端倪,于是晚膳照例摆在如意堂的饭厅。

"青表妹呢?"段云朗见碗筷都摆好了,还不见辛柚的身影,纳闷儿地问道。

老夫人对这个憋不住话的孙儿其实很不待见,当然面上不会流露出来,淡淡地道:"书局有事,你表妹回去了。"

她想到儿子听说外孙女回书局了,说青青是防着他们,心中就是一阵恼火。

那丫头确实是个没心的。

段少卿微不可察地翘了翘嘴角。

他先在母亲心里埋下几根刺,将来就算母亲知道是他下的手,也不会太过生气。

"最近青表妹的书局应该挺平稳啊。"段云朗眼睛一亮,"莫非新书要上了?"

段少卿如今最听不得"新书"这两个字,当即脸一沉:"吃饭!"

段文柏诧异地看了兄长一眼。

大哥虽是一家之主,可当着他们夫妇的面对侄儿摆脸色,有些奇怪了。

他这是遇到糟心事了?

段文柏这般想着,与二太太朱氏交换了一个眼神。

朱氏默默地啜了一口茶。

这几个月她管着家,耳目灵通了许多,今日下午如意堂这边动静可不小,虽不知内情,但恐怕与青青脱不了关系。

老夫人的打算她看出来了,她是想撮合朗儿与青青。对此朱氏不打算插手,青青若愿意与朗儿结为夫妇,自己没什么不满意,若是青青不想,自己也不会刻意做什么。

至于老夫人如何做,她一个庶子媳妇儿更管不了。

"好了,吃饭。"老夫人瞪了段少卿一眼,拿起了筷子。

一时间围着饭桌的人都不再说话,默默地吃起饭来。

段云灵捏着筷子的手紧了紧,她夹了一根青菜吃下,实则一点儿味道都没尝出来。

莫非是青表姐帮她解决麻烦,惹恼了祖母与父亲?

若是这样，岂不是她连累了青表姐——

段云灵悄悄地看老夫人一眼，想了又想，还是保持沉默。

青表姐让她什么都不要做，她要沉住气。

这一晚，少卿府大多数人没睡好。老夫人心疼给出去的一大笔银钱、段少卿盘算着杀人夺财的计划、朱氏想着儿子的亲事、段云辰烦心着家中人和事的变化、段云华懊恼着错失的机缘、段云灵担心着表姐的情况和自己的难题。

辛柚则睡了个好觉，翌日神清气爽地去了书厅等贺清宵。

贺清宵是从衙门那边过来的，没有带手下。

这也是辛柚提出的，毕竟她信得过的只有贺清宵，而非那些锦麟卫。

"贺大人，我们走吧。"辛柚带着贺清宵走向停靠在路边的三辆马车。

马车是早就准备好的，要跟着她去少卿府的护卫也是挑选过的，这些护卫的身契都捏在辛柚手中，她不怕他们见到大笔银钱动歪心思。

"我骑马就好。"

虽有三辆马车，贺清宵还是觉得乘坐寇姑娘提供的车子有些奇怪。

"贺大人随意。"

眼见辛柚走向第一辆马车，贺清宵问了一句："三辆马车一起吗？"

"啊，对，都用得着。"辛柚笑笑，钻进了车厢。

她今日能拿到的大头儿是银票，但必然还会有一些真金白银，这些金银就需要马车来拉了。

少卿府离青松书局不算远，没过多久就到了。辛柚下了马车，走向贺清宵："麻烦贺大人在这里等我一下。"

贺清宵还不知道辛柚是回外祖家搬钱的，闻言点点头，在心中猜测着寇姑娘谈成的大买卖是什么。

如意堂中，老夫人正襟危坐，段少卿也打发人去衙门告了假，特意留在了家里。

听丫鬟禀报说表姑娘到了，二人齐齐望向门口处。

象牙白的小袄，天青色的百褶裙，走进来的少女清丽明媚，一脸从容之色。

"外祖母、舅舅。"辛柚气定神闲地向二人问好。

老夫人本就气恼外孙女的闹腾，又有段少卿那些藏着刺的话，此时见到辛柚就摆不出慈爱的模样了，板着脸让她坐。

辛柚依言坐下。

"这是昨日你舅舅跑了几处钱庄换回来的银票，加上家里留用的，一共三十万两。"老夫人把一个匣子推过去。

辛柚当着二人的面直接把匣子打开。

大夏建国虽才二十来年，钱庄各项章程比起前朝的混乱可要规范太多了。不说其他，银票最低五两面额，最高一千两面额，是大大小小的钱庄统一的规定。

据说这是当初皇后娘娘的提议。

这匣子里的银票俱是最大面额，三十万两银票把小匣子塞得满满当当。

辛柚拿出一沓银票，随意地看了看。

当时老夫人把三十万两银分几家钱庄存入，出于安全起见没有兑换成银票放在家里。还是这些钱庄的统一规定，存银超过万两的客人就可以用定刻的铜质小章取代银票。这种小章保管起来自是比纸质的银票安全方便。

昨日段少卿就是拿着几枚小章换了银票回来。而不同钱庄的票号不同，如果想要换成真金白银，那要拿着银票去相应的钱庄取。

"这是锦生钱庄的小章，有十万两。"段少卿冷着脸把一枚小章递过去。

辛柚接过来细看，铜质小章小巧精致，底面是复杂图案，刻着一个"拾"字，这就代表这枚小章能从钱庄取出十万两银。

无论银票还是小章，钱庄都是认物不认人。

辛柚把装银票的匣子与小章放在手边。

这是四十万两，离她要的数额还差二十万两。

老夫人见她面对如此巨款面不改色，一副等着他们继续的样子，眼神更沉了。

这个丫头，不但对少卿府无情，对她这个外祖母也没有一丝体谅。

"家里还有五万两现银，也给你准备好了。"老夫人眉头拧出的川字能夹死蚊子。

辛柚莞尔而笑："我带了马车和人手来，等会儿能让车子驶进来吗？"

段少卿冷冷地道："可以。"

他也不想引起旁人注意，招来宵小。

"那剩下的十五万两——"辛柚拉长声音。

段少卿把一个匣子往她面前一拍："这里面是十几家铺面的房契，加起来的价值比十五万两只多不少。"

辛柚打开匣子，这一次看得格外仔细。

银票与小章有没有问题，很容易就能知道，这些铺面水分就大了。

把房契一一看完，辛柚抽出一张来："这家酒肆我知道，好像一个客人都没有。"

段少卿语气冷硬："生意好坏是后来的事，当时买下店铺，确实花了这些银钱。"

辛柚想了想，把一沓子房契收起："舅舅说得也是，那就这样吧。五万两现银在何处？"

"已经装了箱，在厢房里。"

老夫人特意吩咐了婢女今日守好如意堂的大门，不许其他院的人靠近，存放金银的屋子是临时收拾出来的，随着房门打开，一个个方方正正的大箱子把屋子塞满了。

辛柚估计了一下，几十个箱子是有的。

金银都十分压秤，几十个箱子别说三辆马车一趟拉不下，就算能塞下，车马也受不住。

"小莲。"辛柚喊了一声小莲。

小莲会意，上前随便打开了一个箱子。

厢房中光线不好，可随着箱子打开，白光闪得人炫目。

小莲倒抽一口冷气，不由得看向辛柚。

她知道六十万两很多很多，可直到看到满满当当一箱银锭，才能想象这是怎样一笔巨款。

这只是一箱，六十万两银子如果都装进箱中，那该有多少？

小丫鬟腿软了软，有些站不稳。

段少卿面露恼色："青青，难道我们会拿其他的东西充银子不成？"

辛柚抿抿唇，浅笑的模样有了往日乖巧的影子："不是信不过舅舅，是我从没见过这么多现银呢，忍不住想开开眼。"

段少卿是为了稳住她才拿出这些，作假的可能性极小。当然，就算她这样推测，等回到书局这些现银、房契也是要清点验证的。

接下来等在外头的三辆马车直接驶进少卿府，停在了二门处。

辛柚吩咐小莲跟车，把银锭运回青松书局的东院。

三辆马车外观普通，汇入街上的车流丝毫不惹眼。只有那些负责搬运箱子的护卫疑惑不已，暗暗猜测着这么重的箱中装了何物。

"我还没去过锦生钱庄，舅舅能陪我走一趟吗？"

段少卿板着脸点头："可以。"

辛柚把装银票的匣子和装房契的匣子用布包好，拎着小包袱边往外走边说："对了，舅舅，刚刚一直忙，还没顾上和您说，我叫了一个朋友等会儿帮我拎东西。他现在应该在门厅等着。"

段少卿当然知道这是外甥女信不过他，冷哼了一声没说话，然后就在门厅看到了默默喝茶的贺清宵。

"贺……贺大人？"段少卿惊得声音都变了。

贺清宵放下茶杯站起来："我受寇姑娘所托，陪她办点儿事。"

"哦，哦——"段少卿脑中一片混乱，去看辛柚。

辛柚冲段少卿扬了扬唇角，把小包袱递给贺清宵："劳烦贺大人帮我提一下。"

贺清宵一脸平静地接了过去。

寇姑娘找他镇场子，还许了报酬，他替寇姑娘拎东西是应该的。

见他接得如此自然，段少卿无法淡定了。

外甥女叫贺清宵替她拎包袱！

他们是什么关系？

难怪死丫头如此猖狂！

鄙夷之色从段少卿眼里一闪而逝，却没逃过辛柚的眼睛。

对此，她只勾了勾唇角。

段少卿这种人会想什么她再清楚不过了。

她会在意吗？

呸！

辛柚与段少卿同乘了一辆马车，贺清宵照旧骑马，三人来到了锦生钱庄。

锦生钱庄看起来气派非凡。

贺清宵看了一眼，确定了，是他没来过的地方。

寇姑娘与她舅舅一起来钱庄，是要谈什么生意？

想到辛柚那三辆从少卿府离开的明显拉了重物的马车，贺清宵心头一动。

寇姑娘这是找外祖家要回了家财？

与后来寇姑娘出去开书局，世人对少卿府评价的转变不同，贺清宵对少卿府的算计一直很清楚。

贺清宵怀着这般猜测，走进了锦生钱庄。

锦生钱庄的掌柜一见段少卿，忙让伙计上茶。

"掌柜的，我带外甥女来谈点儿事。"

掌柜诧异地看了辛柚一眼，请二人去单独的待客室说话。

辛柚从贺清宵手中把包袱接过，跟在段少卿后边走了进去。

贺清宵留在外边默默喝茶。

"昨日前来取钱，掌柜的说要到明日才能取。"段少卿开了话头。

掌柜满脸赔笑："是，咱们钱庄的规定，取五万两银以上的大额至少要提前两日说。"

十万两银的存款放在哪个钱庄都是大主顾了，掌柜可不敢怠慢眼前的财神爷。

段少卿看了辛柚一眼："贵庄的小章，我交给了外甥女，今日是带她来办事的。"

掌柜看向辛柚的眼神充满了震惊之色。

原来大主顾在这儿！

辛柚淡定地从随身荷包中摸出小章，递了过去："掌柜的，这小章真能从贵庄取出十万两吗？"

她这么淡定，掌柜可不淡定了。

这可是十万两，她就这么随随便便放在荷包里？

看懂掌柜的表情，段少卿嘴角抽搐了一下。

你要是知道这丫头拎着的包袱里还有三十万两银票和十几家铺面的房契，恐怕就要昏过去了。

掌柜接过小章，仔仔细细地检查过，笑道："只要是咱们钱庄给出去的小章，写着多少就能取多少，分文不少。"

"我还想再存一些，能换一个新章吗？"

掌柜一愣，不由得看了段少卿一眼。

段少卿面色平静，心中冷笑：死丫头真会折腾。

"掌柜的？"

"能，当然能！不知姑娘想再存入多少？"

"再存十万两。"

段少卿听了这话毫无反应，掌柜眼都直了。

辛柚语气一转："钱我带来了，不过是其他钱庄的银票，不知这样可不可以——"

"这个没问题，姑娘请稍等。"

趁着掌柜出去的工夫，辛柚打开包袱，从匣子中取出十万两银票。

段少卿看在眼里，皱了皱眉没有吭声。

他现在就一个想法：随这丫头折腾，反正最后都会拿回来。

很快掌柜进来，身后跟着一位老朝奉。

老朝奉仔细检查过小章与银票，冲掌柜点点头。

掌柜露出轻松的笑容："小人要和姑娘说一下，把金银存入钱庄是要收取一定保管费的，直接在我们这里存入其他钱庄的银票，也需要手续费……"

真正说来，他们不收其他钱庄的银票，只是为了方便大主顾不会拒绝，回头是要拿着这些银票去相应钱庄换回真金白银的，所以要收手续费。

辛柚领首："这些我都清楚，也接受。"

半个时辰后，辛柚拿到了一个十分精美的小盒子，盒子还没巴掌大，里面是一枚新制的小章。

小章与先前的看起来没什么不同，只是底面的"拾"变成了"贰拾"。

辛柚亲眼看着老朝奉用这枚小章在一本册子上留了印。

掌柜见她好奇，解释道："凡是我们钱庄给出去的小章都是要留印的，客人拿着小章来取钱时要核对花纹。"

这些看起来一样的小章，实则每一枚的底面花纹都有区别，是辨别真伪的重要凭据。

辛柚点点头，也没要小盒子，把小章随手放进了荷包里。

掌柜："……"

老朝奉："……"

段少卿忍无可忍，提醒道："青青，这样容易丢了。"

辛柚拍拍荷包："不会的。"

段少卿攥了攥拳，憋得心口疼。

掌柜亦步亦趋，把二人送出去。

贺清宵站起来。

"久等了。"辛柚走过去，对贺清宵歉然地笑笑。

离开锦生钱庄，辛柚没有上马车："耽误了舅舅这么久，实在不好意思。"

段少卿瞄了辛柚拎着的小包袱一眼，有心问问剩下的钱她怎么打算，话到嘴边想到贺清宵在，还是作罢。

362

眼见段少卿上马车走了，辛柚问身边青年："贺大人，除了锦生钱庄，你知道哪家钱庄比较可靠吗？"

贺清宵虽没钱存入钱庄，哪家钱庄靠得住还是知道的："宝安钱庄有官府背景，比较安全。"

"那还要劳烦贺大人陪我去一趟宝安钱庄。"

"寇姑娘客气了。"

二人一同前往宝安钱庄，还是辛柚与掌柜进了待客室，贺清宵在外厅喝茶。

半个时辰后，辛柚随身的小荷包里又多了一枚小章。

处理好这些，饭点儿已经过了，带着价值四十万两的两枚小章在外面晃荡也不安全，辛柚干脆请贺清宵去书局吃饭。

饭后，辛柚请贺清宵稍坐，走去外边吩咐小莲把提前准备好的六千两银票取来，这才转身进去。

"今日辛苦贺大人大半日，实在不好意思。"辛柚把装着银票的小匣子递过去。

在大夏，这种酬谢一般不会当着人的面打开，贺清宵收好小匣子回了衙门。

处理了一些事后，他这才随手打开匣子，看到里面厚厚一沓银票呆了呆。

一百两，两百两，三百两……

辛柚考虑到贺大人手头紧，特意没放千两面额的银票。

她给了六千两！

贺清宵数完了，人也傻了。

好一会儿后，他如梦初醒，收好银票就往青松书局赶。

这时辛柚把胡掌柜与刘舟叫去了东院。

胡掌柜与刘舟都有些不自在。

东院也是分地方的，他们现在来的是东家的住处……

二人猜测着辛柚叫他们来的目的，颇为拘束。

"掌柜的，你日日与银钱打交道，分辨金银成色有经验吧？"

胡掌柜一听，胡子翘起来了："那当然。小人只要看一眼，掂一掂，就能分辨出有没有掺别的。"

"那我就放心了。今日收了一些银锭，想请掌柜的来掌掌眼。"

胡掌柜一口答应。

"那小人呢？"刘舟不知道自己来做什么。

"你给掌柜的打下手。"

刘舟哦了一声，心道那他好像没多少活儿啊。

胡掌柜也觉得用不着人打下手，因为是东家说的，没吭声。

辛柚把二人领到放箱子的屋中，冲小莲点点头。

小莲上前，随便打开了一个箱子。

方方正正的箱子里，码着满满当当的银子，那闪烁的光芒亮瞎了胡掌柜与小伙计的眼。

没等二人回神,小莲又打开一个箱子。

随着箱子一个个被打开,胡掌柜与刘舟眼里的震撼就加深一分。

"这些——"胡掌柜呼吸急促,伸出的手仿佛不是自己的,"这些箱子里都是银子?"

辛柚含笑点头。

老掌柜揪住辛柚的衣袖,痛心疾首:"东家,犯法的事咱可不能干啊!"

以东家的赚钱能力,脚踏实地足够了啊!

小莲扑哧笑了:"掌柜的说什么呢,这是我们姑娘的钱。"

"东家的钱?"胡掌柜茫然地看向辛柚。

看把老掌柜吓得不轻,辛柚笑道:"嗯,是我寇家的家财,当初进京带到了少卿府。如今我长大了,就找外祖母要回了一些。"

"一些……"刘舟扶了扶下巴。

这是一座小银山吧,东家管这叫一些!

"掌柜的、刘舟,就劳烦你们二人核验一下了。"

胡掌柜与刘舟对视一眼,晕乎乎地走进了"银山"中。

"姑娘,石头来传话说贺大人找您。"绛霜前来禀报。

辛柚猜测贺大人定是为了酬金来的,抬脚去了前边。

贺清宵的心虽因六千两受到了不小的冲击,面上还是一副平静的样子。辛柚进来时,看到的是身姿如杨的青年默默出神的画面。

贺清宵听到脚步声转过身来,因有石头在,问道:"寇姑娘方便说话吗?"

辛柚带他进了待客室,倒了茶笑问:"贺大人去而复返,有什么事吗?"

贺清宵把小匣子拿出来,放到辛柚面前。

"我之前没想到寇姑娘的酬金竟有六千两,这么多钱实在不能收。"

"为什么不能收?不是说好的付百一给贺大人吗?"辛柚微微偏头,满是不解之意。

"可是百一——"

百一怎么会是六千两?!

"百一正是六千两啊,我这次拿到的钱财有六十万两。"辛柚淡淡地道。

贺清宵:"……"所以不是寇姑娘刻意多给,而是她拿到了六十万两!

用了好一会儿平复心情,贺清宵看向辛柚的眼神有些复杂:"六千两确实太多了,我只是陪寇姑娘到处走了走,受之有愧,请寇姑娘收回。"

辛柚把小匣子推回去:"在我看来,六千两一点儿不多。我借了贺大人的威名震慑宵小,难道不值六千两吗?"

贺清宵听着,抽了一下嘴角。

他去两个钱庄都没亮明身份,知道他是锦麟卫镇抚使的只有段少卿,寇姑娘口中的"宵小"指谁，再明显不过。

用"宵小"来指自己的舅舅，寇姑娘还真是率性。要知道受礼教所困，许多处在子侄辈位置的人哪怕受了天大委屈，在外人面前也不敢说长辈一句不是。

或许从懂事时就明白了自己是戴着无形枷锁出生的，贺清宵欣赏洒脱自由之人。

"寇姑娘——"

见贺清宵还要推拒，辛柚脸一绷："贺大人，莫非你要我做言而无信之人？"

"可是——"

"还是贺大人觉得，我的诚信不值六千两？"

贺清宵没话说了。

辛柚把小匣子往他手中一塞，笑道："贺大人要是觉得比预期多了，能不能再帮我做一件事？"

贺清宵盯了小匣子一瞬，妥协了。

他再拒绝下去，寇姑娘就要生气了。

寇姑娘生气与他厚颜无耻地收人家六千两酬金，他还是选择了后者。

"寇姑娘请说。"

辛柚把回到书局东院后整理的清单递过去："这单子上的铺面，想请贺大人帮我查查，看有无问题。"

少卿府吐出来的东西，她不可能再让他们拿回去。这十几家铺子究竟值不值十五万两，不是段少卿一张嘴说了算的。

不过这些铺子遍布各处，经营方向也不同，靠她慢慢调查太费时间了。既然贺大人觉得拿六千两多了，正好再帮她做点儿事，这样贺大人安了心，她也省了事。

贺清宵把单子接过，扫了一眼："这些铺子——"

"都是我的。"

贺清宵拿着单子的手晃了一下，他久久无语。

"贺大人？"

"哦，好。寇姑娘什么时候要结果？"

"不急，年前就行。"

现在离过年已经没多久了。

贺清宵离开后，辛柚回到东院。

绛霜守着门，胡掌柜与刘舟已迷失在"银山"里，小莲在一旁帮忙，方嬷嬷——

辛柚看到方嬷嬷在抹眼泪。

"奶娘怎么哭了？"她走过去问。

方嬷嬷擦擦眼，神情激动："老奴是高兴……高兴……"

她被少卿府赶去庄子上时，做梦也想不到还能有今日。

"夫人要是知道，该多高兴啊。"方嬷嬷眼里的泪又涌了出来。

对夫人来说，姑娘能平安长大，有一份体面的嫁妆出阁，就是幸事了。

方嬷嬷想到病榻上托孤的寇母，就觉得心酸，双手合起喃喃道："夫人，姑娘现在长大了，有出息了，您就放心吧……"

辛柚别过脸，悄悄红了眼圈。

这一日的傍晚，胡掌柜与刘舟是互相搀扶着去西院吃饭的。

西院与印书坊有门相连，书局大多数人在西院吃饭睡觉。

"掌柜的，你看起来挺累啊，前头又忙起来了？"赵管事纳闷儿地问。

《画皮》的热度虽还在，奈何不加印了，而松龄先生的新书还没出来，这段时间书局生意平平稳稳，算不上忙。

胡掌柜连摆手的力气都没了："别问了，吃饭。"

大白馒头被端上来，胡掌柜一下子想到了银元宝，筷子一个没拿稳掉在了桌子上。

"掌柜的，你这是怎么了？"

胡掌柜深深地看了赵管事一眼，突然问："赵老弟，你有没有看见银子害怕的时候？"

赵管事愣了一下，伸手去摸胡掌柜的额头。

完了完了，老胡好像傻了啊！

东院屋中的烛光下，辛柚把小莲叫到近前。

"姑娘有什么吩咐？"直到这时，小莲还兴奋得眼睛发亮。

辛柚手一翻，把两枚小章放在了桌面上。

"这两枚小章一个是锦生钱庄的，一个是宝安钱庄的，一共能取出四十万两银。"

小莲整个人都是蒙的，不知道辛柚和她说这个干什么。

辛柚没有卖关子："小莲，这两枚小章，我想交给你。"

小莲整个人都傻了："交……交给我？"

辛柚颔首。

"不不不——"小莲吓得后退一步，仿佛摆在她面前的不是代表四十万两银的小章，而是洪水猛兽。

"姑娘，这可是四十万两银，怎么能交给婢子呢？！"

辛柚看了看小章，正色问："那你有什么打算？"

本来她也该问一问方嬷嬷，奈何这关乎她身份的秘密，她暂时不能透露。

"我——"小莲张张嘴，被问住了。

姑娘早就问过她这个问题了，当时她根本无法想象该拿这么多钱怎么办。

现在，她依然无法想象。

过了好一会儿后，小莲提议："姑娘，这小章您保管着吧。"

辛柚摇头："这是寇姑娘的财物。"

她将要做的事生死难料，摆在明面上的五万两现银与十几间铺面也就罢了，真要有个什么，总不能糟蹋了寇青青四十万家财。

"可我家姑娘已经去了……"小莲一脸无措的神情，"家财再多，我家姑娘也用不上了。姑娘不能替我家姑娘安排吗？姑娘是我见过最有本事的人了……"

"不是这样的。"辛柚拍了拍小莲的肩膀，语气温和却坚定，"我有没有本事，与这笔钱没有丝毫关系。如果都这么想，那么老夫人以寇姑娘还小为由，一直捏着寇家家财不放也是对的吗？毕竟比起涉世不深的寇姑娘，老夫人更有能力与经验呢。"

小莲被说服了，一颗心却悬着："您的意思，由婢子安排这笔钱？"

"你自幼陪寇姑娘长大，应该是最了解寇姑娘的人了。我想，你的安排是最符合寇姑娘期待的。"

小莲听了辛柚的话沉默了，许久后伸手拿起那两枚小章，深深吸了一口气："我家姑娘最是怜贫惜弱，有一年遇到逃难来的灾民，听了受灾的事难过极了，把零花钱全捐了。姑娘，婢子想好了，将来若有百姓受灾，这些钱就用来救助灾民吧。"

"好。"

"可是姑娘，婢子想不出该把这两枚小章藏在哪儿，您帮着想想呗。"

"好。"

这一晚，二人说了许久悄悄话，小莲才打着哈欠去了外间睡下。

贺清宵下了衙回到长乐侯府，桂姨已经做好了饭菜等着。

"侯爷，寇姑娘的事情还顺利吗？"

今晚的主菜是一道烤鸭。

烤得金黄的鸭子被片成薄片，桂姨用近乎透明的面饼卷上，再放上葱丝，抹上秘制的酱料，笑眯眯地递给贺清宵。

昨日书局伙计找过来，原来是寇姑娘有事请侯爷帮忙。桂姨虽不知具体的事，却很关心后续。

在她想来，侯爷多帮人家姑娘几次忙，一来二去，感情不就有了嘛。

"挺顺利。"贺清宵听了桂姨的话，神情有些异样。

桂姨笑了："顺利就好。侯爷快尝尝烤鸭味道怎么样。"

贺清宵两口吃下，连连点头："好吃。"

饭后，贺清宵把桂姨叫住，递过去一个小匣子。

"这是什么？"桂姨毫无准备地把小匣子打开，看到里面的银票倒抽一口冷气，"侯爷，哪儿来这么多银票？"

贺清宵微微避开桂姨震惊的眼神："寇姑娘给的酬金，桂姨帮我收起来吧。"

"酬……酬金？"桂姨脑子嗡地响了一下，手一晃险些把小匣子摔了。

她慢慢低头，看一眼放满银票的小匣子，再缓缓抬头，看向贺清宵。

"侯爷，你帮寇姑娘的忙，还收报酬？"

贺清宵也有些尴尬，解释道："寇姑娘一定要给。"

桂姨扶了扶额，颤声问："这里面有多少？"

"六千两。"

桂姨手一抖，满脑子银票飞舞：六千两，六千两，六千两……

侯爷帮了寇姑娘一个忙，收了人家姑娘六千两！

"桂姨，你没事吧？"见桂姨脸色不大好，贺清宵关心地问道。

桂姨绝望地看了从小看到大的孩子一眼，只有一个想法：白瞎了那只烤鸭！

桂姨一夜没睡安稳，转日带着葡萄酒酿和现做的点心去了青松书局。

"大婶来啦。"一见桂姨，刘舟热情地打了招呼，却一副有气无力的样子。

桂姨看着精神似乎有些恍惚的小伙计，关心地问："不舒服啊？"

"没，就是眼睛有点儿花。"刘舟手撑着柜台，慢慢道。

"你们掌柜呢？"桂姨眼一转，发现那位见了她像是防备着什么的老掌柜不在。

刘舟揉了揉眼："掌柜的眼睛疼，还没起来呢。"

"那要看看啊，怎么都眼睛不舒服呢？"桂姨寒暄完，道明来意，"我做了些点心给寇姑娘尝尝。"

说到这里，她有些担心："寇姑娘还好吧？"

该不会她也眼睛疼？

"我们东家好着呢。石头，去和东家说一声，那位给她送酥黄独的大婶来了。"

东家能不好吗？五万两白花花的银子，她全丢给他和掌柜了！

小伙计哀怨地想着，突然闻到了香气。

入目是杯口大小的点心，边缘呈酥皮状，中间白嫩嫩软软的，是他没见过的样子。

"来尝尝婶子的手艺。"桂姨笑呵呵地道。

这点心一看就知道特好吃，讲客气是傻瓜，刘舟道了声谢，当即咬掉大半个。

小伙计两口吃完："婶婶，这点心叫什么啊？"

什么大婶，这是亲婶婶啊！

桂姨还没回答，辛柚就到了："桂姨来啦。"

"寇姑娘。"桂姨举了举手中的提篮，"那次提到的酒酿已经好了，我带来给你尝尝。"

"桂姨随我去东院吧。"辛柚也十分乐于与桂姨来往。

桂姨一听，暗暗松了口气。

寇姑娘定然知道她是侯爷身边的人了，还这么热情，看来侯爷还有救。

随辛柚去东院前，桂姨又拿出几块点心请刘舟和石头吃。

东院分前后，辛柚请桂姨去了前边的花厅。

桂姨把点心拿了出来："这种点心现做出来最好吃，寇姑娘尝尝。"

辛柚看着一个个杯口大的点心，压下心中的波澜："这是酥皮奶糕？"

桂姨愣住了，眼神有了异样："寇姑娘怎么知道这点心叫酥皮奶糕？"

她自己都不曾察觉，问出这话时声音有些颤抖。

被桂姨热切的目光盯着，辛柚含糊道："偶然间吃过。"

桂姨却不甘心放弃这个话题："寇姑娘，你还记得在什么地方吃过吗？"

这道酥皮奶糕是皇后娘娘所教。皇后娘娘说这是她家乡人常吃的点心。

当时她就在想，传闻说皇后娘娘是贫苦逃难女，果然不可信，一个能常吃这种点心的人怎么会来自穷乡僻壤。

向皇后娘娘学做这道点心的，还有她妹妹。

反应过来自己的激动，桂姨抱歉地笑笑："不瞒寇姑娘，酥皮奶糕不是大夏常见的点心，会做这道点心的人不多，我是一个，我妹妹是一个。我与妹妹失去联系多年了，突然听你叫出这道点心的名字，忍不住想到了她……"

桂姨说着，眼里有泪光闪过。

"我小时候吃的，是先父带回来的，因为太好吃还闹着要，却再也买不到了，因而印象深刻。"

桂姨听辛柚这么说，眼里的期盼之火熄灭了："哦，寇姑娘快尝尝，放久了就不好吃了。"

辛柚微微点头，拿起一块酥皮奶糕用帕子垫着咬了一口。

美妙的滋味唤醒味蕾，是她熟悉的味道。

"怎么样？"桂姨眼里有了新的期盼。

或许寇姑娘小时候吃到的酥皮奶糕就是妹妹做的。现在她做的酥皮奶糕被同一个小姑娘吃下，也算与妹妹的一种联系了。

隐约察觉到桂姨的期盼，辛柚点头："很好吃，与我记忆中的味道一模一样。"

桂姨不由得笑了："寇姑娘喜欢就好，再尝尝葡萄酒酿。"

这一次的葡萄酒酿和上一次的荔枝酒酿都是糯米发酵，醇美而不醉人，最适合女子喝。

辛柚自是一番赞叹。

"第一次见寇姑娘就觉得投缘，没想到寇姑娘与我们侯爷是朋友，可见果然是有缘的。"桂姨适时表明了身份。

辛柚也一副才知道的样子："贺大人和桂姨都是善心人，难怪是一家人。"

善心人……

桂姨一想贺清宵帮人家姑娘的忙还收钱，脸就热了。

不过看这样子，寇姑娘对侯爷的印象还过得去。

"我们侯爷确实是个面冷心热的……"桂姨渐渐说到贺清宵小时候，"那时候侯爷常受伤，不是崴了脚，就是伤了手。有一次把一窝掉到地上的雏鸟送回树上，结果摔了下来，昏迷了大半日才醒……"

辛柚认真地听着，似乎能想象出小时候的贺大人是什么样子了。

他也是个调皮捣蛋的孩子。

见辛柚有兴趣听，桂姨暗暗高兴。

寇姑娘愿意听她啰唆侯爷的事，可见对侯爷是有几分好感的。

"侯爷从小没有父亲教导、母亲爱护，行事有时候可能不够妥帖。寇姑娘，侯爷若有做得不好的地方，还请你多包涵。"

你可不能因为侯爷犯糊涂收了你的钱，就不待见他了啊！

"不会的，贺大人十分周到妥帖。"

等桂姨离开后，辛柚才后知后觉地反应过来：桂姨怎么像是王婆卖瓜，竭力吆喝着把自家种的大胡瓜卖给她？

想到这里，辛柚拍了拍双颊，恰好被小莲瞧见。

小莲震惊："姑娘，您抽自己做什么？"

辛柚："脸有点儿僵，我只是拍拍。"

"天是挺冷的，那您快回屋暖暖。"

刚刚辛柚亲自把桂姨送了出去。

"倒也不冷。"

小莲："……"姑娘知不知道自己多么奇怪？

辛柚回到屋中，往床榻上一坐，陷入了沉思：她好像是有些奇怪……

辛柚虽在山谷长大，所学却颇杂，等到能够自保便四处游历，开阔眼界，了解世情。她生性聪慧，不屑自欺欺人，那在寒风中走过却隐隐发热的双颊让她意识到一件事：她好像……不小心动心了。

这个发现没有令辛柚感到喜悦，她反而感到了冷，透骨的冷。

她竟然在背负着血海深仇前行时，不小心动了心……

辛柚抿紧了唇，深深地自嘲。

她再想到那个朱衣男子，心中又是苦涩又是迁怒。

倘若贺大人冷漠一点儿、貌丑一点儿、品行差一点儿、少来赠书一点儿……

辛柚抬手，捂住了眼睛。

她想起了娘亲的话：有些人是注定会遇到的，那人或许有不足，或许不合适，却恰好能打动你。

娘亲还说了什么？

辛柚努力地回想着。

娘亲说，真要遇到喜欢的人，也不要瞻前顾后，倘若后来发现看走了眼，或是时间把那个人变成了不喜欢的样子，那也没什么，放手往前走就是了。

辛柚缓缓地把手放下，拿过软枕用下颌轻轻抵着。

这方面，她没有娘亲洒脱。

他们能维持现在的样子就够了，或许将来……他们还有为了各自立场拔刀相向的那一日。

辛柚躺下去，把软枕盖在了脸上。

少卿府那边，段云灵从起床后就处于浑浑噩噩的状态。

她很快就要去如意堂请安了，到时候祖母会提出带她出门，去见固昌伯夫人。

然后,她的终身就落定了。

盯着梳妆镜中苍白的面庞,段云灵泪如雨下。

"姑娘,如意堂来人了。"

段云灵一个激灵,却没了擦眼泪的力气,恹恹地道:"请进来。"

不多时玉珠进来,冲段云灵福了福:"老夫人听说三姑娘病了,命婢子给三姑娘送些滋补之物来。"

没等段云灵有所反应,玉珠就把带来的燕窝放下:"老夫人让三姑娘好好养着,病好前就不必去如意堂请安了。"

段云灵怔怔地听着,直到玉珠离开许久,一把抓住丫鬟的手腕:"雪莹,祖母是什么意思?是……什么意思?"

祖母的话是她想的那个意思吗?

她不敢想,不敢信。

雪莹上前把玉珠带来的燕窝检查一番,迟疑道:"姑娘,老夫人应该是放弃了带您出门。"

"我不用和固昌伯世子结亲了,是不是?"段云灵又哭又笑,满脸是泪。

雪莹也替自家姑娘高兴,用力点头:"是,姑娘不用和固昌伯世子结亲了!"

"我就知道,我就知道……"段云灵喃喃,笑着笑着又哭了。

她可真幸运,遇到了青表姐。

段云灵生出劫后余生的庆幸感,又有些不安:"雪莹,你说青表姐是怎么做到的?"

段云灵向辛柚求救,自然瞒不过贴身丫鬟。

"婢子也想不出。"雪莹由衷地替自家姑娘高兴,"但是不管表姑娘怎么做到的,反正姑娘不用嫁给纨绔子了。"

段云灵也笑了。

是啊,青表姐总是能做到寻常女孩子做不到的事。

这一刻,她生出见一见辛柚的强烈念头,却知道现在不是时候,只好忍一忍。

与段云灵的欢喜相比,段云华心情糟糕极了,垮着张脸前往如意堂请安。

她已经能够想象,等会儿祖母说要带段云灵出门时她的难堪。

尽管不想面对,她却不能逃避,不然以后在段云灵面前更没脸了。

段云华步伐沉重,走进了如意堂。

"给祖母请安。"

老夫人一瞧段云华无精打采的样子,眼里闪过不悦之色,不过很快露出淡淡的笑容:"用过早饭了吗?"

"还没有。"段云华不知道祖母问这种废话干什么。

她们先来请安再回去吃早饭,一直都是惯例。若是赶上祖母心情很好,她便会留在如意堂用饭。

当然,这几个月来祖母心情也没好过。

"那就陪祖母一起吃吧。"

段云华霍然抬头，看向老夫人。

老夫人嘴角挂着浅笑："等吃完了回去换身体面的衣服，陪祖母出门走走。"

"祖母——"段云华听了老夫人这话，一颗心急促地跳动。

祖母这是什么意思？

今日不是祖母和固昌伯夫人约好见面的日子，为何是带她出门？

段云灵呢？

惊疑之下，段云华问了出来："那三妹呢？"

老夫人神色冷了冷，淡淡地道："你三妹突然染了风寒，要好好养着。"

风寒——段云华琢磨着这两个字，唇角不由得扬了起来。

这么说，段云灵要么是惹了祖母不高兴，要么是倒霉真病了，总之这次出门的机会落到她头上了！

段云华的喜色外露令老夫人皱眉："华儿，你马上就要谈婚论嫁了，在家里也就罢了，出门在外可要稳重些。"

段云华心头一凛。

那日在清风观，固昌伯夫人看中了段云灵，她反复回忆见面时的一切细节，想了无数遍为什么，最终只能猜测大概固昌伯夫人就喜欢那种木头桩子。

"孙女知道了。"

木头桩子谁不会当呢？

回到闺房，段云华千挑万选，才选定了出门的穿戴。

老夫人过目后满意地点头，带着段云华出了门。

固昌伯夫人发现老夫人带来的是段云华时，虽没变脸色，眼里却透出了疑惑之色。

老夫人叹了口气："初十家宴后那丫头就有些不舒服，昨日越发严重了。"

"原来如此。"

接下来固昌伯夫人与老夫人说说笑笑，段云华竖耳听着，一直没听到关于亲事的事。

难道固昌伯夫人就认定了三妹？

委屈涌上来，段云华垂眸抿唇，用力攥了攥拳。

固昌伯夫人余光扫过比起那日清风观安静许多的少女，倒是觉得顺眼多了。

因为少卿府换了人，固昌伯夫人始终没有谈及小儿女之事。老夫人也是个沉得住气的，带段云华回府时淡淡地道："这两日且沉下心来，成不成很快就知道了。"

段云华点点头，一颗心却悬在半空无法落地。

固昌伯夫人回去后找来固昌伯商议："我明明在帖子中提的是段三姑娘，但今日少卿府老夫人带来的是二姑娘，说三姑娘染了风寒……"

固昌伯仔细回忆了一下："那两个姑娘样貌都不差，又都是一家的，哪个都一样吧。"

固昌伯夫人有些不快："就算差不多，可少卿府擅自换人，对咱们伯府也不够尊重。"

在固昌伯夫人心里，这门亲事本来就委屈儿子了，少卿府居然还自作主张，实在不知趣。

"要不你继续约一下其他府上的夫人？"固昌伯无所谓地道。

固昌伯夫人想到前段时间一连串的碰壁，神色僵了僵："还是算了。"

夫妇二人达成一致，固昌伯夫人就命婢女去喊来戴泽。

戴泽忙乎了这些日子终于有了眉目，正兴冲冲地准备去找辛柚，就遇到了来请他的婢女。

"母亲找我什么事啊？"

一扫戴泽的穿戴，固昌伯夫人问："泽儿，你这是要出门？"

"啊，对。"戴泽低头看看刚换的衣裳，点点头，"出去办点儿事。"

固昌伯夫人从戴泽口中听到这话，只觉古怪。

儿子还有正事要办？

"先别急着出门，母亲有事和你说。"固昌伯夫人使个眼色，屋中伺候的人默默退了出去。

"到底什么事啊？怎么还神神秘秘的？"戴泽急着出去，一脸不耐烦的神色。

"我和你父亲给你定了一门亲事。"

本来随意坐着的戴泽一下子绷直了身体："定……定什么？"

"定了一门亲事。"

戴泽惊呆了。

他身上的邪气还没去呢，他们怎么就突然给他定亲了？

难道——

"您要给我冲喜？"

糟了糟了，寇姑娘说不能走漏风声的，母亲怎么知道的？

固昌伯夫人愣了愣，而后拧住戴泽的耳朵："什么冲喜？给谁冲喜？你这个不孝子！"

需要冲喜的，要么是男方父母要死了，要么是男方本人要死了，这混账小子在说什么？

"疼疼疼！"戴泽护住耳朵，赶紧讨饶，"我这不是太意外说错了嘛，母亲您快松手！"

固昌伯夫人收回手，板着脸道："太仆寺少卿府的段二姑娘，你还有印象吗？重阳那日你见过的。"

"没有。"戴泽回答得十分干脆。

他确实没有印象，当时他的心思全在寇姑娘身上呢。

啊，他当时竟然对寇姑娘这样的高人起了歪心思，真是罪过。

固昌伯夫人滞了滞，只好继续说下去："给你定的就是段二姑娘。"

"知道了。"戴泽暗暗松口气。

他们给他定的人不是寇姑娘就好。

"母亲还有别的事吗？要是没有，我就出去了。"

眼看儿子迫不及待地要走，固昌伯夫人忙把他叫住："泽儿，你没什么意见？"

"没有啊。"

这又不影响他以后找别的姑娘玩。

"你知道定亲的意思吧？"固昌伯夫人再次确认。

"知道知道。母亲，没别的事我走了，忙着呢。"

戴泽一溜烟儿地跑了。

儿子不反对，这让固昌伯夫人松了口气，她很快打发人给少卿府送信。

戴泽对家里给他定亲毫不在意，直奔青松书局去了。

已是下午了，辛柚取出一份书稿，把胡掌柜与赵管事喊来。

"东家有什么吩咐？"二人齐声问。

辛柚请二人坐下，才道："松龄先生的新书已经写好了第一册，我看过书稿觉得很精彩。掌柜的与赵管事也看看，若是没有问题，就可以安排刻印了。"

"松龄先生的新书写好了？"二人又是异口同声，眼睛放光。

随着辛柚把书稿递过去，两只手飞快地伸过来，一手抓住了书稿的一边。

"赵老弟，你不要急啊，回头等刻印的时候够你看的。"

"掌柜的，你眼睛都是红的，还是好好歇歇吧。"

二人互相瞪着，谁也不松手。

最终还是辛柚发了话："掌柜的先看吧。"

胡掌柜得意地从赵管事手中抽出了书稿。

赵管事哀怨地看了辛柚一眼。

东家偏心啊！

果然还是常在东家面前露脸的人占便宜。

辛柚含笑安抚赵管事："掌柜的这两日做了不少事，确实很辛苦。"

赵管事听辛柚这么说，越发好奇了。

老胡这两日到底忙什么呢？他问掌柜的又不说，还说瞧见银子就害怕——

赵管事正琢磨着，忽然听到啪的一声，把他吓得一哆嗦。

"太好看了！"胡掌柜紧紧地抓着书稿，眼神狂热，"松龄先生真是百年不遇的奇才啊，这新书布局宏大，构思巧妙，比《画皮》更胜一筹……"

"是吗？我看看。"赵管事伸手去拿书稿。

胡掌柜忙把书稿紧紧地护在怀里："我还没看完！"

片刻后，又是啪的一声。

"精彩绝伦！精彩绝伦！"

再过一会儿，胡掌柜又忍不住拍桌子，赵管事默默地撸起了袖子。

是可忍孰不可忍，他和这老东西拼了！

两个人争书看时，石头来报："东家，那个戴公子又来了。"

与石头挂在脸上的担心不同，辛柚一听戴泽来了心中一喜，快步去了前头。

戴泽在书厅中等,眼睛时不时地看向通往后边的门口,一见辛柚进来就迫不及待地迎上去:"寇姑娘!"

那压抑着激动的眼神让辛柚也多了几分紧张,面上却半点儿不露:"戴公子请到待客室说话。"

去往待客室的路只有几步,辛柚却走得很慢。

戴泽将要带给她的会是什么消息呢?

看他的样子,她至少不会一无所获。

辛柚暗暗吸口气,走进了待客室。

"戴公子请坐。"

"寇姑娘别这么客气。"戴泽一面对辛柚,就不自觉地满脸堆笑。

没办法,那日家雀儿往脸上掉的那泡鸟屎给他无忧无虑的心灵造成了重大创伤,寇姑娘这样的高人自己必须和她搞好关系。

进来倒茶水的刘舟警惕地看了戴泽一眼,心道这小子笑成一朵花,该不是打东家的主意吧?

"去忙吧。"辛柚对刘舟道。

刘舟深深地看戴泽一眼,退了出去。

"戴公子找到了?"

戴泽眼睛一亮:"寇姑娘真是神机妙算!"

辛柚:"……"你倒不必如此吹捧。

下意识地扫了门口一眼,戴泽压低声音:"我悄悄查过才知道,去了南边的人还不少呢。"

他说着摸出一张纸条,摊开放在辛柚面前。

"寇姑娘你看,我都记下来了,这个戴强去了新南,我们家在那里有一大片良田……"

"这是什么意思?"辛柚指了指其中一个圈。

戴泽看了看:"哦,这个人叫常梁,'梁'字我不会写。"

辛柚默默地转过脸。

戴泽丝毫不觉得尴尬,感叹道:"寇姑娘真是厉害,一眼就看出他有问题。"

"嗯?"

"常梁是四月份出门的,和他一起出门的有好些人,不过只有他五月就回来了,其他人到现在还没回京……"

"我看其他人都记着去了何处,怎么常梁这里空着了?"辛柚貌似随口一问。

戴泽忙解释:"这可不是因为我不会写,我偷偷查的册子上只记了他出门去了南边,没提具体去处。也是奇怪,南边什么产业啊,把人留了这么久到现在都没回……"

"和常梁一起出门的人没记在这上面吗?"

"寇姑娘不是说我接触了南来之气嘛,那些还没回来的我就没记。"说到这里,戴泽露出个不好意思的笑容,"写字太累了。"

辛柚飞快地抽了一下嘴角,又问常梁在固昌伯府当的什么差。

"他是个护卫,不怎么起眼。"戴泽随口道,"倒是他叔叔原是我爹麾下的将士,身手好得很,四月时和常梁一起出门的,还没回来。"

辛柚心头一动,很想仔细问问常梁叔叔的事,但谨慎起见还是忍住了。

戴泽虽不怎么聪明,也不是真的傻,她不能操之过急。

"寇姑娘,接下来该怎么做啊?要不要把常梁那小子——"他比画了一个抹脖子的手势。

辛柚沉默了一会儿,突然想到那日贺清宵的提醒。

他说戴泽这种纨绔看似单纯,却不懂分寸,一旦作恶破坏性极大。

这确实是一个不把他人性命当回事的人。

"那倒不必。"辛柚语速放缓,短短时间已想出对策,"贵府外不远处是不是有一棵槐树?"

戴泽愣了一下,随即一拍大腿:"寇姑娘,你真是神了,这也能算出来!"

"我曾从贵府路过。"

"哦,原来是这样。"戴泽抓了抓头。

"这个月的十五,你让常梁于清晨抱一只公鸡绕着那棵槐树转三圈,邪气便破了。"

"就这样?"

辛柚颔首:"就这样。不过——"

戴泽乐了:"我就知道还有'不过',寇姑娘你说。"

"最好不要让他知晓戴公子的真正用意。"

"这个好办。还有别的吗?"

"没有了。"

三日后便是十五,戴泽如果能让常梁按她说的做,她就能把常梁的名字与长相对上了。

之后,她再想办法确定常梁南行与娘亲出事有无关系。

"那等常梁这么做了后,我还需要再来找你吗?"

"不用,只要按照我说的做了就行。"

戴泽点头表示知道了,离开前突然想起来:"寇姑娘,你知道不,我和你表姐妹定亲了。"

这聊闲天儿的语气仿佛在说别人的八卦消息,令辛柚一时都没反应过来:"定亲?"

"嗯,好像是和段二姑娘,她是你表姐还是表妹啊?"

"段二姑娘啊——"辛柚弯唇,"她是我表姐。"

看来这门亲事老夫人舍不得放手,答应了她不让段云灵嫁过去,就让段云华顶上了。

她再想初十那日的午膳,段云灵与段云华都不开心,段云灵既然是因为被选中而苦恼，那段云华定然是因为落选而郁闷了。

这门亲事最终达成了所有人都满意的结果，也是有趣了。

"那就恭喜戴公子了。"

戴泽说完自己的八卦消息，脚步轻快地走了。

他找出了害他倒霉的小子，又有了破解之策，接下来就是让那小子照着办了。

这对戴泽来说很简单，回去精心挑选了一只大公鸡，没事就牵着大公鸡在府中散步。

等到十五那日的早上戴泽带着大公鸡经过常梁当差之处，招招手把人叫到跟前。

"世子有什么吩咐？"

"常梁是吧？春花走累了，你抱着它走一会儿。"

"春花？"常梁缓缓低头，对上大公鸡溜圆溜圆的眼。

"就是它。"

常梁的表情扭曲了一下，他赶紧俯身把大公鸡抱起来。

在会武的人手里，大公鸡只挣扎了几下就老实了。

戴泽满意地点头："走吧。"

常梁亦步亦趋，跟在戴泽身后，路遇的下人瞧见了丝毫不觉得惊讶。

他们世子做这些事太正常了。

戴泽溜溜达达，从角门走出了固昌伯府。

清晨冷飕飕的，街上却有不少早起忙碌的人了。

戴泽缩了缩脖子，一指不远处的老槐树："常梁，你带春花绕着槐树走三圈。"

常梁："……"

戴泽一瞪眼："愣着干什么？快去啊！"

常梁虽完全无法理解世子的这种行为，却不得不照做，硬着头皮抱着大公鸡春花绕着槐树转了三圈。

偏偏大公鸡还一直咯咯咯地叫，引来不少行人或好奇或震惊的目光。

常梁从来没觉得这么丢脸过，抱着大公鸡面无表情地回到戴泽身边。

"世子。"

"做得不错。"戴泽拍了拍他的肩膀，从荷包中摸出两片金叶子，"赏你的。"

冰凉的金叶子入手，常梁的心一下子火热了："世子，还需要抱着春花做什么吗？"

他都可以！

"不用了，别把春花累着。"戴泽觉得太冷了，赶紧往回走。

常梁又忍不住低头看向怀里的大公鸡。

它累着？

"咯咯——"大公鸡神气地叫起来。

常梁的嘴角抽搐了一下，他大步跟上戴泽。

不久后，不远处的拐角走出一个清秀少年，很快融入了人流中。

第十六章　你是谁

清秀少年正是女扮男装的辛柚。

常梁二十岁出头，相貌平平，属于丢到人群里丝毫不起眼的人。而现在，他的样子已经牢牢印在了辛柚的脑中。

戴泽说，许多如常梁这样的人并不住在伯府中，而是住在围绕伯府而建的那一片民居。他们每日进府当差，到了时间再回家睡觉。

许多勋贵之家也是如此，比起寻常官宦人家，这些府上养的护卫很多，其中就有不少是当年的亲兵。

这些护卫昼夜轮换，常梁交班的时间估计在傍晚。

青松书局就在不远处，辛柚却脚下一转，走进了一条胡同。

胡同最里边一家门上挂着锁，她摸出钥匙开了门，进去不久就换下男装，恢复了原本模样。

这处不起眼的民居是辛柚不久前才买的，方便她乔装打扮，免得暴露身份。

从胡同中走出来，辛柚原本打算直接回东院，却瞧见了一道熟悉的身影。

贺大人来看书？

曾经这是习以为常的事，可这段时间贺大人来书局都是有事，而非看书。

辛柚犹豫了一下，向青松书局走去。

应该是她请贺大人查的那些铺面有眉目了。

"贺大人来啦。"刘舟一见贺清宵进来，精神一振。

没办法，固昌伯世子那种纨绔子总来找东家，他怪害怕的。

还是他们贺大人好。

大早上书局没有旁的客人，刘舟格外热情："昨日还上了新游记呢，就摆在贺大人常看书的地方……"

贺清宵面色温和地听刘舟说完，才道："寇姑娘在吗？我找她有事。"

"啊，东家在。石头——"刘舟刚要喊石头去找辛柚，就见辛柚从外头进来了："东家？"

辛柚往内走，就见那人转了身，一双清如泉水的眼睛看过来。

这是辛柚察觉自己动心后二人的第一次见面，她几乎无法避免生出了几分不自在的感觉，微微移开了目光。

贺清宵的视线在少女白皙小巧的耳垂上停留一瞬，他心头微动。

那一次，寇姑娘女扮男装刺杀他，就取下了耳饰。现在，寇姑娘的耳垂上又空了……

她又扮成少年去做一些危险的事了？

贺清宵心念转动，因不知从何问起，带了迟疑的声音较平时多了几分低沉之意："寇姑娘——"

低沉的声音落入耳中，让人无端有了深情的错觉。

辛柚的心狠狠一跳，双颊不受控制地染上了淡淡的红晕。

贺清宵愣住了。

短暂的沉默后，还是辛柚先恢复如常："贺大人，去待客室喝杯茶吧。"

"哦，好。"贺清宵没有动，等辛柚先走。

辛柚垂眸走进待客室。

比起书厅的宽敞，待客室比较小，比书厅暖和一些。

辛柚坐下来，面上已看不出一丝波澜："贺大人找我什么事？"

"寇姑娘托我查的那些铺子，查清楚了。"

"这么快？"

贺清宵一笑："都是寻常铺子，寇姑娘要查的也都是摆在明面的事。"

辛柚接过清单，认真看起来。

她半垂着眼，眼尾微微翘起，面庞是冷瓷那种白，她安静不语时疏冷清贵的气质就格外明显。

贺清宵想，刚刚寇姑娘脸红的样子，定然是他的错觉。

"贺大人。"看完清单的辛柚喊了一声。

她的声音也如她的气质一般，疏疏淡淡。

男人的目光不自觉地落在她的脸颊上，心中的声音变得笃定：果然是错觉。

这一瞬，贺清宵生出几分自嘲之意，甚至不知道在自嘲什么，又期待着什么。

"寇姑娘请说。"他的声音也淡了下来。

"多谢贺大人帮了我这么大的忙。"

辛柚不是忸怩的性子，无论心中有多少涟漪，面上看起来都云淡风轻。

"应该的——"贺清宵顿了一下，"我还收了寇姑娘那么多钱。"

所以他刚刚在乱想什么，桂姨数落得没错，他帮寇姑娘一个小忙收下几千两谢银，还期待寇姑娘对他青睐有加不成？

听他这么实在的话，辛柚嫣然一笑："贺大人不必总把这个记在心上。一些小钱能请动贺大人给我压阵，还是我赚了呢。"

她说几千两银是小钱……

贺清宵也笑了："能帮到寇姑娘就好。"

他的视线从少女空空的耳垂上掠过，他最终没有把疑问问出口。

辛柚送贺清宵到书局门口："贺大人慢走。"

刘舟边擦桌子边偷瞄二人。

这是怎么回事？他们进待客室前他还觉得贺大人和东家像是马上就能拜堂成亲了，现在看东家落落大方的样子，又和对待寻常买书的客人没什么区别了。

这像话吗？

小伙计擦桌子的力气不由得加大了。

时间还早，辛柚带着小莲出了门，先从离着近的地方开始，逛起清单上的铺子。

许是少卿府觉得这些铺子早晚要拿回去，竟然没挖什么坑，这倒给辛柚省了不少事。

"姑娘，这家脂粉铺也是咱们的！"小莲越逛越兴奋。

眼看快晌午了，二人干脆就在那家门可罗雀的酒肆用饭。

一顿饭吃完，辛柚明白了酒肆没有客人的原因。

这里的菜太难吃了！

小莲走出去老远，还一副受了巨大打击的模样："婢子不想吃晚饭了……姑娘，接下来去逛哪一个？"

"回书局吧，不急着一天逛完。"

下午她还有正事要做，需要养精蓄锐。

回去的路上，小莲想到午饭仍心有余悸："姑娘，这酒肆就这样吗？要不要换个厨子？"

"先都保持现状吧，过段时间再说。"

十几家店铺，有大有小，有赚钱的，也有亏本的，得益于贺清宵给的单子上罗列详细，辛柚算了一下，总体还是盈利的。

这样的话，赚钱的事暂时不急。

回到东院，辛柚喊来方嬷嬷："奶娘，你闲暇时物色一些可用的人，以后好打理这些铺子。"

这些铺子，辛柚的打算是慢慢地交到方嬷嬷与小莲手里。

她们二人，一个是哺育寇青青的人，一个是陪着寇青青长大的人，寇青青定然希望她们过得好。

也是有这个打算，辛柚不想插手太多，而是给二人锻炼的机会。

方嬷嬷并不知晓辛柚的打算，忙应了。

随着书局生意越来越好，姑娘招的人也越来越多，姑娘以后还有这么多铺子要管，当然要多多物色可用之人。

辛柚交代了小莲喊她起来的时间，很快就睡下了。她一觉醒来精神饱满，一个人悄悄去了那处民居。

民居只有一个小院，正房三间，再加东西厢房。

为了隐秘，辛柚没有安排人打扫，四处都落了一层灰，最干净的是放衣物镜台的东屋。

辛柚往梳妆镜前一坐，不由得摸了摸空空的耳垂。

她忘了把耳坠戴上了。

这一点儿小疏忽辛柚没往心里去，正好现在不用再取下来。

半个时辰后，眉目清秀的少年就出现在镜子中，全然看不出本来的模样。

辛柚冲镜中少年一笑，少年也笑起来。

此时天还没黑，固昌伯府门前的石狮张牙舞爪，注视着路过的行人。

辛柚等在偏僻的角落里，终于看到陆陆续续有人从固昌伯府的侧门走出。

那些人里就有常梁，他们表情都很放松，说说笑笑地往后边走着。

那片民居在固昌伯府的后方，居住的有固昌伯府的下人，也有一些族亲。

辛柚悄悄地跟在后边，看着那些人陆续走进家门，人渐渐少了。

这个时候倘若有人回头，很容易就会发现跟在后面的少年。

她运气似乎不大好，前边只剩了常梁一个人。

没了同行的人，常梁随意地回头看了一眼，停了下来。

这个时节天黑得早，等少年走近了，常梁皱眉问："小兄弟怎么瞧着面生？"

住在这一片的人他大多认识，这让他不由得警惕起来。

少年露出一个不好意思的笑容："我迷路了，不知怎么就走到这里来了。"

常梁对这个理由有些怀疑，上上下下地打量着少年，问："你要去哪儿？"

少年报了一个地方。

常梁一听，怀疑散了不少，语气平淡地道："你走错了，原路返回出了这一片，走到下一个口儿再转进去才对……"

"多谢大哥指点。"少年犹豫了一下，似乎是常梁的指路给了他勇气，他试探着问，"我走了好久，渴得厉害，能讨口水喝吗？"

常梁皱皱眉，淡淡地道："过来吧。"

他不认为这身形单薄的少年能有什么威胁，反而觉得少年愚蠢得可笑。

天都黑了，一个人走在陌生的地方，居然敢登门讨水喝。

"吱呀"一声，院门被打开，常梁大步走了进去。

辛柚立在门外没有跟进去，飞快地扫了一眼里边。

这是个不大的院子，没有灯光，借着月色能看到院中收拾得还算齐整。

很快常梁拿了个水瓢过来，不冷不热地道："没热水。"

"能喝就行。"辛柚把水瓢接过，咕嘟咕嘟喝完，连连道谢。

常梁没说什么，拿回水瓢把门一关。

辛柚转了身，沿原路往回走。

身后紧闭的院门悄悄开了一条缝儿，一双眼睛默默地盯着少年的背影。

少年犹豫的步伐，不安张望的反应，终于令常梁彻底放下了疑心。

辛柚走出了那片住宅，按了按灌了不少凉水的肚子。

她是真冷啊。

初冬的明月孤寂皎洁，洒落一地冷霜。

辛柚绕了几圈，慢慢地往青松书局的方向走。

院中没有灯光，常梁应是独自居住。而从打理不错的小院来看，要么是常梁格外细致爱干净，要么就是定期有人来做清扫。

辛柚回想从常梁手中接过水瓢时，看到的藏着泥污的指甲，推断应该是后者。

这也比较符合常梁的情况，能在固昌伯府当护卫，收入应该不错，作为单身汉，雇人来洗衣洒扫再正常不过。

辛柚停下来，回头望向固昌伯府所在的方向。

既然常梁是一个人居住，那么她接下来想做什么就方便了。

从那次刺杀贺清宵得来的教训，辛柚对待查明真相一事越发谨慎，确定了常梁住处后没再轻举妄动，而是耐心地等待着。

而因为赶上女儿议亲，又有贺清宵的涉足，尽管段少卿恨不得马上弄死外甥女，也只好忍耐下来。

没过几日，坊间便传出了少卿府与固昌伯府结亲的消息。

京城第一纨绔子定亲了，这个消息自然引发了不少议论，一时间少卿府再次被人频频提起。

固昌伯世子是个什么样子，人们都知道，把女儿幸福当回事的府上看不上少卿府所为，有心思攀龙附凤的人酸得不行，嘴上也没有好话。

段云辰是被一个素来不对付的监生讥笑时才知道的，当即就告了假回了少卿府。

段少卿对儿子告假很是不满："你明年就要参加春闱了，一心读书才是正事，家里的事不用你操心。"

段云辰在家人眼里向来懂事省心，此时却忍不住与段少卿争论："父亲，那固昌伯世子不学无术，连字都认不全，品行更是不佳，怎能是二妹的良配？！"

段少卿不料儿子如此反对，狠狠拧眉："辰儿，结亲是结两姓之好，家里自有家里的考虑——"

段云辰冷冷地打断段少卿的话："父亲知不知道别人怎么说咱们少卿府？"

那些言语段少卿早就听了不少，压根儿没往心里去："不过是些酸话，他们说上几日也就散了。你当那些人是看不上固昌伯世子？不过是攀不上高门，心里泛酸罢了。"

段云辰不可置信地看着段少卿。

这么说，那些闲言没说错，父亲其实就是存着攀高枝儿的心思？

少卿府也称得上书香门第，段云辰自幼一心读书，从不被俗事所扰，其实是有几分清高自傲的。

而这份自傲从母亲被休开始，似乎就被一记记重锤敲击，直到此刻被彻底粉碎。

段少卿看着儿子大受打击的样子，深深地叹了口气："辰儿，一个家族想越来越兴盛，不是那么容易的。别的不说，你能心无旁骛地读书，笔墨纸砚所用皆是上品，你当是天上掉下来的？咱们少卿府根基还浅，需要你考取功名，也需要姻亲助力……"

在段少卿看来，儿子也该长大了，之前想着等他金榜题名再说，既然话说到这里，让他早点儿明白也不错。

段云辰听着，脸色发白："那二妹呢？二妹就该为了这些，牺牲自己的幸福？"

"牺牲？"段少卿只觉好笑，"你二妹可没这么想。"

如今看来，什么事都不用操心也不是好事，辰儿太天真了。

段少卿寒门出身，是尝过缺钱的滋味的，也是因此，他绝不想再过那种捉襟见肘的生活。

当朝官员俸禄不高，一些比他品级还高却没家底的人若想当个清官，一旦家里有突发的大额开支恐怕要借债应对。

段云辰不信这话，从段少卿这里离开后就去了段云华那里。

段云华正在欣赏一对翡翠镯子，这是固昌伯府随着聘书送来的定亲之物。

尽管少卿府生活优渥，段云华自幼衣裳首饰都是用好的，这对水头极好的镯子还是令她越看越喜欢。

定了亲，她已经算是固昌伯府的人了。

"大哥怎么这时候回来了？"见到段云辰，段云华一惊。

"二妹定亲这么大的事，上次回家怎么没听你提起？"

段云辰这一辈，两房加起来有兄弟姐妹六个，唯有段云华与他是一母同胞，所以段云辰说话时没绕弯子。

从议亲到正式下聘书不是一两日的事，可二十那日，他放假回家并没听妹妹提过，这让段云辰有些憋闷。

段云华微微低头，双颊爬上红晕："婚姻大事都是长辈做主，顺不顺利我也不清楚，所以就没和大哥提……"

段云辰皱眉："二妹对这门亲事是怎么想的？倘若不愿意，大哥想办法——"

段云华猛然抬头，脱口而出："不要！"

触及段云辰错愕的眼神，段云华抿了抿唇："都已经定下了，我可不想担上退亲的名声，大哥就不要为我操心了。"

段云辰的目光却被段云华手边的镯子吸引了。

"大哥？"

段云辰回神，微微点头："我知道了，那二妹你好好歇息。"

走出段云华的住处，段云辰吸进满腹冷气，又缓缓吐出。

进了十一月，天越发冷了。

段云辰的心比外边的天更冷。

从那对玉镯的款式与贵重程度来看，显然不是二妹平时所戴之物，那应该就是定亲信物。

二妹还有心情赏玩定亲信物，他再糊涂也明白了二妹对这桩亲事的态度。

段云辰突然觉得心灰意冷，饭也没吃就离开了少卿府，回来时他心急雇的马车，回去时慢慢地走着。

快到晚饭时，天色暗了下来，街边亮起一盏盏灯。许多人行色匆匆，不愿在寒冷中久留。

段云辰不是体力好的人，还没走到国子监就冻得脸颊冰凉，腿脚发沉。

看到青松书局透出的灯光，他脚下一顿，鬼使神差地走了进去。

书局离关门还有一段时间，零星几个客人或是买书，或是买笔墨，对走进来的人只是看了一眼就不再关注。

刘舟看到段云辰，悄悄地翻了个白眼。

这不是少卿府的大公子嘛，他可还记得这人冷着一张脸来找东家的事。

小伙计正犹豫是迎上去还是装没看见，就见才进来的那人一个转身又走了。

这人有病！

刘舟大大地翻了个白眼，转日等辛柚过来时便把段云辰来过的事说了。

辛柚想到近日关于少卿府的一些议论，猜测段云辰可能是心情不大好，这就不是她在意的事情了。

辛柚在书局打了个晃就回到东院，一个人在房中把今日要用到的东西再次检查一遍。

摸清了常梁的住处后，她利用这段时间又掌握了不少关于常梁的信息。今晚如果一切顺利，或许就能确定固昌伯府这些没有记录目的地的南行之人是否与娘亲的死有关了。

今日常梁是白班，换班后本来会在固昌伯府吃顿量大管饱但味道一般的饭就回家，却有两个人拉着他去吃酒。

常梁手头宽裕，毫不犹豫地答应了。

天已经晚了，固昌伯府后边的那一大片民宅陆陆续续地熄了灯，人们都歇下了。

常梁的住处还是一片漆黑，一直没有动静。

辛柚小心翼翼地挪动了一下发麻的腿，心中生疑。

平时常梁早就回来了，今日莫非有什么变故？

她是趁着常梁雇的大婶洒扫干活儿时潜进来的，这一待就是小半日，连晚饭都没吃。

天很冷，辛柚轻轻地搓了搓手，呼出一团白气。

就在这时，外头终于传来了动静。

动静还不算小，先是大力关门的声音，再就是脚步声。

辛柚悄悄地探出头，隐约看到一个黑影。

那道黑影直奔院子一角，很快就响起了哗哗的流水声。

辛柚呆了呆，反应过来那人在干什么。

尽管难免生出几分尴尬之意，她却一直目不转睛地盯着，直到那道黑影进了屋，点燃了油灯。

如豆的灯光虽昏昏暗暗，却让躲在暗处的辛柚看得分明。

那人是常梁无疑，从对方有些迟缓的行动推测，他应是喝了酒，但不到醉酒的程度。

这就解了辛柚的疑惑：难怪常梁回来这么晚，原来换班后喝酒去了。

看来她行动的日子没选好。

辛柚闪过这个念头，很快纠正：不，应该是选对了。一个有了酒意但没烂醉的人，对她之后的行动更有利。

前提是，常梁会如她预判的那样喝下加了料的水。

因为对方喝了一肚子酒，辛柚有些没把握了。真要没按她猜测的那样来，那今晚只能放弃计划，明晚再来。

出师不利可不是什么好兆头。

辛柚悬着的心在看到常梁提起水壶倒了杯水，咕咚咕咚地喝下时总算放下了。

药性在酒意的驱散下发作得更快，常梁抬手扶了扶额，连灯都忘了熄就往床上一躺，很快响起了如雷的鼾声。

辛柚耐心地等待了一段时间，悄无声息地从藏身处走出来，一步步走到床边。

常梁睡得正沉，微张的嘴里喷出浓浓的酒气。

这个天气，屋内没生火，睡的也不是火炕，他看起来竟然有点儿热。

辛柚从怀中取出一面镜子，仔细检查一番，确定没有差错，伸手拍了拍常梁的脸。

常梁的呼噜声更响了。

"滴答"，"滴答"——

睡梦中的常梁颤了颤眼皮，他觉得有水珠滴落在眼皮上，想睁开眼，却睁不开。

"滴答"，"滴答"——

常梁努力挣扎，终于睁开了眼。

恍惚间，常梁瞬间睁大眼睛，等看清眼前的人，瞳孔巨震。

习武之人身体反应比思绪要快，常梁鲤鱼打挺地想要起来，却失败了。

他浑身软绵绵的，根本使不上力气。

而眼前的人突然靠了过来。

常梁酒意与睡意散了大半，骇然出声："你是人是鬼？！"

那眼角淌血的女子伸出手，搭在了他的脖子上。

那双手冰冰凉凉，没有一丝温度。

这让常梁确信眼前的是厉鬼无疑。

昏暗摇曳的灯光，残留的酒意与药力，鬼压床的无力感，还有那只冰冷的手——

常梁惊骇欲绝，辩解的话脱口而出："你不要找我，我只是听命办事的！"

"为什么？"辛柚一字一字地问。

这是她替娘亲问的，也是她一直想问的。

"我不知道！"脖子上收紧的双手令常梁脑子一片空白，想要躲避偏偏动弹不得。

这一刻，他感受到了死亡的威胁，本能地求饶："你要报仇去找别人啊，那么多人一起动的手，为什么偏偏找我？我都不知道你是什么人……"

"找谁？我该找谁？"昏暗的灯光下，"女鬼"眼角的血泪一直淌到腮边，吐出的话一字一顿，冷气森森。

"找我叔叔，是我叔叔带我去的！"一句话脱口而出，常梁立刻改口，"不不不，不要找我叔叔，你去找伯爷，肯定是他下的令，我叔叔都听他的！你去找他……"

掐住他脖子的手越来越用力，呼吸困难之下，常梁飞快地说着。

为什么他使不上力气，为什么身体这么沉？

他要被厉鬼索命了吗？

常梁混乱地想着，一只冷冰冰的手搭上他的眼皮。

眼皮再也支撑不住，合上了。

刚开始他的表情还扭曲挣扎，他似乎在与什么做着斗争，没多久鼾声又响了起来。

辛柚后退数步，默默地立着。

暗黄的灯光把她的身影投在窗上，影影绰绰，鬼气森森。

辛柚再次把巴掌大的镜子拿出来，看向镜中人。

那张脸经过修饰描抹，与娘亲像了七八分。倘若常梁是举起屠刀的人之一，作为他们的绝对目标，定然对这张脸还有印象。

七八分像，在这刻意营造的情景中，足以让他以为是厉鬼索命了。

辛柚定定地盯着鼾声如雷的常梁，紧紧地抿了抿唇。

这一次，她不是误会了。

下令杀害娘亲的是固昌伯无疑。

克制住汹涌的杀意，辛柚仔仔细细地清理着她来过的痕迹。

后面的路还很长，她不能现在杀了常梁，免得打草惊蛇。

认真清理后，辛柚深深地看了常梁一眼，悄悄地退出屋子，翻墙而出。

夜已经深了，天上不见星月，只有墨色的云缓缓飘动。

风大了起来，吹到人身上透骨的冷，远远地有打更声传来。

辛柚整个人缩在斗篷里，往青松书局的方向奔去。

"谁？"一队持刀的官差进入视线，有人无意间瞥见罩着墨色斗篷的辛柚，厉喝一声。

辛柚暗道一声糟糕，飞快地跑进了一条巷子。

她刚刚一瞥，那队官差好像是锦麟卫，她这么晚撞见那些人，估计是赶上他们缉拿逃犯了。

好在这一片辛柚很熟悉，几个拐弯后从围墙处跳进了她买下的那处宅子。

这处宅子从外面落了锁，辛柚不敢掌灯，心中又莫名其妙地不安，为保险起见摸黑把脸上妆容洗净，恢复了本来面貌。

做完这些，辛柚想了想，决定就在这里睡上一晚，谁知没多久外面就传来了喧闹声。

隔壁的门被拍开了，辛柚贴着门聆听，那些锦麟卫似乎检查完了隔壁，看到了落锁的这一户。

"这家住的什么人？"

很快有人怯怯地回答："原本住着一家租户，后来搬走了，好像一直锁着门……"

"砸开！"

听到这两个字，辛柚迅速躲了起来。

一声巨响，门被砸开了。

辛柚躲藏的地方看不到外面的情景，她只能凭声音推断走进来不少人。

那些人先奔着正房去了，提着灯笼把东西屋加堂屋走了一遍，又奔着厢房而来。

一道熟悉的声音响起："应该没在这里，走吧。"

辛柚的眸光闪了闪——这人是贺大人。

发现是贺清宵带队，辛柚释然了。

每次与他对上都不太顺利，她都习惯了。

听着脚步声渐远，辛柚松了口气，握紧的手心尽是湿漉漉的汗。

院门被砸开，辛柚没了安安稳稳睡上一觉的打算，忍着饥寒耐心地等了一个时辰，从藏身之处走出，放轻脚步向外走去。

门大敞着，不用再翻墙，辛柚拢了拢斗篷，走进了无尽的黑夜里。

至于院门，以防被有心人发现端倪先保持原样，等白日她再派人来上锁。

已是深夜了，先前锦麟卫带来的喧闹声已经散了，四周寂静无声。

辛柚走了没两步忽觉不对，握着匕首的手从斗篷中伸出，刺向靠近的人。

短暂的交手后，耳边响起低低的声音："是我。"

辛柚动作一顿，看向靠得很近的那人。

黑暗中，她看不清那人的面容，声音却再熟悉不过。

"贺大人？"

"跟我来。"

冰冷的手腕旋即被一只大手握住，辛柚很快就发现贺清宵带她去的地方正是她刚刚走出的民宅。

关门声响起，辛柚一手按着被他握过的手腕，一言不发地看他插上门闩，向她走来。

夜色太深，哪怕近在咫尺，他的面容也是模糊的。

辛柚的睫毛颤了颤，她轻声道："贺大人进来说话吧。"

没等对方回答，她就往屋中走去，凭着对屋内陈设的熟悉摸索着点了灯。

灯光瞬间填满不大的屋子，那人的眉眼终于清晰起来。

他穿了一身玄色带暗红纹的窄袖服，清爽利落，带着寒意。

辛柚披着墨色斗篷，莹白的脸藏在帽兜里，她很是困惑。

别说刚刚在外面一片漆黑，就是有星光月色，她这副打扮也不该一下子就被认出来。

而贺清宵看着整个人都藏进墨色斗篷里的少女，一颗心也落定了。

在她出现的瞬间他就确定是她，而当此刻真切地看清她的面庞时，他才有了真实感。

辛柚把帽兜拉下来，先开了口："贺大人跟踪我吗？"

她心中清楚八成是她倒霉恰好撞上了，这样问是为了确认这个猜测。

果然贺清宵微微摇头："寇姑娘误会了，今晚是公事。"

他边说边用一双清冽的眸子定定地看着她。

辛柚莫名其妙地有种被揭穿秘密的感觉，不由得紧了紧拳，问出心头的疑惑："贺大人怎么知道是我？"

这话问出口后便是一阵沉默。

外面风声呼啸，贺清宵开了口："刚刚进来检查时，看到这屋中的梳妆镜，我突然觉得这里可能是寇姑娘的落脚处。"

说到这里，他停了一下，坦然道："算是直觉吧。"

也许是那日留意到寇姑娘空空的耳垂，抑或是更早以前那个招招凌厉想取他性命的"少年"，他看到陈设简单的屋中那什么都没摆放的梳妆台，蓦地就有了这个猜测。

因为这个猜测，他没让手下继续搜查，也没有离开。

事实证明，他的直觉是对的。

"直觉？"辛柚喃喃地重复这两个字，心情十分复杂。

他本就留意到她接近固昌伯府，今夜撞见她这副打扮，恐怕更会怀疑了。

行动的日子她果然没选好。

辛柚在心中叹气，一时不想说话。

接下来，恐怕她难逃他的盘问。

"寇姑娘这么晚去哪里了？"

辛柚抿了抿唇，淡淡地反问："这也在贺大人公事调查的范围内吗？"

贺清宵再次沉默。

这一次他沉默的时间有些久，久到辛柚站得腿发麻，裹着斗篷也抵不住寒气往骨头里钻。

终于，男人微沉的声音响起："本来不在。"

辛柚心头一跳，生出不祥的预感。

他这话是什么意思？

她警惕之际，就见贺清宵往前走了一步。

辛柚后退了半步，确定了今晚所见的贺大人很不对劲。

她动了动唇，想说太晚了，有什么话不如明日再说。

书局是她熟悉安心的地方，不似在这没有烟火气的屋子里，她处处被动。

她不怀疑他的人品。但她有预感，对方接下来说出的话，会让她难以应对。

他查到了什么？他又知道了什么？

昏黄的灯光下，少女的眼睛又冷又亮，眼中的抗拒之色，贺清宵瞧得分明。

可这一次，他却不能再当作什么都不知道。

有些话，他必须问出来。

"寇姑娘。"

男人的声音响起，不知是因为场合的不同还是怎样，听起来似乎有些异样。

辛柚定了定神，平静地道："贺大人有话请讲。"

她什么恐怖的画面没见过，还怕了他不成？

一丝苦涩从心头滋生。

她怕的其实不是他，而是表面的平和被打破，他们彻底成了对立面。

果然，心动对她来说，是最不理智、最不应该的事。

"寇姑娘。"贺清宵又唤了一声。

辛柚垂眸，声音更淡："我听着呢。"

短暂的沉默后，贺清宵还是问了出来："你是谁？"

你是谁？

短短的一句疑问，犹如当头一盆冰水泼下，令辛柚僵在原地。

她的心直直地往下坠，一直坠到幽深的寒潭之底。

贺清宵知道她的身份了？

这是辛柚的第一个反应。

不，她在人们眼里明明是寇青青，就连少卿府那些人都没怀疑过寇青青已经换了人，贺清宵又如何知晓？

他在诈她吗？

辛柚咬了咬舌尖，强迫自己冷静下来。

"贺大人为何问这么奇怪的问题？"

"奇怪？"

辛柚一笑，压力之下因寒冷而麻木的表情反而灵动起来："不奇怪吗？贺大人又不是第一天认识我。我是青松书局的东家，少卿府的表姑娘，寇青青。"

贺清宵望着盈盈浅笑的少女，摇了摇头。

辛柚心念急转，面上露出几分不解之色。

贺清宵伸出手，落在她的脸颊旁，没有碰上那霜雪般的肌肤就放了下来。

"你不是寇青青。"

辛柚听他轻声道。

他的声音很轻，却没有一点儿迟疑。

辛柚的眼神冷了下去，对上他的眼。

他的目光风平浪静，令人猜不透心思。

辛柚挣扎了一瞬，也平静下来："贺大人为什么这么说？我不是寇青青，又是谁呢？"

贺清宵看着表面平静，却连头发丝都写着抗拒的少女，眼神变得柔软，说出的话却令辛柚如坠冰窟。

"你与辛皇后是什么关系？"

烛光晃了晃，给少女苍白的脸镀上一层昏黄。

辛柚的指尖颤了颤，她想要用力攥紧拳头，却因太冷而麻木。

她不确定对方知道了多少，在抵死不认与挑开来说之间权衡着。

但她不得不承认，当她与锦麟卫有了交集，进入了这位锦麟卫镇抚使的视线时，他就注定成为横在复仇路上的大石。

他们一开始的遇见，就是麻烦的开始。

贺清宵知道今夜把话挑明会面对她的冷淡抗拒，可此刻还是被她的眼神刺了一下。

他做这份差事，遇到过无数嫌恶憎恨的目光，早已视若无睹，但面对她却是不一样的。

但他不得不继续说。

"宛阳……是辛皇后的隐居地吗？"

辛柚心头一震，面无表情地看着他。

贺清宵自顾自地说下去："本来，我是因为寇姑娘对宛阳格外关注，猜测寇姑娘父亲的死或许不是意外，而派人去南边调查，后来又发现寇姑娘接触的周通一家才从宛阳搬到京城……"

辛柚默默地听贺清宵说着,觉得有些不对劲。

这种时候,谁先说,谁说得多,等于谁先亮了底牌给对方。

贺清宵不可能不知道这个道理。

他又为何这么做?

她抬眸,注视着他的脸。

贺清宵眸光微动,他继续道:"寇姑娘对固昌伯府格外关注,而周通也去过固昌伯府。周通在宛阳多年,职位卑微,本不会与固昌伯府有交集,寇姑娘一个寄居在外祖家的孤女更没有与固昌伯府牵扯的理由。"

"还有吗?"辛柚问。

到这时,她不再胡乱猜测,干脆等对方彻底挑明。

"还有——"贺清宵看着她,"固昌伯府有人在初夏时去了宛阳。"

辛柚听了这话,面上没有一丝变化,只静静地等他说下去。

"这些凑在一起,不大可能是巧合。那宛阳有什么呢?"贺清宵顿了一下,接着道,"我派去南边的人查了这么久,没有查到寇姑娘父亲的事,却意外地发现一桩惨案。"

辛柚眼神一紧,用力收拢指尖。

"据附近村庄的人说,有一些人居住在山中,偶尔会在外行走。这些人以女子居多,懂医术,曾救助过不少人,而当有人主动进山求医时,却寻不到他们的踪迹……"贺清宵说着查到的事,"从这些人出现的时间和种种行为来看,很像是失踪多年的辛皇后。"

辛柚微微垂下眼帘。

原来,还有人记着娘亲的那些善行。

贺清宵沉默了片刻,终于到了挑明的时候:"寇姑娘十二岁进京,很少踏出少卿府,在外地生活时也只是个循规蹈矩的闺秀。而我眼前的寇姑娘武艺出众,擅长乔装,甚至懂相术。一切的不合理,就算答案再离奇我也只能接受,我眼前的寇姑娘并非寇青青,很可能是山谷那桩惨案的幸存者。"

辛柚半垂着眼,明白了。

贺清宵此时并无埋葬在山谷中的人是娘亲的证据,对她是惨案幸存者的身份也只是猜测。

她亲手葬了娘亲他们,别人想找到证实娘亲身份的证据本来也很难。

而调查的结果指向一个结论,便是没有证据,也不会改变他的想法。

令辛柚不解的是,在没有确凿证据时,他说出这些原因,无疑使他陷入被动。

辛柚看着眼前人。他的目光温和干净。

辛柚心头一动。

或许——她也不必死瞒到底?

贺清宵是锦麟卫镇抚使,查到了这些定会向皇帝禀报。他主动对她说这些,本身就代表了一种态度——对她有所倾向的态度。

辛柚很快就有了决定。

她要赌一把。这世上从没有万全之策，有的是审时度势做出的选择。

"看来什么都瞒不过贺大人，我确实是山谷惨案的幸存者。"

辛柚的话令贺清宵眼中的波澜骤起，一时他有无数个问题想问她。

辛柚很是干脆："贺大人有什么想问的，就问吧。"

"姑娘如何称呼？"

这个问题令辛柚深深地看他一眼："我乳名阿柚。"

阿柚——贺清宵神情有几分不自在。

这个称呼太过亲昵……而对面的少女显然没有透露全名的意思。

贺清宵从没觉得这般为难过，斟酌再斟酌，试探地问道："那我以后称你柚姑娘？"

柚姑娘？

辛柚的嘴角动了动。

还好娘亲当初没给她起更古怪的名字。

"贺大人还是叫我寇姑娘吧，至少目前我需要这个身份。"

贺清宵松了口气，再问："山谷中出事的，是辛皇后吗？"

辛柚微微颔首。

推测得到证实，贺清宵并不觉得高兴。

他自幼父母双亡，侯府虽仆役成群，却都隔了人心，唯一有亲情在的只有桂姨。

而桂姨是当年辛皇后怜惜他孤苦，特意派去照顾他的。

他从桂姨口中听说了许多关于辛皇后的事，在内心深处是把辛皇后当长辈尊敬的。

也是因此，当他调查到山谷惨案，发现很可能是隐居的辛皇后时，他先想到的不是禀报皇上，而是与寇姑娘谈一谈。

就算没有今晚的巧遇，明日他也准备去找她的。

贺清宵的反应令辛柚怔然。

贺大人是为娘亲的死难过吗？

这个发现令她冰冷的心有了几分热意。

她好像赌对了。

"那你与辛皇后是什么关系？"

辛柚沉默了一下，轻声道："我娘是辛皇后的侍女。辛皇后一直把我当女儿看待。我侥幸逃过一劫，进京来就是想找出杀害辛皇后和我娘的凶手。"

贺清宵望着她的眼睛，问出一个至关重要的问题："当年辛皇后离宫时身怀有孕，是不是诞下了一位皇子？"

固昌伯府派出去的人至今未回京城，似乎在寻找什么人。

而他的人意外得知，住在山中的那些人中有一位少年，算年纪是对得上的。

辛柚羽睫微微颤动，点了点头："是，辛姨生了一个儿子，我们一起长大的。"

见贺清宵眼中有惊讶之色，她扯了扯嘴角："贺大人不会以为我喊辛姨皇后娘娘吧？我娘虽是辛姨的侍女，辛姨却从无高高在上的态度，我也是长大后才知道辛姨的真正身份。"

"那位皇子——"

辛柚打断贺清宵的话："贺大人称他辛公子就好。辛姨早就抛弃了皇后娘娘的身份，辛公子知晓身世后也不稀罕当什么皇子。"

贺清宵从善如流，改了称呼："出事时，辛公子在山谷中吗？"

"不在，辛公子恰好出门了。"

"那你——"

贺清宵想问，辛公子因出门逃过一劫，你又是如何幸存下来的。可他看着少女那双冷淡的眼，到了嘴边的话被咽了回去。

本来，他要知道的就是山谷受害者的身份，还有那位皇子的情况。至于其他，不过是人人都有的好奇心罢了。

他不用想也知道，那定是她最深的伤痛，他何必揭人伤疤？

"出事后，你见过辛公子吗？"

"没再见过，我也不想再见，只希望辛公子能好好的，不要出事。"

说到这儿，辛柚深深地看着眼前的男人："贺大人的人在找辛公子吗？"

贺清宵没有隐瞒："我是下了寻找幸存者的命令。"

通过固昌伯府那些人的行为，他推测那个少年很可能幸存，但直到此刻才得以确认。

"找到辛公子，贺大人打算如何做呢？"

贺清宵不自觉地敛眉："辛公子是皇后娘娘之子，那他该是大夏唯一的嫡皇子——"

"所以贺大人会禀报皇上是吗？"

"在其位，谋其政。"

"那贺大人为何还没有向皇上禀报查到的事？"

"没有证据证实山谷中受害者的身份，也没有证据指明固昌伯府是加害者。关乎皇后与淑妃、庆王，我轻率上报并不妥当。"贺清宵坦言。

别的不说，他无凭无据派人盯着庆王的外祖家，就可能被淑妃一方狠狠还击。

他虽是帝王耳目，庆王却是皇上倾向的继承人，再加上他尴尬的出身，一个不慎就会引火烧身。

"再有，我想先与寇姑娘谈一谈，听听你的意思。"

最后这句话，令辛柚紧绷的神经稍缓。

"刚刚贺大人提到没有固昌伯府是加害者的证据，这是不是说贺大人其实是怀疑他们的？"辛柚试探地问。

她并不清楚，贺大人会对她坦言到什么程度。

"固昌伯府的人去了宛阳，一直在以山谷为中心的范围内活动。"

"他们在找辛公子？"辛柚脱口问出。

与常梁一同南行的那些人迟迟未归，果然是在找她。

好在她在外行走都是以男装示人，山外知道娘亲他们存在的人，只会以为她是娘亲的儿子。

固昌伯派去的人很可能是在动手后过了一段时间才得知她的存在，于是留下来找人，并派常梁回京报信。

辛柚之所以这么判断，是因为她回到山谷中时无人埋伏，她才顺利埋葬了娘亲他们。

如果那些人在动手前就知道还有一位辛公子，不可能犯这种错误。

"贺大人与我谈过了，之后打算如何做呢？"

"寇姑娘有什么打算？"

有他坦言在先，辛柚也准备拿出一些诚意。

应该说，到了这一步，她是需要他配合的。

"贺大人也说，轻率上报并不妥当，毕竟那些人在皇上心中的分量不一般。那如果反过来呢？"

"反过来？"

辛柚悄悄搓了搓冷冰冰的手指，胃因饥饿微微泛疼，她平静地道："皇上如果主动想查宛阳那边，从而吩咐贺大人去调查，那是不是就顺理成章了？"

贺清宵眼里有了惊讶之色。

寇姑娘的意思是她有办法让皇上主动留意宛阳？

"若是这样，自然顺理成章。"

到时就算还是没有确凿证据，他现在查到的这些也可以作为新调查来的信息，报给皇上了。

有时候，证据不是最重要的。皇上会如何做，就要看皇后与庆王在他心中孰轻孰重了。

"我有办法，不过需要一些时间。"

尽管有这个猜测，听辛柚笃定地说出来，贺清宵还是扬了扬眉。

辛柚看着他，清亮的眼睛中透着乞求之色："贺大人能等一段时间吗？"

"等多久？"

"年前。"

贺清宵不禁弯了一下唇角。

她似乎很喜欢把事情放在年前解决。

而现在，已是十一月了，他当然能等。

"好。"

辛柚听他答应，神色也放松许多："贺大人还有要问的吗？"

贺清宵迟疑了一下，微微点头："还有。"

辛柚等他说下去，心中已有了猜测。

贺大人要问的，是真正的寇姑娘吧？

果然她就听他问："你怎么成为寇青青的？真正的寇姑娘……葬在何处？"

辛柚对第一个问题早有预料，对第二个问题却感到意外。

贺大人推测寇青青已不在人世不奇怪，可他怎么觉得她知道寇青青的埋骨之地？

压下疑惑，辛柚回答了第一个问题："不是我想成为寇青青，而是少卿府的人找上来，把我当成了寇青青。"

他的目光轻柔地落在她的面上。

辛柚抬手拂过脸颊，笑了笑："是不是让人难以相信的巧合，这确实是我的脸，而非刻意易容成寇青青的样子。"

她与寇青青，至少有八分像。

她现在想来，少卿府的人对寇青青该有多么忽视，这八分像就能当十分用了。

贺清宵不觉颔首。

这确实太巧了。

他以为她是易容成寇青青，好以这个身份立足。

辛柚也想到了这一点，问："贺大人问我寇青青埋骨之地，是以为我看到了死去的寇青青，然后易容成她的样子？"

"是有这个猜测。"

辛柚抿唇问："贺大人该不会怀疑我为了替代寇青青而下了杀手吧？"

贺清宵很快反应过来：她生气了。

他顿了顿，坦言道："我没有这么怀疑。我初见寇姑娘，走近时嗅到了尸臭味，这说明寇姑娘接触的死者已死亡一段时间了。"

辛柚："……"他们还真是美好的初遇呢。

辛柚回想了一下二人初遇时的情景：她坐着没有门帘的马车在路上狂奔，下车后身上带着尸臭味走近他……

"你若杀害了寇青青被接回少卿府，没有必要再带着婢女返回山中……"

他们第一次遇见时，已是她在少卿府住了一段时间后。这是他后来因掉落的花盆起了疑心，吩咐手下去查她的情况时知道的事。

贺清宵见辛柚脸色不大好的样子，顿了顿道："更重要的是，来往多了，我知道你不是这样的人。"

那时她误会他是杀害辛皇后那些人的凶手，还要再三试探，怕误伤无辜，何况对寇青青这样一个可怜少女。

辛柚并没有被安慰到。

她满脑子都是尸臭，尸臭，尸臭……

"寇姑娘——"贺清宵有些茫然了。

她还在生气吗？

辛柚自然不会放任自己的情绪太久，对坦白了一半秘密的她来说，有必要与贺大

395

人友好相处。

"我再次进山，确实找到了寇青青的尸体，与她的婢女小莲一起暂时把尸骨藏了起来。"

关于寇青青的事说开后，辛柚突然觉得轻松许多。

知道她不是寇青青的小莲，看到的是她步步顺利，心想事成，实际上其中的压力只有她自己知晓。

如果不是万不得已，谁愿意以别人的身份活着呢？

更可悲的是，她还要庆幸有这个身份，感激这个身份，让她能迅速在京城立足，查找凶手。

可是在才过去的那个冬雪消融的春日，她也不过是个无忧无虑的女孩儿。

她也是娘亲眼中的孩子。

现在贺清宵知道了她大半秘密，至少在他面前，她可以做一下自己了。

"贺大人要是问完了，我想回书局了。"辛柚这话是真心，也是试探。

她今晚出来的目的，他会问吗？

她希望接下来二人是适度的合作，而不是单方面在他的监控掌握之下。

"我送你。"

辛柚露出淡淡的笑意："多谢。"

辛柚熄了灯，室内陡然黑了下来。二人都穿着黑衣，一瞬间看不到彼此，呼吸声因突然的寂静和黑暗而清晰。

同样清晰起来的，还有彼此身上的气味。

辛柚的神情僵了僵。

她为了扮演惨死的娘亲，脸上身上都用了鸡血。脸上是洗掉了，而斗篷里的衣裳可没换过……

而身边的人好像嗅觉失灵，语气不变地道："寇姑娘走路小心。"

"这里我很熟悉，贺大人小心才是。"

二人走出了屋子，天上墨云飘动，四周黑暗无际，等出了院门反而稍稍亮了一些。

辛柚停下脚步，看向被砸开的大门。

贺清宵轻咳一声："抱歉。"

"无妨。"辛柚指了指挂在一边的锁，"我把门锁上？"

与贺大人说开了也有好处，至少她不用白日再安排人来锁门了。

她抬手摆弄一下，把门锁好。

走出胡同，街上空荡荡的，远远地有些微弱的灯光。

风更大了，吹得斗篷猎猎作响，飘扬起来。

贺清宵看着冻得脸色发白的少女，默默地走在了风吹来的一侧。

书局东院的门就在眼前，辛柚停下来："贺大人也早些回去休息吧。"

贺清宵微一点头，看着她冻得微红的鼻尖，到底忍不住说了一句："天越来越冷，寇姑娘晚上尽量少出门。"

"知道了。"

"寇姑娘先进去吧。"

辛柚听他这么说，也没再啰唆，悄悄地打开门走了进去。

贺清宵望着那个方向，默默地立了一会儿，抬脚往另一个方向走去。

他去的不是长乐侯府，而是镇抚司衙门。

这一夜，他注定是不能早睡的。

辛柚回到温暖的屋子里，脱下散发着血腥味的衣裳泡进热气腾腾的浴桶中，手脚才渐渐回温。

小莲拿来干净衣物，又添了热水，却什么都没有问。

短短几个月，她经历的比以往十几年还多，她自然不再是白纸般单纯。她能感觉到，在拿回了她家姑娘的家财后，姑娘要专注做自己的事了。

"小莲。"辛柚轻轻地喊了一声。

"姑娘您说。"

浴桶中的少女肩头雪白，乌发如藻，热气蒸腾下嘴唇也有了血色。

"那些店铺需要自己人好好打理，你和方嬷嬷不如搬出书局，好好管那些铺子吧。"

小莲一听，变了脸色："姑娘，您要打发小莲走？"

辛柚没想到小莲反应这么大，拿起旁边的软巾一边擦头发一边道："那些铺子都是寇姑娘的，以后也是你和方嬷嬷安身立命的本钱，你早些上手才好。"

"不！"小莲连连摇头，"姑娘别赶婢子走。那些铺子让方嬷嬷打理吧，婢子只想跟着姑娘！"

辛柚起身，小莲忙替她裹上宽大的毯子。

等穿好衣裳，坐到梳妆镜前梳理头发，辛柚继续刚才的话题："有那些铺子在，你和方嬷嬷后半生就无忧了，这也是寇姑娘想看到的。"

小莲干脆跪了下去："婢子只想跟着您！"

"地上凉，快起来。"辛柚无奈地把人拉起来，吐露了几分打算，"接下来我要忙自己的事，可能有性命之忧，你留在书局恐受牵连……"

与胡掌柜这些人不同，小莲与方嬷嬷是她从少卿府带出来的，她若以寇姑娘的身份出事，很可能受牵连。

"婢子晓得，但跟着姑娘婢子觉得心安，就算受牵连婢子也不怕。"

辛柚还待再说，被小莲握住手腕。

"小莲已经失去了我家姑娘，不想再失去您了，求您了……"

她不想要什么富贵，只想守着她的两位姑娘。

辛柚沉默了一下，认真地问："不后悔？"

小莲用力地点头："不后悔！"

辛柚望着镜中风华正茂的少女，微微扬唇："好。"
原来再艰难的路，她也有同行者。

翌日天刚蒙蒙亮，常梁猛然坐起，大口大口地喘着气。
他下意识地环顾四周，入目是熟悉的家居摆设，熟悉的环境。
昨晚他见鬼了？
反应过来后，他立刻下床，里里外外地检查一遍。
他还记得女鬼眼角淌出血泪，落到地上。可什么都没有，没有任何女鬼来过的痕迹。
常梁用冷水洗了一把脸，往地上吐了一口唾沫。
他居然被鬼压床了，真是晦气！
常梁以为昨夜的一切是个噩梦，大清早冲了个澡去去晦气就去固昌伯府当值了。
固昌伯府有人忙碌有人清闲，与往日没有什么不同。
戴泽睡到日上三竿，洗漱吃喝后拖着大公鸡春花出去溜达，看到了眼下乌青的常梁。
本来常梁对戴泽来说只是伯府众多护卫中普普通通的一员，但有绕树三圈的事在先，他对这个护卫就印象深刻了。
"过来。"戴泽懒洋洋地招招手。
常梁有些意外，与一同当差的护卫对视一眼，快步走了过去。
"世子，您有什么吩咐？"
"你昨晚没睡觉吗？"
常梁愣了愣。
戴泽一指他眼下："你顶着大黑眼圈多吓人，自己知道吗？"
好不容易驱了邪气，他见不得这个！
"哦——"常梁没想到世子特意把他叫过来是因为这个，苦笑道，"世子慧眼，小的昨夜是没睡好。"
"怎么了？"戴泽随口问了一句。
常梁犹豫了一下。
戴泽冷哼："磨叽什么，问你呢？！"
常梁露出不好意思的神色："小的没睡好，是因为昨晚被鬼压床了。"
"鬼压床？"戴泽的眼睛一下子亮了，他又是害怕又是好奇，"快说说！"
常梁自然不会说出奉命杀人的事，只说梦到了女鬼，梦中动弹不得。
戴泽听得格外认真，并往后退了一步。
常梁："……"
"那你就这么当值来了？"
常梁听戴泽这么问，一时不知怎么回。
不然呢，因为他做了一个噩梦还可以告假吗？
"你这要驱邪啊。"戴泽抬手想拍拍常梁的肩膀，要碰上时又赶紧收了回去。

"驱邪？"常梁呆了呆。

"算了算了，你今天还是休息吧，明日——不，三天后再来当差。"

三天后，邪气也该散了吧？

常梁恍恍惚惚地走回同伴那里："兄弟，你掐我一下——嗷！"

"啊，掐重了吗？"

"不是做梦。"常梁疼得龇牙，心情却好极了，"世子给我放了三天假，回头你替我和队长说一声，我走了。"

"哎——"眼见常梁跑了，留下的护卫满眼妒羡之色。

常梁这小子不知道怎么搭上世子的，真是走了狗屎运。

戴泽没心思遛大公鸡了，风风火火地出了门，直奔青松书局。

"戴公子。"刘舟迎上来。

"你们东家呢？"

"东家没往前边来。"

"那你们去禀报一声，就说我找她有急事。"戴泽大大咧咧地往柜台边一坐。

刘舟喊了一声石头，石头小跑着去了东院。

辛柚今日也起得迟，精神头儿还有些不足，正吃着方嬷嬷特意下厨炖的甜粥。

辛柚听闻固昌伯世子来了，微微一怔，把雪白的汤匙放在白瓷碗上，然后漱口净手，穿上外衣去了前边。

"寇姑娘！"一见辛柚进来，戴泽就兴奋地喊了一声。

这个时候有三两个人正在买书，听到喊声纷纷看过来。

胡掌柜不由得黑了脸。

这个纨绔子有没有分寸，都定亲的人了，还表现得与东家这么热络，这不是败坏他们东家名声吗？

他再看辛柚，一脸淡定地请戴泽去待客室坐，对投来的那些目光完全无视。

胡掌柜点点头。

东家确实是做生意的料，大气！

辛柚心里其实没有表面这么云淡风轻。

她确定了固昌伯府与娘亲的死脱不了关系，再与固昌伯世子面对面，心情完全不同了。

她要用不小的毅力，才能压下杀意。

戴泽是固昌伯夫妇唯一的子嗣，如果他出了事，对固昌伯定然是沉重的打击。

面对这般诱惑，她很难不心动。

可理智还是阻止了她这么做。

固昌伯对娘亲下手，为的是淑妃和庆王，进而为了固昌伯府长久的风光。她杀了戴泽，影响不到淑妃和庆王，而那对母子才是娘亲之死的最大得利者。

至于戴泽，她不必对他出手，若是复仇顺利，身为固昌伯府的一员，他自然会得到应有的惩罚。

辛柚对戴泽露出一个微笑："戴公子来找我，有什么事吗？"

"寇姑娘，你还记得那个常梁吧？"

辛柚目光闪了闪，点头："记得。"

她昨晚十分仔细，应该不会留下什么痕迹，难道有疏忽的地方？不然怎么解释她昨晚才行动，今天戴泽就跑来说起常梁。

戴泽扫了门口一眼，压低声音神神秘秘地道："他昨晚被鬼压床了。"

辛柚看着戴泽的眼神有了异样。

说真的，她总忍不住怀疑戴泽是她派去固昌伯府的卧底。

"寇姑娘，你怎么这样看着我？"戴泽一惊，"莫非我又被那小子染上邪气了？"

他真应该弄死那晦气小子！

"不是。"辛柚默默地用指甲掐了掐手心。

她一直觉得自己算是沉稳冷静的，哪怕被贺大人发现身份有问题，都没现在这样险些管不住表情。

"那——"戴泽一个激灵，瞪大了眼。

不是他有问题，难不成是寇姑娘对他有意？

这可不行！

"咯咯。"戴泽一下子坐得端正，表情也严肃了，"我是有正事才来找寇姑娘的，嗯，我和你表姐定亲了……"

辛柚："……"

虽然这纨绔前言不搭后语，她居然诡异地明白了他的意思。

辛柚暗暗吸了一口气，淡淡地问："戴公子说说正事是什么。"

"我就是想问问寇姑娘，鬼压床需要驱邪气吗？对别人有影响不？"

"常梁是习武之人，阳气足，不需要特意做什么。"

"那我呢？"戴泽赶紧问。

辛柚深深地看他一眼，笑道："戴公子离他远些就是了。"

戴泽松了口气，安心地走了。

辛柚站在书局门口，目送戴泽远去。

鬼压床——常梁这么认为，她就彻底放心了。

"掌柜的。"辛柚的声音轻松起来。

"东家什么事？"

"下午不忙吧？"

胡掌柜笑道："东家有事尽管吩咐，书局这边暂时没多少事。"

等《西游》第一册出来，恐怕就要忙得脚不沾地了。

"那下午你和刘舟陪我出去一趟。"

胡掌柜沉得住气，没问出去干什么，刘舟好奇地问了一嘴。

"去看看我其他铺面。"

东家还有其他铺面？

胡掌柜与刘舟对视一眼，一下子有了危机感。

东家居然还有别的掌柜(大伙计)！

胡掌柜与刘舟没想到，东家除了他们还带了方嬷嬷和小莲。

"要坐车吗？"

停靠在路边的两辆马车让刘舟更惊讶了。

看来东家的铺子还挺远。

小莲扑哧一笑："当然要啦。"

十几个铺面呢，不坐车他们岂不要跑断腿？

小莲与方嬷嬷陪着辛柚上了停在前头的马车，胡掌柜与刘舟上了后面一辆。

"掌柜的，你猜东家那铺子是卖什么的？"

胡掌柜摇头："猜不到。"

"猜猜呗，反正闲着也是闲着。"

刘舟这话说出没多久，马车就停下了。

"马车坏了吗？"刘舟掀起车窗帘探头，就见小莲已从前头马车上下来了。

小莲看到探头的刘舟，纳闷儿地问："都到了，还愣着干什么？"

"到……到了？"刘舟放下车窗帘，看向胡掌柜："掌柜的，莫非在我不知道的时候我睡了一觉？"

胡掌柜没搭理胡说八道的小伙计，下了马车走到辛柚身边。

"东家，是哪家铺子？"

这铺子离书局挺近。

辛柚微微抬了抬下颌，笑道："这间酒肆。"

胡掌柜定睛一看，脸皮狠狠一抖。

东家的铺子居然是这家！

刘舟瞳孔震动："我说这家酒肆怎么还没关门，原来是东家的！"

东家有钱，赔得起。

"你们都来过这家酒肆？"

胡掌柜与刘舟齐声道："不敢来，不敢来。"

他们可是瞧见过因为难吃，食客与店家吵架的。

几个人在这里停留时间有些久，酒肆伙计不耐烦地道："要是不来吃酒，就麻烦让一让！"

刘舟怒了："你这伙计，怎么还赶客呢？你这个态度能有人来吃饭？没人吃饭，酒肆不得亏钱？"

他们亏的都是他们东家的钱！

伙计翻了个白眼："关你什么事？"

"你——"刘舟撸撸袖子。

辛柚向内走去，伙计又开了口："贵客留步，咱们饭点儿已经过了。"

小莲脸一沉："我们姑娘不是贵客，是你们东家！"

说话间，一行人已经走了进去，打盹儿的掌柜起了身，听见小莲的话打量辛柚。

这姑娘他有印象，前些日子在他们酒肆吃过饭。

"我是少卿府的表姑娘寇青青。"辛柚没有扮猪吃虎的打算，直接对酒肆掌柜道。

掌柜愣了愣。

辛柚挑眉："怎么，我舅舅没对你说，酒肆以后由我打理了？"

段少卿还真没说。

在他想来，铺子给了外甥女，她一时也没这么多精力和人手折腾，说不定等年底盘账前他就把铺子收回去了，没有说的必要。

"奶娘——"辛柚喊了一声。

方嬷嬷往衣袖里一摸，摸出一张房契，看一眼又塞回去了。

她拿错了。

她很快又拿出一张核对一下，看向辛柚。

"把房契给掌柜的看一看。"

胡掌柜与刘舟对视一眼，暗暗纳闷儿：方嬷嬷把书局的房契也带着了？

酒肆掌柜看过房契，一改懒散的模样："原来是新东家，小人失礼了。"

"掌柜的误会了，我不是新东家。"迎着几个人好奇的眼神，辛柚语气淡淡，"这铺子本来就是爹娘留给我的，先前我年纪小，请外祖家帮忙打理，等到我出阁再接手。外祖母与舅舅疼我，见我把书局打理得红红火火，就提前交还给我了。"

酒肆掌柜一脸震惊之色。

这酒肆居然是表姑娘的！

胡掌柜与刘舟的疑惑也解了：难怪东家带了书局房契出来，这是怕有人怀疑她的身份，用来证明呢。

"叫你们大厨出来。"

不多时一个三十来岁的男子走了出来。

辛柚看看厨子，再看看酒肆掌柜。

"掌柜的与大厨有些像呢。"

酒肆掌柜脸色微微变了一下，忙道："这是小人侄儿。"

辛柚也没评价，淡淡地道："走吧，去下一家。"

下一家？什么下一家？

胡掌柜与刘舟面面相觑。

早就得过辛柚吩咐的小莲笑盈盈地道："自然是下一家铺子啊，姑娘收回来的又不止这一间酒肆。"

胡掌柜与刘舟一脸震惊地往外走，酒肆伙计在掌柜的示意下悄悄地跟了出去。

一行人坐上马车行了不过一刻钟，又停下了。

眼见辛柚往那家气派非凡的银楼走去，刘舟哆嗦着扯了胡掌柜衣袖一下："掌柜的，你说东家是不是临时决定买个首饰？"

胡掌柜到底见的场面多，勉强镇定地道："东家闲逛不会带着咱们。"

"所以这银楼——"

胡掌柜点头。

二人神情恍惚地跟了进去，悄悄地跟在后面的酒肆伙计也吃了一惊。

与门可罗雀的酒肆不同，银楼有三层高，这个时候有不少客人来挑选首饰。

一见辛柚被簇拥着进来，立刻有打扮利落的伙计迎上来。

"姑娘要看什么首饰？咱们金的银的玉的，珍珠玛瑙珊瑚，但凡您想要的都有……"

刘舟警惕心大起。

这小子是个劲敌！

"我来看看银楼生意怎么样。"辛柚从容地道。

她没有刻意压低声音，立刻有不少人好奇地看过来。

银楼掌柜听着这话古怪，也走了过来，笑呵呵地道："姑娘有什么需要，可以对小人说。"

辛柚看了方嬷嬷一眼。方嬷嬷会意，从袖中摸出一张房契，看看不对，又摸出一张。

她又拿错了。

在许多道目光的注视下，方嬷嬷摸出一沓房契，翻找起来。

胡掌柜："……"

刘舟："……"

银楼众人："……"

"姑娘，在这里。"方嬷嬷抽出一张，把其他房契都收好。

"先给掌柜的过目。"

方嬷嬷把房契一亮，银楼掌柜看辛柚的眼神就变了。

客人的议论声响起："这是什么情况啊，兴宝楼换东家了？"

"不能吧？要是换了东家，怎么兴宝楼的掌柜一副不知情的样子？"

小莲扬声给大家解惑："没换没换，兴宝楼本来就是我们姑娘的，只是以前少卿府帮我们姑娘打理着。老夫人和大老爷特别疼我们姑娘，见姑娘把青松书局打理得好，就把这些铺子提前交给我们姑娘了……"

小丫鬟声音清脆，嘴皮子利落，很快就说清楚了。

于是随着一行人一家家铺子逛过来，跟着看热闹的人越来越多，越来越多……

没到第二天，少卿府的表姑娘坐拥十几家铺面的消息就传开了。

第十七章 醉 酒

酒肆茶馆中，人们都在议论这新出炉的八卦消息。

"听说了吗？少卿府段家的表姑娘寇姑娘，有十几家铺面！"

"十几家？不会吧？"

"这还能有假？昨日寇姑娘去巡视这些铺子，好多人亲眼瞧见了呢。东城的大银楼兴宝楼，北边的成衣铺，西城的茶楼……"

听一个记性特别好的人如数家珍般说出寇姑娘拥有的铺面，人们震惊了。

"寇姑娘竟有如此身家，恐怕宰相家的姑娘都没她有钱吧？"

谁要是娶了寇姑娘，岂不是三代无忧！

随着消息传开，这个念头在无数人心头滋生。

老夫人听出门采买的管事禀报了这个消息，当即就沉了脸，打发人去青松书局找辛柚。

这一日，书局生意猛然好了起来。

刘舟昨日让马车颠得屁股疼，趁着空隙有气无力地向胡掌柜抱怨："还以为今天能好好歇歇，怎么突然这么多人？"

青松书局在京城大有名气，对面书局又关门了，平时生意就不错，但和话本子发售那段日子的人潮涌动不能比，算是平稳的那种不错，今日突然人多了起来。

胡掌柜是明眼人，撩撩眼皮："恐怕是听说东家有那么多铺子，都好奇来看看的。"

说不定有些人还想引起东家的注意，做着娶回一座金山的美梦。

胡掌柜一想到这些人的心思，就生气。

怎么这么多人都来打东家的主意，就不能让东家好好做生意吗？！

少卿府来请辛柚的婆子就是在这种情况下挤到胡掌柜面前的。

"我是少卿府的，奉老夫人的命来请表姑娘回去一趟。"

不多时，辛柚得了消息，直接从东院出门，坐上了回少卿府的马车。

一进如意堂的门，辛柚就盈盈施礼："外祖母。"

老夫人一肚子不满，面上却没表露，笑着招呼她过来坐。

"青青，外头那些传闻是怎么回事？"

在今年以前，外孙女几乎没出过门，人们根本不会留意少卿府有位表姑娘。今年这丫头折腾出不小的动静，但孤女的身份也很难入大多数人家的眼。

可现在就不一样了，一个坐拥十几家店铺的小姑娘，父亲虽亡故，却是正儿八经科举入仕官至知府，出身没有拖后腿。谁家娶这么一个媳妇儿进门，妻族虽不能提供助力，可财富本身就是极大的助力了。

甚至小姑娘没有娘家撑腰，于某些人家来说还是好事。

老夫人可以想象，之后打外孙女主意的人要层出不穷，这对一心要把外孙女留在少卿府的她来说自然糟心。

"传闻？什么传闻？"

少女一脸茫然的样子令老夫人一滞，老夫人忍着怒火道："外头怎么都知道你有十几家铺面要打理了？"

辛柚一笑："外祖母原来是问这个。您也知道，我手上没多少可用的人，我看书局掌柜是个忠心可靠的，就带他去了解一下那些铺子，好让他替我分担一二。没想到好奇的人这么多，还把这当新鲜事了。"

入冬了，闲下来的人多了，八卦消息果然传得更快些。

老夫人皱眉："财帛动人心，这种消息传得沸沸扬扬的，对你没好处。"

辛柚抿抿唇，乖巧地说："怎么会没好处？人们都在夸外祖母和舅舅疼我，少卿府厚道呢。青青得了财物，少卿府得了名声，我觉得还不错，外祖母难道不觉得吗？"

老夫人一时无言以对，抖了抖唇道："外祖母是担心有人打你的主意。"

辛柚莞尔而笑："那您放心，前些日子书局又雇了许多护卫，锦麟卫的贺大人对我也多有关照。别人想打我的主意，也没那么容易。"

锦麟卫，又是锦麟卫！

老夫人心中恼火，却不好表露，但有一点不得不承认，这个消息一出，倒是如外孙女所说不少人开始夸少卿府厚道了。

"那你也要机警些，就算安全上无虞，也要提防一些心思不正的人刻意接近……"

辛柚听完，柔顺地点头："多谢外祖母提醒，青青知道了。"

如今的老夫人可不相信外孙女是真乖巧，毕竟之前要钱的情景还历历在目。

老太太也露出个慈爱的笑容："你能听进去就好。"

等辛柚离开后，老夫人问送信的婆子青松书局的情况。

"表姑娘真是了不得，书局里人挤人，险些把老奴的鞋子踩掉了……"不知表姑娘已与大老爷撕破脸的婆子滔滔不绝地说起来。

老夫人听了，又是欣慰，又是忧心。

405

欣慰的是外孙女能把书局经营得这么好，打理家业的能力必然不差；忧心的是若不能把人留在家里，那她的损失就大了。

老夫人派心腹去国子监给段云朗传话。

段云朗接到信儿跑到国子监门口。

"云嬷嬷，家里有什么事啊？"

心腹婆子名叫红云，少卿府上下都称她云嬷嬷。

"二公子可听说了表姑娘的事？"

"青表妹？"段云朗摇头，"青表妹怎么了？"

关在国子监读书的学生们，消息来源一是放假回家的时候，二是平日中午或傍晚可以出去买东西的时候。

现在才第二日，寇姑娘坐拥十几家铺子的消息还没在国子监彻底传开。

云嬷嬷把情况说了，传达老夫人的话："老夫人担心一些人为了钱财刻意接近表姑娘，让二公子看着点儿。"

段云朗没多想，毫不犹豫地应了："让祖母放心吧，我会留意的，定不会让青表妹被人骗了。"

等到傍晚，几个同窗约段云朗出去买纸笔，段云朗警惕起来。

"买纸笔？去哪儿买纸笔？"

"当然是青松书局啊。"

"买纸笔为什么去青松书局？咱们国子监不就有吗？"

孟斐伸手摸摸段云朗的额头："云朗，你没发烧吧？咱们以前不也去外头买纸笔吗？"

"可外头的纸笔没咱们国子监里的好啊！"段云朗看着几个年龄相仿的同窗，做最后的挣扎。

这几个小子眉清目秀的，表妹万一被迷惑了可怎么办？！

包括孟斐在内的几个同窗异口同声："可是外头的便宜啊。"

段云朗绝望地看着孟斐。

老孟啊，你还记得你祖父是国子监祭酒吗？

段云朗没拗过几人，只好一起去青松书局。

"人真多啊。"一个同窗感慨道。

"云朗，莫非青松书局推出新话本了？"

"没有，上次见表妹，还听她说腊月才出呢。"

"买个纸笔还排队，要不明日再来吧。"

一人提议后，大家纷纷赞同，但已经出来了，干脆去不远处的小酒馆吃一顿。

"你们先去，我去和我表妹打个招呼。"段云朗暗松一口气，进了书局。

"掌柜的，今天好多人啊。"段云朗挤到胡掌柜面前，感叹一句。

胡掌柜对段云朗比段云辰印象好多了，笑问："表公子来找我们东家？"

"是啊。"

"表公子要是有要紧事，不如直接去东院那边让门人通传一声。"胡掌柜压低声音，"书局这边人多，东家来了也不方便招待您。"

"那算了，我只是出来顺便和表妹打个招呼，掌柜的你们忙。"

段云朗摆摆手离开，走出书局门口险些和一个年轻人撞上。

"抱歉——"段云朗看清那人的模样，眉头一拧。

这不是青松书局原来的东家嘛！

这小子不是东西，恶意抬价把书局卖给了表妹！

青松书局的原东家沈宁也是认识这位少卿府二公子的，微笑着说没事，抬脚走了进去。

段云朗撇撇嘴，去与同窗们会合，刚踏进酒馆就发现几位同窗看他的眼神有些异样。

"怎么了？"

一位同窗语气兴奋："云朗，你表妹竟然有十几家铺子！"

段云朗警惕心大起："你怎么知道的？"

孟斐笑道："我们从进了酒馆就听人在说了。"

段云朗竖起耳朵一听，脸都黑了："这些人好无聊。"

孟斐当着其他人的面没说什么，回国子监的路上落后几步与段云朗走在一起，似笑非笑地提醒一句："云朗，令妹能开好这么大一家书局，是个聪明人，你就不要太操心了。"

少卿府厚道这种话也就哄哄小老百姓，寇姑娘与外祖家真要其乐融融，怎么会如此高调地把身家抖出来？

孟斐这般想着，同情地看了段云朗一眼。

也就这位傻同窗，还单纯得像个孩子。

正如孟斐所想的这般，段少卿听说后气得踢飞了一个小杌子。

外甥女的这些财富摆到了明面上，她近期要是出什么意外，就容易让人多心了。

他只好按捺住蠢蠢欲动的杀心，每日无事人一般上衙下衙，还要应付不少人对外甥女或委婉或直接的打探。

老夫人那边，也陆续收到了一些夫人的帖子。

而青松书局暴增的客流在身穿官服的贺清宵带着几个手下来逛了之后，终于有所减少。

辛柚为此请他吃饭。

贺清宵本欲推辞，听说就在寇姑娘的酒肆，才应了下来。

酒肆里掌柜与伙计都没有换，只换了大厨，添了一个帮厨，一个跑堂。

厨子是辛柚听青松书局的原东家沈宁的推荐砸钱请来的，手艺很是不错，寻常菜品也做得色香味俱全。

许是这几日寇姑娘拥有的十几家铺子被人反复提起，这家门可罗雀的酒肆居然有不少出于好奇来吃饭的，然后发现味道不错价格也实惠，算是把客留住了。

辛柚与贺清宵来的时候，大堂里就有三桌人正在吃饭。

酒肆的伙计一声东家，七八双眼睛齐刷刷地看过来。

贺清宵脚下一顿，眼里藏着几分担忧之色。

寇姑娘正处在人们热议的中心，他们一起来吃饭若是被传开，很可能生出一些闲言来。

他再看辛柚，她淡淡地对伙计点点头，大大方方地提出去雅间。

酒肆总共只有两个雅间，这时候都是空着的，二人进了其中一间，点了菜。

等上菜的工夫，贺清宵啜一口茶，把担忧说出来。

辛柚听了，扑哧一笑："贺大人担心我的名声？我要这个干什么，贺大人该不会以为我还会顶着寇姑娘的身份嫁人吧？"

她要的，只是为娘亲讨回公道，让害娘亲的人得到应有的惩罚。

至于其他——到时候她的命还在不在都是未知，其他对她来说太奢侈了。

辛柚深深地看了对面的男人一眼。

"说起来，还是我赚了。"

贺清宵看着笑意盈盈的少女，面露不解之色。

"别人知道我与贺大人交好，至少能避免一些不必要的麻烦和不必要的人。"

她提起茶壶，给贺清宵面前的杯子添上水。

"所以贺大人就不要在意这些了。"辛柚说到这儿，提着茶壶的手一顿，她反应过来，"这样是不是有损贺大人的清誉，影响贺大人将来娶妻？"

这件事是她思虑不周，因为大多数人对锦麟卫避之不及，她就下意识地以为他不在乎名声这种东西。

"娶妻"二字如飞起的火星，落在贺清宵的面上。贺清宵从不觉得自己是脸皮薄的人，此刻却清楚地感受到迅速发烫的脸。

他想，他一定脸红了。

辛柚放下茶壶，垂眸抿了一口茶。

她明明说的是正儿八经的话，贺大人这个反应，倒像是她成了登徒子……

又穷，又爱害羞，他是怎么当上锦麟卫镇抚使的？

贺清宵轻咳了一声，面上恢复如常："寇姑娘多虑了，我没有娶妻的打算。"

"娶妻"两个字他在她面前说出来，莫名其妙地就裹着热度，热度之下又是说不清的涩然。

贺清宵不愿深想，这是为什么。

辛柚则因为他的话，意外扬眉："贺大人不准备成家？"

"嗯。"

辛柚能看出来，贺大人这话是认真的。

她不是好奇心强的人，这一刻却很想问问为什么。

"上菜喽。"雅室外，传来伙计的喊声。

很快伙计端着托盘走进来，把几盘菜一一摆在桌上。

饭菜的香气驱散了先前的气氛，辛柚仿佛忘了刚才的好奇心，扮好东道主的角色。

"贺大人喝酒吗？"

"喝茶就好，下午衙里还有事。"贺清宵婉拒。

直觉告诉他，在她面前最好保持绝对的理智。

辛柚没有多劝，夹了一筷子红油肚丝，却在看向对面的人时停住了。

一幅画面突兀地在她面前展开，画面中的正是眼前人，以及二皇子庆王。

庆王抓起酒杯砸过去，贺清宵没有躲。

酒杯砸中他的额头，鲜血瞬间淌下来。

"寇姑娘？"

"哦，贺大人吃菜。"辛柚顺手把夹起的红油肚丝放入贺清宵的碗中，随后才反应过来这个举动有些太亲昵了。

好在她才动筷子。

"多谢。"贺清宵面上从容道谢，心头却微微一动。

辛柚借喝茶的间隙，仔细回想刚刚的画面。

那好像是在宴会上，规模还不小，因为时间太短，再多线索就没有了。

辛柚看向对面的人。

或许是因为不赶时间，他吃饭的速度不快，因而显得优雅自在。

哦，他好像不太自在了……

贺清宵确实有些不自在。

任谁吃饭时被心中在意的人这么盯着，也很难自在起来。

"寇姑娘是不是还有事要说？"他干脆放下筷子，温润清透的眼睛看着她。

辛柚犹豫一下，还是忍不住道："贺大人近来恐有血光之灾。"

虽然之前看到他有血光之灾的画面，最终都被他避开，她的提醒或许不必要。

可万一呢？

辛柚不想自欺欺人，她不愿看到他受伤，特别是与皇子起冲突。

"血光之灾——"贺清宵认真求教，"那我需要注意什么吗？"

他态度这般端正，反而令辛柚觉得怪怪的。

"近日若有宴会，贺大人最好避开。"

辛柚才提醒过贺清宵，等回到书局就收到一张请帖。

素雅精美的帖子，来自长公主府。

昭阳长公主马上要办四十岁生辰宴，特邀寇姑娘赴宴。

一手按在请帖上，辛柚就想到了贺清宵。

昭阳长公主的生辰宴，她会给他下帖子吗？

如果下了帖子，那画面中的情景应该就是发生在这场宴会上吧？

贺清宵与辛柚分别后回了衙门，等下衙回到长乐侯府，确实收到了长公主府的请帖。

辛柚的那番话，自然又被他想起。

寇姑娘还真是神机妙算。

这一刻，贺清宵突然很好奇她是怎样长大的。

还有……她到底是谁……

贺清宵盯着帖子出了一会儿神，吩咐下人替他准备要赴宴的衣裳。

有些宴请，他是避不开的。

这一日，收到长公主府帖子的还有不少府上，各府都很重视，早早地为赴宴做准备。

辛柚接下来几日没怎么出门，窝在暖阁里默写《西游》后面的故事。

时间很快就到了赴宴这一日。

天冷得厉害，如刀的寒风里夹杂着雪粒子，吹到人脸上别提多难受。

小莲挑了一件格外厚实的雪狐毛斗篷，替辛柚遮得严严实实，还往她手里塞了一个暖暖的手炉子。

"你也多穿点儿。"辛柚叮嘱。

"婢子不冷。"小莲跺跺脚，去踩地上薄薄一层雪霜，整个人都透着生机勃勃的劲儿。

在她看来，姑娘帮她家小姐拿回了大半家财，还让大老爷休了大太太，算是为枉死的小姐报了仇，因而心情一下子轻松了。

二人上了马车，往长公主府而去。

长公主府的人早早地等候在门口，迎接宾客们的到来。

辛柚下了马车，那位曾去过少卿府的管事姑姑立刻走过来。

"寇姑娘来了。"

辛柚微微屈膝："刘姑姑。"

"寇姑娘快请进，长公主殿下一直惦记着你呢。"

刘姑姑这番话落到在场的宾客耳中，其中一些人看向辛柚的目光越发热切了。

辛柚出身官宦之家，虽父母双亡，却得了长公主青眼，更有财富傍身，这条件就很让人心动了。

长公主邀请的宾客以女眷居多，不少人当即决定找机会与寇姑娘聊几句。

辛柚随刘姑姑去见了昭阳长公主。

"见过长公主殿下。"

没等昭阳长公主开口，在她身边的女童就奔了过来，亲热地拉住辛柚的手："寇姐姐，好久没见你啦。"

之前如惊弓之鸟的小姑娘，现在看起来已完全恢复了活泼的本性。

"孔姑娘最近可好？"辛柚笑着问。

她没有刻意放柔声音，对孔芙的态度如对同龄人差不多，这反而令孔芙觉得新鲜又舒适，只觉得眼前的姐姐更亲近了。

"母亲，我能不能带寇姐姐去看看小山猪？"

昭阳长公主一脸无奈之色："你可以带寇姑娘去梅园走走。"

离午宴还有一段时间，先来的宾客要么凑在一起喝茶联络感情，要么在长公主府特意为宾客开放的地方散散步。

"可是去梅园不如看小山猪有意思啊。"孔芙抬头问辛柚，"寇姐姐，你想去哪儿呀？"

辛柚一笑："我也想看看小山猪。"

看样子孔姑娘是彻底摆脱山猪的阴影了，这让她也感到高兴。

昭阳长公主见辛柚愿意，自然不会阻拦。

孔芙一路挽着辛柚的胳膊，直奔西园。

小猪崽一共有四只，说是小山猪，看个头早已与可爱没什么关系了。

孔芙也没有靠近，隔着栅栏向辛柚介绍四只山猪的名字："那只叫白大，那只叫白二……"

"因为白露山生的吗？"

孔芙笑弯了眼："寇姐姐真聪明！"

看了一会儿山猪，孔芙带辛柚去梅园玩。

长公主府的梅林占地不小，此时还不到梅花花期，倒是有不少蜡梅开得满树金黄，黄灿灿的如展翅的蝴蝶。

辛柚与孔芙是从西园过来的，与直接来梅林的宾客不同，是另一端进去的。

二人才走没多久，就见一对年轻男女往这边走来。

其中男子是大皇子秀王，走在他身边的少女身姿如柳，十分貌美。

秀王也看到了辛柚二人，加快脚步走过来，先向孔芙打了招呼："芙儿怎么在这里？"

随后视线落在辛柚面上，他含笑点头。

辛柚屈了屈膝："秀王殿下。"

"寇姑娘不必多礼。"

"大表哥、璇表姐，你们一起来的吗？"

辛柚看向被孔芙称为"璇表姐"的少女。

这么看，这位与她年纪差不多的姑娘应该就是大公主了。

先前贺清宵提醒她不要得罪庆王时，曾细说了宫中的皇子，对公主却没提起。

"我们也是遇上的。"秀王先向少女介绍辛柚："这位是寇姑娘，不知妹妹听没听说过，先前芙儿遇险幸亏被寇姑娘所救，畅销京城的话本子《画皮》也是寇姑娘的书局发售的……"

少女带着几分好奇，看向辛柚。

辛柚向璇公主行礼："见过公主殿下。"

璇公主垂了眼，声音也如她的人一般纤细："寇姑娘不必多礼。"

再然后，璇公主就没有别的话了。

秀王笑着问孔芙："芙儿怎么从这边来？"

"我带寇姐姐去看小山猪了。"

秀王不由得看了辛柚一眼，语气越发温和："天太冷，你和寇姑娘早些回室内吧。"

"大表哥和璇表姐回吗？"孔芙顺口问道。

秀王侧头："璇儿回去吗？"

璇公主微微点头。

秀王对孔芙和辛柚露出一个笑容："那一起回吧。"

天冷，在外散步的大都是各府随着长辈来的年轻人，见到秀王一行人纷纷问好，好奇的目光直往辛柚身上落。

等几个人走过去，悄悄的议论声就多了。

"那是寇姑娘吧？她怎么与秀王和璇公主走在一起了？"

"是因为救了孔姑娘吧，我看孔姑娘一直走在寇姑娘身边，瞧着倒是比对璇公主还亲近些。"

"寇姑娘还真是有运道。"

想想风生水起的青松书局，想想遍布京城的十几家铺子，再想想打入的皇家圈子，这些含着金汤匙长大的少年男女也不免生出羡慕来。

辛柚是在进门处遇到庆王的。

庆王一眼扫过几个人，走向秀王："大哥来得早啊，这是一起去逛梅园了？"

"只是凑巧碰上的。"秀王对庆王的态度客客气气。

辛柚默默地看着，心道秀王果然是被皇帝冷待的那一个，不然庆王态度不会如此随意。

这种随意，不是相熟的人之间让人自在的随意，而是高高在上的不当回事。

庆王对秀王如此，对璇公主也如此。

在庆王略过璇公主对辛柚说话时，她这般想。

"寇姑娘也来了。"

"庆王殿下。"

庆王似笑非笑地打量着神色从容的少女，心生不满。

他向来厌恶看不清自己身份的人。

这丫头长得像他那个姑姑，还给母妃添堵，难不成以为不卑不亢，就能如话本故事中那般让皇亲贵胄另眼相看？

这个想法真是可笑。

辛柚不是愚钝之人，隐隐觉出庆王对她的恶意不小。

正在这时，她就听孔芙开了口："贺大哥。"

几个人齐齐地看过去，就见贺清宵大步走了过来。

他今日穿了一件沙青色长袍，外罩玄色大氅。墨色翻飞，雪霜一地，明明不算出众的穿戴，却让人移不开眼睛。

贺清宵看到孔芙身边的辛柚，面上没有一丝变化，他却莫名其妙地有些心虚。

寇姑娘提醒过他，让他避开近日的宴请。

不过他也想过，长公主府应该会请寇姑娘。

"见过三位殿下。"贺清宵向两位皇子、一位公主见了礼，含笑回应了孔芙，再冲辛柚颔首："寇姑娘。"

辛柚将视线落在他大氅内的沙青色衣袍上，确定了出事的场景就在今日。

"贺大人。"辛柚回了礼，余光扫向庆王。

贺大人是个沉得住气的人，究竟发生了什么，会激怒这位王爷呢？

又一道声音响起："大表哥、二表弟，你们怎么都站在这里不进去？"

孔芙声音欢快地说："大哥。"

静安侯孔瑞走了过来，牵起孔芙的手："外头冷，先进去吧。"

这个时候，宾客来得差不多了，按照高低亲疏分了几个厅入席。

辛柚没想到她竟然被安排与璇公主同桌，另有几位少女都是不认识的。

几个少女之间显然是熟悉的，与璇公主打过招呼，便把注意力放在了辛柚身上。

"你就是寇姑娘吗？"一位红衣少女眼里闪着好奇之色。

辛柚大大方方地回应："我是。"

"听说你有好多铺子，是真的吗？"

"好多谈不上，只有十几个。"

"原来真有啊！"

另一个穿杏色小袄的少女则兴致勃勃地问起松龄先生："松龄先生的新书什么时候发售啊？松龄先生多大年纪？样貌如何？"

一串问题砸过来，辛柚只回答了一个："松龄先生的新话本暂定在腊月初发售。"

问了想问的，几个少女收回放在辛柚身上的注意力，自顾自地谈笑起来。

一桌上，登时显得辛柚与璇公主孤零零的。

辛柚不以为意，默默地吃菜。

她早就看出来，刚刚这几个贵女不是真热情，只是觉得稀奇罢了。

酒过三巡，几处宴客厅的气氛热闹起来。

庆王喝了不少酒，有了几分醉意，一拍孔瑞的肩膀："今日这种场合还请了寇姑娘，看来姑母对寇姑娘很看重啊。"

孔瑞忍着肢体接触的不适，淡淡地道："母亲对芙儿的救命恩人当然看重。"

庆王一挑眉:"要这么说,我也该向寇姑娘道声谢。"

他说着,端起桌上的酒杯便往外走。

孔瑞心知庆王喜怒无常,忙追了过去。

绕过一排锦绣屏风,庆王一眼就瞧见了静静端坐的辛柚。

几个贵女也看到了庆王,说笑声顿止。

庆王举着酒杯走过来,对其他贵女的行礼视而不见,视线落在辛柚的面上。

"今日借着姑母生辰宴的机会,小王要敬寇姑娘一杯。"

这话一说出口,众人吃惊地看向辛柚。

辛柚露出疑惑的表情:"民女不敢当,庆王殿下折杀民女了。"

"怎么会不敢当?没有寇姑娘,小王的表妹就会受伤,表弟戴泽犯的错就更大了。寇姑娘这是帮了小王两个亲人呢,今日这杯酒,寇姑娘可不要推辞。"

庆王招来侍女,从托盘上拿起一杯酒递过去。

辛柚这一桌也摆着酒,是适合女子喝的果子酒,而庆王递过来的却是烈酒。

在场的人看看庆王,看看辛柚,知道有热闹瞧了。

"二表弟,我看寇姑娘杯中有酒——"

庆王带着几分酒劲儿打断孔瑞的话:"表哥要是想敬寇姑娘,等我敬完再说。"

孔瑞的眼神沉了沉,他碍于母亲的生辰宴,不好跟庆王起争执。

辛柚不太明白庆王跑到她面前耍酒疯的意义,一眼瞥见了走来的贺清宵。

先前的画面在她的脑海中闪现。

原来,画面中的情景发生在这时。

辛柚接过庆王递来的酒,一口喝了下去。

她喝得如此痛快,不只庆王一愣,看到这一幕的人都感到意外。

贺清宵脚下一顿。

他是因为发现庆王为难辛柚,忍不住过来的,现在看辛柚爽快地把酒喝下,便静观其变。

庆王见辛柚毫不犹豫地饮下一杯烈酒,眼中闪过意外之色,随后他又从侍女端着的托盘上拿起一杯酒,笑吟吟地道:"刚刚那一杯,是感谢寇姑娘救了小王的表妹,这一杯是替小王表弟敬的。"

他还有敬酒?辛柚微微一挑眉。

她的反应令庆王唇边的笑意加深:"寇姑娘可要给小王这个道谢的机会。"

余光瞥见贺清宵皱眉,辛柚心头一跳。

她可不想成为贺大人与庆王起冲突的导火索。

素手伸出,她拿起托盘上的酒杯,与庆王手中酒杯轻轻相碰:"庆王殿下太客气了。"

庆王眼睁睁地看着辛柚微微仰头把酒喝下,也喝下杯中酒,又端起一杯:"这一杯,是小王敬寇姑娘的,还没谢过寇姑娘的赠书之举。"

赠书？什么赠书？不少人听到这话，眼里的好奇快要盛不下了。

辛柚一笑，把第三杯酒喝下。

她这般干脆，以至庆王一时卡了壳。

到这时，大家都能看出庆王在为难寇姑娘了。毕竟寇姑娘又不是男人，哪儿有通过不断敬酒来感谢一个小姑娘的。

而寇姑娘的表现就太让人惊讶了，她一连喝了三杯酒竟然面不改色。

而就在庆王脑子飞转想着敬第四杯酒的理由时，辛柚手一抬，招来一名端着托盘的侍女。

新来的侍女托盘上摆着六杯斟满的酒。

辛柚端起酒杯，面带微笑地看向庆王："民女也该敬庆王殿下一杯，感谢殿下屈尊去我的书局，令小店蓬荜生辉。"

庆王眼里的惊讶之色更深。

她居然主动敬他？

与那平静如水的眸子对视，庆王觉得自己被挑衅了，恼火极了。

"寇姑娘客气。"

酒杯相碰，发出清脆的声响。

"再敬庆王殿下……"

一杯又一杯，身为主家的静安侯孔瑞已经从一开始的想阻拦到后来的震惊，最后是恍惚。

而准备走过来又在辛柚眼神阻止后留在原地的贺清宵，也陷入了茫然。

寇姑娘为什么会与庆王拼酒？

想一想寇姑娘说他宴会上会有血光之灾的话，贺清宵深刻怀疑该不会是寇姑娘喝醉了没控制住与庆王打起来，他去拉偏架才挂彩的吧？

至于其他人，就更是大受震撼了。

他们是在做梦吗？不然他们怎么会看到二皇子庆王殿下与青松书局的东家寇姑娘拼酒这么离谱儿的情景？

场面越来越安静，酒已不知喝了多少杯，少女的声音始终平稳淡然："民女再敬殿下一杯。"

"好……"庆王手一抖，酒杯掉了下去，摔在地上发出令人心惊的声响。

庆王身体一歪往旁边倒去，幸亏孔瑞手疾眼快地把他扶住。

"抱歉，我先带庆王殿下去更衣。"

孔瑞把醉得不省人事的庆王拖走了。

辛柚面无表情地望着庆王离去的方向，眼中藏着冷意。

庆王这点儿酒量竟然敢来灌酒，这是她想不到的。

在场的人呆了许久，齐齐地看向辛柚。

辛柚淡定地坐了下去，夹了一筷子菜吃下，微微皱眉。

她这一皱眉，早就被她拼酒的气势镇住的一名贵女小心翼翼地问："寇姑娘，怎么了？"

辛柚抬眼看向问话的贵女，好脾气地笑笑："没什么，发现菜冷了。"

众人的表情都是不可思议。

您刚刚撂倒了庆王，就关心这个？

昭阳长公主是在宴席散了，才从孔瑞口中知道庆王与寇姑娘拼酒的详情。

"瑞儿，母亲对你就一个要求。"

"母亲您说。"

"我太喜欢寇姑娘的性子了，你努力把她娶回来给我当儿媳！"

孔瑞呆了呆，脸一下子红了。

母亲难道也喝多了，这种话是随便说的吗？

昭阳长公主当然没喝多，整个人却被一种不知名的情绪填满了，这让她显得有些兴奋："面对身份与自己有云泥之别的皇子，不但没被为难住，还反打了对方的脸，再没有比寇姑娘更适合当我儿媳的人了。瑞儿，你可要争气啊！"

昭阳长公主只要一想到庆王那小崽子跑去恶心人，反而被人家小姑娘灌成了死狗被拖走，就觉得痛快。

孔瑞涨红了脸："母亲，您劳累了大半日，早点儿休息吧。"

"我不累。"昭阳长公主睨儿子一眼，"母亲说的话，你听进去了没有？"

孔瑞试探着提议："您要真的很喜欢寇姑娘，要不认她当义女？"

"嗯？"昭阳长公主挑眉。

臭小子这是对寇姑娘没意思？

孔瑞乘机表明："在儿子眼里，寇姑娘和芙儿一样。"

任谁面对一个与母亲长得像的姑娘，也生不出别的心思啊。

昭阳长公主吃过险些被强行嫁给土财主的苦，倒没有强迫儿子的意思，只嘀咕了一句"没眼光"。

至于认寇姑娘为义女，她暂时没有这个打算，不然以后儿子开窍了就尴尬了。

昭阳长公主决定让儿子与寇姑娘的事顺其自然，想着庆王对寇姑娘的为难，若有所思。

难道之前她想错了，固昌伯的侄女婿寻寇姑娘麻烦，不是因为固昌伯府，而是……淑妃？

她可不认为庆王那个目空一切的狼崽子会为了他表弟在她的生辰宴上闹事。

寇姑娘又是怎么得罪淑妃的呢？

昭阳长公主心中生出深深的疑惑。

宴席散后，贺清宵并不放心，远远地跟在辛柚的马车后边。

马车中，小莲试探着问："姑娘，宴席上是不是发生什么事了？"

参加宴会的人带来的下人另有安置之处，开宴时是不在场的。

416

辛柚用因喝了不少酒而显得有些失神的眸子看过去："怎么？"

"出来时，婢子发觉不少人悄悄看您，还有——"小莲顿了一下，眼里透出关心之色，"您好像喝了不少酒。"

这样浓郁的酒气，可不像是果子酒。

"确实发生了一点儿小事。"

辛柚闭闭眼，虽然没有大部分人醉酒的种种反应，实则并非表面这么冷静："小莲，你掀开车窗帘往后看看。"

小莲愣了愣。

靠着车壁的少女轻轻一笑："我觉得贺大人会在后边。"

小莲："……"

小莲第一个反应，就是姑娘喝醉了。

但这些日子她对辛柚的崇拜已深入骨髓，动作比反应还要快一步，伸手掀开了车窗帘。

小莲把棉布车窗帘一掀，凛冽的风卷着细细的雪粒子就吹了进来。

小莲探出头向后一看，猛然放下车窗帘："姑娘，贺大人真的在后边！"

姑娘还是那么料事如神，她居然怀疑姑娘喝醉了，真是罪过啊。

靠着车壁的少女闻言一笑："让车夫停车。"

小莲又愣了一下。

姑娘这是要让贺大人知道她们知道他在后边跟着？可她看贺大人离马车的距离，似乎没有让姑娘知道的意思。

这样不会有点儿尴尬吗？

小莲又忍不住生出姑娘喝多了的怀疑，端详辛柚的脸色。

少女生了一张鹅蛋脸，白皙干净，看起来和往日并无多少区别。

是她多心了。

小莲清清嗓子，扬声喊车夫："把车停一下。"

马车很快停了下来。

远远骑着马跟在后边的贺清宵看到马车停下，眼里有了疑惑之色。

他自然看到了探头往后看的小莲了，被发现的那一刻倒是没觉得什么，因为他知道寇姑娘是那种坦荡大方的女子，不会生出误会来。

可马车停下在他意料之外。

他再想到辛柚在宴席上喝了不少烈酒，疑惑就转为了担忧。

莫非寇姑娘有什么不妥？

这个念头升起，贺清宵一夹马腹，几个呼吸间就赶到了马车旁。

辛柚闭着眼，微微动了动耳尖："马蹄声停了。"

小莲不知怎的有些紧张，压低声音提醒："姑娘，肯定是贺大人过来了！"

辛柚往她这边挪了挪，一把掀开了车窗帘。

417

小莲默默地往旁边移了移。

看到辛柚，贺清宵松口气，问道："寇姑娘需要帮忙吗？"

辛柚摇摇头："不需要。"

贺清宵就不知道说什么了。

非亲非故，他跟在人家姑娘马车后边本就不大合适，现在人家不需要帮忙，他总不能一路走在马车旁闲聊。

短暂沉默后，贺清宵开口："寇姑娘今日喝了不少酒，还是把帘子放下吧，免得吹了冷风着凉。"

"着凉？"这两个字提醒了辛柚，"贺大人要不要坐车回去？"

淡定如贺清宵，此刻都呆了呆，目光茫然地落在停在眼前的青帏马车上。

小莲更是瞳孔地震，以为自己听错了。

她说让贺大人坐车？贺大人坐什么车？他坐谁的车？

很快她就知道坐谁的车了，就听辛柚笑呵呵地道："我车子里还能坐人。"

贺清宵嘴角控制不住地抽了一下，他确定了：寇姑娘喝醉了。

面对喝醉的人他还能怎么办，只能好言哄着。

"多谢寇姑娘好意，我喝了酒有些热，骑马就好。寇姑娘把帘子放下吧，早些回家。"

"哦。"辛柚放下了车窗帘。

贺清宵暗暗松了口气。

还好寇姑娘不是那种喝醉后胡搅蛮缠的人，甚至听话得有些……可爱。

贺清宵后知后觉地反应过来自己的想法，脸一热，他暗道莫非他也喝多了？

很快车窗帘又掀起一角，小莲替辛柚说着场面话："打扰贺大人了，我们走了。"

"照顾好寇姑娘。"

还没等小莲回应，一个脑袋又挤了过来："贺大人，我想起来了，我还有正事说。"

贺清宵担心辛柚在小莲和车夫面前说出什么不该说的话，毕竟她的秘密太多了，稍一犹豫道："那等到了书局再说吧。"

"好。"辛柚坐回去，靠着车壁闭上了眼。

小莲尴尬地冲贺清宵笑笑，飞快地放下了车窗帘。

"姑娘？"

喊了一声发现辛柚没反应，小莲拍了拍额头。

原来姑娘真喝多了！

发现这一点，小莲反而更佩服了。

姑娘喝醉了都面不改色，真是厉害啊！

辛柚这辆马车花了不少钱，宽大舒适，也没那么晃，一路舒舒服服地到了青松书局。

马车停下后，小莲悄悄卷起车窗帘一角，发现贺大人还在，赶紧喊辛柚："姑娘，

· 418 ·

书局到了。"
　　她本以为喝多的人很难喊醒，没想到才喊了这么一声，闭目似乎睡得沉沉的少女就睁开了眼睛。
　　"到了吗？"
　　"到了，贺大人还在等您呢。"
　　辛柚眨眨眼，就要往车厢外走，小莲赶紧把人扶住。
　　贺清宵也下了马，等辛柚走向书局，默默地跟在后边。
　　"东家，您不是去赴宴了吗？"以为来了客人的刘舟见辛柚走进来，纳闷儿地问了一句。
　　"回来了。我和贺大人有正事要谈，准备一壶好茶，还有杨大嫂做的点心……"辛柚交代一通。
　　刘舟往后看了一眼走进来的贺清宵，有些奇怪。
　　东家今日话很多啊，难不成是宴会上喝多了？
　　小伙计再看辛柚白白净净的小脸，清清爽爽的语调，他默默地打消了怀疑。
　　喝多的人可不是这样的。
　　辛柚侧头看一眼贺清宵，等他走近，抬脚进了待客室。
　　贺清宵以往进过这间待客室很多次，或许是辛柚磊落的态度，从没觉得拘束，这一次却觉得有些迈不动脚。
　　小莲默默地看着，倒是很能理解。
　　贺大人这是被姑娘邀请同乘一车的言语吓住了吧？
　　刘舟可不知道这么多，见贺清宵走得慢，催促一声："贺大人？"
　　贺大人怎么能让他们东家等着呢！
　　贺清宵收敛了乱七八糟的情绪，走进去。
　　刘舟很快端来茶水点心，退了出去。
　　待客室中只剩他们二人。
　　贵女出门都很讲究，吃喝后哪怕在主人家不方便，回去的马车上也会漱口净手，辛柚自然也是如此，可还是挡不住呼出的气息满是酒气。
　　贺清宵端坐着，也不知这酒气是他的，还是她的。这让他的身体不自觉地紧绷，很不自在。
　　寇姑娘说有正事谈，是与庆王有关吗？
　　正猜测间，他就见辛柚一手托腮，扬起了唇。
　　"贺大人，你今日的血光之灾躲过了。"她说得认真，可那双蒙眬的眸子却出卖了主人。
　　这不是清醒理智的寇姑娘会说的话。
　　辛柚觉得自己很清醒、很理智，还很想说话："之前贺大人帮过我好几次，总算还你一次人情了。"

贺清宵怔了怔。

寇姑娘这话是何意？

辛柚还在说："本来觉得还贺大人人情挺难，不过想想贺大人血光之灾比较多，似乎还是能还完的……"

贺清宵一时间竟不知寇姑娘是在夸他，还是揶揄他。

不过他的注意力很快就放到了辛柚那番话上："血光之灾——"

辛柚点头："就是前几日我对贺大人提的血光之灾，本来会应在这次宴会上的。好在我机智，没让庆王发疯……"

贺清宵静静地听着，终于明白了。

寇姑娘与庆王拼酒，是为了阻止他的血光之灾。

一股暖流在他心中缓缓淌过。

贺清宵因为出众的容貌总是招来许多年轻女子的喜爱，他对此避之不及，但寇姑娘的这种体贴之举与因为他容貌而受到的热情追捧是完全不同的。

这种不同，如春风，如细雨，滋润着他的心田。

"不过，也不光是为了贺大人。"托着腮悠悠说话的少女语气一转，"也是为了我自己，我不喜欢忍气吞声……"

她能靠自己解决的麻烦，也不想麻烦别人，哪怕这个人是贺大人。

辛柚看了贺清宵一眼。

对面的男子面白如玉，眉眼如墨，好像比平时还要好看些。

这是为什么？

辛柚认真想了想，没想通。

"贺大人，我有一个问题。"

贺清宵不由得端正了神色："寇姑娘请说。"

辛柚微微歪头，眼里是纯粹的疑惑之色："贺大人，你今日为何比平时好看些？"

等着辛柚说正事的贺清宵："……"

面色毫无变化实则已经醉了的少女迟迟没等到回答，自己找了答案："一定是贺大人为了参加宴会，特意打扮了。"

贺清宵与那双蒙蒙眬眬的眸子对视，无奈地点头："是，我刻意打扮了。"

辛柚扬唇一笑，露出果然如此的表情。

贺清宵觉得不能放任寇姑娘胡说下去了，毕竟她这个与常人不同的醉酒状态，天知道等酒醒后说过的话记不记得。

万一她还记得——

贺清宵不太敢想那会是什么情形，忙转移话题："寇姑娘说有正事要谈，不知是什么事？"

"正事？"辛柚脑中一片空白，话却直接溜了出来，"不是说完了吗？"

贺清宵控制不住地抽了一下唇角。

"贺大人吃点心。"辛柚脑袋晕乎乎的，却稳稳地把装点心的食盒推到他面前，"这是杨大嫂做的点心，味道很不错。杨大嫂，你知道是谁吗？前些日子酒肆换了大厨，杨大嫂就是他的妻子。知道杨大嫂做得一手好菜，我就把她请过来当厨娘了……"

贺清宵敢肯定，他与寇姑娘认识至今，寇姑娘对他说过的话加起来都没现在多。

眼见辛柚没有停下的意思，贺清宵默默地拿起一块点心吃下去。

"怎么样？"

"很好吃。"

辛柚笑了："是吧，虽然比夏姨做的差一点儿，但也不错了。贺大人听说过夏姨吗？她是桂姨的亲妹妹，厨艺可不比桂姨差……"

少女说到后面，长长的睫毛颤了颤，落下了泪水："可是夏姨死啦，我再也吃不到夏姨做的点心了。"

本来贺清宵因辛柚的醉酒之举又是好笑又是无奈，这一瞬却如蜂尾的刺突然勾在心尖上，勾得他的心细细密密地疼。

他想，他是在乎眼前的姑娘的。

或许是他也在宴席上喝多了，抑或是此间酒香浓郁，才让他也醉了，在贺清宵还没意识到时，他的手便覆在了那只随意搭在桌面的手上。

少女的手纤柔，男人的手修长。肌肤相触，是贺清宵没想到的热度。

他似乎是被火星烫到，迅速地把手收回，一颗心跳得急促。

"抱歉——"

他将两个字说出来，却说不下去了。

有些事，他完全无法解释。

辛柚看了看自己的手，目光定定地落在贺清宵的面上。

贺清宵的脸颊迅速染上一层绯红："寇姑娘，你今日喝了不少酒，既然正事谈完了，还是早些回去歇着吧。"

"对，我喝了不少酒。"辛柚抬起那只被握过的手，按了按额角，稳稳地站起来，"那我回东院了。"

贺清宵也站起，刚迈开腿就见走在前边的少女回头，开开心心地摆手："贺大人明天见。"

贺清宵的神色有些古怪。

寇姑娘酒醒后什么都不记得还好，若是记得，恐怕不会很乐意明天见到他。

穿过书厅时，辛柚看起来还一切如常，等回到东院进了屋中，直接往床上一倒就睡得不省人事了。

小莲忙替她脱了外衣鞋袜，用浸过热水的软巾给她擦脸擦手，再盖上被子。

辛柚一觉睡到第二日清早，一睁眼看到了眼里布满血丝的小莲。

"姑娘，您再不醒，婢子就要去请大夫了。"

姑娘从昨日下午睡到现在，太吓人了！

辛柚揉揉眉心，感到了宿醉后的头疼，她冲小莲抱歉地笑笑："我喝多了，就会睡很久。"

"您真的喝多了啊？"小莲赶紧倒了一杯温水过来，好奇地问道。

"怎么？"辛柚几口把水喝完。

"您昨日看起来都不像喝过酒。"

"嗯，我酒品比较好，表面看不出来——"辛柚话一顿，昨日种种记忆浮现。

她酒品确实很好，不但能装得若无其事，还不会"失忆"。

这该死的不会"失忆"！

辛柚往床榻上一倒，两眼无神地望着帐顶。

小莲吓了一跳："姑娘您怎么了？"

"没事，活着。"辛柚闭闭眼，有气无力地回答。

如果说辛柚酒醒后是尴尬到生无可恋，庆王就是恼羞成怒了。

"小贱人，竟然敢害本王出丑！"庆王怒而踢倒一个高几，摆在高几上的名贵花瓶被摔得粉碎。

庆王只要一想到宴席上丢的脸，就恨不得把辛柚像这个花瓶一样摔碎。

面对庆王的发泄，在场的下人无人敢拦，默默低着头降低存在感。

终于在掀翻桌子后，庆王停下了，微微喘着粗气。

"殿下喝点儿水吧。"

"滚开！"庆王一把推开人，一脸戾气地吩咐下去，"这几日给本王留意一下外面，看有没有人提这件事！"

庆王的担心并非多余，这件事虽没传得尽人皆知，却在高官勋贵这个圈子中传开了，且有蔓延的趋势。

段少卿听闻后去了如意堂，向老夫人说起辛柚的混账事情。

"一个姑娘家和皇子拼酒，让别人怎么想咱们少卿府！"

老夫人垂眼抿了一口茶。

难怪登门求娶外孙女的人突然少了呢。

对老夫人来说，少了惦记外孙女的人是大好事。

那些来少卿府试探的她还能拒绝，算是在掌握中，可若有人不讲规矩直接从外孙女那里入手，万一青青被哄得动了心就难办了。

青青和皇子拼酒好啊，哪家夫人太太都看不惯这个。这样一来，青青就是不想留在少卿府也不成了。

老夫人的沉稳让段少卿不大痛快："母亲，您就纵着她吧。"

老夫人睨了儿子一眼，淡淡地道："我累了，你也歇着去吧。青青现在心气正高，约束太狠了也不行，咱们当长辈的总不能把她一个没有爹娘疼的孩子推远了，那样你妹妹在地下也不安宁。"

段少卿眉头一皱，没了抱怨的闲心，走出如意堂，脸就沉了下来。

没想到青青折腾了这么多,母亲对她还是情分不减。

这可不是对外甥女动了杀心的他想看到的。

段少卿回到住处,思索起那个计划来。

庆王听了派出去留意风声的人回禀,越发恼火,想了想吩咐人去固昌伯府请戴泽来一趟王府。

"表哥,你找我啊。"来到庆王府的戴泽完全不觉得拘束。

庆王有时候会觉得戴泽有点儿蠢,现在反而觉得这样正好。

有些事他出面不合适,可要是戴泽去做,人们就不觉得意外了。

"昭阳长公主生辰宴上的事,表弟听说了吗?"

戴泽虽读书不成,但这方面反应可不慢:"表哥是说和寇姑娘拼酒的事?"

庆王听着这个"拼"字特别刺耳,沉着脸点点头。

"当然听说了啊!"戴泽眼睛亮亮的,"真没想到寇姑娘千杯不醉,不愧是寇姑娘啊!"

庆王越听越不对劲:"表弟,你这是什么意思?"

戴泽这才发觉庆王脸色不对,略一琢磨就明白了:表哥这是觉得被寇姑娘扫了面子。

也是,要是他与一个姑娘拼酒拼输了,面子上也过不去,何况表哥。

不过这可是会驱邪的寇姑娘啊!

哦,对了,表哥不知道寇姑娘是高人。

"表哥,你继续说事。"

"我诚心敬酒,没想到那丫头给脸不要脸。表弟向来有主意,有什么法子给我出出气?"庆王把叫戴泽来的目的说出来。

戴泽愣住了:"表哥,你要我去找寇姑娘麻烦?"

庆王没有直接承认,但表情说明了一切。

戴泽心一慌,急忙摆手:"这可不行啊!"

"嗯?"庆王深深拧眉。

他刚才就觉得戴泽不对劲,果然不是错觉。

"表哥,你对寇姑娘是不是有误会啊——?"

庆王冷笑着打断戴泽的话:"表弟就说帮不帮我吧。"

"帮帮帮,表哥的事就是我的事。表哥说我该怎么做?"

庆王这才满意,并不把话挑明:"既然表弟当成自己的事,那表弟就想想要是你遇到了这种事该怎么做。"

"我明白了。"

等戴泽离开,庆王沉沉地一笑。

他和戴泽也算一起长大的,对这个表弟自然了解。

这小子没事还会上街调戏一下小娘子，真要找一个女子麻烦，那就有热闹看了。

庆王吩咐人去盯着青松书局，只等好戏开场。

贺清宵这边猜到清醒后的辛柚面对他会尴尬，识趣地没再去书局，又担心庆王会寻辛柚的麻烦，也安排了人悄悄地盯着书局。

辛柚这几日一心忙起新话本的事，正在印书坊检验装订好的新书，就听人禀报说戴公子来了。

辛柚放下话本，去了前边书厅。

"戴公子找我有事？"辛柚直接问。

她边问边把戴泽领去待客室。

"寇姑娘，你真的千杯不醉？"

辛柚没说话。

戴泽跑过来，就是为了求证这个？

她的沉默在戴泽看来就是默认了。

"真厉害啊！"说到这儿，戴泽面露遗憾之色，"可惜那日我没能去。"

以前他觉得得罪昭阳长公主不算什么事，现在后悔了。

他也想看寇姑娘和表哥拼酒！

对了，他想起表哥说的话。

戴泽想起了正事："寇姑娘，那天的事，我表哥觉得挺没面子的。"

辛柚心头一动，猜到了戴泽的来意："戴公子莫非替庆王殿下问罪来了？"

戴泽立刻否认："没有没有，我怎么会向寇姑娘问罪呢。"

当皇子的表哥他不能得罪，会看相的寇姑娘也不能得罪啊。他不过是一个迫于无奈来走个过场的可怜人罢了。

"但是我表哥吧，确实气性大。"戴泽露出个无奈的笑容。

"我与戴公子也算是有共同秘密的，戴公子有什么打算不妨直说。"

这话戴泽非常爱听，他立刻就把打算说了："寇姑娘，我们拼酒吧。"

辛柚扬眉。

她是听错了吗？

戴泽轻咳一声："我得替表哥找回场子啊，拼酒最合适。"

这样既完成了表哥的托付，也亲眼看一看寇姑娘是不是真那么能喝，可谓两全其美。

辛柚莞尔："好。"

半个时辰后，戴泽被随从连扶带拖，走出了青松书局的大门。

"别拉我，我还要喝！"戴泽往下坠着身体不想走。

这动静不小，很快吸引了来往行人驻足，以至庆王和贺清宵派来盯梢的人都不用小心翼翼地躲在暗处了。

庆王听了禀报后气个倒仰，偏偏还不能马上去找喝醉的人算账，忍到第二日才见到了戴泽。

"表弟昨日是怎么找寇姑娘算账的？"庆王咬牙切齿地问。

"算账？"戴泽揉了揉有些疼的头，"啊，是去找寇姑娘算账了，我跟她拼酒了！"

庆王太阳穴突突地跳："只是拼酒？"

这小子的脑子是被泥糊了吗？平时他见到个有几分姿色的女子还动手动脚，现在专门去找人麻烦却只是去拼酒？

戴泽一笑："表哥不是说让我当成自己的事来处理吗？我一想，男子汉大丈夫，从哪儿跌倒的就从哪儿爬起来，我要把寇姑娘喝趴下给表哥出气！"

说到这儿，戴泽头一低："没想到寇姑娘把我喝趴下了……"

庆王气得脑袋嗡嗡地响，恨不得给眼前的人几巴掌，好在理智还在，忍住了。

谁让固昌伯是他舅舅呢！

"表弟还有别的打算吗？"庆王咬牙问。

戴泽脸色大变："短时间内我再也不想出现在寇姑娘面前了！"

庆王闭闭眼。

有戴泽这种表弟，是他皇子生涯的磨难吧？

"听说了没，固昌伯世子跑去书局找寇姑娘拼酒。"

"寇姑娘？那个开书局的寇姑娘？"

"不是那个寇姑娘还能是哪个？"

"固昌伯世子怎么会找寇姑娘喝酒？"说这话的人明显想歪了，挤眉弄眼地问。

立刻有人道："听说是为了给庆王殿下出气。"

"这怎么又和庆王殿下扯上关系了？"

"这就说来话长了，庆王殿下是固昌伯世子的表哥，那日长公主府宴会上……"

本来庆王在昭阳长公主生辰宴上被寇姑娘喝倒的事只在上层圈子中流传，这也是段少卿过了几日才听说的原因。结果戴泽跑来找辛柚拼酒，被下人扶走时还扯着嗓子喊，流传范围一下子就扩大了。

庆王听闻后，气得把茶杯砸了。

这个成事不足败事有余的东西！

这样一来，他反而不好立刻再去寻寇姑娘的麻烦，免得被人说心胸狭窄。庆王其实不在意那些贱民怎么说，可也没必要在人们正关注这件事时动手。

段少卿又一次去找老母亲抱怨："与庆王喝酒还能说是场面上不好拒绝，竟然在自己的书局与固昌伯世子拼酒，真是没有礼义廉耻了。"

老夫人淡定地说："都与皇子拼酒了，与固昌伯世子拼酒也不稀奇了。"

"母亲，她这样肆意妄为，人家会笑话少卿府没教养好女儿！"

老夫人纳闷儿地看儿子一眼："这有什么好担心的？婉儿养在庄子上，华儿已经定亲了，灵儿过个三两年再考虑亲事也不迟，至于雁儿就更不急了。何况青青只是在少卿府暂住四年，说到底她是寇家的女儿。"

"可我毕竟是她舅舅，您是没看到那些同僚的眼神。"

老夫人慢条斯理地喝了一口茶："京城各种热闹还少吗？过些日子又有新热闹了。这件事最大的影响，无非是那些人家看不上青青罢了。"

段少卿还待再说，迎上老夫人淡然的目光，突然明白过来："您还是想把青青留在家里？"

"嗯。"

"可是辰儿——"

老夫人淡淡地道："不是还有朗儿吗？"

段少卿瞳孔一缩，他很快恢复如常："还是母亲想得周到。"

他这一次和老夫人抱怨完，那个心思就更迫切了。

外甥女那些家财都是她的嫁妆，倘若嫁给侄儿也不会充公，最终就是便宜了二房，这对他来说绝对不能忍。

到这时，段少卿对外甥女的杀心已经无可动摇，他只等一个合适的机会。

昭阳长公主这边也听到了戴泽找寇姑娘拼酒的传闻，不用想就知道那纨绔子是为了庆王找人麻烦。

生辰宴上庆王找寇姑娘麻烦长公主就很不满，只是庆王是皇兄倾向的储君人选，皇兄在时不用担心什么，可她想想将来，总要为一双儿女着想，这才忍下来。

没有想到她这边忍一口气过去了，庆王还没完没了了。

这哪儿是寻寇姑娘麻烦，分明是半点儿不把她这个姑母放在眼里。

昭阳长公主轻车熟路地进宫告状。

马上就要进入腊月了，各种活动的准备事务多起来，兴元帝刚处理了一部分政务，就听内侍禀报说昭阳长公主求见。

兴元帝和唯一的妹妹感情深厚，非但没有被打扰的不悦，反而觉得正好可以歇一歇。

"皇妹这个时候进宫，是有事吗？"

"好些日子不见皇兄，来看看皇兄。"

昭阳长公主的生辰自然少不了兴元帝的赏赐，生辰宴却没能去，这就是皇家的束缚了。

兴元帝一听，脸上笑容更多了，顺口问起了生辰宴如何。

生辰宴才过去不久，这个话题正在昭阳长公主预料中，她笑着说了些生辰宴上的情况，突然皱眉。

兴元帝饶有兴致地听着，见昭阳长公主如此，忙问："皇妹怎么了？"

"倒是发生了一件事，现在民间还在流传，不知道皇兄有没有听说。"

兴元帝看了大太监孙岩一眼。

孙岩微微弯腰，没吭声。

兴元帝当然不会要求外头有什么事宫中内侍都能知道，摇摇头道："皇妹说说发生什么事了，竟然还能传到外边去。"

他了解妹妹不是那种爱张扬的人，哪怕是整四十这种生辰宴请的人也不多，能传开可见事情不一般。

"臣妹也是后来才听说的。熠儿去给寇姑娘敬酒，一来二去地喝了不少，直接喝倒了……"

庆王名熠，陈熠是他的大名。

兴元帝听得直皱眉："是重阳那日救下芙儿的寇姑娘？"

昭阳长公主颔首："正是。皇兄也知道我不喜热闹，生辰宴请的人不多，但寇姑娘对芙儿有救命之恩，若是不请，世人该笑咱们皇家凉薄了。"

"皇妹做得对——"兴元帝话一顿，脸色难看起来。

老二在姑姑宴席上找女子喝酒已是不像话，结果还被人家姑娘喝倒了，简直丢人现眼！

"年轻人多喝了几杯酒，行事恣意些不算什么事，就是没想到还有后续。"

"什么后续？"兴元帝追问。

"固昌伯世子听说了熠儿和寇姑娘拼酒的事，不知是出于好奇还是什么，竟然也跑去找寇姑娘拼酒……"

兴元帝一听昭阳长公主提起戴泽，狠狠地一拧眉。

又是这个小子！

昭阳长公主告戴泽的状是假，告庆王的状是真，却不能直接把矛头指向庆王："臣妹生辰宴邀请寇姑娘本是为了表达谢意，没想到却给她惹出麻烦来。说不定固昌伯世子就是因着重阳那日的事对臣妹不满，跑去为难寇姑娘呢。"

"这个混账。"兴元帝骂了一句，安抚妹妹，"皇妹别气了，回头我让固昌伯好好敲打一下那小子。"

昭阳长公主脸一板："子不教父之过，固昌伯确实太纵着他儿子了。"

兴元帝点点头，眼神闪了闪。

戴泽固然该骂，老二也很不像话，他这个当父亲的也要敲打一下。

昭阳长公主察觉兄长神色的变化，暗自满意，于是提出告辞。

"皇妹等等。"

昭阳长公主停下脚步。

"喀，固昌伯世子找寇姑娘拼酒，结果如何？"

昭阳长公主嘴角微微抽动一下："听说固昌伯世子是被仆从扶走的。"

"那位寇姑娘还真是海量。"兴元帝说着，突然失神。

昭阳长公主见他如此，出声问："皇兄怎么了？"

兴元帝回过神儿来："哦，没事，皇妹去吧。"

等昭阳长公主离去，兴元帝靠着椅背又出起神儿来。

他到这个年纪，见过的海量女子只有一人，便是他的妻子欣欣。

不一样，欣欣不是千杯不醉，而是喝多了面不改色，让人瞧不出醉意。

兴元帝不由得对几次从妹妹口中听到的"寇姑娘"生出了好奇心，当然这份好奇是人之常情，而他身为一国之君也不会为了满足好奇心召一个小姑娘进宫觐见。

"孙岩，传固昌伯进宫。"

固昌伯听闻皇上召见，片刻不敢耽搁地进了宫，一瞧兴元帝脸色暗道不好。

"朕听闻，令郎跑去与开书局的寇姑娘拼酒？"

固昌伯因为这事早就把儿子骂过了，万万没想到皇上还专门召他进宫询问。

"让陛下见笑了，那混账东西从来都是想到一出是一出。"

"年轻人难免争强好胜，不过这些好胜心最好放在文武功课上，而非与女子争锋上，你觉得呢？"

"是……"固昌伯老实地应着，心里却不服。

皇上知不知道，您儿子前不久也与寇姑娘在酒席上争锋呢？

固昌伯生出告一状的冲动，突然反应过来：他不能告状，那是他外甥！

"听说还输了。"兴元帝淡淡地道。

固昌伯这下真尴尬了，回到家就拎着棍子怒气冲冲地找儿子去了。

兴元帝又把庆王召进宫来，沉着脸训斥："做事前想想自己的身份，你和你表弟不一样。"

对于向来严肃的兴元帝，庆王心里是怕的，老老实实地认了错，离开皇宫才敢露出怒色。

是谁向父皇告的状？

坐上马车的庆王挑起车窗帘，望向长公主府所在的方向。

这事定是他那个姑母做的。

庆王表情阴沉地放下车窗帘，心情十分糟糕。

从他记事起，他就察觉到姑母对他很冷淡，等他再长大些就能确定不是错觉。母妃说，是因为姑母不喜欢父皇的嫔妃们，厌屋及乌。

厌屋及乌——庆王默念这几个字，再一次在心里发誓，等他登上那个位置定要某些人好看。

辛柚是在新话本《西游》发行的前一日见到贺清宵的。

说了那么多胡话，她本来很尴尬，可时间是神奇的，隔了这些天再见面，尴尬的感觉就淡了许多。

"贺大人喝茶。"

看着辛柚一脸淡然的样子，贺清宵有些不确定醉酒时那些话她还记不记得，但该表示的谢意不能少。

"那日的事，多谢寇姑娘。"

"那日？"辛柚面不改色地装糊涂。

对装失忆这种事她有经验，总之不能让贺大人知道她什么都记得。

"就是长公主生辰宴那日，寇姑娘替我挡了血光之灾。"

"没有的事。"辛柚笑着否认。

贺清宵看着她："寇姑娘当时说过的。"

"是吗？"辛柚感到一阵报然，"当时喝多了，一觉醒来什么都不记得了。我还说了什么？没耍酒疯吧？"

寇姑娘原来真的不记得了。

贺清宵心头微松，继而又生出一股说不清道不明的失落感，面上却半点儿不露："没有，寇姑娘酒品很好。这是小小谢礼，还望寇姑娘不要嫌弃。"

辛柚将视线落在放在桌面上的木盒上，微微弯唇。

贺大人居然还准备了谢礼。

"我能打开看看吗？"

贺清宵笑着点头："寇姑娘请随意。"

辛柚把木盒打开，里面是美玉雕琢的各种小动物，一共十二件，正是一套十二生肖。

"雕得真像。"辛柚拿起一只玉猴，由衷地赞叹。

看玉质和雕工，这一套十二生肖一定不便宜。

辛柚把玩着小小玉猴，心道这可让贺大人破费了。

"寇姑娘喜欢就好。"贺清宵见她真的喜欢，眉梢眼角都染了笑意。

醉酒的事算是过去了，辛柚打听起璇公主："先前贺大人说过皇子的事，那日见到璇公主，我有些好奇，贺大人能讲讲吗？"

之前向贺清宵打听这些，她还要绞尽脑汁找个理由，自从吐露了大半秘密，倒是能想问就问了。

"宫中一共有三位公主，璇公主是最大的，只比庆王小一岁，另外两位公主是孪生女，今年只有八岁……"

辛柚听到璇公主的年纪，抿了抿唇。

她一算时间，娘亲离开皇宫时璇公主的母妃应该就有孕了。

贺清宵见她听得认真，继续说着："二公主和三公主年纪还小，养在深宫，外人不太清楚她们的情况。至于璇公主——"

"璇公主经常出宫吗？"察觉到贺清宵的迟疑，辛柚顺口问。

贺清宵摇摇头："璇公主其实也深居简出，只不过因为年纪，比起两位小公主更受人关注些。再就是……璇公主及笄后没被授公主封号。"

从前朝看，受宠的公主甚至出生不久就能有封号，最迟等及笄也会受封。今朝虽有许多规矩与前朝不同，但两位皇子封王年纪是按照前朝来的，璇公主成年没有封号就让人难免猜测皇上对这个长女的态度了。

429

大公主不受宠，这两年就成了百官勋贵的共识。

听贺清宵这么说，辛柚终于明白了那日宴席上的古怪感从何而来。

难怪几个贵女说说笑笑，璇公主一个人坐冷板凳。

这种心态不难理解，一个不被皇帝待见的公主，她们讨好也没好处，招惹了说不定有麻烦，自然是敬而远之为妙。

六位皇子，三位公主，兴元帝的儿女还真是不少。

辛柚垂眸啜了一口茶。

"寇姑娘。"

辛柚抬眼看向对面的男人。

这一刻，她突然很庆幸那日面对他询问时的选择。

这让她塞满秘密的心能稍稍有些空隙，得以喘息。

"贺大人想说什么？"

贺清宵身体微微前倾，声音低下来："你觉得皇上知道了辛公子的存在，会如何呢？"

辛柚眼神一冷："我想不出。"

贺清宵看着这张与昭阳长公主相似的容颜，在心里轻轻地叹了口气。

他也想不出。

第十八章 预 见

辛柚带着贺清宵的谢礼回到东院,小莲迎上来顺手去接。

"等一下。"辛柚把木盒放到桌上打开,拿出了小猴子。

"呀,是十二生肖。"小莲看着惟妙惟肖的玉雕,惊呼一声。

辛柚把小猴子摆在梳妆台上,笑问:"是不是挺有意思?"

小莲猛点头:"姑娘买的吗?"

"不是,贺大人送的。"

小莲特意看小猴子一眼,赞道:"这套十二生肖里最有趣的就是这只小猴子,贺大人很会送礼啊,一定是知道姑娘的属相才挑的这套。"

辛柚与寇青青一样,都是属猴的,她特意把小猴子拿出来,确实是因为这个。

"其他的先收起来吧。"

交代完小莲,辛柚看向梳妆镜。

镜中人眉目如画,沉静似水。

她想到贺清宵的那个问题,手放在小猴子上轻轻摩挲,心头生出一个猜测:贺大人……怀疑她的真正身份了吗?

对世人来说,她是寇青青,没有人会把她与千里之外的宛阳联系到一起。

可贺大人知道她不是寇青青,那她与昭阳长公主相似的容貌便是最大的破绽了。

他面上却什么都没显露……

辛柚抬手抚了抚脸颊,心中生出一丝庆幸感。

还好知道她秘密的人是贺大人。

转日腊月初一,本该是辛柚回少卿府的日子,但这一天松龄先生的新话本《西游》正式发售,不但她没有回去,段云朗还自告奋勇地来书局帮忙。

接到信儿的老夫人对此乐见其成。

431

段云灵察言观色，见祖母心情不错，试探着请求："祖母，我能去帮表姐的忙吗？"

"去吧，但不要乱跑，忙完了和你二哥一起回来。"

"多谢祖母！"

段云灵回房后换了身衣裳，欢欢喜喜地出了门，半路却被段云华堵住。

"三妹要去青松书局？"

段云灵没有回答段云华的问题："二姐有事吗？"

段云华讥笑道："你和寇青青倒是要好。"

"表姐妹要好，有什么奇怪的吗？"

段云华眼里流露出厌恶之色："我很好奇，你这么维护寇青青，她能给你什么好处呢？是那十几间铺子能赏你一间，还是能给你带来好运？"

想到寇青青拥有的财富，段云华就难受。

明年她就要嫁到固昌伯府去了，家里在陆续给她添置嫁妆，这种时候寇青青拿走这么多能生钱的铺面，必然对她有影响。

还有固昌伯世子，竟然一个人跑去与寇青青喝酒，完全不顾及与她定了亲这件事，真是一对贱人！

段云灵冷眼瞧着段云华的神色变化，意味深长地一笑："青表姐已经给我很大的好处了，只是二姐看不到罢了。麻烦二姐让一让，我该出门了。"

"你站住！"

段云灵看向她："二姐还有事？"

"我和你一起去。"

段云灵面露惊讶之色："二姐也要去？"

"怎么，你能去，我就不能去吗？"

"那倒不是。只是今日书局定然人挤人，二姐毕竟是未来的世子夫人，要是磕着碰着被人挤着，传到固昌伯府耳中，也不知会不会对二姐有影响……"

段云华脸色微变。

段云灵笑笑，然后开心地走了。

段云华想抬脚跟上，双腿却如生了根，最后气得一跺脚，转身回了房。

青松书局这边，随着新书发售的告示往外一贴，立刻围满了人。

"松龄先生出新话本了！"

"真的吗？书名叫什么？"

"书名叫《西游》。"

"这书名有些平淡啊，怎么像是游记呢？"

正常话本子不该叫《蝶仙》《杏仙》《狐仙》嘛，《西游》听着就没意思啊。

"这可是松龄先生的新书，我还是想买来瞧瞧。"

有这种想法的人占大多数，这就是写书先生有了名气的好处了。

一群人挤进书局，都要买《西游》。

"两百文一本，贵客您拿好喽。"刘舟把《西游》递给来结账的客人，高声吆喝着。

"什么？只要两百文？怎么这么便宜啊？"后面的人不解地问。

市面上的话本子售价在两百文到五百文之间，具体定价与字数、纸张质量以及写书先生等因素有关，最常见的售价是三四百文。

松龄先生的新书居然只卖两百文，是人们没想到的。

"《西游》是个很长的故事，这只是第一册，字数比寻常话本子要少。"刘舟大声解释着，丝毫不耽误手上的动作。

把书拿到手的人点头："确实有点儿薄。"

虽然页数少了，两百文的价格却有足够的吸引力，让一些因为书名还在犹豫的人决定购买。

反正就两百文，要是书不好看，后面的他们就不买了。

刘舟见挤进来的人越来越多，高声喊道："别挤别挤，贵客们排好队，都能买到。"

段云朗也帮着维持秩序。

"孟斐、大元，你们怎么也来了？"看到队伍中的同窗，段云朗眼睛一亮。

名叫大元的监生叹气："好不容易赶上放假，当然想第一时间看到松龄先生的新书啊，没想到这么多人。"

孟斐笑吟吟地问："云朗，你看过了没？"

段云朗急忙摆手："当然没看过，我也是才知道今日发售新书的。"

表妹答应他等书局打烊，送他一本呢。

正得意有免费的话本子看，段云朗发现了人群中踟蹰不前的段云灵。

"三妹，你怎么来了？"他忙挤了过去。

"听说青表姐今日发售新书，我来看看能不能帮什么忙。"

只是她没想到，人太多了。

"那你先进来。"段云朗把段云灵拉进去，扯着嗓子喊辛柚："青表妹，三妹来帮忙了。"

段云灵的脸腾地红了。

辛柚笑着走过去："灵表妹来得正好，正需要一个帮着记账的。"

等到段云灵手里有了笔，有了账册，原本因为太多人而生出的局促感突然散了。

原来，大大方方地在人前做事也没什么。

松龄先生新书发售的消息越传越广，来买话本子的人一直不见少，而买到话本子的人则迫不及待地看起来。

孟斐嫌弃地看了一眼书名，把书翻开。

他倒要瞧瞧，这个像是游记的话本子到底写的什么故事。

"传说在洛江以南有一座花果山，山上有一块仙石……"待孟斐读到孙悟空被如来佛祖压在五行山下，看到了"第一册完"几个小字。他不可置信地往后翻。

没了，这书竟然到这里就没了！

这可真是不能忍！

孟斐抓着书跳起来就往外走，迎头撞上了孟祭酒。

"祖父——"

孟祭酒的视线落在孟斐手中的话本子上，他眼尖地看到了封面上"松龄先生著"几个字，他不动声色地问孙儿："你这是去哪儿？毛毛躁躁的。"

"孙儿去一趟书局。"

"不是才出门回来？"

孟斐只好照实说："今日松龄先生的新话本子发售，孙儿买了一本，没想到看到关键处就没了。孙儿想去问一下，《西游》的第二册什么时候出来。"

"《西游》？"孟祭酒把手一伸，"我看看。"

孟斐把书递过去，孟祭酒往衣袖里一塞，板着脸道："整日不好好学习，净看这些闲书！"

说罢，老头儿揣着手走了。

孟斐："……"

祖父又这样！他哪里是因为自己看闲书，分明是他想看！

找老头儿讨回来是不敢的，还能怎么办，他只能赶紧去青松书局再买一本。毕竟他刚才看得匆忙，这么有趣的故事至少还要再翻两遍呢。

孟斐匆匆地赶到书局，遇上了同窗王大元。

"大元，你怎么也来了？"

王大元扫一眼书局门口，密密麻麻的人群让他眼晕："看到最后太好奇那神猴怎么样了，谁知就没了！想着云朗在这边，就来问问。"

没等孟斐开口，就有人附和："没错没错，怎么能没了呢，还让不让人睡觉了？！"

孟斐侧头一看，微微挑眉："章旭？"

"孟斐，你也看完《西游》了？"章旭伸手搭上孟斐的肩膀。

比起章旭的热络，孟斐就冷淡多了，只嗯了一声。

别以为他不知道，这小子每次被祖父教训时就把他拉出来当挡箭牌。这能一样吗？他考倒数第二是因为不耐烦学那些之乎者也，章旭考倒数第一纯粹是因为笨。

"咱们一起去问寇姑娘啊，说不定第二册手稿已经有了呢。"

"算了，人太多，挤掉了鞋子不划算。"孟斐摆摆手，转身就走，还顺势拉了王大元一把。

章旭急切地想知道后边情节的心情因为这一打断歇了不少，他望一眼人群，也走了。

到了下午，孔瑞听说了青松书局发售新书的消息，带着好几个下人前往书局买了一百本《西游》。

胡掌柜他们知道孔瑞先前要买一百本《画皮》的事,对此毫不惊讶,其他人可不知道啊,来买书的人一下子被孔瑞的豪举给镇住了,再一打听,那年纪轻轻的公子居然是长公主之子静安侯,就更震惊了。

长公主之子一口气买一百本《西游》,肯定是要送人的,这说明了什么?说明松龄先生的新书连大人物们都喜欢看。

这个消息传开后,便是对话本故事不感兴趣的那些人也因为好奇纷纷来买,这就是后话了。

知道新书今日发售的贺清宵没来书局,吩咐一名手下留意着这边的动静,免得有人闹事。

等到傍晚,手下回来禀报:"大人,青松书局那边一切顺利,生意特别红火,其中静安侯孔瑞更是买了一百本新书!"

贺清宵沉默了一下。

手下从怀中掏出一本书,双手奉上:"卑职瞧着新书像是游记,给您带了一本。"

贺大人喜欢看游记,这是亲近的人都知道的。

贺清宵更沉默了。

静安侯一买就买一百本,而他,拿手下的……

手下目露疑惑之色。

大人难道不喜欢吗?

一只手伸出,把书接了过去。

"今日辛苦了,去休息吧。"

等手下退下,贺清宵看一眼确实很像游记的书名,翻阅起来。

天彻底黑了,寒风如刀,街上零星的几个行人缩着头快步走着。石头关好了书局大门,胡掌柜算盘打得冒了烟儿,刘舟瘫坐在椅子上已经没力气做表情,太累了!

他虽然累,心情却好极了,特别是在胡掌柜算出今日售出多少本后,书厅中响起一阵欢呼声。

"大家辛苦了,去西院一起吃锅子。"辛柚笑着招呼大家。

胡掌柜与刘舟对视,眼里满是钦佩之色。

不愧是东家,售出数目这么惊人,她居然如此云淡风轻。

西院这边食材早已收拾好,好几口铜锅正咕咕地冒着热气,香味传出老远。

今晚吃锅子庆祝的不只胡掌柜这些人,还有印书坊的管事工匠和东院的人。胡掌柜、赵管事、刘舟这些人与辛柚一桌,小莲也被辛柚拉着坐下,热热闹闹地吃起羊肉锅。

切得薄薄的羊肉片往沸腾的锅中一涮就熟透了,蘸上调好的酱料一入口,别提多美味。

腊月里，大家吃上这一口热气腾腾的涮羊肉，无疑是一种享受。

几盘羊肉吃完，杨队长带着一身寒气大步走了进来。

"杨队长，来这儿坐。"刘舟招手。

随着书局生意大好，护卫增加了不少，等辛柚从少卿府拉来几十箱银子，吓得胡掌柜又猛招了一拨人。

如今青松书局的护卫不下百人，分成三队日夜巡护，这杨队长就是专管着护卫队的。

杨队长三十来岁，生得高大魁梧，模样周正，走过来后恭恭敬敬地向辛柚打招呼："东家。"

辛柚晃了一下神，不动声色地颔首："杨队长快坐下吃锅子。"

"多谢东家。"杨队长大马金刀地坐下，埋头猛吃。

其他人肚子里有了食，兴奋地聊起新书的事。

"赵管事，你们在印书坊是没瞧见，今天来买新书的客人都快把门槛踩破了……"刘舟眉飞色舞，特意说了孔瑞买了一百本书的事。

赵管事不服气："我没来前头也知道卖得好，存在库房的《西游》还搬过去两箱呢。不过那位孔公子真的买了一百本？"

"这还能有假？不信你问掌柜的。"

见赵管事看过来，胡掌柜点点头，心里犯起嘀咕。

他好烦，孔公子是不是对东家有意思？

欢声笑语中，辛柚垂眸夹起一片冬瓜，放入碗里。

就在刚刚，杨队长走过来时，她看到了他中刀的画面：

画面中是夜里，借着檐下尚未熄灭的灯笼，能看到雪花洋洋洒洒地飘下，到处都是白色。

杨队长巡至存放金银的库房附近站定，似是察觉到了什么，猛然转身，闪着寒芒的刀从他的脖颈处抹过，鲜血飞溅，模糊了整个画面。

"姑娘，吃点儿羊肉。"小莲见辛柚筷子按在冬瓜上久久不动，夹了煮好的羊肉片放入她的碗中。

辛柚放下筷子，冲小莲笑笑："已经饱了，你多吃点儿。"余光则悄悄地落在杨队长身上。

杨队长猛吃一阵，也加入了聊天儿中。

"杨队长，咱们新书卖得这么好，你们护卫这边要多费心了。"

"掌柜的，你放心，咱们护卫分成三班昼夜不停地巡视，我也会不定时地抽查监督，专看有没有人偷懒。"

赵管事也笑："掌柜的，你怎么越来越爱操心了？咱们现在有百余名护卫呢。"

胡掌柜睨了赵管事一眼，心道：你要是知道东家前不久拉回来一座银山，就知道我为什么这么操心了。

一顿饭吃完,夜色更深。

其他人纷纷散去,辛柚把胡掌柜和刘舟留下。

画面中的事不会太远,她自是要提前应对。

她不留下杨队长,倒不是辛柚信不过他,而是饭桌上杨队长那番话让她改了主意。

杨队长说他会悄悄地不定时检查巡护队,这也解了画面中为何只有他一人的疑惑。

既然不定时,辛柚不想因为她说了什么而对杨队长造成干扰,要知道变数比已知更难应对。

看一眼心情虽好却难掩疲惫的胡掌柜和刘舟,辛柚抱歉道:"本该早些让你们去休息,可有一件要紧事,不得不和你们商量。"

"东家您说。"

胡掌柜与刘舟一听就知道不是小事,神色严肃起来。

"我会看相,掌柜的还记得吧。"

胡掌柜与刘舟齐齐点头。

这个事他们怎么能忘呢!

"我观杨队长,很快将有性命之忧。"

"什么?"胡掌柜瞪圆了眼。

刘舟的表情比胡掌柜还要丰富,除了对杨队长性命之忧的震惊与担心,还有对辛柚的相术的好奇。

至于辛苦了一天,吃饱喝足后产生的睡意,早就随着辛柚的话飞走了。

"杨队长出事,应该与凶手谋财有关。"辛柚接着道。

杨队长只是一个身手不错的普通人,而他出事的地点是存放金银的库房附近,常理推测因为私怨的可能性不大,而是凶手奔着财物来的。

凶手行凶的目的是劫财。

有印刷学徒李力纵火并意图伤害他的先例,胡掌柜对辛柚的话深信不疑:"一定是见咱们书局生意红火,惹了宵小觊觎!"

辛柚抬手揉揉眉心,尽管血腥的画面见过太多次,但依然会有不适的感觉。

"或许不只是因为书局生意红火,还有我从少卿府搬来的那些金银的原因。"

胡掌柜脸色一变:"您是说……有内鬼!"

那日去搬运箱子的护卫都是精心挑选过的,按说是靠得住的,但想想堆成小山似的银子,谁也不能打包票了。

财帛动人心,为了钱杀父杀母的人都有。

"后来负责把箱子搬去库房的护卫,我记得有四个人,掌柜的把他们的具体信息整理一下给我。"

"当日去少卿府的护卫呢?"胡掌柜问。

"重点查这四个人,其他的也需要。"

时间紧,辛柚只能先从可能性更高的人入手。

"这件事你们先不要告诉杨队长,免得他露出端倪,打草惊蛇。"

胡掌柜与刘舟郑重地点头。

辛柚回到东院一番洗漱,小莲才流露出担忧:"姑娘,如果杨队长是因为劫财受伤的,那歹徒定有不少人吧?"

他们书局可有不少护卫,敢来劫财的人不可能单枪匹马。

辛柚无法给出肯定的回答。

事情发生得太快了,又是夜里,杨队长被杀后画面就消失了,她根本不知道后面发生了什么。

在辛柚看来,单纯有歹徒来劫财还好说,怕的是有护卫与歹人里应外合。

这百余名护卫被分成了三队,每队三十多人,各负责四个时辰。倘若那个时间内的小队中有一半人是内贼,就算她早有准备也很被动。

她唯一能确定的是,那晚下雪了,还是大雪。

辛柚推断,这应该是入冬以来的第一场大雪,且是刚下不久,不然屋顶、路边该有积雪,而不是浅浅一层浮白。

她担心有内鬼,一切提前布置都有可能打草惊蛇,辛柚思来想去,决定找贺清宵借人。

转日一早,辛柚就打发石头送信,请贺清宵下衙后来书局一叙。

贺清宵直接随石头过来了,迎着辛柚疑惑的眼神,解释道:"进了腊月,衙门事情少一些。"

马上就要过年了,各种祭祀庆典不断,从上到下都变得宽容些,以缉捕昭狱著名的北镇抚司事情自然就少了。

"贺大人随我去东院说话吧,松龄先生的新书刚推出,等会儿来买书的人就多起来了。"

听辛柚这么说,贺清宵便明白事情不小。

二人一起进了东院花厅,小莲奉了茶后默默退下。

"寇姑娘找我,有什么事?"

"我想向贺大人借一些人。"

"借人?"贺清宵神色严肃起来。

寇姑娘找他借人,显然不是为了帮书局卖话本子。

辛柚双手握着茶杯,攫取暖意:"我怀疑有人意图打劫书局,但不确定有无内鬼,为保险起见只好向贺大人借人一用。"

"寇姑娘要用多少人?什么时候用?"贺清宵听了辛柚的话,眼中冷意闪过。

"如果方便,能有三十个人最好,若是腾不出这么多人,十几个人也可。时间在晚上,具体时间我还在调查……"

"好,我等寇姑娘通知。"

辛柚道了谢,留贺清宵吃饭。

"不了，我回衙门安排一下。"

"那等解决了这个麻烦，再感谢贺大人。"

贺清宵回到衙门，叫来副千户闫超："挑五十个靠谱儿的人，听候安排。"

锦麟卫经常有些秘密任务不能提前走漏风声，闫超没有多问，领命而去。

青松书局开售《西游》第三日，客流依然不减，胡掌柜等人忙得脚不沾地。

直到傍晚，飘起雪来。

"姑娘，下雪了！"小莲指着外面提醒辛柚。

辛柚走出书局大门，仰头望向空中。

天灰蒙蒙的，雪花洋洋洒洒地往下落，她伸出手来接，是细细的雪粒子。

这种小雪入冬以来下了两三次了，杨队长是不是今晚出事，就要看到了晚上会不会转为鹅毛大雪。

可真到了那时候她再安排人设伏，显然来不及。

歹徒有多少人是未知数，辛柚不准备冒险等下去，安排人悄悄地去给贺清宵送信。

若是贺大人的人白跑一趟，有钱财弥补，她相信那些人不会有太多不满。

贺清宵这边接到信，吩咐闫超行动。

五十名锦麟卫换上便装，伪装成买书人陆续走进了青松书局，再在刘舟的引领下悄悄散到库房附近。

至于如何隐蔽自己，这些锦麟卫自有经验。

辛柚在书厅的待客室中与贺清宵碰了面。

贺清宵是大大方方走进来的，没有掩饰身份。这就是常客的好处了，其他人已见怪不怪。

"多谢贺大人派来这么多人帮忙。"辛柚不差请人帮忙的钱，只怕请不来太多人，来的锦麟卫比预计多出二十人，让她紧绷的神经松弛了许多。

"寇姑娘不嫌人多就好。"以贺清宵的敏锐，他自是能猜到辛柚会对前来帮忙的手下有所表示。

若是换了别人，有可能会觉得他多派人来是为了捞一笔，好在是寇姑娘。

而他主动增加人手，也没有别的原因，他只是希望她的安全能得到最大的保障。

可惜的是，寇姑娘只说借手下……

"怎么会？有了这些人我就更安心了。"辛柚想想也有可能不是今晚，语气一转，"若歹徒不是今晚动手，之后还要麻烦贺大人。"

贺清宵一笑："衙门近来事少，寇姑娘借几次都无妨。"

说到这里，他试探着问："需不需要我出面——？"

辛柚笑着婉拒："有了贺大人这些手下，我足以应对，就不必劳烦贺大人了。"

贺清宵试探失败，在心里叹口气。

自己果然被她拒绝了。

"那祝寇姑娘一切顺利。"贺清宵以茶代酒，举起茶杯。

辛柚送贺清宵到书局门外，目送那道墨色背影消失在风雪暮色中。

天彻底黑下来，书局的人终于结束了一整日的忙碌，吃过晚饭后几乎一沾枕头就睡着了，还在外走动的只剩当值的护卫。

各屋都熄了灯，辛柚站在暗处，借着不远处檐下灯笼散发的光，发现纷纷扬扬落下的雪突然变大了。

由雪粒子到鹅毛大雪似乎只是一瞬间，很快屋顶上、地面上就落了一层白。

辛柚能有九成把握，事发的时间就在今晚。

她穿得不算多，为了行动方便连斗篷都没有披，一身墨色紧身衣与夜色完美地融为一体。

这个时候，与夜色融为一体的想必有许多人，有些是她清楚的，还有些是不请自来的。

辛柚目光平静，她悄悄地寻觅着。

守着库房的两个护卫冷得直哆嗦，骂骂咧咧地躲到檐下跺着脚避雪。

埋伏在附近的锦麟卫因为不能活动，就更觉得冷了，因而生出了不满。

"头儿也不说清楚要等到什么时候，让咱们来这里挨冻吗？"一名锦麟卫低声抱怨。

"嘘，有动静了！"

外面确实有了动静。

杨队长过来了。

为了突击检查那些护卫当值时上不上心，杨队长连灯笼都没提，还刻意放轻了脚步。

辛柚屏住呼吸，看着杨队长突然停住，毫不犹豫地弹射出捏在手中的石子儿。

寒芒划破夜空，那长刀被石子儿一撞就偏了，发出清脆的声响。

杨队长能当上百余护卫的头领，身手很不错，他迅速躲开偷袭，与持刀之人一边交手一边呼喊："有歹人！"

两名看守库房的护卫对视一眼。

其中一人在听到杨队长的喊声时一脸惊疑之色，下意识地去找示警的铜锣。

另一人则面露狰狞，从袖中抽出匕首向同伴刺去。惨叫声响起，却不是同伴的，而是他自己的。

守在附近的闫超收起弓弩，提刀冲了过去。

在杨队长喊出来时，那些溜进来的歹徒就冲出来了，埋伏着的锦麟卫随后跃出。

一方是武器精良的锦麟卫，足有五十人，另一方是持刀、持棍的歹人，加上那名看守库房的内贼也不过十多人。

人数悬殊，实力悬殊，连两刻钟都不到，打斗就结束了。

十几个蒙面人被砍杀大半，剩下的人人带伤，惨叫连连。

领头的闫超一脸复杂地看向走过来的辛柚。

就这么点儿歹徒，寇姑娘要他们五十个锦麟卫一起上，至于吗？

"辛苦了。"当着歹徒的面，辛柚没有直接喊出闫超的身份。

"这些人您打算如何处理？"闫超问。

辛柚由小莲替她披上厚厚的斗篷，冻得发白的嘴唇吐出几个字："明日一早送官！"

转日一早，京城处处银装素裹，路面积了厚厚一层雪。

青松书局侧门被打开，以杨队长为首的书局护卫鱼贯而出，很快吸引了不少视线。

人们眼瞅着两个护卫一前一后地抬了个架子出来，架子上盖着布，看隆起的形状布下盖着的是个人。接着又是一个架子被抬出来，然后又一个……

"怎么回事啊？"自从天冷后因为活儿少八卦之心越发强烈的人们敏锐地察觉到不对劲。

"瞧着像是——"那人猛地瞪大眼睛。

一个被抬着的架子上，一只手从布单中滑出。

"妈呀，真的是人！"短暂卡壳后，那人喊出来。

看热闹的人们哗然。

再然后，就见几个穿黑衣的人被五花大绑，由护卫连推带拖地赶出来。

"发生什么事了？"有人实在忍不住好奇心，大着胆子凑过去问。

刘舟陪辛柚走在后头，闻言大声道："街坊邻居们，昨夜这十几名歹徒夜闯书局，想要劫财，好在我们书局护卫身手好，砍杀九人，活捉五人，现在都送到官府去！"

一听这番话，街上就更热闹了。

屋子里，巷子里，犄角旮旯里，变戏法儿似的一下子出来好多人，跟在青松书局这些人的后头浩浩荡荡地往官府而去。

"怎么了，怎么了？"半路遇到的人一打听，赶紧加入了队伍。

快过年了，大家可不得准备点儿新谈资吗？

衙门口守门的衙役一看浩浩荡荡的人群，惊呆了。

一大早这是干什么？这些人想造反吗？

衙役听说是青松书局夜里进了歹人，现在来报官，他暗暗松了口气，赶紧去禀报。

顺天府尹是黑着脸出现在公堂上的。

这么冷的天，为什么有人想不开去打劫？！

哦，来报官的又是青松书局。

顺天府尹对国子监门口的凶案印象深刻，当时这青松书局可给他添了不少工作量啊。

待听闻昨日死伤的歹徒人数，顺天府尹沉默了。

这青松书局养了多少护卫？

顺天府尹突然觉得黑脸不太好，冲辛柚露出个和善的笑容。

这种入户抢劫，主家对歹徒的死伤不需要负责任，便是幸存的歹人也是死罪。

府尹一番审理，案子并不复杂，青松书局的一名副队长与早就结识的宵小谋划了这次劫盗，那看守库房的护卫也是被他煽动的。

他们之所以昨晚动手，就是因为正好轮到那名看守库房的护卫当值。

案子审清后，活着的参与者统统被打入大牢，死了的则直接拖去了乱葬岗。

对青松书局来说，事情还没结束。

那四名搬运银箱的护卫本身没问题，只是其中一人与副队长喝酒时无意中提了一嘴，让那名副队长猜测到箱子中是金银，因而起了贪念。

对于口风不严的这名护卫，辛柚没有把人辞退，而是调去了其他店铺。

杨队长对此有些不解："东家，他虽不是故意的，但给书局引来这场匪祸是事实，就该辞退的。"

东家也太心善了。

辛柚不疾不徐地解释："他对书局还是忠心的，自知犯了错，去别的铺子后定会更用心做事。倘若把人辞退，断了他的生计，以他对书局方方面面的了解，若是起了歹心，说不准在将来又生出祸端来。"

杨队长听得心服口服："还是东家想得周到。"

而后，杨队长扑通跪下，结结实实地磕了个头。

"杨队长这是干什么？"辛柚被他的举动弄愣了。

"要是没有东家发现问题提前设伏，小人当时就没命了。"

他永远忘不了那闪烁着寒芒的长刀，如果不是偏了一下——

还有东家请来的那些人，要是没有那些人，措手不及之下书局护卫定会有死伤，他躲过了一开始的偷袭，说不定后来也会丧命……

杨队长越想越觉得东家就是他的大恩人。

当然，他并不知道那撞偏长刀的石子儿来自辛柚，不然没准儿就要生出以身相许的念头了。

"还有件事，交给其他人不放心，需要杨队长去做。"

"东家您说。"杨队长正是觉得无以为报的时候，一听辛柚要他做事，别提多高兴。

"有一份谢礼，麻烦你替我送到贺大人那里。"

考虑到杨队长与贺清宵没打过交道，辛柚吩咐刘舟一起去。

被锦麟卫领着去见贺清宵的路上，走在杨队长身边的刘舟小声问："沉吗？"

抱着一口箱子的杨队长面无表情："不沉。"

见到贺清宵，刘舟笑道："贺大人，这是我们东家给那些兄弟的小小谢礼，还望您别嫌弃。"

杨队长顺势把箱子往地上一放。

贺清宵看一眼方方正正的箱子，沉默了一瞬："寇姑娘太客气了，替我谢过你们东家。"

"那小人就告辞了。"

刘舟与杨队长离开，贺清宵喊来闫超。

"这是寇姑娘送来的谢礼，你们分了吧。"

闫超瞅着箱子，有些好奇。

难不成是一箱铜钱？

要知道人们日常交易以铜钱为主，直接花银子的才是少数。这么一口箱子，任谁也不敢轻易往金银上联想。

"打开看看。"

有贺清宵发话，闫超俯身打开了箱子，随即惊得后退一步，两眼发直。

贺清宵猜到这一箱是银子，但亲眼看到的感觉还是不同的。

"大人——"

"数一数。"

二两一个的银锭，一层层堆满了箱子。

"一个，两个，三个……"数到五十多个时，闫超停下来，重新数起，"一个，两个……"

贺清宵问："怎么？"

闫超晕乎乎地回答："数忘了。"

其实锦麟卫经手的金银不少，但那些都是抄家充公的，眼前这一箱可是实打实的谢礼。

"大人，一共六百两银子！"

"你拿五十两，其他人均分五百两，剩下五十两视伤势轻重再额外分配。"

闫超嘴角一抽："最严重的一个，只是一点儿皮外伤。"

五十个精挑细选的锦麟卫对付十多个乌合之众，受伤不是光彩，是丢人。

"大人，您不留吗？"

"不留，你们分了。"

对于正当收入，贺清宵不会迂腐到全赏手下，但这是寇姑娘的谢礼。

手下做额外的事有报酬很正常，而他并不想因为帮忙就收寇姑娘的银钱。

想到那六千两银子，贺清宵叹气。

桂姨为此三天没给他做吃的。

闫超很快召集参与行动的人，目光缓缓地扫过众人："昨晚大家都辛苦了。本来有宵小在天子脚下作乱，缉捕他们也算咱们分内之事，但青松书局的东家寇姑娘感念大家辛苦，特意送来了谢礼。"

听到"谢礼"二字，大多数人露出吃惊之色。

他们就去活动了一下手脚，竟然有谢礼？

闫超把这些反应尽收眼底，心中冷笑。

昨晚大雪，别以为他不知道有些人心里不满。

寇姑娘真是讲究人，真给他们大人争气啊！

· 443 ·

闫超把箱子一打开，就听到了此起彼伏的吸气声。

"这箱子里的银锭，一人拿五个，一个个来，不许多拿！"

"这真是给咱们的？"有人忍不住问。

一人五个银锭，那就是十两。他们锦麟卫薪俸还不错，可出去一晚上就有这么多钱，像白捡的一样。

谁白捡十两银不得乐坏了啊。

大家喜滋滋地拿了银钱，受伤的人还额外分了二两，最后还是剩下二十多两，决定用来喝酒。

大雪的天，辣口的酒，锦麟卫们喝酒吃肉浑身暖洋洋时，心里不约而同地生出一个念头：他们大人要是能把寇姑娘娶回来就好了，跟着寇姑娘有肉吃啊！

于是胡掌柜发现，来买书的人中突然多了不少精神头儿十足的年轻人，花两百文买本书能和他唠半天贺大人。

等遇到第八个这样的，胡掌柜忍无可忍地把人扒拉开："麻烦让一下，挡着老朽收钱了。"

宵小夜闯青松书局的事一下子成了人们茶余饭后热议的话题。而大家感慨最多的就是青松书局竟然养了那么多护卫，真是出人意料。

自辛柚接手书局后，先是《画皮》，再是《西游》，两个话本故事的热销使青松书局声名大噪，就算不知道从少卿府搬来的那些财物，也有不少人眼红心热起了歪心思。

这个事情一出，那些蠢蠢欲动的人登时安分了。

青松书局真的敢杀人！

这日段少卿下衙，往外走的路上一位同僚忍不住和他感慨："段少卿，令外甥女真是了不得，十几个歹徒打劫书局，死的死伤的伤，没有一个得了好。"

段少卿呵呵地笑了笑，一上马车就沉了脸。

一个小小书局养百余名护卫，这是钱多烧的吗？

再一想这些钱怎么来的，段少卿更心塞了。

这也给他敲响了警钟，看来他要从书局下手是不行的，想要那丫头的命需要更谨慎些。

宫中，一名小内侍把用布包裹着的书双手奉给大太监孙岩："干爹，这是松龄先生新出的话本子《西游》。"

先前兴元帝就表示过对松龄先生写的话本故事感兴趣，作为兴元帝身边伺候的，孙岩早就叮嘱下面的人留意着松龄先生的新书。

"做得不错。"孙岩顺口问起，"青松书局最近如何？"

他对青松书局的东家印象挺深，要知道这位寇姑娘可是得过皇上赏赐的。

能被大太监孙岩器重，小内侍也是个机灵的，早把这几日的热闹打听清楚了："松龄先生的新书一推出，青松书局生意别提多红火了，为此还招来了盗贼。好在书局养了许多护卫，那些盗贼不但没有得手，还蹲了大牢丢了性命……"

听小内侍说完，孙岩很好奇："十几个盗匪就这么被一网打尽了，那是养了多少护卫？"

"听说好几百人呢！"

孙岩咋舌。

一个书局养几百个护卫？

一时不知该说寇姑娘有气魄，还是人傻钱多，孙岩把新书检查一番，去见兴元帝。

兴元帝并没有因为快过年了而懈怠，孙岩默默地陪在一旁，等他处理完一批奏折站起来活动时才把《西游》奉上。

"陛下，青松书局的松龄先生出了新书。"孙岩微微低头，双手举着话本子。

兴元帝本想接过来看看，但想到那次看《画皮》的熬夜经历，决定把案上的折子处理完再说。

故事书就是这样，开始看后就想赶紧看完，若是还没看，倒是能忍一忍。

到了下午，兴元帝终于忙完了，手刚摸到话本子就有大臣有急事来报，拿起来的话本子又被放下，埋没在案牍中。

孙岩见此也没再提醒。

他巴不得皇上把看闲书的时间用来休息呢。

辛柚是留意到有内侍来买书的。

这些内侍哪怕是寻常人打扮，言行举止终归有不同之处。

她唯一不确定的是，来买书的内侍是哪个宫的。

不过既然皇帝吩咐贺大人特意查过松龄先生，那皇帝身边的人为了表现定会把松龄先生的新书送到皇帝身边，《西游》被看到就是早晚的事了。

若是运气不好，宫里迟迟没动静，那她就只能通过贺大人不露痕迹地提醒一下。

但这是不得已的选择，辛柚不想走到这一步。

好在她知道很多事不能急，需要耐心等待。

眼下令青松书局众人烦恼的，是那些看完了《西游》天天跑来催第二册的书客。

这些人以国子监的学生为主，这些学生占了离着近的便利，抽个晌午的空就能跑一趟，进门就问《西游》第二册什么时候出。

这不到中午了，刘舟望一眼往书局方向走的监生们，皱着眉向胡掌柜抱怨："现在最怕的就是晌午和傍晚，应付不过来，实在应付不过来啊！"

胡掌柜给了刘舟一巴掌："少贫嘴，赶紧招呼客人去。"

以前闲得数蚂蚁的时候，他何曾想过那些小年轻每天把书局堵得水泄不通，哭着喊着要买还没上市的新书？

这虽是烦恼，也是甜蜜的烦恼啊。

刘舟嘴上抱怨，其实心里也是这么想的，冲着走进来的学生们露出热情的笑容。

"小二哥，你别光笑，《西游》第二册到底什么时候出？"

"这个小人真不知道……"

"我要见你们东家寇姑娘！"为首的少年一拍柜台。

刘舟知道这少年的身份，这可是宰相家的孙儿，他惹不起。

好在东家最擅长应付这些纨绔子。

刘舟看了胡掌柜一眼，见胡掌柜没有反对的意思，笑呵呵道："贵客稍等，我们这就给东家传话。"

章旭这才满意地点点头。

辛柚接到消息，去了前面。

原本等在书厅中的学生们还有些不耐烦，等披着银色斗篷的少女神情平静地走进来，大部分学生的不耐烦突然就没了。

喀，主要是他们想到了寇姑娘养着大几百护卫，头脑一下子清醒许多。

章旭面对辛柚，也完全不见刚才的倨傲："寇姑娘，总算等到你来了。"

"听说章公子找我有事？"

"也没什么事，就是随便问问，咱们《西游》第二册什么时候能出来啊？"

"大概在元宵节后吧。"

章旭拊掌："还是寇姑娘痛快！喀喀，可现在离元宵节还早着呢，寇姑娘能不能透露一下，那神猴被压在五行山下后来怎么样了？"

"是啊，神猴有没有逃出来？有没有报仇啊？"监生们纷纷问。

辛柚不经意扫过这些少年，视线落在一名少年身上不动了。

那少年站在最外围，身形、长相皆普普通通，却让见惯了各种画面的辛柚变了脸色。

突然在眼前浮现的画面中，少年被轰然倒塌的墙壁砸中，只露出了头脸。

而这不是令辛柚在人前没控制好表情的主要原因，令她真正心惊的是画面中作为背景倒塌的大片屋舍，还有很多被埋被砸的人。

这不是一个人的意外，而是许多人的灾难！

书厅里明明挤着这么多人，辛柚却感到彻骨的冷。

这是她第一次见到死伤这么多人，令她无法做到面不改色。

辛柚望着那少年的时间有些久，连章旭都察觉到了。

他看了看那少年，虽同样穿着国子监学生的襕衫，却是不认识的。

"寇姑娘，那人有什么不妥吗？"

听章旭这么问，其他人齐齐看向那少年，有人认了出来："咦，这不是谷玉吗？你居然有闲钱买话本子？"

认识少年的人还不少，又有人笑道："不是吧，你都没钱买鞋了，还来买话本子？"

少年涨红了脸："我是来买笔墨的……"

这些人却不听，嘻嘻哈哈地说笑着。

少年神色尴尬，转身便走。

"等一等。"身后少女温润清爽的声音传来。

辛柚快步走过去，拦在少年面前："贵客不是要买笔墨吗？"

这名叫谷玉的少年虽穿着和章旭等人一样的衣裳，若是细看就能发现袖边、领口已起毛破损，颜色也洗得发白了，可见家境很一般。

国子监主要招收官宦子弟，也会破格录取极少数出身普通但成绩优异的学生，并给予补贴。谷玉就是这样的学生，因而才会被不少人认识。

放到任何时候，成绩出众的学生在书院里的存在感总是强一些。

"我改日再来。"谷玉冲辛柚拱了拱手，绕开她快步走出了门。

辛柚稍一犹豫，抬脚追了出去。

书厅中章旭几个人面面相觑，最后齐齐看向胡掌柜。

寇姑娘这是什么情况啊？莫非她对谷玉一见倾心了？

虽然这些年轻人没有问出口，胡掌柜却从他们的眼神里读懂了这个意思。

东家对贺大人、静安侯这些青年才俊都没动心呢，会对一个平平无奇的监生一见倾心？

小年轻们就爱胡思乱想做美梦！

门外，不知何时又飘起雪来，簌簌落在屋顶、地面的残雪上，把脏污覆盖。

"谷公子，请留步。"

谷玉听到喊声停下转身，看着追过来的少女目露疑惑之色："寇姑娘有事吗？"

"请问谷公子家住何处？"

那一片倒塌的屋舍显然不是国子监，再想到过两日就是监生们放假的时间，事发之地最大可能就是谷玉家里。

当然还有别的可能，但辛柚现在没时间仔细回忆画面中的细节。

面对美貌、富有、年龄相当的少女，谷玉却十分清醒："寇姑娘为何问我的住处？"

辛柚追出来时想过从少年生活窘迫入手，问他需不需要接抄写的零活儿，顺势套出他家在何处。

但谷玉的态度令她改变了想法。

这是个有些敏感的人，倘若她贸然提出帮助，说不定会让他觉得被羞辱，从而更难接触。

她决定直接一些："其实我除了是书局东家外，还有另一个身份。"

谷玉神色更古怪了："我知道，寇姑娘还是少卿府的表姑娘。"

"嗯……除了这些，我还会看相，就和那些相师一样。"

"我没有钱。"

少年脱口而出的话令二人都陷入了沉默。

短暂的安静后，谷玉努力解释："寇姑娘别误会，我没有怀疑你的意思，但我真的没有钱。"

辛柚："……"

这种被当成神棍的感觉还有点儿新奇。

"我看相不收钱。"

谷玉不解地看着她。

辛柚正色道："我观谷公子将有血光之灾，且是发生在回家时——"

谷玉没有听完就打断了她的话："抱歉，我不信这些。"

"谷公子——"

"我说了，我不信这些，我也当不起'公子'的称呼。寇姑娘喜欢看相，还是去给别人看吧。"谷玉说完，头也不回地走了。

辛柚立在原处，望着少年匆匆远去的背影叹了口气。

她真是庆幸，固昌伯世子是戴泽，若是换了这位谷公子就棘手了。

"寇姑娘，那个谷玉怎么了？"章旭走过来问。

辛柚看看从书厅出来的几个监生，对章旭客气地笑笑："章公子，你们有人知道谷公子家住何处吗？"

章旭是才知道谷玉这个人的，自然不知道他住哪儿，于是看向跟班们。

其他人你看我，我看你，显然也不清楚。

其中一人犹豫着道："王天奇与谷玉关系不错，应该知道，要不我回去找他问问？"

章旭看向辛柚："寇姑娘，你问谷玉住处做什么？"

这总不能是寇姑娘一眼看中了谷玉，要找到他家里去吧？

这个念头闪过，章旭马上就在心里否定了。

不可能，寇姑娘要是这么容易动芳心的，那么见了他就该动心了，怎么也轮不到谷玉那穷酸小子。

见好几双眼睛巴巴地等着，辛柚笑道："我只能告诉章公子一人。"

章旭顿时觉得很有面子，催着那个同伴回去打听，随辛柚走到方便说话之处。

"希望章公子能保密。"

章旭一听立马拍着胸脯保证。

"谷公子近日有血光之灾，就应验在他家里。青松书局开在国子监附近，生意多蒙监生关照，我实在不忍见年纪轻轻的监生丢了性命……"

章旭一脸惊奇之色："寇姑娘，你还会看相啊？"

"略懂。"

"那你给我看看。"

辛柚深深地看章旭一眼："章公子近日比较顺遂。"

章旭本就不太信辛柚会看相，闻言扑哧乐了："借寇姑娘吉言。"

448

辛柚看出他不信,却并不在意,也抿唇笑笑。

那跑回去的监生找到与谷玉关系不错的同窗,果然问到了,没让辛柚等太久就跑了回来。

听他报了地址,辛柚道谢:"等《西游》第二册出来,我先送几位公子一人一册。"

一册话本子不值几个钱,但能提前拿到手就不是钱的事了。章旭可没忘了戴泽提前拿到《画皮》下册时在他面前的显摆劲儿。

这一刻,章旭更不认为寇姑娘喜欢装神棍算什么缺点了,这姑娘会办事!

"那我们就等着了。"

走在回国子监的路上,几个少年七嘴八舌地向章旭打听:"章兄,寇姑娘把你带到一旁说了什么?她为什么那么在意谷玉啊?"

章旭一想辛柚那番话,又乐了:"寇姑娘说——不行,我答应不外传。"

可是寇姑娘说她会看相,太可乐了!

其他人见章旭时不时笑一下,越发抓心挠肝。

"章兄,你就说说吧,我们保证不外传。"

"那你们可不能对别人说。"

"绝对不说。"

章旭其实也憋得难受,得了保证赶快说出来:"寇姑娘说她会看相,还说谷玉会有血光之灾。"

"会看相?哈哈哈哈,笑死了……"

几个少年嘻嘻哈哈地走远了。

小莲走到辛柚身边,小声问:"姑娘,那个谷公子要有危险吗?"

辛柚看向小莲。

小莲抿嘴笑笑:"婢子一听几个监生议论,就觉得姑娘应该是从那监生的面相上看出了什么不妥——"

不然她还真能像那几个人想的那样,以为姑娘对谷姓监生有意思?

呸!她家姑娘是天上的仙女,谁都配不上!

在小莲面前,辛柚没什么可隐瞒的:"确实如此,那名叫谷玉的监生将有性命之忧。小莲,你去安排一下车子,我们去谷玉家附近看一看。"

小莲很快叫来车夫,去谷玉家的路上有些不平:"那谷玉完全不识好人心,姑娘您就是太心善了。"

"不光是为了他。"辛柚闭闭眼,血淋淋的画面在脑海中浮现,"还有许多人。"

辛柚最后一句话说得很轻,小莲没听清楚,见她闭了双目也安静下来。

谷玉的家离着国子监有些远,辛柚闭上眼睛不是为了养神,而是趁着这段时间反复回忆那惨烈的画面,以图掌握更多线索。

"姑娘,里面进不去了。"车夫把马车停下来道。

小莲扶着辛柚下了马车,先低低地惊呼一声。

映入眼帘的是大片破旧屋舍，低矮紧凑，地上污水淌过积雪，蜿蜒出一道道痕迹。

寇家富裕，后来随姑娘进了京住进少卿府，生活也不差，小莲还从没来过这样的地方。

小莲抬了抬脚，又收回去，默默地替辛柚把斗篷下摆提起来。

因为下着雪，没有那种街坊邻居聚在外头闲聊的场面，偶尔有人匆匆走过，向辛柚二人投来好奇的目光。

"姑娘，要找人打听一下吗？"

她们虽有具体住址，可真到了地方，面对这些横七竖八的巷子，大同小异的屋舍，想找到谷玉家并不容易。

辛柚摇头："不了，我们随便走走。"

找人打听确实省力，可是以她的年纪，难免让人猜测她与谷玉的关系。

与在书局那边不同，这里是谷玉的家，他从小生活的地方，传出风言风语会对他有影响。

辛柚没有对小莲解释这些，提着裙角向前走去。

她的记性和方向感都不错，她应该能凭着画面找到谷玉出事之处。

"姑娘，小心脚下。"

辛柚全部心神都放在画面与眼前的景物比对上，哪怕有小莲提醒，还是踩到了污水。

"这里真难走啊。"小莲担心辛柚，小声地抱怨一句。

辛柚目不转睛地盯着眼前的墙壁和那扇掉了漆的木门。

她看到的画面里应该就是这一家了。

这段墙壁无论是高度，还是土砖中混进去的那一块红砖，都与画面中的一样。

正在这时，木门被打开，走出来个妇人。

妇人模样娟秀，岁月给她留下了操劳的痕迹。

辛柚轻轻地眨了眨眼睛。

新的画面出现，与谷玉出事时差不多，只不过谷玉是站在院外的围墙下，而妇人被压在了屋内。

见到辛柚，妇人有些好奇："姑娘有事吗？"

显然在妇人眼中，辛柚与这里格格不入。

"我养的猫突然从车中跳出来，跑进了这边，却怎么也找不到。大婶瞧见了吗？"辛柚一脸焦急之色。

"没有啊。"妇人把提着的桶放下，往对门走去，"姑娘别急，我帮你问问邻舍。"

妇人拍拍邻居的门，对面很快出来个抱着孩子的年轻妇人："婶子有事吗？"

辛柚看到年轻妇人出现，脸色白了白。

还是房屋倒塌的画面，年轻妇人微微弓着身体被压在下面，她怀中紧紧护着的正是此刻抱在怀中的幼童。

年轻妇人看起来已是不行了，幼童则哇哇哭着。

辛柚自来只看得到画面，听不到声音，可画面中孩子哭泣的样子让她知道那哭声一定撕心裂肺。

妇人指着辛柚解释："这位姑娘的猫儿丢了，说是瞧着跑进了咱们这边。我看她挺着急，帮着问问。"

"没有呢。"年轻妇人下意识地回头看了一眼自家院子，把孩子往上抱了抱，"张伯家不是养了一只猫吗？会不会跑进他家一起玩起来了？"

"我问问去。"

辛柚眼看着妇人又叫出来一位老汉。

老汉看一眼辛柚，摇摇头："没瞧见。我们家养的猫是抓耗子的，和大户人家的猫可玩不到一起去。"

似乎担心被怀疑而惹上麻烦，老汉又看一眼辛柚，赶紧把门关上了。

辛柚垂了眼，遮住翻涌的情绪。

这位张伯出事的地点是院里，不知是房屋比别人家的结实一些还是运气好，主屋没有倒塌，只塌了院中搭建的厨房。他是因受惊跌倒摔伤，没有性命之忧。

见妇人还要帮着问其他人，小莲有些不好意思，不由得看向辛柚。

辛柚却没有阻拦的意思。

她需要看到更多人的情况，从而推断出更多信息。

这样的地方是没有秘密的，很快四邻八舍都知道了有位大家闺秀的猫丢了。有些人出于热心，更多的人寻思着找到猫会有报酬，都加入了找猫的行列。

辛柚看多了，也看够了，脸色难看得令小莲瞧着担心。

"姑娘，您没事吧？"

"没事。你去和大婶他们说一声，我们去别处再找找。"

小莲过去说了，妇人走过来，试探着劝："姑娘还是早些回家吧，一直下着雪，你对这里也不熟……"

这就是委婉提醒辛柚，两个小姑娘一直在外头并不安全。

辛柚微微抬头，望着灰蒙蒙的天空。

大雪洋洋洒洒，丝毫没有停下的意思。

是啊，天一直下着雪……

向找猫的人们道了谢，辛柚深一脚浅一脚地踩过积雪，上了马车。

"姑娘——"小莲欲言又止，忐忑不安。

跟在辛柚身边久了，她明白要有大事发生了。

辛柚靠着车壁，神情凝重："刚刚见的大部分人，有性命之忧。"

小莲的脸色变白："那么多？姑娘，这可怎么办呀？"

"我想想。"

从那些画面中可以推测，当时应该发生了小小的地动，而造成这一片垮塌的原因——

辛柚掀起车窗帘，望着漫天飞舞的雪。

轻微的地动摇晃最多导致一些物件掉落，这丝毫不见停下的大雪恐怕才是主要原因。

她如何救这些人呢？

辛柚双手捧着只剩余温的手炉思索。

报官定然行不通，官员不会因她一句话而兴师动众，只会当她妖言惑众。

贺大人应该会相信她，可他是锦麟卫，疏散那些人最合适的借口就是借搜捕逃犯的名头，这会给他带来大麻烦。

辛柚思来想去，还是靠自己最稳妥。

国子监初十会放假，从画面中可见事发时在清晨，那就是初十或十一中的一天。

而今日是初七，明日便是腊八。

辛柚心头一动有了主意，回到书局交代一番。

一直下着雪，书局下午的客人不多，刘舟腾出来跑腿，杨队长带了不少护卫按照辛柚的吩咐去采买，小莲也没闲着，直奔属于寇姑娘名下的一家米铺而去。

腊八节的一大早，谷玉家附近的街头搭了棚子，架起几口大锅。锅中咕嘟咕嘟地冒着热气，香味传出去老远。

冬日本就是比较清闲的季节，加上连日下雪，这个时候大多数人还在暖暖的被窝中，这也是画面中那么多人没能逃出来的原因。

不过总有起早出门的人，被香味引着过来，好奇地问："这是新搭的早点铺吗？"

小莲穿着厚厚的红袄，笑吟吟地道："不是，是我们姑娘昨日丢了猫，这里许多街坊邻居帮着找，姑娘感激大家的帮助，决定在此施粥四日。"

一听免费的，那人眼睛登时亮了，忙伸着脖子往锅里瞧，就见锅中米粥浓稠，还有两口大锅里炖着香喷喷的肉。

"这些肉——"那人吸溜着口水，眼睛瞪得老大。

小莲莞尔："这些烧肉、烧鸡肉、煮鸡子也是赠送的。"

"真的？"那人惊呼，一脸不可置信之色。

这个时候，又有几个人闻着香味过来了，听到这话纷纷追问，没人敢相信这是真的。

遇到不好的年景，贵人们发善心施粥也是有的，可从来没碰到过施鸡腿、红烧肉的！

"当然是真的，不过我们姑娘有个规矩——"小莲拉长声音。

本来闻着香味就馋得不行，听到能免费吃就更忍不住了，几个人心急地问："什么规矩啊？"

小莲看向辛柚。几个人也跟着看过去。

辛柚今日穿着一件雪狐裘，保暖又贵气，非常让人信服这姑娘不差钱。

在几双眼睛的注视下，辛柚笑道："这些粥和肉，是按人头分。"

"按人头？"

辛柚领首："来的人一碗粥一份肉，没来的人没有。"

"那要是一家有八口人，也能领八份？"

"可以，只要八口人都能来。"说到这儿，辛柚语气一转，"不过这些粥和肉都有限，先到先得，分光了今日就没有了——"

没等她说完，几人拔腿就跑，边跑边喊："快出来啊，有位大善人姑娘在施粥施肉！"

"先到先得，晚了就没有了……"

小莲看着原本冷清的街上热闹起来，向辛柚投来钦佩的目光："姑娘，还是您有办法！"

辛柚用她家姑娘留下的钱救下这些人的性命，也是给青青姑娘积累福报呢，她的姑娘定会投个好胎，有健康长寿的双亲，再不会遇到豺狼虎豹的亲戚了。

想到这儿，小莲抹抹眼睛，又笑了。

很快不少人举着碗跑过来了，更多的人没当真，空着手跑出来看热闹。

排在最前面的人忐忑地把碗递过去，眼睛直瞄着炖着肉的大锅。

负责盛粥的护卫往碗里打了两勺粥，递给一旁的同伴。

那名护卫端着碗问："是要红烧肉还是鸡块？或是鸡子？"

"红烧肉，要肥一点儿的！"

护卫点点头，舀了一块油光发亮的烧肉放进碗里："喏，拿好了。"

那人接过碗，低头狠狠地闻了一口肉香，这才相信是真的。

"真的有肉吃！"

随着他嗷的一嗓子，那些空着手出来的人赶紧回去拿碗。

"别急，别急，大家排好队。"大嗓门儿的护卫维持着秩序。

"哎，你不是昨日那位姑娘吗？"一位大婶认出了辛柚，扭头问一位排在后边的妇人："谷玉他娘，你快瞧瞧，这是不是昨日咱们帮着找猫的那位姑娘啊？"

谷玉娘深深地看辛柚一眼。

辛柚大大方方地一笑："是我。今日来此赠粥，就是为了感谢昨日街坊邻舍们的帮助。"

"姑娘，您的猫找到了吗？"

"找到了。"

"那就好，那就好。我就说姑娘这么心善，肯定能找到的。"

"姑娘怎么称呼啊？"

"我姓寇，名叫青青，大家可以叫我寇姑娘。"

"多谢寇姑娘！"分到吃食的人纷纷道谢。

听着这些道谢声，小莲眼圈又红了，在心里轻轻地道：姑娘，您听到了吗？他们都在感谢您呢。"

辛柚当众报出寇青青的姓名，也是这个意思。

这些钱是寇青青的，她应该被感谢、被记住。

打粥轮到了一位年轻人，年轻人接过打好的粥，把另一个碗递过去："我孩子还小，媳妇儿在家陪着孩子不方便出门，能不能给她带回去？"

一直笑呵呵的护卫听了这话板起了脸："这可不成，见人打粥盛肉，这是我们姑娘定下的规矩。"

"能不能变通一下啊？天冷又下着雪，真的不好带孩子出来。"

"是啊，我老娘腿脚不利落也不好出门，能不能给带回去？……"

有了年轻人开头，这么说的人顿时多起来。

护卫早得过辛柚的叮嘱，这条规矩是底线，绝不允许被打破，当即脸色更沉了："各位别忘了，咱们这是免费施粥，今日施完今日就没了。如果人人都说家里还有人要带走，对后面排队却没打到的人是不是不公平呢？"

这话一说出口，排队靠后的人就嚷起来："就是啊，人家寇姑娘心善施粥，咱们可不能得寸进尺啊！"

"没错，免费的怎么还这么多要求呢？再说了，咱们都住这一片，出来一下有什么打紧？"

年轻人红着脸走了。

没多久，他陪着媳妇儿孩子过来了，年轻妇人抱着孩子默默地排在了队尾。

辛柚留意到，年轻妇人正是昨日与谷玉娘住对门的那位邻居。

看她抱着孩子来领粥，辛柚弯了唇。

这些粥都用的好米，熬得浓稠喷香，烧肉烧鸡块更是香得人流口水，鸡子是放在肉汤里煮的，味道也不差。这些人吃过一次，后面几日定然舍不得不来。

当然，事无绝对，但这已是她能做到的最好结果，再有人因为留在家中出了事，也只能说是命了。

"咦，我怎么瞧着你眼熟？你刚才领过了吧？"刘舟眼尖，揪出来一个重复排队的人。

那是个中年汉子，闻言死不承认。

刘舟冷笑一声："这些粥和肉都是有数的，你多领了，自然有人领不上。"

排在后边的人一听，纷纷指责那汉子，但也有不少人存了一样的心思。

刘舟扬声道："请大家帮我们盯着点儿，要是再有重复排队的人，街坊们没发现却被我认出来，那不好意思，我们的施粥就直接结束了。"

一听这话，那些想占便宜的人登时没了心思。

一直在忙乎的护卫额头都冒了汗，把最后一个鸡子捞起来放入碗中递给排队的人，对后面的人露出个抱歉的笑容："没肉了。"

他说没肉了？

这话顿时激起一片哀号声。

"我一直在担心轮到我就没有了,果然这样。"举着碗的人郁闷地跺脚。

后头还有吵起来的:"我说快出来,你这孩子非得磨磨蹭蹭,这下好了吧,没赶上!"

"哇哇——"挨了拧的孩子哭号起来。

另一个负责打粥的护卫高声道:"还有粥!"

他说还有粥?

虽然米粥的吸引力远不如红烧肉,可这是白花花的大米熬成的粥,比他们平时吃的糙米可强太多了。更别提就算是糙米粥也是稀得见底,哪里像这粥浓稠喷香。

"能舀点儿肉汤吗?"

护卫自然不会拒绝。

等到最后,盛肉的桶干干净净,盛粥的桶也干干净净,却还有十几个人没打上。

"街坊邻居们别急,明日一早我们还来。"刘舟扯着嗓子喊。

"明天还来?"人们一听这话,赶紧往前挤了挤。

这些人里可不只没打到粥的人,先前打到粥的大部分压根儿没走。

他们早就听最开始来的人说施粥要持续几日了,当然要留下听听情况。更何况一位大户人家的姑娘为了感谢街坊帮着找猫就来施粥本就是新鲜事,哪怕留下纯看热闹也不亏。

"小哥儿,你们明天真的还来吗?"

"还来,我们姑娘说了,要施粥四日呢。"

"什么时候来啊?"

"还是一大早。"刘舟笑呵呵地说出辛柚交代过的话,"街坊们明日早点儿来啊,咱们的米粥和烧肉都有限,先来先得。"

听完这话,人们互相看看,都暗下决心明日早早过来守着,免得像今日跑空的倒霉蛋一样。

住在他们这一片的人太穷,过年都很难吃上肉,这要是错过了可要后悔死。

转日,辛柚一行人过来时,已经有不少人等着了。

"来了,来了,真的来了!"

天很冷,这么早从被窝中爬出来委实不好受,这些在寒风中等着的人难免心中忐忑,担心辛柚这些人不来了。

她给这么多人施粥施肉,这得多少钱啊。

今日准备的食物比昨日还要多,却比昨日还要早就被分完了,而没分到的人更多。

回去的路上,小莲叹道:"还是姑娘料得准,今日真的多了不少人。"

"明日还会更多。"

米粥也就罢了,这些炖得软烂喷香的肉就是日子还算可以的人家都不会天天吃,何况这一片都是穷苦人家,一年到头不见几次荤腥。

这些人家又都有亲戚，想让亲朋也吃上一口好的，一传十，十传百，来的人可不就多了。

"那明日提前来排队的人就更多了。"小莲随口感叹。

辛柚弯唇："不怕他们早早来排队，只怕不来。"

灾难发生时正是清晨，他们越早离开家门越安全。

等到施粥的第三日，也就是腊月初十，果然来排队的人更多了。

粥和肉都分完后，刘舟大声道："明日就是最后一日在这里施粥了，街坊们早点儿来啊！"

街坊们笑道："铁定早早来排队。"

这日也是国子监放假的日子，谷玉舍不得雇车，一大早从国子监步行回家，远远就看到母亲等在门口。

"娘，这么冷的天，您怎么在外头站着？"

谷玉娘温柔地笑着："估摸着你快到家了才出来的，快进来吃早饭。"

"娘，我在国子监吃过了。"

不是所有监生放假都能回家，放旬假的日子国子监里也是管饭的，谷玉都是吃饱了才回家。

等进了屋，看到摆在桌上的一块红烧肉，谷玉愣了一下。

"我去热一热。"

谷玉娘很快把肉热了，一同端来的还有热好的粥。

"娘？"谷玉满心疑惑。

莫非娘是等着他回来过腊八？可往年腊八节他们也不吃肉啊。

谷玉娘一边给儿子递筷子，一边滔滔不绝地说起来："前几日来了位姑娘……"

听母亲说完，谷玉皱眉："那位姑娘姓寇？"

"对，都叫她寇姑娘。"

"娘能不能说说寇姑娘长什么样子？"

听完描述，谷玉的眉头皱得更紧了。

是青松书局那位寇姑娘无疑了。

她为何跑到他家附近施粥赠肉？

若说是巧合，谷玉一万个不信。

谷玉见识上受限于家境不如那些贵公子，却是个聪颖的，直觉寇姑娘此举与他有关。

难道就因为那日他不信她的话？

可这与她跑来施粥又有什么关系呢？

"明早就是最后一次了，正好玉儿你回来了，咱们可以领两份。"

谷玉下意识道："我一早就要赶回国子监。"

"来得及，寇姑娘每日来施粥都很早的。玉儿，你快尝尝这红烧肉，等会儿该凉了。"

"娘，您吃吧，我在国子监不缺肉吃。"

"你正是长身体的时候，读书又辛苦。"

母子二人一番推让，最后分着吃了。

转日天还没亮，谷玉就被母亲喊醒了。

"玉儿，快起来，再晚了就分不到了。"

谷玉一时没反应过来："什么？"

"去领寇姑娘施的红烧肉啊！"

谷玉一下子清醒了，利落地收拾好和母亲一起出了门。

他倒不是为了红烧肉，而是疑惑寇姑娘的做法。

待走出家门，谷玉愕然发现许多街坊邻居揣着碗往外跑。

"快点儿，快点儿，昨天来了好多其他地方的人，今天说不定更多。"

"真是不要脸，寇姑娘明明是感谢咱们的帮忙才来施粥的，其他地方的人凭什么来？"

"说这些有什么用？人家又分不了这么清楚……"

谷玉随着人流跑过去，排在队伍中往前望了望。

"娘，哪里有人施粥？"

不等谷玉娘回答，抱着孩子的年轻妇人就笑道："寇姑娘还要一会儿才来呢。"

谷玉吃了一惊："张大嫂，这么冷的天你抱着孩子出来了？"

"没办法，粥和烧肉都是见到人才给的，不分男女老幼，不来的人就没有。"

"来了，来了！"人群骚动起来，排着的队伍却丝毫不乱。

谷玉望去，走在最前头的果然是寇姑娘。

"寇姑娘早啊！"街坊们纷纷打招呼。

"大家早。"辛柚含笑回应。

谷玉面露思索之色。寇姑娘莫非为了求名？

第十九章　父女相见

人太多了，辛柚环视一圈，不确定谷玉是否就在其中。

她从时间上推断，谷玉应该是在离开家回国子监时发生变故的，离现在还有一段时间。

可这点儿时间究竟是一刻钟、两刻钟，还是更久，谁也不知道。

假如谷玉每次出门的时间都差不多，那通过他应该能判断，这也是辛柚刚刚下意识寻找谷玉身影的原因。

她很快放弃了众目睽睽之下把谷玉喊上前来询问的打算。

这世上偶然的事太多，一个人固定的行为也会突然有变化，到了这一步，还是自己靠得住。

辛柚侧头，对刘舟微微颔首。

刘舟喊道："街坊们排好队，开始打粥喽。"

排在最前面的人接过装好粥的碗，眼睛直往其他大桶里瞄，他问道："那个……今天没有烧肉了吗？"

刘舟的声音更大了些："这不是一连几日大量买鸡买肉，菜市场那边供应不上了嘛。我们姑娘特意从庄子上订的，结果送晚了，我们出门时肉刚处理好，再过一会儿就送来，大家多等会儿啊。"

"那还要重新排队啊？"排在第一个的人有些不愿意，当然这不是对寇姑娘这些大善人的不满，而是对在风雪中等待的怨念。

刘舟笑呵呵地安慰："今日是最后一天施粥赠肉，保证每个来排队的人都能分到。"

那人一听，确实被安慰到了。

既然肯定能分到肉，那他就再等等吧。

好在这两日因为一直下雪，大家都有经验了，条件好一些的人提着有盖的木桶，条件差一些的提个竹篮。他们这样等一等，除了冷一点儿也没什么。

辛柚默默地瞧着，没有人分到了粥就离开，都选择重新排队等着红烧肉。

她悄悄地松了口气。

她连续三日施粥赠肉，已经让这些人相信她的话。他们相信能分到烧肉，又尝过了肉香，自然愿意花些时间等待。

在大雪纷飞的冬日，对绝大多数老百姓而言，时间是最不值钱的。

"寇姑娘早啊。"轮到谷玉娘，她热情地与辛柚打招呼。

她是真的没想到，那日只是帮着这位姑娘找猫，就得了这么大的实惠。

"大婶早。"辛柚眼波一转，落在谷玉身上，露出惊讶之色，"谷公子和大婶是一家人吗？"

"寇姑娘与玉儿认识？"谷玉娘一脸惊喜的神情。

辛柚微笑："我在国子监附近开书局，见过谷公子几次。"

"玉儿是我儿子。"谷玉娘看辛柚更亲切了，用胳膊肘一碰儿子。

这孩子，怎么不知道打招呼呢！

谷玉客气地问好："寇姑娘。"

"我表哥就在国子监读书，我记得国子监旬假是昨日，谷公子是不是要回国子监去？"辛柚自然而然地问起。

"是。"因一直猜不出辛柚的用意，谷玉不想多说。

谷玉娘却是个话多的人："平时差不多就是这个时候出门了。托寇姑娘的福，能吃上一口热粥……"

这个时候——

辛柚在心里默念这几个字，抬眸望了一眼天。

大雪昨晚才停下，不知何时又下起来了，洋洋洒洒。

哪怕这里聚集了这么多人，她依然能感觉到风雪的冷。

轻微的摇晃感传来，辛柚第一时间就察觉到了，心一下子揪紧。

谷玉娘端着碗的手晃了一下，粥洒出来一些，以为自己没拿稳，心疼得不行。

大部分人没反应过来，要么以为是错觉，要么以为犯了头晕。

"不对！"谷玉脸色大变，"是地动！"

这话一说出口，人群哗然。

地面又轻轻地晃动起来，这下人们都发现了。

"地动！地动啦！"有人惊慌地喊叫，拔腿要跑。

也有一些有阅历的人大喊："趴下！快趴下！"

更多人没有被这轻微的晃动吓住，甚至还在怀疑中。

巨响突然传来。

"快看！"

"塌了！房子塌了！"

有失去理智的人下意识地往家里奔,被旁边的人死死拽住:"不要命了?!"

惊恐在蔓延,人们却像被施了定身术,一动不动地望着家所在的方向。

那片区域,一座接一座的屋舍瞬间坍塌,积雪飞溅,又与落雪一起把断壁残垣遮盖。

不知过了多久,有人扑通跪下,伏地痛哭:"全塌了,全塌了!"

哭声四起,大家心痛失去了栖身之所。

一个年轻男子却抱住了妻子,后怕又庆幸:"孩儿他娘,幸亏你和孩子也出来领粥了,不然——"

被男人拥住的年轻妇人怀中抱着孩子,泪流满面:"嗯,幸亏出来了,幸亏——"

妇人的声音猛地顿住,她望向辛柚。

如果不是寇姑娘来施粥,还要求按人头分肉,她一定不会带着孩子大雪天出门,那她和孩子——

低头看看懵懂无知的幼儿,年轻妇人冲着辛柚的方向跪下去:"寇姑娘,多谢你救了我一家性命,救了我的孩子……"

年轻妇人的话让人们反应了过来。

是啊,要是没有寇姑娘在这里施粥,这么冷的天还下着雪,他们还在被窝里躺着,那不全被砸死吗?

越来越多的人跪了下去。

"恩人啊!"

"多谢寇姑娘啊!"

谷玉娘也跪了下去,却发现儿子还直直地站着。

她用力一扯,拽着谷玉跪下。

谷玉整个人都是蒙的,哪怕被拉着跪下,也是直挺着上半身,眼睛一眨不眨地望着辛柚。

因为正轮到他们母子打粥,那个少女就在他眼前。

她穿着狐裘,帽兜与衣领一圈雪狐毛,只露出巴掌大的脸。

那张脸冻得雪白,衬得一双眼眸如墨玉,黑而纯粹。

那日少女的话在他耳畔响起:我观谷公子将有血光之灾,且是发生在回家时——

他当时怎么做的?

他以为她拿他这种穷学生寻开心,把她当成那种喜欢戏弄人的顽劣少女,转身就走了。

就在刚刚,他还在想寇姑娘跑来施粥赠肉的目的。

而现在,他终于明白了!

可更大的疑惑升起:寇姑娘怎么知道这里的屋舍会倒塌?难道她真的是看相看出来的?

谷玉的脑子乱极了,他晕晕乎乎就要爬起来。

谷玉娘手疾眼快，把儿子死死拽住。

这孩子在街坊邻舍都跪着的时候想干什么啊？！

面前跪了一片人，令辛柚躲都无处躲。

"街坊们快起来，先吃口粥垫垫肚子，暂时不要回家。"

辛柚说完，刘舟又扯着嗓子大声喊了一遍。

人们陆陆续续爬起来。有些人刚刚因为受惊把篮子甩了，更多的人下意识地护住东西，粥还在。

但这种时候大家哪儿有心情吃粥，茫然环顾，议论起来。

"刚刚是地动吧？"

"应该是，我感觉到地动了动。"

"可为什么只有咱们这一片的屋舍塌了，你们看那边，都好着呢。"有人指着远处。

那里看起来毫无变化，只不过越来越多的人从家中走出来查看动静。

"我知道了！"一名年轻人指着坍塌的屋子大喊，"是雪，是被雪压塌的！"

"竟然是雪！"

安静了一瞬后，人群中不少人痛哭出声。

"老天爷啊，我们本来就穷得活不下去了，还要把栖身的房子夺走……"

"呜呜呜，越穷越不让我们好过……"

几辆拖着木桶的马车缓缓驶来，在雪地上留下深深的辙痕。

烧肉的香味随着木桶盖子揭开飘散开来，人们闻到肉香，哭声一缓。

"街坊们，人在比什么都强，先吃肉！"刘舟大声道。

或许是长期的贫苦让这些人见惯了伤心事，磨炼出了坚韧心性，短暂的情绪失控后他们很快就接受了事实，熟练地排好队等着分肉。

"多谢寇姑娘。"

"谢谢寇姑娘！"

每个领到烧肉的人都对辛柚由衷道谢。

谷玉站在人群里，看着万众瞩目的少女，忍住了去问她的冲动。

他在国子监读书，她在国子监附近开书局，之后有很多机会去问。

对了，国子监！

谷玉脸色一变，对谷玉娘道："娘，我要先回国子监告个假。"

国子监有规定，监生无故旷课会被扣分，达到一定次数会被退学。

"快去吧。"

谷玉不放心，再次叮嘱母亲："娘，我告了假立刻回来，您先不要急着回家翻东西，等我回来再说。"

"娘知道，你快去吧。"

谷玉拔腿就跑，从成了一片废墟的家到鳞次栉比的店铺，越是往繁华的地方跑越是看起来与平时没有什么区别。

如果说有什么不同，就是越来越多的人走上街头，谈论着刚才地动的事。

国子监中，师生们也在议论此事。

"谷玉，你今天回来晚了啊。"一名监生见到匆匆跑来的谷玉，很是稀奇。

在监生们眼里，谷玉可是从不迟到的好学生。

"请问温监丞在何处？"

有见到温监丞的人给谷玉指了去处。

谷玉跑过去，发现除了温监丞，还有孟祭酒等人。

孟祭酒正在交代温监丞几个人："你们安抚好学生，我去打听一番。"

刚才的地动虽然轻微到让人觉得是错觉，孟祭酒却神情凝重。

他虽没经历过，但读过的书让他知道，当他们只是感受到轻微晃动时，必然有地方山崩地裂，人间地狱。

谷玉向孟祭酒几个人行了礼，走到温监丞面前："先生，学生谷玉，想请个假。"

"为何请假？"温监丞温和地问道。

国子监对事假自来比较严格，学生请事假大多是遇到了不好的事。

谷玉低头道："今早地面出现摇晃，学生家那一片的房屋全被积雪压塌了。"

孟祭酒听了这话猛然转身，大步走到谷玉面前。

"你家住何处？"

"学生家住北楼坊一带。"

"你是从家中过来的？那……伤亡如何？"孟祭酒问出这话，心头如压了一块石头。

谷玉迟疑道："可能没什么伤亡。"

"怎么可能？！"在场的几个先生不由得摇头。

孟祭酒神色古怪："没有伤亡？"

"学生也不确定。"谷玉微一犹豫，还是把辛柚所做之事说了出来，"屋舍坍塌时街坊们都在等烧肉，没见有人回去……但也可能有没出门的，学生就不清楚了。"

孟祭酒脸色好看多了。

如果这学生所言属实，就算有人没出门，那也是极少数。比起大量死伤，这已是极好的结果。

"那位寇姑娘可是青松书局的寇姑娘？"

"正是。"

孟祭酒替温监丞给谷玉批了假，坐上马车随谷玉一同去了北楼坊。

待见到一片废墟，孟祭酒惊住了。

房屋坍塌成这样，如果当时人们都在家中，他不敢想象会死多少人。

"寇姑娘呢？"孟祭酒认出了青松书局的小伙计刘舟，问道。

"东家先回去了，交代我们留下看看有什么需要帮忙的。"

孟祭酒点点头，沉默地望着那片倒塌的房子。

在等了一段时间没有再发生地面摇动后，街坊们已经回到自己的家，开始从废墟中翻找可用之物，都是徒手在翻。

孟祭酒没有停留太久，进宫去了。

此时进宫的还有不少大臣，在等待皇帝召见的时候凑在一起，议论着今日的异动。

兴元帝见臣子时表情也极为严肃，立刻安排各个衙门去了解京中情况。

而这个时候，国子监的监生们还意识不到清早那点儿小小晃动有什么打紧，随着谷玉请假的事传开，他们的注意力放在了这里。

"听说了没，谷玉家那一片的房屋都塌了，幸亏寇姑娘在那里施粥，才让许多人躲过了一劫。"

"寇姑娘怎么会去谷玉家那边施粥呢？"

"这谁知道呢……"

"段兄，你不是寇姑娘的表哥吗？知道寇姑娘为何在那里施粥吗？"

被团团围住的段云朗一脸茫然之色："什么施粥？我不知道啊。"

而在一间号房里，章旭猛拍大腿："我知道啊！"

几个小弟赶紧问："为什么啊？"

章旭激动得声音发抖："你们忘了寇姑娘怎么说的了吗？"

"她说谷玉要有血光之灾——"

"对啊！你们想想，谷玉要不是因为寇姑娘施粥，那时候还在家里呢，房子一倒肯定就被压在下面了！"

"哟，那岂不是没命了？！"

"这么说，寇姑娘去那里施粥就是为了救谷玉？"

"这不重要！"章旭才不在乎谷玉的死活，"重要的是，寇姑娘真的会看相！"

几个监生也反应过来了。

"老天爷，寇姑娘真的会看相！"

"这也太神了，不但看出谷玉有血光之灾，还看出了他是怎么出事的！"

"你们不觉得寇姑娘为了救谷玉去施粥，这手笔太大了吗？"

这得花多少钱啊！

几个人都看着说这话的监生。

"怎么了？我说错了吗？"

"你没说错。"一名监生托了托险些惊掉的下巴，喃喃道，"原来传闻寇姑娘有钱是真的。"

章旭咳嗽一声："不要扯远了。我可答应给寇姑娘保密的，你们没和别人说吧？"

几个人你看我，我看你，眼神游移。

章旭急了："你们告诉别人了？"

原本他们说说就了，可寇姑娘是真的会看相啊，他还想和这种高人搞好关系呢！

"谁说出去了？"

面对章旭的质问，几个人纷纷否认："我没说！"

章旭站起身来。

"章兄，你去哪儿？"

"还能去哪儿，去看寇姑娘啊！"

眼瞧着章旭往外走，剩下的几个人互看一眼，也跟了出去。

他们也想看看神算寇姑娘！

此时的辛柚，正安排护卫把棉衣、鞋袜等保暖衣物装车，运往谷玉家那边。

这些衣物是前几日陆陆续续买到的，因为时间急，数目上还有不小的缺口，好在寇姑娘名下就有一间制衣坊，她已经安排缝工加紧赶工。

寒冬腊月，短时间的少吃少喝还能撑着，没有屋舍庇护又少了御寒之物是能冻死人的。

"路面积雪厚，车子行慢点儿。"辛柚送出书局，叮嘱杨队长。

"东家，您放心，保证按您的交代把这些棉衣送到那些街坊手里。"杨队长拍着胸脯保证。

如果说一开始他对寇姑娘是救命之恩的感激，现在又多了深深的钦佩。

东家真是神仙一样的人啊！

街道两边店铺的人和来往行人看着一辆辆装满物资的马车驶过，也感叹不已。

"难怪寇姑娘能把青松书局经营得这么红火，这是善心有福报啊！"

"是呢，谁能想到一个小姑娘有如此胸襟。"

"听说了吗？北楼坊那一片的屋子都被雪压塌了，幸亏寇姑娘在那里施粥，人们为了领粥都在外边，这才逃过一劫。"

"真的？"

"这还有假，国子监的好多监生在说呢。"

"这可是功德无量了。"

这些议论辛柚没有听到，转身要回书局时听到了一连串喊声。

"寇姑娘，寇姑娘——"

辛柚转过身来。

"章公子？"

章旭跑到近前，气喘吁吁地说："寇姑娘，我都听说了！"

辛柚默了默，等对方说出来找她的目的。

章旭发现街边人还不少，压低声音说："没想到你真的会看相！"

辛柚嘴角微抽。

他倒也不必这么着急来说这个。

"寇姑娘，你那日说我近日比较顺遂，是真的吗？"

辛柚仔细看章旭一眼，微微点头："嗯。"

章旭露出了轻松的笑容。

他们马上就要月考了，一般来说他每月会挨一次揍，这次居然能躲过？

辛柚还有不少事要安排，没时间与这种纨绔子闲聊，一扫跟在他后边的几个监生，低声问："章公子替我保密了吧？"

章旭笑容一僵，他忙道："寇姑娘你忙，我回国子监上课了。"

不等辛柚再开口，章旭飞快地走了。跟着他来的几个监生冲辛柚笑笑，也走了。

"姑娘，这个章公子肯定把您会看相的事说出去了。"小莲皱眉道。

辛柚一笑："不管他。我们回去理一下账，再打发人去制衣坊那边问问进度。"

辛柚手上有三本账，一本是青松书局的，书局盈利她可以随心支配；一本是寇青青的那十几家铺面，这些铺面交给了方嬷嬷打理，是给寇青青留在世上的最亲近两个人的依靠；还有一本账记的是寇青青的那些真金白银。

这笔钱她早就征询过小莲的意见，会用在救助灾民上。如今谷玉家一带受灾，正是把钱用到该用的地方的时候。

而除了那一片，京城定然还有受灾之处。至于京城之外，她就不敢想象了。

辛柚做不到救所有人，只能尽力而为，不辜负自己的特殊能力，也不辜负寇青青的这笔家财。

快要走进书局时，辛柚听到熟悉的喊声，转过身看到了一身朱衣的贺清宵。

他带了不少手下，腰间挎着长刀，看起来只是路过。

"贺大人。"辛柚走过去。

"北楼坊那边的事，我听说了。"贺清宵其实有几日没见过辛柚了，但对这几日青松书局的动静是清楚的。

身在他这个位置，许多事哪怕他不特意打听，也会有人把消息报到他面前来。

"刚刚看到不少拉货的马车，是书局送去那边的吗？"

辛柚点点头。

"我正要去北楼坊那边，寇姑娘若有什么需要注意的，可以对我说。"

辛柚有些意外："贺大人要去北楼坊？"

"今上在宫中也感觉到了地动，吩咐各衙门探查京城受灾情况，及时安置灾民。根据目前得来的消息，北楼坊一带屋舍坍塌是最严重的，我带手下过去与其他衙门配合，先把灾民暂时安置到养济院去……"贺清宵说起朝廷的安排。

屋舍的重建需要时间，如果任由灾民大雪天露宿，那没被砸死也要被冻死了。

辛柚一听朝廷的安排，为谷玉娘那些人松口气："也没有什么事，贺大人要是方便，帮忙盯一下棉衣发放，不要造成哄抢。"

棉衣对普通百姓来说可不是便宜物，贫穷些的人家每人拥有一件棉衣都是奢求，更别说这种受灾的时候。

"好。"贺清宵点头，深深地看了辛柚一眼，"寇姑娘太客气了。"

目送贺清宵带着一队手下匆匆离开，辛柚又忙碌起来。

北楼坊那边，气氛有些低沉。

"砸坏了,都砸坏了……"有人心痛抹着眼泪。

"等入了夜可怎么办啊?"

"娘,我挖出一件厚衣裳!"

"我穿着袄子呢。快给小宝围上,孩子小,受不得冷。"

"你们看,好多马车!"

离得近的人围过去,问清楚后激动得大喊:"是寇姑娘送来的棉衣,是寇姑娘送来的棉衣!"

"老天保佑寇姑娘长命百岁!"

贺清宵赶到北楼坊时,看到的就是分到棉衣的人不停地感恩寇姑娘的场景。

贺清宵与其他衙门协作安置好灾民,已是暮色沉沉,皑皑积雪在零星灯火下折射着寒冷的光辉。

他没有直接回侯府,而是走在去青松书局的长街上。

青松书局的灯果然还亮着。

贺清宵立了片刻,默默转身。

"贺大人。"身后传来熟悉的女声。

贺清宵转过身,看着辛柚走过来:"这么晚,寇姑娘还没休息吗?"

"把账理一下,还有些明日的安排。"辛柚看着一身狼狈的男人,"贺大人刚忙完吗?"

察觉到辛柚目光拂过之处,贺清宵低头看看。

朱衣鲜艳,却沾了许多脏污,是他帮那些街坊搬东西时蹭上的。

原本他并不在意,可此刻在少女如水的目光注视下,却突然生出几分尴尬来。

"那些街坊都去了养济院吗?"辛柚没有发现贺大人的尴尬,含笑问。

杨队长他们发放完棉衣就回来了,后面的事有朝廷接手,他们没再参与。

她提到这个,贺清宵恢复如常:"都去了。之后朝廷应该会有重建房屋的对策,寇姑娘可以放心。"

"那就好。"

对于灾民,朝廷是有一套救助措施的,特别是天子脚下。

辛柚不打算越俎代庖。

贺清宵想了想,提醒道:"这次地动,京城只有轻微动静,受灾最严重的恐怕就是北楼坊这一片。这里的街坊因为寇姑娘施粥逃过一劫,想必寇姑娘的事很快就会传到今上耳中了。"

"多谢贺大人提醒。时候不早,贺大人早些回去休息吧。"

对于救那些人,辛柚事先没有想过会不会传到皇帝耳中。事后,她也不惧传到皇帝耳中。

她有心理准备,早晚会与那个人见面的。

"寇姑娘也早些休息。"贺清宵要走,想想还是解释一句,"刚刚路过,看到书局的灯还亮着。"

辛柚莞尔:"我知道贺大人是路过。"

贺清宵拱拱手,大步走了。

这一夜没有下雪,转日京城街头时不时有官兵走过,惹得不知情的百姓议论纷纷。

对大多数百姓而言,昨日那点儿轻微摇晃只是为懒洋洋的冬日增添了一些谈资罢了。

等到下午,京城各处受灾情况被摸得差不多了,大臣们聚到了宫中。

"京中情况如何?"兴元帝问。

调查受灾情况的主力是五城兵马司,而五城兵马司隶属兵部,其他各部负责协助。

兴元帝发话,兵部尚书站了出来:"回禀陛下,经统计,五城共伤亡三十二人,其中亡十四人、伤十八人,皆因屋舍倒塌或重物掉落所致……"

这个伤亡数字,令兴元帝微微松了口气。

这比他估计的要少不少。

"等一等。"听兵部尚书报到屋舍倒塌数目时,兴元帝觉得不对,"北城有这么多屋舍倒塌,为何只伤亡三十余人,且这些人是分散五城?"

兵部尚书暗暗庆幸。还好他得到这些信息时也觉得奇怪,特意问了下属,不然就要被皇上问住了。

"回禀陛下,倒塌的屋舍集中在北楼坊一带,据说是有善心人在那里施粥,因而当变故发生时人们都在外头。"

兴元帝登时来了兴趣:"施粥的是什么人?"

兵部尚书卡了壳。

京城多富户,每到贫苦百姓日子难过的冬日,大户人家施粥不是什么新鲜事,他听过后就没再问。

眼看兵部尚书答不出来,兴元帝投去的眼神暗藏不满。

这个马有才,没有一点儿好奇心吗?

这时孟祭酒站了出来:"陛下,臣知道这位施粥人的身份。"

"哦,是什么人?"兴元帝立刻问。

"是青松书局的东家寇姑娘。"

兴元帝大为意外。

这事又是那位寇姑娘做的?

"朕记得寇姑娘尚未出阁,还是个小姑娘,她怎么会想到去北楼坊施粥?"

这事莫非是段少卿支持的?

兴元帝对任太仆寺少卿的段文松本来印象不深,因为寇姑娘,倒是在他这里挂上名号了。

兴元帝这个问题其实有些为难人。

这些信息是一层层传上来的,到了兵部尚书这里,能知道施粥人身份已是难得,谁还会去问施粥原因呢。

兵部尚书刚才没回答上来，面上无光，暗暗等着看孟祭酒的笑话。

孟祭酒清清喉咙："臣听说，寇姑娘是为了感谢北楼坊的街坊帮她找猫……"

兵部尚书惊呆了。

孟祭酒这老家伙为什么连这个都打听了？

兴元帝听完，也震惊了："为了感谢街坊帮她寻猫，就施粥赠肉四日？"

现在的小姑娘都这么富有吗？

想想因为各项支出经常捉襟见肘的国库，兴元帝突然有些不是滋味。

因为施粥救人的事，孟祭酒对辛柚好感暴增，听了兴元帝的疑惑顺口说起好话："寇姑娘很有经商头脑，她接手青松书局后，为了求得好故事千金买马骨，这才挖掘了话本大家松龄先生，从此门可罗雀的书局生意兴隆，财源滚滚……"

兵部尚书斜眼看着滔滔不绝的同僚。

这老家伙知道的也太多了！

兴元帝听着点点头："确实有头脑。"

这位寇姑娘聪明能干能喝酒，若是个男儿，定是不可多得的人才。

兴元帝闪过可惜的念头，蓦地一怔。

女儿身也是能有一番成就的，比如他的皇后。

随后他摇了摇头。

这世上，又有几个欣欣那样的女子呢。

几个大臣看着皇帝又是点头又是摇头，互相交换了一下眼神。

皇上这是怎么了？

兴元帝很快回神，询问起北楼坊灾民的安置情况，得到满意的答案脸上刚有了笑容，就有急报传进来。

定北一带昨日发生剧烈地动，其中北安县最为严重，整座城成了一片废墟，死伤难以统计。此外定北多地受到影响，通行受阻。

看完急报，兴元帝脸色铁青，扶了扶额头。

"陛下——"

兴元帝抬抬手，压下翻滚的情绪强作镇定："传京营统领伍延亭进宫！"

定北受灾严重，道路不通，要赈灾就不只是派赈灾大臣的事了，还需要派大量兵将前往。

至于负责赈灾的钦差大臣，兴元帝指派了两个人，一人是户部侍郎裴佐，另一人是二皇子庆王。

户部侍郎裴佐也就罢了，派户部官员去赈灾本就是常例，庆王成为钦差就有些耐人寻味了。

在场的大臣都是人精，猜测着皇上是要给庆王立功的机会，为以后做打算。

兴元帝确实抱着磨炼庆王的心思。要说起来，这还与寇姑娘有关。

庆王在昭阳长公主生辰宴上与寇姑娘拼酒，兴元帝心里是有些失望的。

庆王这样轻佻，他很难放心将来把江山交给这个儿子。

兴元帝对庆王并不宠着和疼着，之所以对庆王与其他儿子不同，主要是因为他觉得合适。

兴元帝不喜长子秀王，其他皇子又太小，那就只有庆王了。

庆王被召进宫来，得知自己被任为赈灾钦差明日就要赶往定北后，去了菡萏宫。

淑妃并没有提前得到消息，见庆王来了还有些意外："熠儿怎么这时候进宫？"

天都要黑了。

"父皇传儿子进宫，让我明日就随户部侍郎裴佐一同前往定北赈灾。"

淑妃愣住了："赈灾？定北怎么了？"

"昨日地动，据说定北受灾严重，有的县整个成了废墟……"庆王说着才听来的消息，眉头死死地拧着。

马上就要过年了，这么冷的天他却要出远门，还可能会看到好多缺胳膊少腿的死人……庆王这么一想，就烦得不行。

"整个县都成了废墟？"淑妃难以置信，脸都白了。

庆王点头："传来的急报，应该不会有假。"

淑妃抓住庆王的手腕，黛眉紧蹙："明日就要启程？这也太急了，之后会不会有余震？"

"儿子哪儿懂这些？"庆王甩开淑妃的手，烦躁地揉了揉脸。

他看父皇那样子，要不是快天黑了，父皇恨不得他即刻启程。

儿子的烦躁反而让淑妃冷静下来："熠儿，你父皇这是看重你。"

他去灾区走一趟，哪怕什么都不做，回来后也有了说得出去的功绩。

"我知道。"庆王也不傻，在兴元帝面前听到这个消息后还表现得很积极，到了淑妃面前才不再遮掩，"就是想着这么冷的天出门，有点儿烦。"

"是要当心些，一切以安全为重……"淑妃殷殷叮嘱。

庆王嫌她啰唆，赶紧走了。

秀王听说后，独自在房中待了许久，第二日若无其事地与其他人一起为赈灾队伍送行。

定北离京城不算太远，昨日已有一队轻骑先去打探情况，今日的队伍就庞大多了。

京城百姓见此情景，凑在一起议论起来。

"这是发生什么事了吗？怎么这么多官兵？"

"我听说定北那一带发生了大地动，好多城镇村庄成平地了！"

"当真？"

"谁会拿这种事乱说啊，没看连皇子都出门了。"

"定北离京城有两百余里吧，难怪连京城都感觉到了晃动。"

"唉，这要死伤多少人啊。还是咱们京城好，都没什么事。"

"这你就不知道了吧，我听说北楼坊一带的屋舍全塌了，幸亏寇姑娘……"

消息落后的人一听，抬脚就往青松书局的方向走："寇姑娘这么心善，我去买本话本子支持一下。"

"我也去。寇姑娘阴差阳错救下这么多人，可见福泽深厚，我去沾沾寇姑娘的福气。"

于是有去支持的，有去蹭福气的，更多的是出于好奇去看看的，胡掌柜险些被拥进来的人挤到书局外边去。

这些人大多不是为了买话本子去的，但来都来了，一本书不过两百文，顺手买上一本就是自然而然的事了。

胡掌柜很快就忙得晕头转向。

秀王站在街边，望着人头攒动的青松书局，出了好久的神儿。

一次远在定北的地动，让二弟有了捞政绩的机会，也让寇姑娘心善有福的美名远扬。

而他什么也没做，有些东西就离他更远了。

秀王牵唇笑了笑，转身欲走，就见一辆马车在书局门口停下，下来两名女子。

辛柚是从制衣坊那边过来的。

寒冬腊月发生这样的灾难，御寒衣物再多都不会嫌多。

"怎么这么多人？"小莲陪在辛柚身边，一起往书局走。

辛柚也是见书局人山人海，担心发生了什么变故才下车的。

有眼尖的人发现了辛柚："是寇姑娘！"

随着这声喊声，书厅里的人齐齐向外看去。

"姑娘，他们好像是冲着您来的！"

辛柚也反应过来了，眼看这些人有扑过来的意思，提起裙摆就跑。

"咦，寇姑娘人呢？"先冲出来的人茫然四顾。

不远处的秀王目瞪口呆，随后陷入沉思。

寇姑娘跑起来的速度，不像是寻常闺秀能有的。

街两边残雪堆积，路面已被扫得干干净净，秀王走过去，弯腰捡起一朵珠花。

青松书局的热闹好几日才恢复平静，一个说法在国子监悄悄流传开。

"你们知道吗？寇姑娘能救下那些人其实不是巧合，是因为寇姑娘是神算子，算出了谷玉有血光之灾！"

"喀喀。"

听到孟祭酒的咳嗽声，聚在一起的监生赶紧问好："祭酒大人。"

"你们刚刚在说什么？"

"没什么！"

"嗯？"

一个机灵的监生忙道："学生们在聊这次月考的情况。"

孟祭酒见问不出来，板着脸走了。

别以为他年纪大了耳背，这些臭小子分明在聊寇姑娘。

寇姑娘会看相？

孟祭酒好笑地摇摇头。

腊月二十这日，国子监放旬假，月考成绩出来了。又得了倒数第一的章旭回到家，磨磨蹭蹭地去见祖父、祖母。

"旭儿回来了。"章旭的祖母姓朱，把宝贝孙儿看得比眼珠子还重，"抱琴，把炖着的羊肉羹给公子盛一碗。"

羊肉羹虽美，可章旭还在为马上要向祖父汇报月考成绩而悬着心："祖母，祖父呢？"

今日也是官员休息之日。

朱老夫人叹口气："朝廷为了定北地动的事焦头烂额，你祖父身为首辅哪能得闲？"

章旭睁大了眼："祖父不放假了？"

"是啊，直接歇在阁房了。"

"太好了——"反应过来这么高兴不合适，章旭急忙住口，随即神情一震，喃喃道，"真的太神了！"

朱老夫人没听明白："旭儿，你在说什么？"

章旭回神，忙摇头："孙儿没说什么。"

他答应替寇姑娘保密的，可不能告诉祖母。

几口吃下一碗羊肉羹，章旭待不住了："祖母，孙儿有事出去一趟。"

朱老夫人错愕："这大冷的天，怎么刚回来就出门？"

"突然想起来有点儿事。午饭前——哦，不一定什么时候回来。要是不回来吃午饭，我打发人和您说。"

章旭急匆匆往外走，走了两步突然转身，冲朱老夫人露出大大的笑容："祖母，您身上有零钱吗？要是有借孙儿用用，我就不回院子拿了。"

朱老夫人让婢女取了钱给他："多带几个人，不要去乱七八糟的地方。"

"孙儿知道，您放心吧。"章旭快步走了。

朱老夫人皱皱眉，吩咐下去："跟着大公子，看他去什么地方。"

对唯一的孙儿，朱老夫人可不敢疏忽。

章旭很快上了马车："去青松书局。"

他要请寇姑娘吃饭！

马上就要过年了，定北一带的大地动对京城绝大多数百姓而言只是茶余饭后的谈资，该访亲问友的访亲问友，该置办年货的置办年货，街上还是那么热闹。

青松书局很快到了，章旭跳下马车，快步走了进去。

"请问寇姑娘在吗？"

胡掌柜定睛一看，是二号纨绔子。

老掌柜近来在心里默默给有觊觎东家嫌疑的年轻人排了号，戴公子是纨绔子一号，这位章公子是纨绔子二号。

此外，贺大人与孔公子是一起排号的，还有寒门子这个分类，暂且有谷玉一人。再就是奔着东家财富来的那些乱七八糟的人，统统被他归入路人甲这类。

没办法，胡掌柜年纪大了，算账数钱已经费了大半脑力，奈何东家什么都好，就是这方面太让他操心，他这样分类方便记忆。

"章公子找我们东家啊？"胡掌柜笑呵呵地问。

"对。寇姑娘应该有空吧？"

"真是不巧，我们东家去少卿府了，可能要在那边住下。"胡掌柜说着这话，皱纹都是笑的。

"那不早说。"章旭没好气地哼了一声，掉头走了。

马车就停在路边，章旭兴冲冲地来扑了个空，也没了去别处玩的兴致，吩咐车夫直接回家。

悄悄跟过来的下人回到章宅，向朱老夫人禀报："大公子去了青松书局找寇姑娘。"

"找寇姑娘？"朱老夫人对少卿府的这位表姑娘有所耳闻，听了下人的回话，心里打了个突。

旭儿该不会对寇姑娘有意吧？

寇姑娘施粥救人的事，朱老夫人也听说了，她承认这姑娘心地不错，可仅仅为了感谢别人帮她寻猫就漫天撒钱，这作风可不适合他们家。

晚饭的时候，朱老夫人试探地问起："旭儿，你知道寇姑娘吗？"

章旭一脸警惕的神色："怎么了？"

莫非是寇姑娘会看相的秘密暴露了？

朱老夫人心一沉。

旭儿这个样子，看来她的担心没错了。

"祖母听闻了寇姑娘施粥的事迹，又听说寇姑娘开的书局就在国子监附近，有点儿好奇。"

"哦。"章旭松口气，"孙儿当然知道寇姑娘，不过我们不熟。"

"这样啊。"朱老夫人没再多问，转头叫来一个精明能干的管事嬷嬷，命她明日去青松书局会一会寇姑娘。

少卿府这边，老夫人对辛柚施粥的行为表示了赞赏："你娘年轻的时候也心软得很，见不得人受罪。"

她是要把外孙女留在家里的，施粥花上几个钱为少卿府换来好名声还是划算的。

至于段少卿，自是一万个不愿意，只恨外甥女又成了人们热议的话题，不好在这个时候动手了。

妇人们操心着子孙辈的儿女亲事，兴元帝与一众大臣的精力全放在了赈灾上。

定北的奏报接二连三地传来，明明是轻飘飘的一张张纸，却如一块块石头压在君臣心头。

灾区的情况比一开始得知的还要严重。

这几日如水的银子从国库流出，各种赈灾物资源源不断地运往定北，到这时朝廷不得不面对一个无法逃避的问题——没钱了。

大夏幅员辽阔，也就不可避免地要面对一个问题——全国各地，南北东西，各种天灾是断不了的。

就在今夏，因为南方水患国库支出了不少，又因为春旱影响了收成，如今定北发生大地动，国库就空了。

从何处挤出钱来，几位大臣争论不休，章首辅熟练地打着太极，兴元帝太阳穴突突地跳，很想把龙案掀了。

龙案是不能掀的，损坏了物件又是一笔开销。兴元帝捏了捏眉心，不自觉地想到一个人。

这是他多年的习惯了，每当为难时，他总是忍不住想到出走的皇后。

那时候，他们前程难测，困难重重，她总是能冒出新奇又实用的办法来。

如果欣欣还在，一定能为他分忧，而不像这些老家伙，只会踢皮球。

兴元帝在臣子的争论声中苦苦思索，想到了一个办法："号召京城富户捐银吧。"

皇帝让富户捐钱？

几位大臣面面相觑，紧张起来。

富户要捐多少？那些人怎么捐？他们也要捐吗？

"朕听闻青松书局的东家寇姑娘，一间小小的书局都财源滚滚，可见天下财富有不少藏于富商之手。如今朝廷遇到了难处，富贵之家若都能舍出一些钱财，就能帮定北灾民渡过难关了。"

章首辅在几个人的眼神逼迫下开口："陛下，从来没有这样的先例——"

"谁说没有，当年——"兴元帝话一顿，脸色沉了下来，"就这么定了，不然你们立刻给朕拿出办法来。"

"陛下，如果直接以朝廷的名义，恐怕不合适。"

兴元帝眼神古怪地看着章首辅："何须用朝廷的名义？诸位爱卿的夫人、公子，或是哪位仁商，朕相信心善之人大有人在，定会有人主动捐款，并号召大家的。"

众臣："……"

兴元帝扫了众人一眼，淡淡地道："这样吧，到时设善人宴，凡捐银千两以上者邀请赴宴，秀王代朕款待这些善人。"

众臣交换了一下眼神，齐齐拱手："陛下圣明。"

皇上可真"疼"秀王殿下啊。

离过年没几日了，定北地动带来的话题不但没有平息，反而更多了。

· 473 ·

街头巷尾，酒肆茶楼，都在热议定北的惨状，听得人心都揪起来了。

"这也太惨了。"

"是啊，听说有的一家人都被埋了，只活了一个孩子……"

"这都过年了，却遇到这种事，唉！"

有人走进茶肆，眼神兴奋："你们听说了没？有一位茶商向朝廷捐了五千两银子，请求朝廷把这笔钱用在定北赈灾上。"

"竟有这样的仁商？"

"这有什么奇怪，先前青松书局的寇姑娘还施粥赠肉呢，也没少花钱。咱们京城这么多富户，心善的肯定有不少。"

刚走进来的那人听了这话，一拍手："这话说得没错，那位茶商捐了银子后，又有几位仁商捐了钱。朝廷感念他们的仁义，定在腊月二十八在荷园设宴招待呢。"

再过不久，又有消息传出来：荷园设宴，秀王殿下会亲自出面款待。

这对一些富商来说，可就很有诱惑力了。

定北赈灾正是京城上下都瞩目的时候，捐款能赢得好名声不说，捐款人还能参加皇子款待的宴席，这都能在族谱上记上一笔了。

他们捐，必须捐！

捐款之风很快就在京城富户中刮起，之后一些官吏也陆陆续续地捐出薪俸。当然，大多官吏捐的不多，毕竟他们薪俸少，只有家底厚的或高官能多捐点儿。

一些官宦勋贵家的夫人、太太也有了行动，大方地捐出脂粉钱。

专门负责接收捐款的户部官员们忙得脚不沾地，算盘珠打个不停，精神却是亢奋的。

一名锦麟卫走了进来，被记账的官吏认出："闫副千户。"

京城官员多如牛毛，同朝为官也不是都认识的，但锦麟卫比较特殊，百官敬而远之的同时，对锦麟卫中有头有脸的人也会努力记住，不努力不行啊，认不出来不小心得罪了怎么办。

闫超把一百两银票递过去，示意官吏记下。

官吏嘴上说着好听的话，心中暗暗纳罕：真没想到，锦麟卫中一个小千户也有捐钱的自觉。

闫超等官吏把账记好没有离开，从怀中又取出一沓银票："这是我们贺大人的一点儿心意。"

官吏接过数了数，眼中闪过惊讶之色。

贺大人竟捐了两千两。

不过很快他就不觉得奇怪了，锦麟卫想捞钱还不容易，何况这位贺大人还是一位侯爷。

"贺大人真是仁心啊。"官吏随口称赞着，把银票收好，递过去一张荷园赴宴的帖子。

闫超不是多话之人，收好帖子便要转身。

"请问给定北赈灾捐银，是在这里吗？"一道女声传来。

闫超听着这声音耳熟，转头看去。

"寇姑娘。"

辛柚看到闫超有些意外："闫副千户也在。"

闫超心思一转，替贺清宵说话："贺大人让我替他来送捐款。"

如今北镇抚司不少兄弟以帮贺大人娶到寇姑娘为目标，他也不例外。

他倒不是着急他们大人老大不小，主要是寇姑娘太有钱。

辛柚眼中闪过惊讶之色："贺大人捐了钱？"

她现在已经了解贺大人的财务状况了，他居然还有钱捐款？

闫超心头升起迷惑：他们大人捐钱，让寇姑娘这么意外吗？

"是。我们大人对定北灾民很是同情，只是这几日太忙，所以让我替他跑一趟。"闫超视线落在小莲手中抱着的匣子上面，"寇姑娘也是来捐财物的吗？"

如今捐赠之风盛行，不少女子会捐出珠宝首饰。在闫超看来，小莲抱着的匣子中应该就是金首饰了。

这一匣子金首饰怎么也值大几千两银吧，不愧是寇姑娘。

"是的。小莲——"

小莲上前，把捧着的匣子放到负责核对登记的官吏面前。

本来闫超该走了，但他好奇寇姑娘捐多少，于是没有动。

官吏这几日收多了财物，早已心如止水，一脸淡定地打开了匣子，随后直了眼。

这竟是满满一匣子银票！

"一百，两百，三百……"数完后，官吏倒抽一口气，声音都抖了，"五万两！"

其他官吏早就围过来，震惊地望着辛柚。

"寇姑娘，你当真要把这些都捐了？"数钱的官吏不可置信。

辛柚颔首："定北受灾，我们尽些绵薄之力。"

绵薄之力——瞠目结舌的户部官吏对上目瞪口呆的锦麟卫副千户，这一刻他们的心灵是相通的：寇姑娘到底有多少钱？！

众人因太过震惊而失声，辛柚正色道："麻烦记清楚，寇青青。"

官吏回神："寇姑娘请放心，一定记清楚。啊，寇姑娘等一等。"

记账的官吏和手下交代一声，飞奔去见上峰。

专门负责此次捐款事宜的是户部侍郎张简。

六部侍郎以左为尊，户部两位侍郎，左侍郎裴佐，右侍郎张简。所有人都说裴侍郎名字好，才压了张侍郎一头。

这一次定北地动，裴佐领的是赈灾的差事，将来论功绩自是比负责后勤的强。

记账官吏把寇姑娘捐银五万两的消息报给上峰，上峰又急忙去上报张侍郎。

张侍郎正在认真翻阅这几日的捐赠名册，凡捐银超过千两的就记在一份名单上，作为荷园宴请的名单。

这次筹款皇上重视，皇子作陪，名单漏了人就麻烦了。张侍郎不求有功但求无过，可不敢马虎。

"大人，有件事要报您知晓。"

"什么事？"张侍郎揉揉眉心，有些担忧，"今日来捐银的人少了？"

回头他把账目名册报上去，毫无疑问，筹来的财物越多，皇上越高兴。

皇上高兴了，对他们的差事自然就满意了。

"刚刚青松书局的寇姑娘过来，捐了五万两银。"

"多少？"张侍郎以为听错了。

"五万两——大人，大人您怎么了？"

张侍郎狠狠地掐了一下自己的人中，才没激动得昏过去："确定吗？"

"寇姑娘还在——"张侍郎顾不得听完，就冲出去了。

张侍郎正是年富力强的时候，跑起来可不慢，快到门口才赶紧停下，理一理衣冠走进去。

"寇姑娘，这是我们侍郎大人。"官吏提醒辛柚。

辛柚屈膝问好。

张侍郎朗声一笑："寇姑娘不必多礼。张某早就听闻寇姑娘美名，今日总算见到真人了。"

辛柚将视线从张侍郎人中上的指甲印上掠过，客气地笑笑。

张侍郎热情打招呼时，也在暗暗观察辛柚，见她神色从容，印象更好。

"听他们说，寇姑娘要为灾区捐银五万两？"张侍郎之所以跑过来，就因为是想亲自确认一下。

不是他沉不住气，实在是寇姑娘捐的太多了。

辛柚颔首。

张侍郎下意识地想问少卿府知道吗？余光扫到那匣子银票，他及时闭紧了嘴巴。

段少卿知不知道关他什么事，反正银子已经在这里了。

"寇姑娘真是大仁大义，张某替定北百姓谢过。"张侍郎拱手。

辛柚福了福身子："张大人折杀民女了。"

"不，张某是真心觉得寇姑娘当得起。"张侍郎正色道。

辛柚观其神情，对张侍郎生出不少好感。

张侍郎如此，至少说明他是把百姓疾苦放在心上的，分量不一定很重，但只要有，就比许多官员强多了。

这样的话，她对捐出的银钱也能放心一些。

"秀王殿下于二十八日中午在荷园设宴，代今上款待心系定北灾民的善人。"张侍郎把帖子递上，没有说"还望寇姑娘赏光"这种客气话。

这话放在什么宴请上都能说，唯独皇上宴请不能说。皇上请客，天上下刀子也得去啊。

辛柚双手接过帖子:"多谢张大人。张大人若是没有别的事,民女就先走了。"

"寇姑娘慢走。"张侍郎亲自把辛柚送出门,一转身看到了闫超。

张侍郎努力维持的严肃表情险些没绷住。

这里什么时候来了个锦麟卫?

"张大人。"闫超行了一礼,也走了。

张侍郎一瞪下属:"那个锦麟卫什么时候进来的?你们怎么没提醒本官一声?"

他刚刚没和寇姑娘说什么不合适的话吧?

被问到的下属一脸一言难尽的神情:"大人,那位锦麟卫副千户比寇姑娘来得还早些。"

"是吗?"张侍郎想了想,还是没印象,话题又回到寇姑娘身上,"寇姑娘果然如传闻一般大气,不卑不亢。"

下属嘴角微抽。

他要是能轻描淡写地捐五万两银子,他也能不卑不亢。

闫超回到锦麟卫,把偶遇寇姑娘的事向贺清宵禀报。

"寇姑娘捐了多少银?"

闫超看向贺清宵的眼神格外复杂。

大人确定想知道吗?

贺清宵微微扬了扬眉梢。

闫超垂了眼,不忍看自家大人听了后的反应:"回禀大人,寇姑娘捐了五万两。"

她捐五万两。

贺清宵居然不觉得意外,淡淡地道:"辛苦了。"

闫超错愕地抬头。

大人是不是太平静了?

不是说寇姑娘捐得多,别人就该尴尬,可大人不一样啊……他就没有一点点为自己的贫穷而自卑吗?

或许是他误会了,大人并不心悦寇姑娘。

闫超反思一下,问:"大人,这两日要不要留意一下青松书局那边?寇姑娘捐银五万两的消息传出去,恐怕会引来宵小觊觎。"

"为定北灾区捐银是今上关注之事,若有人因捐银被宵小打劫,定会引天子震怒,彻力查办。到时被诛杀满门都是轻的,一般宵小不会冒这个险。"贺清宵理智地分析。

闫超连连点头。

大人说得没错,宵小也不傻,冒着被满门抄斩的风险打劫寇姑娘划不来。

贺清宵语气一转:"不过还是派人留意一下。"

闫超:"……"大人总是在他认为大人对寇姑娘无意时,又让他觉得想错了。

不出贺清宵所料，负责捐款事宜的官吏并没有为寇姑娘隐瞒的意思，甚至暗中推波助澜，好吸引更多人踊跃捐款。寇姑娘为定北灾民捐银五万两的消息风一般传遍了大街小巷。

段少卿听闻后，险些吐出一口老血，实在忍不住去青松书局找辛柚。

"舅舅来了。"书厅中人不少，辛柚客客气气地向段少卿问好。

感受到许多道目光投来，段少卿忙道："舅舅找你有点儿事，去个方便说话的地方。"

"舅舅请随我来。"辛柚带着段少卿进了待客室。

待客室的椅子上铺着厚厚的毛皮垫子，坐下去又软又暖，段少卿感到舒适的同时，心中暗恨：看这丫头大手大脚、漫天撒钱的劲儿，那些家财要不了多久就要被她败光了。

一捐就是五万两，她怎么敢？！

等小莲送了茶退下，辛柚淡淡地问："舅舅找我有什么事？"

她不用问也知道，段少卿定是因为那五万两捐款来的。

果然段少卿就提了这事："青青啊，听说你捐了五万两？"

"是。"

"舅舅知道你心善，但凡事要思虑周全，不能冲动。"

辛柚面露不解之色："我没有冲动呀。一开始听到为定北灾区捐款我都没动，还是观察了几日发现确实是为了救助灾区，这才捐银的。"

"为灾民捐款是好事，可这个数额……是不是太多了？"

"多了？"辛柚仔细想了想，"不算铺面，我手上有四十多万两银子，只捐出去五万两我觉得不多。"

段少卿脸色发黑："青青，这些财物是你祖父和父亲两辈人的积累，你把财产败光，对得起先人吗？"

辛柚脸一沉："舅舅是不是管得太多了？我是寇家唯一的血脉，这些钱财怎么用是我自己的事。"

"你说什么？"段少卿没想到外甥女说话这么难听。

"我说舅舅不要管闲事。我的钱想怎么用就怎么用，你管不着。"辛柚端了茶，漫不经心地笑笑，"还是说，等荷园宴会上秀王殿下或是其他人问起，舅舅想听到我说因为捐太多被舅舅骂了？"

"你！"段少卿被这话骇住，铁青着脸拂袖往外走。

辛柚跟上去，轻声提醒："书厅中好多人呢，舅舅还是高兴点儿。"

段少卿用力攥了攥拳，走出待客室时脸上强挂着笑容。

辛柚一改在待客室中的冷硬态度，甜甜地喊了一声舅舅。

段少卿浑身一僵，侧头看着笑容明媚的少女。

辛柚拽住他的衣袖："舅舅，青青知道您和我娘一样心善，可您毕竟有一大家子要养，万万不要像我一样捐这么多。"

段少卿竭尽全力地控制着表情才没失态，艰难地笑道："舅舅知道你心疼亲人，可定北受灾如此严重，舅舅身为朝廷命官也该尽一份心意。"

他不敢再留，匆匆往外走。

辛柚叹了口气，对书厅众人解释："我刚刚劝了好久，舅舅非要坚持多捐点儿……"

段少卿回到家中，直奔如意堂。

老夫人还不知道辛柚捐了五万两银的事，见儿子进来，笑呵呵地问："怎么这时候回来了？"

"母亲，从私账上支一千两给我。"

老夫人坐直了身子："出什么事了吗？"

如今二太太朱氏管家，家里各种开销都是走公账。

"为定北灾区捐银。"

老夫人一听不对劲："前几日不是捐了六百两。"

这六百两虽是以长子的名义捐的，但是从公账出的，也代表了少卿府的脸面。

段少卿从牙缝中中挤出一句话："母亲听说了吗？青青为灾区捐了五万两。"

"多少？"

段少卿一字一顿地道："五万两！"

老夫人倒抽一口气，捂住心口。

"母亲您没事吧？"一瞧老夫人的反应，段少卿有些后悔。

母亲要是承受不住就坏了。

老夫人摆摆手，声音有些不稳地说："当真捐了五万两？"

段少卿沉重地点头："如今都传遍了，不会有假。"

"这个丫头！"老夫人拍了拍椅子扶手。

她先前施粥，花费不多的银钱赚一个好名声还是划算的，可这五万两，老夫人是真的心疼了。

多好的名声值五万两啊？

名声这种东西差不多就行，太盛了反是负累。

老夫人心疼过后，问儿子："那你为何要再捐一千两？"

段少卿被辛柚架住，大感丢脸，可这么大的支出又不得不说清楚："……是这样，那丫头当着一堆人的面劝我少捐点儿，我若是没有一点儿表示，就要惹人笑话了。"

老夫人深深吸一口气，缓缓地道："你以后少往青青跟前凑。"

段少卿也想给自己一嘴巴子。

他怎么就不长记性呢？！

可能唯一的安慰是捐银超过一千两，他能得到一张荷园宴请的帖子，到时在皇上那里能刷一点儿存在感。

　　腊月二十八，大雪纷飞，街上却多了不少马车和轿子。
　　荷园是皇家园林，别说普通百姓，就是文武百官平时也不准入内，因而前往赴宴的人大都抱着激动的心情，尤其是那些富商，除了激动还有忐忑。
　　小莲掀起车窗帘一角，神情雀跃地说："姑娘，好多车马！"
　　辛柚莞尔："这么高兴？"
　　小莲点点头："婢子从没想过能来皇家园林。"
　　这对她来说是多么遥远的事啊，不只对她，还有她的青青姑娘。
　　跟了姑娘她才知道，原来青青姑娘拥有的财富能做这么多事。那些钱能救人，能开眼界，能开开心心、底气十足地生活。
　　而她的青青姑娘明明拥有这些，却只能窝在深闺里，甚至连这样的生活都不能继续了。
　　一想到这些，小莲就恨死了少卿府。
　　"那等会儿好好看看。"辛柚笑道。
　　小莲压下伤感的情绪，放下车窗帘冲辛柚用力点头："嗯。"
　　没过多久，荷园到了。
　　马上过年了，荷园张灯结彩，穿着新衣的宫人候在门口，迎接宾客的到来。
　　辛柚一下车就看到了段少卿，提着裙角迎上去："舅舅。"
　　段少卿听到这个声音浑身一僵，缓缓地转过身来。
　　少女提着裙踏雪而来，笑容明媚，落在段少卿眼里却如无情的尖刀，靠近一次割他一块肉，靠近一次割他一块肉……
　　段少卿后退半步，察觉许多目光投来，做出一副亲切的样子："青青啊，宴席散后和舅舅一起回少卿府吧，马上就过年了，你外祖母一直念着你呢。"
　　辛柚扬唇："好。"
　　段少卿："……"
　　"寇姑娘。"一道声音插进来。
　　辛柚侧头看去，竟是秀王。
　　"秀王殿下。"众人齐齐行礼。
　　这其中官员也就罢了，那些富户激动得脸发红，想看个仔细却不敢随便抬头。
　　秀王拱手回礼："诸位今日都是小王的贵客，不必多礼。"
　　等众人直起身，秀王对辛柚颔首一笑："寇姑娘居善人榜首，小王钦佩不已。寇姑娘请——"
　　辛柚屈了屈膝："秀王殿下折杀民女了。"
　　"各位请。"秀王客气完，陪着辛柚向园中走去。
　　跟在后面的众人神色不一，心道寇姑娘真是威风啊，皇子亲自带路，再一想人家捐了五万两，他们心理平衡了。

唯一心理不平衡的是段少卿。

在他想来，他好歹是寇青青的亲舅舅，秀王如此重视外甥女，对他这个当长辈的怎么也该另眼相看一些，谁知他只是秀王口中的"各位"之一……

走在人群中盯着秀王背影，段少卿心口发堵。

秀王带辛柚走了一段路，停下来叮嘱候在那里的宫人："照顾好各位贵客。"

"是。"

"寇姑娘可以先随便逛逛，小王去门口招呼一下来客。"

辛柚屈了屈膝，目送秀王往回走。

以秀王的身份，完全没必要在门口等候客人到来。想必这次宴会后，秀王会赢得不少名声。

想一想去定北收割美名的庆王，秀王是性情如此也好，有意为之也罢，辛柚倒是能理解。

对秀王，她并没有多少厌恶。

尽管从贺大人口中得知娘亲是发现秀王母子才离宫出走的，可她看得清，没有安嬷也会有别人。娘亲出走不是因为别的女子，而是对那个人失望了。

"寇姑娘，鄙人是锦德米铺的东家，听说兴仁米铺也是你的产业……"一名富商凑过来。

很快辛柚就被一群富商围住。

段少卿看在眼里，脸色发黑。

这丫头真是不知羞，与一群男人谈笑风生！

贺清宵走进来看到这一幕，却不觉笑笑。

果然如他所想，寇姑娘会是这宴会中最受瞩目的人。

随贺清宵前来的手下一脸复杂的神情。

寇姑娘如众星捧月一般，而他们的大人一丈之内除了他连个活物都没有，这差别也太大了。

此时宫中，兴元帝把张侍郎呈上的最终捐款账册看完，视线落在最前面的名字上。

"也就是说，为定北灾区捐款最多的是寇姑娘。"

一个小姑娘捐银五万两，真是让人想不到。

寇姑娘是个什么样的人呢？

兴元帝越发好奇了。

"这个时候，荷园宴会快开始了吧？"

大太监孙岩应"是"。

兴元帝起身："摆驾荷园，朕去看一看为定北捐银的善人们。"

荷园这边，宴席刚刚开始。

云鬟高绾的宫娥甩着长袖在铺着厚厚地毯的场地上旋转舞动，丝竹声声，萦绕在人的耳畔。

美丽的人，动听的乐，温暖如春的室内，漫天飞舞的雪，殿中众人还未沾酒，就已经醉了。

秀王端起酒杯，冲几个方向举了举："感谢诸位的捐助。小王代父皇，代定北灾民，敬大家一杯。"

"谢陛下，谢秀王殿下。"众人回敬。

"大家不必拘束，如在家中就好。"

秀王仪表堂堂，气质沉静，丝毫没有皇子的架子。本来忐忑紧张的人渐渐放松，气氛热闹起来。

秀王执着酒杯来到辛柚面前："小王钦佩寇姑娘久矣，今日终于有机会敬寇姑娘一杯，还望寇姑娘赏光。"

众人互相敬着酒，余光拼命地往这边瞄。

前些日子昭阳长公主生辰宴上庆王找寇姑娘拼酒的事他们可还没忘呢，今日秀王也要找寇姑娘拼酒吗？

啧啧，先不说这事是好是坏，当朝总共这么两位出宫开府的皇子，都向寇姑娘敬酒，寇姑娘也算是京城女子中独一份了。

众人端着酒杯一副若无其事的样子，实则迫不及待地等着看寇姑娘如何应对。

贺清宵看着这一幕，也想到了那一日。

那日过后，别人都说寇姑娘千杯不倒，他却清楚她醉了。

她的醉语犹在耳边：贺大人，你今日为何比平时好看些？

想到这里，贺清宵不觉地弯了弯唇。

也是因为寇姑娘的话，那日他回到长乐侯府，第一次仔细照了照镜子。

照镜子被桂姨发现的回忆不大美好，贺清宵收回思绪，握着酒杯的手微微用力。

秀王素来低调，今日为何对寇姑娘如此热络？

诚然，寇姑娘是在座之人中捐款最多的，但她是个年轻姑娘，以秀王的身份这样似乎有些过了。

但看秀王的神情，又是一派坦然。

贺清宵微抿薄唇，静观其变。

辛柚扫过宫娥端着的托盘，拿起摆放在面前的酒杯。

宴席座位是早就定好的，她这一桌一开始上的就是果酒。

"秀王殿下客气了。"辛柚举了举酒杯，垂眸把果酒喝下。

秀王痛快地喝了杯中酒，语气温和："寇姑娘多吃菜。这道蜜汁鹿脯是宫中御厨的拿手菜，寇姑娘可以尝尝。"

"多谢秀王殿下。"辛柚大大方方地道谢。

她与秀王没怎么接触过，不清楚是因为她捐银最多令秀王另眼相待，还是秀王本就对人温和有礼。

不管是哪样，对她来说都没什么所谓。

秀王冲辛柚点点头，走向下一桌。

众人见没热闹看，默默地收回注意力。

"寇姑娘，我敬你一杯。"同桌的一位少女向辛柚举杯。

少女长眉入鬓，有种英气之美，自我介绍时丝毫不见忸怩之态："我叫白英，是替我母亲来赴宴的，家母曾是徐大将军手下一名将领……"

辛柚一听，便知道了少女的身份。

兴元帝打天下那些年辛皇后一直与他携手前行，这给不少女子做了表率，乱世中出了好几位有名有姓的女将领，可惜这些女将或是死于战事，或是因伤隐退，或是嫁人生子，朝中再不见其踪迹。这其中以白将军名气最大，战功也最高。

如今民间虽很少再提起白将军，辛柚却有所耳闻。

白将军在大夏建国后因为旧伤深居简出，后来突然生下一女，而那时白将军并未嫁人。这在当时引起轩然大波，不少朝臣激愤上书请求夺去白将军的册封，被兴元帝拒绝。

据说辛皇后在兴元帝面前放言，谁再提剥夺白将军功绩，就把他府上踏平。

再据说，辛皇后没出走那几年，百官勋贵纳妾的都少，一是不想令皇后娘娘印象不佳，二是家中有悍妇……

白英看起来有双十年纪了，还是一副未出阁女子的装扮。

辛柚举杯："我叫寇青青，敬白姑娘。"

想来白姑娘的母亲也曾与娘亲把酒言欢过，辛柚对眼前的少女生出了好感。

感受到辛柚的善意，白英把杯中酒一饮而尽。

其实她没有看起来这么云淡风轻，端起酒杯时也担心过被拒绝后的难堪。

她是父不详之人，从小到大那些人表面客客气气，心中却鄙夷，更有不少人当面就说些难听话。

她只是觉得捐银五万两的寇姑娘很了不起，能同坐一桌，若是连一句话都没说，会很遗憾。

"白姑娘平日都做些什么？若是有闲，可以常来青松书局玩……"

白英不由得点头。

她不是爱看话本子的人，但她决定回头就把青松书局出的话本子都买来，好好看一看。

贺清宵遥遥望去，不禁扬唇。

寇姑娘好像又交到新朋友了。

酒过三巡，气氛正酣，突然一声传报声响起："皇上驾到——"

厅中众人动作一顿，不少人惊掉了手中的筷子，紧接着急匆匆拜倒，口称"陛下"。

兴元帝被簇拥着走进厅中，扑面而来的热气令他眯了眯眼。落了不少雪的锦绣斗篷被大太监孙岩取下，交给一旁的内侍。

秀王走过来："父皇。"

兴元帝微微颔首，缓缓扫过厅中人，看到了乌压压一片后脑勺儿。

"定北地动，朕思及百姓苦难夜不能寐，幸亏有诸位善举，助定北灾民渡过难关。都起身吧，朕此次前来就是想看一看我京城的仁善之人。"

"谢陛下。"不少人起身时悄悄抹了抹眼睛，更有甚者激动得浑身发抖。

老天爷啊，捐些钱他们竟然能见到皇上，下次再有这种机会还要捐！

兴元帝一见这些人的神色，就猜到了他们的大致想法，眼里有了淡淡的笑意。

他来这一趟是好奇寇姑娘，若能激励这些富户以后踊跃捐款，倒是意外之喜了。

"朕听闻，为灾区捐款最多的是青松书局的东家寇姑娘。"

兴元帝的话一说出口，一些家底格外丰厚的富商后悔了，早知道捐五万两能被皇上点名，也不是不能捐。

他们怎么不早说！

而段少卿就是另一番心情了：皇上为何不说是他段文松的外甥女，而是青松书局的东家？

不提众人心思，被皇帝点到必须有回应，辛柚站出来行礼："民女寇青青，见过陛下。"

第二十章　正　旦

这样的宴会，赴宴者自是不好穿得太素净。脱下斗篷的少女穿着蜜合色的对襟小袄，石榴红的襦裙，因为低垂着头，兴元帝只看到发髻间简简单单的一支金簪，垂下长短不一的两颗圆润珍珠。

兴元帝心中好奇，面上一派淡然："免礼。"

辛柚站直身子，依然半低着头。

直视天颜是失礼之举，这时候兴元帝却有些不满这个规矩。

他大老远跑过来，好歹要看看寇姑娘长什么样吧。他要是只看个脑袋顶，在宫里让宫女把头一低不就行了。

"寇姑娘为灾区捐银五万两，令朕感动。寇姑娘抬起头来吧，不必拘束。"

殿中地面铺了厚厚的毯子，不知哪位宫娥掉落了一朵小小的绢花，正在辛柚垂下的视线内。

听了兴元帝的话，她心中波澜万千，面上却不动声色，她缓缓地抬起了头。

看清辛柚的模样，兴元帝一下子愣住了。

那张脸如此眼熟，特别是一双长而大的眼睛，眼皮单薄，眼尾微翘，无端就有了冷淡的距离感。

兴元帝恍惚了一瞬。

这姑娘，生得也太像他了。

辛柚看着兴元帝，眼里也有了波澜。

她是知道自己与昭阳长公主有几分相像的，不免猜测或许与这个人也有相似之处。

可当真的面对面，出自血缘的这种过分相似令她从心里生出恐慌来。

他们俩真的太像了。

二人目光接触，殿中短暂安静。

在场之人隐隐察觉到气氛古怪,却不敢仔细盯着天子瞧。大多数人规规矩矩地盯着地面,极少数胆子大的人悄悄用余光扫,也扫不到太多。

这也是虽有寇姑娘与昭阳长公主长得像的传闻,却没多少人往兴元帝身上想的原因。

还是兴元帝先回过神儿来,点点头道:"寇姑娘的义举,定北百姓会记住的。"

"身为大夏子民,这是民女应当做的。"

"子民"两个字令兴元帝心头一动:"朕记得,寇姑娘是太仆寺段少卿的外甥女。"

段少卿立刻站了出来:"微臣拜见陛下。"

"段少卿免礼。"兴元帝看向段少卿,不觉仔细打量,却发现这甥舅二人没有什么相似之处。

"寇姑娘的父亲是——"

段少卿忙道:"回禀陛下,妹婿寇天明,兴元五年的进士,四年前调任宛阳知府,不幸离世……"

"朕有印象。"兴元帝想起了寇天明的样子,印象虽不深刻,但也有了比较。

寇姑娘和她父亲一点儿也不像啊。

兴元帝意识到自己有些不对劲,可对眼前少女的亲近感却无法打消。

他儿女不少,可样貌都随了生母,他眼看着一个与他如此相似的小姑娘,哪怕明知毫无关系,也控制不住地生出好感来。

若不是场合不对,他甚至想赐这小姑娘一个小杌子,聊一聊闲天儿。

兴元帝的理智还在,他轻轻地叹了口气:"寇卿能教养出如此出色的女儿,可见其品性,英年早逝是大夏的损失啊。"

段少卿赔笑点头,暗暗等着兴元帝夸奖少卿府。

青青来少卿府时还小,教养方面难道能离开少卿府的功劳?

谁知兴元帝根本没有夸奖少卿府的意思,视线落回到辛柚面上:"寇姑娘心性纯善,当赏。赐玉如意一支,金簪一对……"

听到此话,众人不敢光明正大地去看兴元帝,目光纷纷投在辛柚身上。

五万两银换了这么多御赐之物,寇姑娘真是赚了!

他们后悔,一百个后悔!

后悔的人中,不包括贺清宵。

他站在不起眼的地方,默默地观察兴元帝,很轻易就发现了皇上的反常。

今上是因为……寇姑娘的长相才对她另眼相待吗?

目前看来,皇上因为寇姑娘与他长得像很有好感,可是这份好感在寇姑娘的秘密面前太过脆弱。

直到现在,贺清宵还想不出辛柚用什么办法让兴元帝主动调查宛阳的事,但心中又有个声音让他选择相信。

兴元帝也知道他的出现让人拘束,既然满足了见寇姑娘的好奇心,就该回宫了。

"好好招待大家。"到这时，兴元帝才对秀王说了自进来后的第一句话。

秀王恭恭敬敬地回答。

兴元帝再看了辛柚一眼，往外走去。

"恭送陛下——"众人高呼。

这之后，不少人端着酒杯就奔辛柚去了。

秀王适时出声："小王敬诸位一杯。"

人们这才反应过来这是皇家宴会，不是平时的酒局。

"敬秀王殿下。"

辛柚举杯沾唇，心思还在离去的兴元帝那里。

秀王的目光一直在她身上，他见她神色平静到近乎麻木，眼神沉沉不露情绪。

宴席散后，雪还没停，秀王踩着雪把来客送出去，得来一声声真切的告别之语。

辛柚也向秀王提出告辞："今日多谢秀王殿下款待。"

"下雪路滑，寇姑娘小心些。"秀王温和地叮嘱。

辛柚屈了屈膝，转身走向停靠在不远处的马车。

小莲走在她身侧，撑起竹伞。

秀王望着如絮白雪落在飘远的青色伞面上，杏色斗篷在少女身后自在舒展，一时心情难辨。

贺清宵心里咯噔一下。

秀王莫非对寇姑娘动了什么心思——

这个猜测令他遍体生寒。

他没立场干涉寇姑娘嫁娶之事，可一想到秀王与寇姑娘可能的关系，就难以平静。

发现贺清宵驻足，秀王客气地拱手："小王今日招呼不周，改日再请侯爷喝酒。"

因为不受兴元帝待见，秀王在百官面前向来谦逊。

"秀王殿下太客气了，是臣请殿下才对。"说完场面话，贺清宵告辞离去。

车马轿子陆陆续续地离开荷园，从热闹到冷清只在顷刻间。

"林虎。"

"小的在。"

秀王回看一眼荷园，轻声问："父皇对寇姑娘是不是很特别？"

他说话的声音低不可闻，似是说给自己听。

兴元帝回到宫中，换过衣裳，同样提起了寇姑娘："孙岩，你看到寇姑娘，有什么想法？"

大太监孙岩茫然抬头。

他看到寇姑娘能有什么想法？

见皇上挺认真的样子，孙岩一时摸不透圣意，试探着道："寇姑娘容貌清贵，品性高洁，令人见之心怡——"

兴元帝皱眉打断孙公公的废话："你不觉得，寇姑娘和朕长得很像吗？"

孙岩微微愣了一下，很快附和："先前就有许多人说寇姑娘神似长公主殿下。"

寇姑娘像皇妹？

兴元帝脑海中浮现昭阳长公主的面庞，确实发现了二人的相似之处。

可他心里还是有挥之不去的古怪感。

"很多人说寇姑娘像长公主？"

"是，重阳那日寇姑娘与长公主殿下同在白露山，就有不少人发现了。长公主殿下还因此与寇姑娘说了话。"

"这样啊。"兴元帝心道寇姑娘与皇妹其实只有几分像，和他倒是像了八九分。

可这话他说出来有些不合适。

他默默地压下继续谈论寇姑娘的念头，走向书桌准备处理一下政务。

已经是腊月二十八了，放在往年百官早就放假，可今年因为定北突发大地动，赈灾成了当务之急，许多官员还在忙碌，兴元帝更是不得清闲。

桌案上堆满了奏报，他随便拿起一个打开，就让人心情沉重。

看了几本折子，兴元帝把手一压，突然想起来："孙岩，朕记得前些日子你递过松龄先生的新书。"

"啊，是。"孙岩眼里有了诧异之色，没想到皇上过了这么久还能想起这个。

"书呢？"

孙岩立刻上前一通翻，从纸堆中翻出一本书，双手奉上："陛下，在这里。"

兴元帝把书接了过来，随意地打量一眼。

相较于大多话本子，这本书有些薄，这也是定价两百文一册的原因。"西游"二字映入眼帘，兴元帝隐隐有种熟悉感。

他没有多想，揉了揉眉心缓解疲惫，漫不经心地把书打开。

放在地动之前，他确实对松龄先生的新书有些兴趣，只是因为忙碌暂时放到一旁。现在日夜为定北担忧，他早没了看闲书的心情。

兴元帝对自己的心态很清楚，他现在想翻这书就是因为寇姑娘是青松书局的东家。他不能抓着内侍一直聊寇姑娘，就看看她书局出的书吧。

"传说在洛江以南有一座花果山，山上有一块仙石……一日仙石崩裂，滚出一个石卵，石卵见风化作一只石猴……"

椅子腿摩擦地面的声音响起，兴元帝猛然站起，书报落了一地。

候在一旁的孙岩骇了一跳："陛下——"

"这书是松龄先生写的？"兴元帝紧紧抓着《西游》问。

兴元帝的表情让孙岩更心惊了，面上却半点儿不敢表露："回禀陛下，《西游》是松龄先生的新书，于腊月初一在青松书局发售，据说元宵之后会有第二册上市……"

兴元帝虽没在第一时间看《西游》，孙岩却没忽略关于松龄先生新书的消息，为的就是皇上突然问起时不会一问三不知。

孙岩后面的话兴元帝压根儿听不进去，满脑子都是刚刚看到的内容。

花果山，仙石……

欣欣是逃难来到他们那里的。后来他问欣欣是哪里人，父母是谁。欣欣笑着说她家住花果山，她是从石头里蹦出来的……

欣欣这话，就是在皇妹面前都没说过，他一直当作夫妻间的小玩笑。

这个松龄先生一定和欣欣很熟悉！

"孙岩——"

"奴婢在。"

"即刻传长乐侯进宫。"

"是。"孙岩心中无数个猜测，但不敢露出丝毫，很快安排下去。

贺清宵接到口谕，立刻进了宫。

"微臣见过陛下。"

兴元帝顾不得再表示叔侄情深，手一抬："清宵，你这就去把松龄先生带到朕的面前来。"

"是。"贺清宵的眼神动了动，他离开皇宫直奔青松书局。

天上还飘着雪，街上行人不多，青松书局的门也是关着的。

贺清宵上前叩了叩门。

门很快开了，刘舟看到贺清宵，愣了一下后赶紧侧身："贺大人请进。"

书厅中，胡掌柜带着石头正整理书架，见贺清宵进来忙问好："贺大人来了。"

"书局这是……？"

"东家说明日起歇业，大年初八再开门。"胡掌柜笑呵呵地道。

"那寇姑娘在后边吗？"

老掌柜笑容淡了两分："不在呢，东家回少卿府了。"

贺大人变了，以前来青松书局是为了看书，后来就大多是为了找东家。

初心没了啊。

胡掌柜在心里深深叹息。

"那叨扰了。"贺清宵客气一句，匆匆离去。

胡掌柜箭步冲到门口，向外张望。

"掌柜的，看什么呢？"刘舟挤过来，纳闷儿地问。

胡掌柜捋捋胡须："你看贺大人去的方向，是不是少卿府？"

贺清宵的确策马前往少卿府。

段少卿接到下人禀报，还以为出现了幻觉。

他中午也没喝多啊，难不成醉了？

直到见到一身锦衣的贺清宵，他还是茫然的。

贺清宵来少卿府干什么？

"段大人，寇姑娘可在贵府？"贺清宵开门见山地问。

段少卿瞳孔巨震。他找女孩子找到家里来了？

这……这……这……他真是恬不知耻！这成何体统！

"寇姑娘不在吗？"

段少卿面色微沉："不知贺大人找青青何事？"

贺清宵向上拱了拱手："今上想了解一下青松书局的事。寇姑娘若在贵府，请她尽快出来，免得让今上久等。"

"今上要传青青进宫？"段少卿错愕。

"今上暂时先命在下来了解。"

段少卿打量对面男子的神色，放弃了怀疑。

贺清宵再大胆，也不可能假传圣谕。

他不再犹豫，立刻吩咐下人去晚晴居请人。

辛柚前去花厅的路上，向来请她的下人确定："是锦麟卫镇抚使贺大人？"

"是。"

辛柚匆匆走过少卿府的青石板路，心里有了猜测：贺大人直接登少卿府的门来找她，恐怕与宫中那人有关。

仅仅是在荷园那一面，不应该会有这个后续。一国之君因为一个姑娘与他长得像就派锦麟卫登门，那就太荒唐了。

这么说——辛柚脚下一顿，神情有了些微变化。

她心中的反应更大：定是《西游》被那人看到了！

辛柚先前对贺清宵说有办法让兴元帝在年前主动调查宛阳之事，就是凭的《西游》一书。

她也想过兴元帝没有第一时间看的可能，但她相信随着《西游》一册册出下去，掀起京城人追书的热潮，那人早晚会看到。

唯一不美的就是她在贺大人面前说大话了。

现在看来，时间上倒是还在她的预计之中。

辛柚压下思绪，走进花厅。

花厅中贺清宵与段少卿相对而坐，各自捧着一杯茶。

随着下人一声"表姑娘"，段少卿不由得松了口气。

他很不理解，贺清宵一声不吭地喝茶就不觉得尴尬吗？

"舅舅找我？"辛柚冲贺清宵微微屈膝："贺大人。"

"青青，贺大人有公事找你。"

贺清宵站了起来："段大人，方便我与寇姑娘单独聊聊吗？"

他问得客气，语气却不容拒绝。

段少卿也站了起来："你们聊。"

贺清宵看一眼辛柚，笑道："我与寇姑娘去庭院中说几句就好。"

庭院开阔，谈一些隐秘的话反而不必担心有人躲在暗处。

二人去了院中，站在廊下。

廊外雪花飞舞，辛柚静静地看向贺清宵。

贺清宵直接道："刚刚今上召见我，命我带松龄先生进宫。"

"刚刚吗？"

"对，刚刚。"

辛柚的眸光动了动。

看来她从荷园离开后，因为与她的见面，让那个人想起了看《西游》。

"寇姑娘，你知道松龄先生在何处吗？"

从兴元帝那次问起松龄先生，锦麟卫这边一直有意无意地留心着关于松龄先生的消息。可松龄先生的踪迹至今是一个谜，如果没有《画皮》和《西游》的问世，甚至让人怀疑是否有这个人存在。

"我最后一次见松龄先生，他把《西游》的后续书稿都交了。听他的意思，似乎要暂时离京。"辛柚说出早就想好的话。

"离京？"贺清宵神色难辨。

辛柚平静地道："贺大人这样回禀就是。"

贺清宵心头微动，提醒道："今上若见不到松龄先生，很可能召你进宫。"

辛柚扬唇："我知道。"

贺清宵眸光转深，对松龄先生的身份生出了疑惑。

沉默片刻，他点点头："好，我会如此禀报今上。"

"贺大人慢走。"辛柚要送贺清宵出去，被他拦住。

"还下着雪，寇姑娘不必送。"

贺清宵匆匆离去，段少卿凑到辛柚面前打听消息："青青，贺大人都问了你些什么啊？"

辛柚一脸冷淡的神色："舅舅是想打听今上的事吗？"

段少卿黑了脸："话可不能乱说，舅舅是关心你。"

辛柚抬了抬眼皮："舅舅真要关心我，不如再多给我一些钱。毕竟我父母留下的家财，还有四十万两在少卿府。"

段少卿下意识地打了个哆嗦。

死丫头又想要钱！

见辛柚冷着脸走了，段少卿顾不得恼怒，反而松了口气。

回到晚晴居，辛柚坐在梳妆镜前。

镜中少女眉目如画，似乎比年初时长开了一些。

"小莲，重新帮我梳一下头发。"

小莲拿起梳子笑问："姑娘要梳什么头？"

今日赴宴，辛柚梳的是随云髻。

"寇姑娘平时喜欢梳什么头？"

"我们姑娘常梳双环髻。"小莲不假思索地道。

"那给我也梳一个双环髻吧。"

少女头发浓密，光滑如缎，小莲十指灵巧翻飞绾好发髻，取了两朵精巧的珠花插入发髻间："好了。"

辛柚起身，冲她一笑："辛苦了。"

小莲呆了呆。

"怎么了？"

"婢子——"小莲下意识地想压下刚才的念头，对辛柚的信任还是让她说了出来，"就是……时间久了，婢子觉得姑娘与我家青青姑娘好像没那么像了，可是刚刚那一刻又觉得特别像……"

"是吗？"辛柚又瞥了一眼镜子。

"姑娘，您要出门吗？"

刚刚去花厅小莲是跟着的，只不过站得远，她不知道贺清宵与辛柚说了什么。

辛柚望向窗外："或许吧。"

书房中，兴元帝走走停停，转了一圈又一圈，直到听内侍传报长乐侯到了。

"让他进来！"

很快门口有了动静，看清贺清宵是一个人来的，兴元帝急声问："松龄先生呢？"

"微臣去青松书局问过，他们都不知晓松龄先生的下落。"

兴元帝对这个结果相当不满："那这话本子是怎么来的？松龄先生的书稿总不能凭空飞到青松书局去吧？"

贺清宵微一犹豫，照着辛柚的话说了："松龄先生每次交稿，只见青松书局的东家一人。微臣去问过寇姑娘，她说松龄先生见她时遮掩了面容，不知长相……"

"荒唐！一个闻名京城的写书先生，居然无人知道他的相貌住处，锦麟卫也查不到！"兴元帝恼火不已，目光扫到几乎被他抓破的《西游》，升腾的怒火如被浇了一盆冰水，冷却下来。

在松龄先生与欣欣认识的前提下，此人隐藏自身就不难理解了。

"寇姑娘最近一次见松龄先生是什么时候？松龄先生有没有说下一次见面时间——"兴元帝抬了抬手，"罢了，你这就带寇姑娘进宫来，朕亲自问她。"

"是。"

贺清宵再登少卿府的门，段少卿既不觉意外，又有些忐忑。

那丫头该不会摊上什么事了吧？

辛柚很快得到消息过来。

"劳烦寇姑娘随我走一趟。"

"好。"辛柚走到贺清宵身边。

段少卿忍不住问："贺大人要把青青带去哪里？"

贺清宵深深地看了段少卿一眼，语带警告之意："段大人还是不知道为好。"

段少卿心头一凛，讪讪地笑笑。

"对了。"贺清宵停下，"今日带走寇姑娘的事，段大人最好不要对外说起。"

"下官知道。"段少卿嘴角抖了抖，心道他又不傻，让人知道外甥女莫名其妙地被锦麟卫带走难道是什么好事吗？

雪没有停的迹象，辛柚坐上马车，贺清宵骑马在前，直奔皇城而去。

红墙金瓦，白雪簌簌飘落，小内侍在宫门口等候已久，见到二人忙迎上去，带路前往书房。

"陛下，寇姑娘到了。"

"民女见过陛下。"

赴宴时辛柚梳的随云髻，灵动优雅，此时换了双环髻便多了几分稚气。

兴元帝急迫的心情在见到这张与自己如此相似的面庞时莫名其妙地一滞，他心中生出一个诡异的念头：赐珠花似乎比赐金簪更合适些——

反应过来后，兴元帝咳了一声："寇姑娘，你可知松龄先生在何处？"

立在角落的孙岩震惊地看了兴元帝一眼。

看皇上先前急怒的样子，他还以为会对寇姑娘严词厉色，没想到如此和气。

辛柚微微垂眼，回答兴元帝的话："民女最近一次见松龄先生，松龄先生说有事要暂时离开京城，想来这时已经离京了。"

这个答案显然不是兴元帝想要的："那你知道松龄先生在京城的住处吗？"

辛柚摇头："民女不知，每次交稿都是松龄先生主动来找。松龄先生对自己的来历、住处闭口不提，民女也没多问。"

兴元帝不甘心："那他的长相呢？每次见你都遮着脸？"

"是，民女只能从声音、身形判断，松龄先生很年轻，可能——"

"可能什么？"

辛柚稍稍抬了抬眼，看清兴元帝的神色："可能还是个少年人吧。"

大夏男子二十及冠，不满二十的就可以称一声少年郎。

"这么年轻？"兴元帝诧异地看了立在一旁的贺清宵一眼。

当初就听贺清宵禀报说松龄先生是个年轻人，他却没想到这般年轻。

想想《画皮》和《西游》，兴元帝觉得不可能。

这样的书，没有一定阅历能写出来吗？

"寇姑娘，见不到样貌，只凭声音、身形会不会判断有误？"

辛柚想了想，认真地道："可能还有感觉吧。"

"感觉？"兴元帝觉得好笑。

"就是一个人给人的感觉。松龄先生虽遮掩了容貌，但他的身形与成年男子的清瘦不同，明显有着少年的单薄，还有打交道时的言行……判断一个人的年龄，不一定只看外在。"

说到这儿,辛柚用余光瞥了贺清宵一眼。

她那次女扮男装,不就是败在了气味上。

"寇姑娘与松龄先生多次打交道,就没听他透露过任何信息?"

辛柚缓缓摇头,突然愣了一下:"有一个……但民女觉得松龄先生是开玩笑——"

"说说看。"

"松龄先生透露要离开京城时,民女曾问他要去何处,什么时候回来。松龄先生指着书稿说他要去美猴王的家乡……"

兴元帝抓起《西游》,快速翻阅,视线死死地落在开篇的一列字上:"洛江以南……"

他再往后翻,又有一处提到美猴王的来历,不光提到洛江以南,还点出了具体地方——宛阳。

兴元帝把书猛然合拢,心急促地跳动。

宛阳,欣欣莫非在宛阳?

她竟然在宛阳吗?

兴元帝内心情绪激荡,但在辛柚面前还能维持帝王的深沉:"朕知道了。清宵——"

"微臣在。"

"你先送寇姑娘回去,之后再进宫一趟,朕有事要你去办。"

贺清宵立刻应了。

"民女告退。"辛柚福了福身子。

兴元帝的目光不觉地落在少女头顶两侧的乖巧发髻上,他鬼使神差地道:"寇姑娘今日辛苦了,赐珠花两对,珍珠一匣。"

辛柚诧异抬眸,又很快垂下:"多谢陛下赏赐。"

出宫时,她手里多了一匣子珠宝,加上在荷园时的赏赐,短时间内是不必再添首饰了。

风雪未停,辛柚与贺清宵一人乘车,一人骑马,一路也没说什么话。直到马车停下,贺清宵才温和地道:"寇姑娘早些休息。"

"贺大人路上注意安全。"辛柚走进少卿府,发现小莲一直等在门房处。

"姑娘,您回来了。"小莲的视线落在辛柚手中的匣子上。

辛柚顺手递给她:"皇上赏的,仔细收好。"

"是。"

二人走远,门人啧啧两声。

表姑娘真是了不得啊,御赐之物跟流水似的。

贺清宵重返宫中,天色已经有些暗了。

"寇姑娘送回去了?"在贺清宵回来之前,兴元帝又把《西游》反复看过,人已冷静下来。

"回禀陛下，微臣已把寇姑娘送回少卿府。"

兴元帝点点头，说出让贺清宵返回宫中的用意："明日你亲自去一趟宛阳，查探松龄先生的踪迹。"

他顿了一下又道："还有皇后的下落。"

贺清宵目露惊讶之色。

兴元帝脸色微沉："多带一些可用之人，其他不必多问。"

"微臣领旨。"

贺清宵准备离去时，兴元帝喊他一声："如果找到皇后，立刻带她进京见朕。"

贺清宵有心试探兴元帝对辛皇后的态度，面露难色："若是皇后娘娘不愿随微臣回京——"

兴元帝语气坚决："务必带皇后回京城，但不得对皇后怠慢无礼。"

"微臣明白了。"

回到长乐侯府，贺清宵扒了几口饭，一头扎进书房。

桂姨望着紧闭的房门，叹了口气。

大过年的还这么忙，别说娶媳妇儿，竟连吃饭都顾不上。皇上让侯爷当这个锦麟卫镇抚使，该不会就是存着这个心思吧？

书房中的贺清宵，却不是桂姨想的在处理各类信件，而是翻开《西游》，一字一字地看起来。

转日出了太阳，阳光清透没有多少温度，屋檐、街边堆积的雪令人炫目。

贺清宵离京前，又登了少卿府的门。

段少卿赔着笑脸，等辛柚与贺清宵在庭院中碰面，心中打起了鼓：堂堂锦麟卫镇抚使第三次登门了，就是杀人放火，也用不着如此吧？

院中，贺清宵开了口："寇姑娘，我今日就要离京，前往宛阳。"

"贺大人一路顺风。"

贺清宵沉默了一瞬，问："寇姑娘没有其他想说的吗？"

辛柚微微低头，看着积雪的青砖缝隙可见躺倒的枯草。

短暂的安静后，她开了口："希望贺大人能查明真相，带着证据早日回京。"

"嗯。"贺清宵轻声应了，之后声音更轻，"松龄先生……是辛公子吗？"

寇姑娘先前说有办法让皇上主动调查宛阳的事，直到昨日他才知道是什么办法。

《西游》中提到了宛阳，想必还有关于皇后娘娘的其他信息藏在这故事中，是皇上才知道的。

寇姑娘是辛皇后的人，知道一些秘密不奇怪，那写出《西游》的松龄先生又是怎么知道的呢？

要么，松龄先生也来自那个山谷，他们本就是一起的；要么，松龄先生就是寇姑娘本人。

松龄先生在京城声名鹊起，却查不出踪迹，显然后者的可能性更大。一个本不存在的人，自然不会留下任何痕迹。

而以他的身份，有些事他心知肚明，却不能问出口。

比如寇姑娘是不是松龄先生，是不是……辛公子。

贺清宵的问题令辛柚眼帘微微一颤，却在她的预料中。

当贺大人发现她令皇帝主动调查宛阳的办法来自《西游》，定然会怀疑松龄先生的真实身份。

但有什么关系呢，从她选择对贺大人说出娘亲的事，事实证明她赌赢了。

至少现在，贺大人是可以信任的人。

"我不知道。或许是吧。"

与贺清宵所想一样，在辛柚看来有些事彼此心知就好，承认了反而麻烦。娘亲被害的事早晚会摆在那个人面前，以贺大人的身份夹在其中会很为难。

"那我告辞了。"

"我送贺大人。"

这一次贺清宵没有拒绝，由着辛柚把他送到角门口。

处处积雪未消，天比昨日还要冷上一些，而眼前的男人穿得并不厚重。

"如今冰天雪地，南下并不容易，贺大人多保重。"辛柚语气温柔。

贺清宵眼波动了动，最终只点了一下头："京中事情也多，寇姑娘若有需要帮手的时候可以去找闫超，他办事还算牢靠。"

他此次南行，该查的大半已经查过，更多的是为了把查到的东西光明正大地摆到皇上面前。反而是寇姑娘，荷园宴会走进了皇上的视野，或许会招来一些别有用心之人。

"好，要是遇到解决不了的麻烦，我会去找闫副千户。"

辛柚目送贺清宵策马远去，转身往晚晴居走去。

转日就是除夕，少卿府上下忙忙碌碌，为年夜饭与新年做准备。

段少卿特意问了辛柚："贺大人今日不会再来了吧？"

大过年的，锦麟卫一次又一次登门，这谁受得了。

"贺大人还会不会来，青青不清楚。"

段少卿瞪了瞪态度冷硬的外甥女，心中别提多后悔。

早知有今日，在这丫头与姓贺的搭上线之前，他就该解决了这个麻烦！

等到一大家人聚在如意堂吃年夜饭，段少卿才算放了心。

因为辛柚为定北灾区怒捐五万两的事，老夫人这些日子看外孙女横竖不顺眼，直到辛柚去荷园赴宴，宫中赏赐送到少卿府。

"青青怎么没戴御赐的金簪？"老夫人笑呵呵地问。

辛柚微笑："打算供起来，当传家宝。"

老夫人滞了滞。

这话没毛病，可她听着莫名其妙地有些刺耳，倒像是不待见御赐之物似的。这定是她的错觉。

团圆饭后，老夫人给孙辈发了压岁钱。

压岁钱在寻常人家主要是为了图个吉利喜庆，大多是用红绳穿成的铜钱，富贵人家就多种多样了。

老夫人这几年给孙辈的都是金子打制的吉祥物件，金鱼儿、金花生、金葫芦、刻有吉祥如意的圆形金钱等。

辛柚等人都得到了一个装着压岁钱的素面荷包，纷纷向老夫人道谢。

回到晚晴居，辛柚打开荷包往外一倒，哗啦啦倒出一堆小金子。

"姑娘，今年的压岁钱比以前多！"小莲惊叹。

小丫鬟眼界早就打开了，吃惊的不是这些金子，而是老夫人的举动。

明明姑娘和老夫人对上时一点儿不退让，经常把老夫人气得哆嗦，怎么老夫人给姑娘的压岁钱反而多了呢？

辛柚这是在少卿府过的第一个新年，无从比较压岁钱的多少，随手抓了一把给小莲。

"姑娘怎么又给婢子钱？"

"这是压岁钱，驱邪避祸。"

小莲一听，高高兴兴地收下了。

辛柚干脆让小莲把晚晴居的人都喊来，一人赏了一把。

跟着辛柚去了书局的绛霜还好，留守晚晴居的王妈妈、李嬷嬷二人简直乐疯了。

与晚晴居的欢乐不同，段云华回到闺房，打开荷包一看就冷了脸。

以前都是金的，今年却换成了银的。她明明都和固昌伯世子定亲了，祖母还因为母亲被休而轻视她？

段云灵虽诧异了一下，却很快仔仔细细地数了起来。

她自知得罪了祖母，父亲也是不会真心为她打算的，这些钱无论多少，积攒起来，以后都是她的底气。

四姑娘段云雁还随父母同住一院，看到女儿荷包里的银鱼儿，歇下后段文柏问朱氏："家里近来有些紧张吗？"

他管着家里的一些产业，这一年的收益并不比往年差。

"还好吧，公账上还算宽裕。"

朱氏安静了许久，声音再次响起："老夫人的私账上，就不好说了……"

段文柏也沉默了一阵，轻叹口气："睡吧，明日还有的忙。"

除夕夜，万家灯火一直亮着，宫中也在吃年夜饭。

如果说明日元旦是天子与百官同庆的盛宴，今晚的宫宴就是家宴。

各宫嫔妃携着子女聚到乾清宫中，太后也露了面。能参加这场家宴的还有昭阳长公主并一双儿女，以及秀王。

至于另一个有资格赴宴的庆王，此时还在定北。

餐桌上摆着一道道珍馐，兴元帝却有几分心不在焉。

"皇帝可是担心定北那边？"太后问。

兴元帝回神，勉强地笑笑："是……都过年了，也不知道那些受灾的百姓有没有住处……"

实际上，他出神不是因为这个。

他昨夜做了噩梦，梦里欣欣对他横眉冷目，他去拉她的手，却看到血泪从她的眼角流下。

他一下子吓醒了，整个白日都头疼欲裂，心神不宁。

太后安慰道："熠儿不是去了定北，肯定会安置好百姓的，你就放心吧。来，吃鸡腿。"

兴元帝一眨眼的工夫，一只油汪汪的大鸡腿就落到了他碗里。

兴元帝的眼角抽搐了一下，对上太后慈爱的目光，干巴巴地道谢："多谢母后。"

太后满意地笑笑，眼风一扫，另一只鸡腿落到了秀王碗里。

这孩子虽然不受儿子待见，可毕竟是她的大孙子。

秀王忙起身道谢："多谢皇祖母。"

"家宴上，别拘束。"

秀王坐下，垂眼盯着鸡腿，心中生出别样滋味：原来二弟不在时，过年时的鸡腿祖母是会给他的……

昭阳长公主的眼神很复杂。

她真没想到，往年二皇子受的苦今年让大皇子受了。

也许是早年养成的口味很难改，明明宫宴上佳肴无数，太后还是觉得烧鸡腿是好东西。

本来除夕祭祖、祭祀各种仪式折腾下来，吃些汤汤水水、爽口小菜还好，这种开宴时已经冷掉的鸡腿滋味如何，可想而知。

察觉到女儿的眼神，太后随口敷衍："明日的鸡腿给你。"

昭阳长公主："……"

大年初一，百官勋贵要给皇帝拜年，参加大宴。而有诰命在身的女眷也会进宫朝贺，给太后、皇后拜年。

皇后失踪已久，后宫之主之位一直空悬，外命妇要拜的除了太后，还有打理后宫的淑妃，也就是庆王的母妃。

昭阳长公主明日自然要进宫赴宴。

"谢母后。"太后说得敷衍,昭阳长公主回得也敷衍。

昭阳长公主再清楚不过,太后只是随口一说。

许是见儿子情绪不佳,太后有心活跃气氛,谈兴颇浓:"哀家听说,有位寇姑娘,与昭阳长得很像?"

这话一说出口,兴元帝看过来,昭阳长公主看过来,就连淑妃也看过来。

太后不解:"怎么?"

"前两日荷园宴请为定北灾区捐款的京中善人,儿子过去了一趟,见到了寇姑娘。"

"哦,哀家听说了,这位寇姑娘捐了五万两。"太后语气淡淡。

昭阳长公主看在眼里,嘴角微不可察地撇了撇。

母后还是那么替人心疼钱。

"皇帝,寇姑娘当真与昭阳长得像?"太后的兴趣显然在这里,而非捐银上。

兴元帝看一眼昭阳长公主,笑着点头:"是和皇妹有几分像。"

寇姑娘其实和他更像的,但是这话由他说出来就太奇怪了。

"明日外命妇入宫朝贺,让她家长辈带她来给哀家瞧瞧。"

昭阳长公主忍不住道:"明日进宫的都是有品级的诰命,她一个小姑娘进宫不合适吧?"

进宫朝贺看似风光,可外命妇们半夜就要起来梳妆打扮,五鼓便要出门,一通折腾下来别提多受罪。

能进宫的外命妇有诰命在身,有交际的机会,这种场合对她们来说甘之如饴。可寇姑娘只是一个小姑娘,在母后已对她印象一般的情况下,进宫能有什么好处?

那纯粹受罪罢了,万一寇姑娘惹了哪个不快,反是祸端。

太后睨了一眼女儿:"哀家觉得合适,难道还有人会嚼舌?"

"女儿不是这个意思。"昭阳长公主垂眼。

兴元帝见母亲与妹妹之间气氛不佳,忙打圆场:"确实不算什么事,既然母后想见寇姑娘,明日一早打发人去少卿府说一声就是了。"

昭阳长公主横了兄长一眼,不好再说什么。

淑妃笑道:"妾也对寇姑娘有所耳闻。听说寇姑娘从外祖家搬出去开书局,书局生意特别好,人们都夸寇姑娘是经商奇才呢。"

太后一听,眼中闪过嫌弃之色,淡淡地道:"那哀家就更好奇了。"

淑妃弯唇。

昭阳长公主的眼神冷了下来。

皇嫂能力出众,不逊男儿,不是低眉顺眼的性子。母后不喜皇嫂,连带不喜有本事的女孩子。淑妃这话听着是在夸奖寇姑娘,实则是给寇姑娘挖坑。

寇姑娘什么时候得罪淑妃的?

莫非还是因为固昌伯世子被责罚,奈何不了她,迁怒到寇姑娘身上?

昭阳长公主思索着这些，决定明日好好护着寇姑娘。

少卿府这边，天还黑漆漆一片，老夫人就起来了。

整个少卿府，有资格入宫朝贺的只有老夫人与段少卿。

好在老夫人上了年纪，觉少了许多，虽然大半夜就被折腾着梳妆，倒不觉得太难受，只是有些迷糊。

这种迷糊，在她接到前头的报信时，彻底清醒了。

宫中来人传话，让老夫人携寇姑娘一同进宫。

"快去晚晴居给表姑娘送信！"老夫人急忙吩咐。

这事太突然了，他们若因此耽搁了进宫时间，可了不得。

辛柚是被急促的呼唤声喊醒的。

"姑娘，快醒醒。"

辛柚睁开眼，立刻坐了起来："怎么了？"

小莲也是蒙的："说是让您随老夫人一起进宫朝贺。"

辛柚眼里没了睡意，翻身下床："取一套妃红的裙袄，一支镶红宝石的金簪，其他首饰不必准备……"

辛柚收拾的工夫，如意堂那边又来了人催，老夫人唯恐耽搁了出门。

辛柚打扮妥当，系上朱红团花的斗篷，去了如意堂。

老夫人刚刚收拾好，见辛柚进来，上上下下地仔细打量一番，松了口气："还算妥当。怎么连个耳坠子都不戴？"

"戴多了，怕不合适。"

老夫人一想也是，未出阁的小姑娘本就不必满头珠翠，有支金簪足够了。

"走吧。到了宫中，不该看的别看，不该说的别说……"

少卿府的大门打开，鞭炮噼里啪啦地响着，带来新年的喜庆。

辛柚随老夫人上了轿子，鸣锣开道，往皇宫而去。

她们到达皇城时，天还是黑的，但宫城处处张灯结彩，车马不断，与白日没有什么区别。

文武百官在前殿朝贺，外命妇则去了后宫。

辛柚一路走，收获了无数惊讶的目光。

也不怪旁人震惊，在清一色穿着朝服的命妇中，一身常服的少女委实显眼了些。

这些夫人频频交换眼神，低声议论着一群诰命夫人中为何混进一个小姑娘。这就是捐了五万两银的那位寇姑娘？

夫人们知道少女身份后，神色更复杂了。

虽然老话说有钱能使鬼推磨，但皇家不至于吧？

接下来按照仪程给太后拜了年，给淑妃拜了年，等到宴席开始，夫人们稍稍放松下来，借着歌舞乐声的遮掩能好好议论一下了。

"太仆寺少卿段家老夫人可在?"太后坐在最上面,眼睛往下扫。

举箸的夫人们手一顿,低语也停了。

一旁宫人忙道:"回禀太后,段家老夫人的座席在大殿门口处。"

京中五品以上诰命有资格在元旦这日进宫朝贺,段少卿是四品官,老夫人便是四品恭人,没坐到大殿外头去已经不错了。

"请段家老夫人带她外孙女上前来。"太后道。

随着宫人传报,老夫人带着辛柚一步步从殿门处走向大殿的最里端,激动地拜倒:"臣妇见过太后,祝太后百事如意。"

往年的正旦朝贺,太后也会与一些夫人叙话,但她这种快要坐到大殿外头去的别说有这种机会,能看清太后的脸就不错了。

她今年是沾了外孙女的光?

"老夫人不必多礼。"太后对老夫人没什么兴趣,视线落在辛柚身上:"这就是寇姑娘吧?抬起头来让哀家瞧瞧。"

摆满了席面的大殿中,这一刻针落可闻。有资格出席宴会的嫔妃,赴宴的外命妇,穿着崭新红衣的宫人,都怀着或好奇、或审视的心思,看向低着头的少女。

极少数见过辛柚的也就罢了,这些绝大多数没见过的人在想:寇姑娘究竟是什么样的人物,在京中做出这么多引人瞩目的事来。

这其中,首辅夫人朱老夫人睁大一双眼,瞧得最仔细。

自从朱老夫人怀疑孙儿可能喜欢寇姑娘,就打发人去探查。这一查可了不得,国子监那些监生居然坚信寇姑娘是神算,问就是不世出的那种,只有他们知道。

这姑娘不仅把钱不当钱,还装神弄鬼!

朱老夫人自持身份,不好去青松书局,今日正好有机会看一看。

万众瞩目中,辛柚抬起了头。

太后看清辛柚的模样,眼里闪过诧异之色。

她竟然真的和昭阳很像!

短暂的惊讶后,太后并没有因为眼前少女与女儿长得像生出爱屋及乌的情绪,反而因为昨日淑妃的话,有些硌硬。

又是开书局,又是捐款赴皇子主持的宴会,一个小姑娘这是想干什么?

若是放在乱世,她是不是也要像那个女人一样不懂顺、不懂孝,只知搅风搅雨了?

在太后看来,这样的女子委实可恶。

"真是生了好模样。"太后笑笑,视线转向老夫人:"令外孙女多大了?"

老夫人忙道:"过了这个年,十七岁了。"

"十七岁,那也该谈婚论嫁了,不知有没有说人家?"

老夫人心里一沉,不敢扯谎:"还没有说亲。"

夫人们交换着眼神,心道莫非太后要给寇姑娘做媒?

太后给挑的亲事定然错不了，这位寇姑娘还真是青云直上啊。

"这样啊。"太后笑眯眯地看着辛柚，"哀家瞧着这孩子就喜欢，既然尚未说亲，回头哀家看看有没有合适的儿郎。老夫人觉得如何？"

老夫人还能说什么，只能谢恩："多谢太后恩典。"

辛柚跟着拜倒。

"老夫人落座吧，等会儿菜该凉了。"

老夫人再次拜谢，带着辛柚向殿门口的座席走去。

老夫人来的时候满心激动，每一步都仿佛踩在开满鲜花的春径上，她往回走的时候脚步却越来越沉。

被太后点名召见的风光终是虚的，打乱了她对外孙女亲事的安排，才是结结实实的打击。

有太后这番话，青青的婚事她就不能做主了。

老夫人心里难受，却有不少命妇羡慕不已，特别是品级低的。

那些国公府、宰相府的姑娘就罢了，没有太后垂青也不愁嫁。她们这种四五品官员家的姑娘，往门当户对中找也就这样了，怎比得了太后做媒？

少卿府真是好运啊。

一片羡慕中，昭阳长公主默默地留意太后，心渐渐地沉了。

尽管和母亲合不来，可知母莫若女，母后对寇姑娘根本没好感。

母后说这番话是什么目的？她想给寇姑娘指一门糟糕的亲事？

不能。母后在这种场合发了话，要是指的亲事不好，扫的是自己的面子。

那母后想做什么呢——昭阳长公主握着酒杯的手一紧，她想到了一种可能。

母后在这些外命妇面前说了这话，以后就没有府上去向寇姑娘提亲了，因为太后发话要给寇姑娘指婚。

可要是母后"忘了"呢？

少卿府老夫人平时没有见母后的机会，朝贺这种场合也不可能问出口，母后这么拖上三年五载甚至更久，别说没人敢问到母后面前来，真要有人问起，母后说一句年纪大了忘了，谁敢质疑？

而寇姑娘就被耽误了。

昭阳长公主想到这一层，心中恼火。

母后这样对一个初次见面的小姑娘，太过分了。

再想到当年母亲不顾她的死活，执意要把她嫁给一个年纪不小的土财主，昭阳长公主自嘲地勾了勾唇。

母后还是寻常妇人时对亲女儿尚且如此，何况现在是养尊处优的太后，对一个没什么关系的小姑娘呢。

昭阳长公主决定等忙完过年这几日，请寇姑娘过府聊聊。

淑妃发现昭阳长公主的冷脸，开心地笑了。

这个寇姑娘命不好，虽然长得像长公主，可在京城搅风搅雨的能耐很像那个女人呢。

偏偏太后最不喜欢那人。

太后的"恩典"，寇姑娘慢慢享受吧。

回去的路上，再看到外孙女的脸，老夫人就有些难受了。

原本那六十万两，在她心里早晚要回到少卿府的。现在可好，钱不但回不来了，因为太后指婚，她还要准备一份格外丰厚的嫁妆。

老夫人闭了眼，心烦又心疼。

辛柚也垂着眼睛，琢磨太后的用意。

太后当众问起她的亲事，难道真有当媒人的爱好？

她总觉得太后没安好心。

暂时不明太后的心思，辛柚决定走一步看一步。

一行人回到少卿府，由段少卿率领着众人拜过先人，小辈们又给长辈拜了年。之后男丁出门拜年，女眷招呼来客，小一辈倒是可以享受一下过年的悠闲了。

段云华却只感到心酸。

去年的时候，母亲已经叫她旁观管家了，耐心地教导她将来会用到的本领。

可是如今祖母无视她，二婶冷淡她，三妹怠慢她，她在这个家待着越来越没意思了。

段云华随意地走着，突然听到了谈话声。

"含雪，你去求绛霜给你说情，回到表姑娘身边，她答应了没呀？"

含雪冷哼一声："人家攀上高枝儿，看不起咱们这些人了。"

"那真是可惜了。表姑娘多大方呀，老夫人发的小金鱼儿转手就赏给了晚晴居的人，你是没瞧见王妈妈她们多得意——二姑娘！"

两个小丫鬟看到段云华，赶紧行礼。

"老夫人发的金鱼儿？"段云华一字一顿地问。

都知道二姑娘与表姑娘不对付，小丫鬟忙道："是呀，老夫人给表姑娘的压岁钱，表姑娘拿回晚晴居就赏人了……"

段云华气得手抖。

给她的压岁钱是碎银，给寇青青的却是金子，祖母可真是偏心啊！

段云华知道不能去找老夫人闹，就胡乱闲逛消火，看到了四姑娘段云雁。

这个时候少卿府上下都在忙过年的事，二太太朱氏管着家，更是忙得团团转。

段云雁带了一个小丫鬟，才从戏台那边逛过来。

灌木旁堆积着残雪，两只家雀儿蹦蹦跳跳。

段云雁凑过去，两只家雀儿呼啦飞起，站上高枝儿。

"绿樱，你去取一些谷子来。"

"姑娘要喂家雀儿啊？"绿樱笑盈盈地问。

"嗯。快去呀。"

"那姑娘不要跑到别处去，就在这里等婢子。"绿樱叮嘱一声，转身走了。

没有婢女在身边，周围也没人，段云雁对着家雀儿招招手，嘴里学着鸟叫："叽叽，叽叽……"

朱氏管家后，府中下人对四姑娘态度恭顺了许多，段云雁也明显感到了气氛的轻松。

红袄红裙的女童脸上是健康的红晕，一副天真烂漫的模样。

这份烂漫，刺痛了段云华的眼。

"叽叽，下来呀，喂你们吃东西……"

"吵死了。"段云华神色狰狞，弯腰捡起地上的石块。

"你干什么？"

随着一声呵斥，听到动静的段云雁扭过头来，看到辛柚拽着段云华的手腕，一块石头掉在地上。

"放开！"段云华色厉内荏地对辛柚喊着，心里又慌又悔。

她是怎么了？她刚刚在做什么？

她只是嫌段云雁吵，想让她闭嘴……

看着表情变换的段云华，辛柚知道她要做什么。

不久前，小辈们给长辈拜年时，辛柚看到了新画面，是关于段云雁的。

一身红衣的女童仰头望着枝头的家雀儿，笑容甜美，可很快飞来一块石头，正巧砸在了她的太阳穴上。

最后的画面，就是段云雁仰躺在地上，鲜血染红了残雪。

画面中没看到凶手的身影，无法判断飞来的石块出自何人之手。

辛柚很快通过画面中段云雁的穿着判断出事情就发生在今日。

没有充裕的时间查出谁对段云雁如此仇恨，她只能悄悄地留意段云雁的行动，当段云雁停下的地方与画面重合后，她根据石块飞来的方向发现了段云华。

有那么一瞬，辛柚感到不可置信。

"二姐、表姐，你们在干什么？"段云雁走了过来，好奇地问。

"没什么——"

辛柚毫不客气地打断段云华的话："她刚刚想用石块砸你。"

段云雁低头看看地上的石块，惊恐地望着段云华："二姐——"

这一刻，段云华反应特别快："四妹别听她胡说，我们连架都没吵过，我砸你干什么？"

段云雁年纪虽小，却不是那么好哄的："那二姐拿石块干什么？我刚刚看到了，青表姐抓住你的手，石块才没丢出去。"

段云华脸色微变："我是看你一直喊树上的家雀儿喊不下来，帮你赶家雀儿下来。四妹，你不会真的相信寇青青的胡话吧？"

段云雁抿着唇。

其实她只看到了石块在地上，没看到二姐拿着石块。

"姑娘——"取了谷子的绿樱赶回来，看到辛柚与段云华，投来疑惑的眼神。

段云雁看看段云华，再看看辛柚，拉住绿樱的手："我不玩了，要去找母亲。"

小姑娘犹豫了一下，对辛柚欠了欠身："多谢青表姐。"

段云华一听恼了："四妹，你这是什么意思？你信了寇青青的话，真以为我会拿石块砸你？"

绿樱眸子猛地睁大。

二姑娘拿石块砸姑娘？刚刚她不在的时候，到底发生了什么？

段云雁微微偏头："没有啊。"

"那你为什么向寇青青道谢？"

小姑娘看着段云华，慢条斯理地道："就算二姐是用石块赶家雀儿，也有砸到我的风险，所以我要谢谢青表姐。绿樱，我们走吧。"

眼看着段云雁带着丫鬟走远了，段云华狠狠地看向辛柚："寇青青，你有什么证据说我要砸四妹？我把石块丢出去了吗？"

段云华表情扭曲的样子令辛柚摇摇头："我只是把看到的事实告诉四表妹。至于四表妹相不相信，你承不承认，那就是你们的事了。"

而段云雁的反应，让辛柚觉得这次"多管闲事"很值得。

"你故意坏我名声！"

"你要这样想，那我们可以去找外祖母说说。"

"谁有工夫和你扯。"段云华冷哼一声，快步走了。

就算寇青青口说无凭，一旦传开来，怎么想的人都有，对她可没好处。

段云雁找过去时，二太太朱氏正招待固昌伯府的人。

许是少卿府与固昌伯府结了亲的缘故，来拜年的人比往年多了不少，一些素日没什么来往的人家也打发仆从送了拜帖。

见母亲忙得团团转，段云雁乖巧地等着。

朱氏得了空隙问女儿："雁儿，怎么不去玩？"

"母亲，我有事和您说。"

看女儿一本正经的样子，朱氏忍不住笑："什么事啊？"

"我刚刚在园子里看枝头的鸟儿，二姐举着石块被青表姐拦住了。二姐说她想帮我赶家雀儿，青表姐说二姐想砸我……"

朱氏脸色登时变了："伤着了没有？"

"没有，石块掉地上了。"

"到底怎么回事？你瞧清楚了吗？"

段云雁摇头："我没看到。母亲教导过，不确定的事不要轻易和人争论，我就回来找您了。"

"雁儿做得对。"朱氏抚了抚女儿的头，强压着怒火忙完手头的事，去了晚晴居。

辛柚早就料到朱氏会过来。

"二舅母。"

"青青，你是个聪明的姑娘，二舅母就直说了。二姑娘拿着石块，究竟想干什么？"

辛柚也没藏着掖着："我在园子里闲逛时正好看到她们，当时段云华一脸戾气地拿起石块，不像是打家雀儿的样子。我与段云华早有嫌隙，这话可能难让人信服，也不会把这事闹到外祖母面前去。信与不信，二舅母可以自行定夺。"

"我信……"朱氏眼神沉沉，声音很低，"我信……"

那是她的宝贝女儿，别说表姑娘本就是聪慧可靠之人，就是抱着万一的可能，她也不敢对女儿的安危掉以轻心。

"四表妹得罪过段云华吗？"辛柚问出心头的疑惑。

朱氏笑了："青青得罪过你大舅母吗？"

人的心歪了，他们干出什么事都不稀奇了。

朱氏郑重地向辛柚道了谢，一脸平静地离去。

没到晚上，朱氏就病倒了。

对大夏人来说，出了十五才算过完年，特别是初六以前，出去拜年，招待来客，杂七杂八的事能让一个大家庭的女主人从早忙到晚。

朱氏这一病，事情就只能落到了老夫人头上。老太太只忙了两日就眼前发黑，脚底打飘，觉得自己老身板要受不住。

段少卿也因为府上忙乱，本该安排好的车子出了差池，耽搁了一次出门。

"母亲，大夫怎么说啊，二弟妹还没好吗？"

老夫人嘴里起了燎泡，被儿子一问，气不打一处来："你个当大伯的，问这么多干什么？！"

段少卿忍着郁闷道："这不是家里事情太多，儿子心疼您嘛。"

老夫人气顺了些，才道："大夫也没说出个所以然。人看起来也没什么大问题，谁知道是怎么了，一起来就头晕。"

老夫人甚至怀疑朱氏是装的，转念一想又觉得不可能。

这是朱氏第一次主持过年事宜，不好好表现，就不怕丢了管家权？

朱氏确实没老夫人想的那么在乎管家权，等到初四，就对老夫人说了："儿媳这病来得蹊跷，总觉得不对劲，昨晚悄悄请了仙姑来看，仙姑说儿媳与二姑娘相冲，不宜常见……"

老夫人听得眉头紧锁。

506

二儿媳和华儿相冲？这么多年她们不相冲，现在突然就相冲了？

朱氏一副有气无力的样子靠着床头："二姑娘是娇客，没有让二姑娘避讳的道理。儿媳想着，不如我们二房搬出去吧。"

老夫人眼里闪过精光："你的意思是要分家？"

朱氏挣扎着坐直了些："儿媳怎么会想着分家？只是先搬出去暂住，等二姑娘出阁我们再搬回来。"

"这像什么样子！"老夫人不假思索地否定，"好端端地搬出去，岂不要让外人揣测你们两房不合？还是说，要让外人知道你和华儿相冲？华儿今年可就要嫁到固昌伯府去了。朱氏——"

老夫人还没说教完，就见朱氏眼一翻，昏了过去。

丫鬟们一阵手忙脚乱，朱氏才悠悠地醒来，一副虚弱不堪的样子。

老夫人忍着厌烦安慰两句，回到如意堂想了想，回过味来：二丫头这是得罪了朱氏？

想一想朱氏病倒的时间，老夫人叮嘱心腹嬷嬷红云去调查。

少卿府说是朱氏管家，真正掌握根本的还是老夫人，红云嬷嬷没太费劲儿就问了出来。

"有个小丫鬟无意间听到了二姑娘与表姑娘的争执，当时四姑娘也在……"

听完心腹嬷嬷的回禀，老夫人气得把杯子往桌上重重地一放："这个死丫头！"

她既气段云华的惹是生非，又气朱氏的不识大体。

气过后，老夫人没有把辛柚找来问清楚，也没和段云华提这件事，只是把她叫到如意堂来叮嘱："固昌伯府和咱们家不同，等你嫁进去少不了和皇家打交道。祖母请了个宫里出来的嬷嬷好好教导你，省得将来出岔子。你呢，这段时间就安心学规矩，好好备嫁。"

听着这满心为自己的打算，段云华温顺地应了，等到后来发现出自己的院子都难，就是后话了。

朱氏听闻二姑娘闭门不出学规矩，病好了起来。

二老爷段文柏有些担心妻子："你就不怕老夫人让你立规矩？"

朱氏笑笑："家里一摊子事还忙不过来，老夫人没这个闲心的。"

"就怕等大哥续弦，老夫人秋后算账。"

朱氏冷笑："那时候再说那时候的事。我只知道现在若一声不吭，对不住我的雁儿。"

段文柏揽住朱氏的肩："都是因为我，委屈你和孩子们了。"

"老爷别这么想，出身不能选择。大哥在朝中为官，家里产业大多是你在打理。老夫人需要咱们替大哥分担，对我再过分也有个度。"

段文柏点头。

"也要感谢青青……"

辛柚听闻段云华被拘着不得出院子，为段云雁感到高兴。

有母亲护着的女孩儿，总归要幸福一些。

"青表姐——"

辛柚看着靠近的小姑娘，露出温柔的笑容："四表妹有事吗？"

段云雁把一条手帕放在辛柚手上："母亲说，得了人的帮助就要有回报，这是我的谢礼。"

辛柚展开手帕，看到绽放的梅枝上站着一对鸟儿，难掩惊讶："这是四表妹绣的？"

"嗯，我绣的喜鹊登梅。梅花开了，春天就来了，会有好运的。"小姑娘一脸郑重的神色，"我现在绣得不好，等以后绣好了，再给表姐绣一条漂亮的。"

"这条手帕就很漂亮了，多谢四表妹，我很喜欢。"辛柚仔细把帕子叠好收起。

辛柚收了这条帕子，直到初七回到青松书局，她的心情都是好的。

"东家过年好。"刘舟和石头抢着给辛柚拜年。

辛柚给书局众人发了丰厚的赏钱，书局的人里里外外忙着收拾洒扫，为明日开门做准备。

正月初八是个好天气，青松书局开门的时间比这条街上的商铺稍稍晚了些，能听到外头的鞭炮声响个不停，好不热闹。

刘舟和石头各提了一挂鞭炮，准备开门去放。

刘舟一拉门，吓得飞快地关上了。

辛柚带着胡掌柜等人正往外走，见此投来询问的目光。

"东家，外面好多人！"刘舟一脸紧张的神色，"手里好像都拿着东西，不知道要干什么。"

他们要公然打劫？这些人不会这么猖狂吧？

"我看看。"

"东家——"见辛柚上前，胡掌柜忙喊了一声，"让刘舟看吧。"

书局真要遇到闹事的，让年轻力壮的顶着，他带着东家走后门。

"不用。"辛柚笑着把门打开。

书局这么多人在呢，要是真有什么倒霉事，她早就"看到"了。

门外，乌压压地站着一群人，辛柚一眼看到了站在前边的谷玉。

"你们——"

谷玉上前一步："寇姑娘，托你的福，街坊邻居们才有这个新年过，才有这个团圆年。今日街坊们每家来了一人，给你拜年。"

少年说完，来的人或老或少，或男或女，齐齐向立在青松书局门前的少女行礼。

"寇姑娘，过年好！"

辛柚狠狠地怔住了。

她以前四处游玩，有时看到太令人遗憾的画面会委婉提醒，但她于那些地方是过客，几乎不会与被提醒的人再相遇。

这样热烈的、盛大的感谢，是她从不曾经历过的。

愣过后，辛柚忙回礼："大家过年好。"

谷玉递过一个小小的油纸包："这是我娘做的酥饼，她最拿手的，叮嘱我一定带给寇姑娘尝尝，还望寇姑娘别嫌弃。"

他年少丧父，与母亲相依为命，过年时吃不起肉，这加了猪油的酥饼就是难得的美味了。

"多谢。"辛柚伸手接过，唇边带着笑，"我喜欢吃酥饼。"

"寇姑娘，这是我媳妇儿做的葱花卷儿……"

"寇姑娘，这是老汉编的竹灯笼……"

北楼坊的街坊们争先恐后地举着手里的东西。

这一张张面庞，有眼熟的，更多是眼生的。

他们侥幸躲过大难，失去了栖身的屋舍，又经历了难熬的重建，种种不幸没有磨灭他们心中的感激，在年后青松书局开门的日子，把他们目前最能拿得出手的东西递到寇姑娘面前。

辛柚突然湿了眼。

小莲已经忍不住捂住嘴，眼泪流下来。

"刘舟，你们先替我把街坊们带来的礼物收好。"辛柚知道这是街坊们的心意，没有推辞。

青松书局开门放鞭炮，出来的不光是守着书厅的胡掌柜几个人，印书坊的赵管事带着几个大师傅，杨队长带着一些护卫都来了，自然不缺人收礼物。

交代完刘舟，辛柚低声吩咐小莲几句。

小莲喊上杨队长，没多久杨队长就抱着一个箩筐出来，里面是一串串用红绳穿起的铜钱。

钱不多，一串十个铜板，也就是十文钱。

杨队长抓起铜钱散给街坊们，街坊们连连拒绝："使不得，使不得，我们是来给寇姑娘拜年的，怎么能再收寇姑娘的钱？！"

杨队长也是个会说的，声音洪亮地劝道："街坊们快收下，这是我们东家给街坊们家中娃娃的压岁钱，驱邪避祟的。"

一听这话，街坊们就舍不得拒绝了。

孩子们沾沾寇姑娘的福气，定会平安长大的。

来拜年的街坊一人得了一串铜板，围着辛柚说了不少吉祥话才散去。

谷玉落在最后，向辛柚深深地一揖："寇姑娘，先前是我无礼了。"

辛柚侧身避开："谷公子不必放在心上。"

谷玉直起身，神情有些尴尬："早该来向寇姑娘道歉的，只是家里房屋重盖，一直腾不出时间……"

北楼坊受灾，虽有朝廷安置灾民，分发建屋物资，各家也是要出力气的。谷玉家只有母子二人，为了早早住进自己的家，母子二人忙个不休。

辛柚也发现了，受灾前书生气颇浓的少年看起来显得粗糙了，也结实了。

"房子建好了吗？"

辛柚提到新屋，谷玉不禁露出笑容："建好了，虽然不及原来宽敞，胜在是新的。"

没有这场大灾，再过上十年北楼坊这些街坊也没钱盖新房。

"那就好。祝谷公子以后一片坦途。"

谷玉再次冲辛柚弯腰行礼，这才离去。

番　外　擦肩缘

　　宛阳是个好地方，特别是春末夏初之际，鲜花盛开，微风拂面，不像京城还未彻底褪去春寒，也不似再往南那样潮闷。
　　青布衣衫的少年骑马行走在去往宛阳城的路上，望见前头路边有一处茶摊，翻身下马，牵着缰绳溜达过去。
　　少年正是女扮男装的辛柚。
　　出门游玩不赶时间，她不疾不徐地把马拴好，在茶摊的条凳上坐下来。
　　"来一壶清茶，一碟点心。"
　　茶是粗茶，点心也寻常。
　　"娘，我渴了。"
　　童音传来，辛柚随意望去，就见一名年轻妇人一手挎着包袱，一手牵着小童，从茶摊边路过。
　　"宝儿再坚持一下，等到了城里找到你爹，娘给你煮鸡子吃。"
　　"娘，我真的好渴。"
　　妇人犹豫一下，到底不忍孩子口渴，走过来要了一壶茶。
　　小童喝着茶，好奇地打量歇脚的客人，正对上辛柚的视线。
　　少年打扮的辛柚清秀温和，亲和力十足，小童并不怕，反而盯着她瞧。
　　"请你吃。"辛柚把糕点递过去。
　　小童犹豫着伸出手，被妇人拍了一下："不许拿别人的东西。"
　　教育完孩子，她对辛柚道谢。
　　辛柚笑道："我也吃不完，与其浪费，不如与令郎分享。我一见令郎，就觉得投缘。"
　　"令郎"这么文雅的词让妇人有些无措："小公子叫他宝儿就好。"

她们于是攀谈起来。

妇人从偏远乡下来，带着幼子进城找孩子的爹。

辛柚不动声色地喝了口茶。

她看到的画面中，妇人正弯腰从水缸中舀水，男人在背后猛然把她的头按进了缸里。

妇人毫无防备，倒插葱般地栽进去。男人似乎听到什么猛地看向屋门口，而后大步走向吓傻了的宝儿。

宝儿结局如何，辛柚从画面中没看到，但完全可以猜到。

那男人应该就是妇人的丈夫了，而看画面中妇人与宝儿的衣着并没有换过，光线又是白日，出事时间应当就是今日。

辛柚给宝儿吃糕点，就是为了与妇人搭话。

她既"看到"了这对母子的悲惨下场，总不能无动于衷。

"大嫂的夫君，这里是不是有一颗痦子？"辛柚指指眉心靠上的位置。

妇人一惊："小公子认识我男人？"

辛柚结了账，起身走向拴在路边的骏马。

妇人越想越觉得有问题，鼓起勇气追过去："小公子，莫非他得罪了您？"

这里离茶摊有段距离，就方便说话了。

"我说了，怕大嫂不信。"

"您说。"

"我不认识你夫君，我是算到的。我还算到他要害你，大嫂若是不信，今日见面后……"

辛柚说完，不等妇人回神便翻身上马远去。

妇人愣了好久返回茶摊，牵着宝儿的手步子沉重地往宛阳城的方向走去。

辛柚先进了城，安顿好马儿，隐在暗处等待母子二人。

她没有多劝是多年来的经验。她要是对陌生人劝个不停，对方反而疑心她有企图，提醒后不多话，对方更能放在心上。

妇人确实放在心上了，特别是她按照男人所留的地址敲开门，发现男人看到她的第一眼不是惊喜，而是紧张后。

妇人牵着儿子的手抖了一下，面上却沉得住气。

一个常年独自带着幼子生活的女人，当然不是菟丝花。

男人抓了把糖豆哄儿子，妇人问："宝儿他爹，你平时还买糖豆啊？"

男人眼神一闪："正打算过两日回家，给宝儿买的。"

之后夫妻闲话，宝儿吃完糖豆因为赶路累了睡着了。

妇人起身："我去做饭，等宝儿醒了正好吃。"

院中有口半人多高的大水缸，妇人虽是第一次来男人这，做事却麻利。她过去舀水准备洗锅，从缸中水面上看到了身后男人的倒影。

难道说，宝儿他爹真要害她？

她的念头刚起，身后一股大力传来。

妇人不是没有警惕心，只是实在想不到多年夫妻的男人动手这么快。脑袋被按入水缸的一瞬间，她记起辛柚的叮嘱，把手中的水瓢狠狠地甩了出去。

水瓢不知碰到什么，发出不小的声响。

院门突然被推开，惊恐的喊声传来："杀人啦！杀人啦！"

喊话的正是辛柚。

听到动静的四邻八舍跑出来看情况，辛柚先一步跑进去把男人往街坊邻居的方向一推，立刻上前救助妇人。

宝儿不知何时醒来站在屋门口的台阶上，哇哇大哭。

因为救助及时，浑身湿淋淋的妇人一阵剧烈咳嗽吐了不少水出来，人没什么大碍。

辛柚向街坊们解释："我路过这里见门虚掩着想讨口水喝，谁知一推门看到这人把这位大嫂按进水缸里……"

妇人又是愤怒又是恐惧，哭着道："我们娘俩儿进城来看孩子爹，这黑心烂肺的竟要害我……"

有人奇怪地说道："这王林不是自称是鳏夫吗？还与绣庄的刘寡妇打得火热，对刘寡妇的儿子那个好……"

听了一阵议论，辛柚明白了。

这是哄到了有钱寡妇，便要杀妻弃子了。

"大嫂，报官吧。"

被辛柚一提醒，妇人抹一把泪："对，我要报官！"

这年头的街坊邻居都是热心肠，尤其见不得住附近的人是杀人犯，一群人押着男人，陪妇人去报官。

去往衙门的路上，好奇地打听后跟去看热闹的人越来越多，浩浩荡荡的一大群。

"大人？"见贺清宵停下，手下有些纳闷。

"你去一趟县衙，对白知县说这桩杀妻未遂案请仔细审理……"

宛阳是府城，既有府衙又有县衙。寻常百姓有了纠纷都是去县衙报案。

贺清宵心知这种夫杀妻还未遂的案子，男方若是使些手段，常能减轻罪行，甚至还有反咬一口的。

"是。"手下领命而去。

公堂上，白知县问过身为原告的妇人和作为人证的一些街坊邻居，再问男人，男人果然嚷着说发现妇人不守妇道，一时冲动才动手的。

听他这么一说，热心来为妇人作证的四邻就有些退缩了。

这时一名衙役过来，附在白知县耳边小声说了几句话。

辛柚耳力好，听到"锦麟卫""仔细审理"等字眼。

白知县起身去了后堂，不久后回来，发话要派人去男人老家调查。

数日后，调查有了结果，男人说妇人不守妇道纯属污蔑，白知县当堂判了男人流刑。

"小公子的大恩大德，小妇人无以为报——"

一间小面馆中，辛柚来告别，妇人对着她就要跪下。

面馆是一对老夫妻开的，曾经也受过辛柚的恩惠。辛柚每来宛阳城都会来吃一碗阳春面。辛柚得知面馆要雇人，而妇人又无处可去，就把她介绍了过来。

不过两日，妇人对店里的活计就得心应手了。

"公子，下次来宛阳城还来吃面啊。"店家老夫妻热情地道。

辛柚一笑："我肯定来。我就喜欢吃大娘做的阳春面。"

大娘是淮城那边嫁过来的，做的阳春面一绝。

老夫妻与妇人把辛柚送出店外，目送她骑马离去。

云轻风暖，迎面一人骑马而来，头上戴的斗笠遮住了他的眉眼。

两匹骏马距离拉近又拉开，辛柚下意识地回头望了一眼，正见那人放慢速度，到了面馆前停下来。

这个时候去吃面？

闪过这个念头后，辛柚一抖缰绳，马儿疾驰而去。

贺清宵走进面馆，看到上前招呼的妇人怔了一下。

是那位险被丈夫害了的大嫂。

"客官要吃什么？"两顿饭点儿之间来吃面，妇人虽觉得奇怪，但没表现出来。

"有什么吃的？"

听妇人报了卤肉面、鱼片面、鸡蛋面……贺清宵取下斗笠，淡淡地道："一碗阳春面。"

妇人被贺清宵出众的长相所惊，愣了愣才冲后厨喊："一碗阳春面。"

等着的时候，贺清宵问："大嫂的案子如何了？"

妇人又愣住了："客官您——"

"那日看到了大嫂去报官。今日巧遇大嫂，冒昧问一问结果。"

妇人见贺清宵态度是支持她的样子，笑道："那丧良心的被判了流刑。"

"恭喜大嫂。"

"多亏了一位小公子，正巧他上门讨水喝，撞见了……"妇人的口风与辛柚一致。

说辞虽假，但她言语间对辛柚的感激却再真实不过。

"小妇人的恩公才骑马离开，公子说不定还遇上了呢。"

贺清宵不由想起刚刚骑马一掠而过的少年。

听起来不像是凑巧撞破行凶，那少年看来是个有趣的人。

可惜他没留意对方的样子。

念头闪过，贺清宵就听妇人喊道："阳春面来了，客官慢用。"

面条清爽，葱花翠绿，贺清宵心中那丝微不足道的可惜彻底消散，专心吃起面来。